Mara Laue

Talisker Blues

Ein Schottland-Krimi

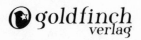

1. Auflage 2012

© Goldfinch Verlag
Herausgeber: Goldfinch Verlag, Frankfurt am Main
Alle Rechte vorbehalten. Kein Teil des Werkes darf in irgendeiner Form ohne schriftliche Genehmigung des Verlages reproduziert oder unter Verwendung elektronischer Systeme vervielfältigt oder verbreitet werden.

Herstellung: Röser MEDIA GmbH & Co. KG, Karlsruhe
Lektorat: Julia Kaufhold, Hamburg
Korrektorat: Birgit Rentz, Itzehoe
Umschlaggestaltung: Hagen Verleger, Kiel
Druck: Aalexx Buchproduktion GmbH, Großburgwedel

Bibliografische Information der Deutschen Bibliothek:
Die Deutsche Bibliothek verzeichnet diese Publikation in der Deutschen Nationalbibliografie, detaillierte bibliografische Daten sind im Internet über http://dnb.ddb.de abrufbar

ISBN: 978-3-940258-16-8
www.goldfinchbooks.de

Vorbemerkung

Alle in diesem Roman genannten Orte sind authentisch. Alle Personen und Handlungen sind dagegen völlig frei erfunden. Dies gilt besonders für die Mitglieder der Clans MacKinnon, MacDonald und MacLeod sowie die Mitarbeiter der Talisker Destillerie. Sie stellen weder reale Personen der auf Skye beheimateten Clans dar noch bildete eine reale Person die Vorlage für eine der Romanfiguren. Jede Ähnlichkeit wäre rein zufällig.

Ein Glossar der im Buch verwendeten gälischen Ausdrücke befindet sich am Ende des Buches.

"Oh! the blues aint nothing, But a good man feeling bad."

Oh, der Blues ist nichts anderes als ein guter Mann, der sich schlecht fühlt.

Lee Roy „Lasses" White (1888–1949)

The Scotsman

Dienstag, 4. Juli 1991

Schockierender Mord auf Skye

Von Alan Cunningham
Crime Reporter

Skye. Am Strand von Broadford wurde am frühen Montagmorgen die grausam zugerichtete Leiche der 17-jährigen Allison M. gefunden. Wie uns Detective Sergeant Gordon McGill vom Northern Constabulary Hauptquartier in Fort William mitteilte, war der Körper des Mädchens mit Messerstichen übersät. Halb auf der Leiche liegend fand sich der mutmaßliche Täter (18 Jahre) mit einem blutigen Messer in der Hand und einer leeren Flasche Talisker neben sich. Aufgrund des exzessiven Alkoholkonsums war er bis jetzt nicht vernehmungsfähig. Sollte sich der Verdacht erhärten, wird ihn, so Detective Sergeant McGill, eine lebenslange Freiheitsstrafe erwarten. (…)

1

Donnerstag, 25. August 2011

Die Fähre von Mallaig nach Armadale pflügte durch das graue Wasser des Sound of Sleat, „over the sea to Skye". Der Regen, der heute Morgen eingesetzt hatte, ließ die Passagiere sich in der Fährkabine zusammendrängen. Nur Kieran stand im Freien an der Reling und hielt das Gesicht dem Regen und dem Wind entgegen, während sein Blick sich an der Weite des Wassers festsaugte. Durch das trübe Wetter war nirgends Land in Sicht. Das vermittelte ihm ein berauschendes Gefühl von Grenzenlosigkeit und Freiheit.

Der Geruch des Meeres belebte seine Sinne ebenso wie der Regen, und er fühlte sich großartig. Wahrscheinlich war er gerade dabei, sich eine Erkältung zuzuziehen, aber das war es wert. Während der gesamten halbstündigen Überfahrt blieb er im Regen stehen und hielt Ausschau nach der Insel.

Als sie aus dem nassen Schleier auftauchte, fühlte er einen Kloß im Hals und im Herzen einen Stich wie beim Anblick eines geliebten Menschen. Er kehrte heim. Endlich.

Er hatte keine Ahnung, was ihn erwartete.

Skye hatte sich verändert.

Kierans Erinnerung an die Insel bestand aus Bildern von urigen Häusern mit teilweise bröckelnden Fassaden und schmalen, schlecht geteerten Straßen. Schmal waren die Straßen immer noch, sogar die um die Insel führende Hauptstraße, die als A851 von Armadale ostwärts und danach nordwärts an der Küste entlanglief. Aber sie war irgendwann in den vergangenen Jahren ebenso instand gesetzt worden wie die meisten Häuser.

Kieran stieg an der Anlegestelle in den Skyeways Bus nach Broadford und setzte sich in der letzten Bank ans Fenster. Der Bus war ein dunkelblaues, hochmodernes Ungetüm, das sich drastisch von den klapperigen Coaches unterschied, die er noch aus seiner Jugendzeit kannte. Nicht verändert hatte sich dagegen die Landschaft jenseits der Straße. Zumindest nicht sehr. Die Wälder auf der linken Seite waren etwas dichter geworden, aber die Ufer des Sound of Sleat, der teilweise rechts zu sehen war, boten dasselbe Bild, das er in Erinnerung hatte. Und auf alles andere hatte er sich bestmöglich vorbereitet.

Durch das Abonnement der „West Highland Free Press", die Wochenzeitung, die jeden Freitag erschien und die lokalen Neuigkeiten von Skye und den anderen westlichen Inseln in englischer wie in gälischer Sprache brachte, war er auf dem Laufenden geblieben. Er las den gälischen Teil und hatte auch über die Sprache seine Verbundenheit mit seiner Heimat aufrechterhalten.

Armadale Castle glitt am Busfenster vorbei. Wenige Minuten später hielt der Bus an den wenigen Häusern von Drochaid a' Mhulinn, um einen Fahrgast einsteigen zu lassen, einen alten Mann mit schlohweißem Haar und wettergegerbtem Gesicht, der sich erstaunlich aufrecht hielt. Kierans Magen zog sich zusammen, als er ihn erkannte. Mr Drew war schon alt gewesen, als Kieran noch ein Teenager war. Jetzt musste er weit über neunzig sein. Als er sich auf der Suche nach dem besten Platz im Bus umsah, blieb sein Blick an Kieran hängen. Vages Erkennen spiegelte sich in seinem Gesicht. Kieran wandte hastig den Kopf zur Seite und blickte aus dem Fenster in der Hoffnung, dass das Vogel-Strauß-Prinzip dieses eine Mal funktionieren würde: Wenn ich dich nicht ansehe, kannst du mich auch nicht sehen.

Vergeblich. Mr Drew nahm neben ihm Platz. Kieran spürte, dass der alte Mann ihn unverwandt ansah. Ihm wurde flau.

„Verzeihen Sie, junger Mann, Sie kommen mir bekannt vor. Helfen Sie dem Gedächtnis eines alten Fischers auf die Sprünge. Woher kennen wir uns?"

Kieran sah sich gezwungen, ihn anzusehen. Er tat, als versuche er sich zu erinnern. „Es tut mir leid, Sir, aber ich glaube nicht, dass wir uns kennen. Ich bin Tourist."

Mr Drew grinste breit, wobei er seine lückenhaften Zähne entblößte, und drohte Kieran scherzhaft mit dem Finger. „Ah bah! Sie sind ein Skyeman. Das höre ich doch an Ihrer Aussprache."

Verdammt!

„Ich lebe schon seit Jahrzehnten nicht mehr hier und bin jetzt nur Tourist."

Doch so leicht ließ sich der Alte nicht abwimmeln. „Sagen Sie mir, woher Sie kommen. Ich bin sicher, wir kennen uns. Wie heißen Sie, Junge?"

„MacAskill."

„Ah, dann sind Sie aus dem Westen."

Um genau diesen Eindruck zu erwecken, hatte Kieran den Namen genannt.

„Trotzdem kenne ich Sie irgendwoher."

Kieran zwang sich zu einem Lächeln. „Ich bedaure, Sir. Und glauben Sie mir, an einen so netten Gentleman wie Sie würde ich mich erinnern."

Der Alte lachte und drohe ihm erneut mit dem Finger. „Heben Sie sich die Schmeicheleien lieber für die bonnie lasses auf."

Kieran blickte wieder aus dem Fenster und betete stumm, dass Mr Drew die Sache endlich auf sich beruhen ließe und ihn vor allem nicht weiter beachtete. Noch inniger betete er dafür, dass er sich nicht daran erinnern würde, wer Kieran wirklich war.

Offenbar wurden seine Gebete erhört, denn Mr Drew, der Anstrengung des Nachdenkens müde, nickte ein. Kieran atmete auf.

Der Bus passierte Kilbeg. Kilmore. Ferrindonald. Teangue. Vorbei am Loch nan Dùbhrachan zur Rechten – das Ufer bedeckt mit der Wasserkresse, die dem See seinen Namen gegeben hatte – und dem Wald von Bealach nan Cas zur Linken. Dazwischen am Straßenrand aufgeschichtete Torfballen. Es gab ein paar unbeabsichtigte Zwischenstopps, weil Schafe die Straße kreuzten oder als Wanderweg benutzten. Auf Skye genossen sie überall Vorfahrt. Isleornsay. Skulamus. Mit jedem Dorf, durch das der Bus fuhr, wurde Kieran die Insel trotz aller Veränderungen wieder vertrauter.

Nach einer knappen Stunde stieg er in Harrapool aus.

Mr Drew erwachte aus seinem Schlummer, als er sich an ihm vorbeidrängte. „Schönen Urlaub, junger Mann." Er winkte Kieran zu.

Der lächelte gezwungen und winkte zurück. Als er den Bus verlassen hatte und wieder im sintflutartigen Regen stand, atmete er auf. Er hoffte, dass er Mr Drew nicht noch einmal über den Weg lief. Mit schnellen Schritten suchte er seinen Weg zum Hebridean Hotel. Als er dort ankam, war er bis auf die Haut durchnässt und hinterließ bei jedem Schritt eine kleine Pfütze auf dem Boden im Eingangsbereich. Er konnte nur hoffen, dass der Stoff seiner Reisetasche den Inhalt ausreichend vor der Nässe geschützt hatte.

Er trat an die Rezeption und stellte seine Tasche ab.

Der Mann hinter dem Tresen musterte ihn mitfühlend. „Ist ein echtes Sauwetter heute. So war es schon fast die ganze Woche. Zum Glück geht es vorbei." Er zwinkerte Kieran zu. „John MacLean. Was können wir für Sie tun, Sir?"

Kieran konnte sich nicht erinnern, dass man ihn jemals mit „Sir" angeredet hatte. Ein seltsames Gefühl.

„MacKinnon. Ich hatte ein Zimmer reserviert."

„Ah ja. Einzelzimmer auf unbestimmte Zeit, nicht wahr?" MacLean schob ihm das Gästebuch hin. „Wenn Sie sich hier bitte eintragen wollen, Sir." Er blickte Kieran prüfend an. „Wenn Sie MacKinnon heißen, sind Sie wohl ein Skyeman?"

Kieran nickte. Die Vermutung lag auf der Hand, da die MacKinnons nach den MacDonalds und den MacLeods den drittgrößten Clan auf Skye bildeten und sich über die halbe Südostküste verteilten. Er trug sich ins Buch ein und schrieb von seinem Vornamen nur die Initiale. Kieran war ein seltener Name auf Skye. Er wollte unangenehme Fragen vermeiden und erst recht keine schlafenden Hunde wecken. Irgendwann würde sowieso herauskommen, wer er war. Er hoffte, dass er den Zeitpunkt möglichst lange hinauszögern könnte.

„Auf Urlaub oder Heimkehrer?"

„Heimkehrer." Zumindest hoffte er das. Er war lange fort gewesen. Zu lange vielleicht.

MacLean lächelte verständnisvoll. „Einmal Skyeman, immer Skyeman, nicht wahr?"

„Ja." Es gab für ihn keinen anderen Ort auf der Welt, an den er hätte gehen können. Oder freiwillig gegangen wäre.

MacLean reichte ihm den Zimmerschlüssel. „Erster Stock rechts. Ich wünsche einen angenehmen Aufenthalt. Wenn Sie Fragen oder Wünsche haben, Sir, ich bin jederzeit für Sie da."

Kieran bedankte sich, stieg die Treppe ins Obergeschoss hinauf und öffnete gleich darauf die Tür zu seinem eigenen Reich. Es war sehr klein, genau genommen winzig. Aber mehr als die achtundzwanzig Pfund, die es pro Nacht kostete, konnte er sich nicht leisten. Selbst die waren schon zu viel für seinen schmalen Geldbeutel. Insgeheim hoffte er zwar, dass er schon morgen wieder ausziehen könnte, aber das war nicht sehr wahrscheinlich.

Bis er irgendwo eine Arbeit und eine Wohnung gefunden hatte, würde er sich mit den weißen Wänden, dem winzigen Schrank, dem altrosa Bodenbelag und den Gardinen im gleichen Farbton ebenso anfreunden müssen wie mit dem Gemeinschaftsbad auf der Etage. Aber das war er gewohnt. Wenigstens gab es ein winziges Waschbecken, einen winzigen Fernseher und einen Wasserkocher für Tee. Und auf dem kleinen Tisch mit Stuhl gegenüber dem Fußende des Bettes standen frische Blumen. Obwohl sein Verstand ihm sagte, dass dieses Accessoire als Standard in jedem Zimmer zu finden war, fühlte er sich doch persönlich willkommen geheißen. Er stellte seine Tasche auf den Stuhl und trat ans Fenster. Das Zimmer ging auf die Straße hinaus. Jenseits der Fahrbahn lag etwas weiter entfernt die Broadford Bay. Er öffnete das Fenster und sog eine Weile die frische Luft tief in seine Lungen, als hätte er sie nicht schon während der letzten Viertelstunde genug genossen.

Schließlich wandte er sich den praktischen Dingen zu und öffnete seine Tasche. Die Wäsche darin war zum Glück trocken geblieben. Er nahm Jeans, Hemd, Unterwäsche, Handtuch und Seife, ging ins Gemeinschaftsbad und gönnte sich zwanzig Minuten lang eine heiße Dusche. Danach fühlte er sich besser und in der Lage, sich dem zu stellen, was ihm heute noch bevorstand.

Ein Blick ins Telefonbuch, das er in einer Schublade des Nachttisches fand, zeigte ihm, dass seine Eltern immer noch im selben Haus in Broadford wohnten. Er überlegte, ob er sie anrufen und seinen Besuch ankündigen sollte, entschied sich aber dagegen. Sie würden ihn am Telefon bloß abweisen. Wenn er leibhaftig vor ihnen stand, hätte er vielleicht eine Chance. Zumindest bei seiner Mutter.

Er sah auf die Uhr. Wenn er in einer Stunde aufbrach, würde er ankommen, wenn sie das Abendessen beendet hatten. Falls sich in den vergangenen Jahren daran nichts geändert hatte, war sein Vater danach in relativ milder Laune. Falls nicht ...

Kieran stellte sich ans Fenster und schaute hinaus auf die vertraute Landschaft der Broadford Bay. Er war wieder zu Hause.

Doch er fühlte sich vollkommen fremd.

Der Regen hatte aufgehört, als Kieran eine gute Stunde später das Hotel verließ und die knappe Meile nach Broadford zu Fuß ging. Die Bewegung tat ihm gut, ebenso die Weite um ihn herum. Seltsam, dass er die schmalen Straßen früher als eng empfunden hatte. Nun, damals hatte er noch nicht die Enge gekannt, die sich in wenigen Schritten abmessen ließ und in der er die vergangenen Jahre gelebt hatte. Existiert hatte. Leben war etwas anderes.

Auch Broadford hatte sich verändert. Neue Häuser, renovierte Häuser, neue Geschäfte, in denen Touristen alles fanden, was ihr Herz begehrte. Nicht das Bild, das er in seinem Herzen trug. Das Gefühl der Fremdheit verstärkte sich unangenehm.

Als er von der A87 in die Ford Road einbog, stellte er eine weitere Veränderung fest. Es gab neue Straßenschilder, die im Gegensatz zu denen aus seiner Jugendzeit zweisprachig waren und die Ford Road für die Skyemen als „Rathad na h-Atha" auswies. Immerhin existierte die Broadford Pharmacy gleich am Anfang auf der linken Seite der Straße noch, aber auch sie war modernisiert und hatte garantiert neue Besitzer. Ob seine Mutter hier noch als Verkäuferin arbeitete? Wahrscheinlich nicht. Sie musste jetzt vierundsechzig sein und bezog wohl schon Rente.

Kieran blieb stehen, als er die Einmündung der Bruach na h-Aibhne, der Riverbank, erreichte, an deren Ende seine Eltern wohnten. Wäre nicht das Straßenschild gewesen, er hätte sie nicht erkannt. Der ungepflasterte Weg, auf dem er als Junge mit seinem zwei Jahre älteren Bruder Paddy barfuß gelaufen war, hatte einer asphaltierten Straße mit schmalem Bürgersteig Platz gemacht. An der Ecke war ein Café-Restaurant, „Beinn na Caillich", weiß und blau gestrichen, vor dem einige Touristen sich ihr Abendessen schmecken ließen. Nicht mehr im Entferntesten die heimatlichen Gefilde, an die er sich erinnerte. Mit einem mulmigen Gefühl im Bauch ging er weiter. Dieses Gefühl wurde zu einem kalten Klumpen, als er am Ziel angekommen war und feststellen musste, dass sein Elternhaus nicht mehr existierte. Das alte Haus, das sein Großvater eigenhändig erbaut hatte, war einem piekfeinen, weiß getünchten Neubau gewichen. Kieran hätte geglaubt, dass seine Familie längst weggezogen war, wenn sie nicht immer noch unter dieser Adresse im neuesten Telefonbuch gestanden hätte. Auch auf dem Briefkasten an der Grundstücksgrenze prangte der Name MacKinnon. Von drinnen erklangen gedämpfte Stimmen durch das gekippte Fenster.

Kieran, dessen Beine plötzlich aus Beton zu bestehen schienen, nahm seinen ganzen Mut zusammen, ging die paar Schritte über den schmalen Gartenweg und klingelte an der

Haustür. Wenige Sekunden später wurde ihm von einer alten Frau geöffnet, die ihn erstaunt ansah.

„Sie wünschen?"

Er musste zweimal hinsehen, ehe er in der grauhaarigen, verhärmten Frau seine Mutter erkannte. Er streckte die Hand nach ihr aus. „A mhàthair." Mutter.

Ihre Augen wurden groß. Sie stieß einen erstickten Schrei aus und stolperte zurück.

„A mhàthair!"

Er wollte sie halten, damit sie nicht fiel. Doch sie schlug seine Hand beiseite, wimmerte entsetzt und wich noch weiter zurück. In der Tür zum Wohnzimmer tauchte sein Vater auf. Auch er sah unglaublich alt aus. Hinter ihm kam Paddy.

„Fiona, dè ..." Die Frage, was los sei, erstarb ihm auf den Lippen. Die Augen seines Vaters wurden ebenso groß wie Paddys, als er Kieran sah.

Kieran trat noch einen Schritt vor. „Athair." Vater. Seine Stimme war nur ein Flüstern, das kaum das laute Poltern seines Herzschlags übertönte. Wie lange hatte er sich danach gesehnt, seine Familie wiederzusehen, hatte sich überlegt, wie er sie begrüßen, was er ihnen sagen wollte. Nun, da es so weit war, fehlten ihm die Worte.

Seinem Vater dagegen nicht. Er stach anklagend einen Finger in seine Richtung. „Mortair!"

Mörder. Kieran schloss die Augen. Das Wort schmerzte schlimmer als ein Schlag.

„Dass du es wagst, hierher zu kommen. Verlass auf der Stelle mein Haus!"

Sean MacKinnon sprach niemals Englisch. Außer mit Touristen und Leuten, die er verachtete. Dass er jetzt Kieran gegenüber Englisch gebrauchte, zeigte deutlich, was er von seinem jüngeren Sohn hielt. Und dass er ihm niemals verzeihen würde.

Kieran blickte seine Mutter an, die sich die Hände vor den Mund hielt, gebeugt an der Wand lehnte und aussah, als hätte man ihr einen Schlag versetzt. Tränen rannen über ihr Gesicht. „A mhàthair?"

Sie schüttelte den Kopf. „Theirig, Kieran." Wenigstens sie sprach noch Gälisch mit ihm.

„Ja, verschwinde", bekräftigte sein Vater und deutete zur Tür. „Kommst hierher, nach allem, was du getan hast. Das Gesicht feige hinter einem Bart versteckt wie der Verbrecher, der du bist. Hinaus! In meinem Haus ist kein Platz für dich. Und wage es niemals wieder herzukommen! Wenn du noch mal einen Fuß auf mein Grundstück setzt, erschieße ich dich. Raus!"

Kieran warf einen Blick auf Paddy. Der war kreidebleich, hatte die Hände in den Hosentaschen vergraben und sah zu Boden. Kieran drehte sich wortlos um und ging. Es war ein Fehler gewesen, seine Eltern aufzusuchen. Aber er hatte es versuchen müssen. Sie waren schließlich seine Familie. Auch wenn sie das anders empfanden, was ihm zu all den Veränderungen endgültig das Gefühl gab, völlig fehl am Platz zu sein. Wenn er blieb, würde er sich seinen Platz hart erkämpfen müssen. Allein. Doch daran war er gewöhnt.

Skye war seine Heimat. Er würde sie niemals freiwillig aufgeben.

Er hatte die Ford Road fast erreicht, als er unregelmäßige Schritte hinter sich hörte. Paddy. Diese Schritte würde er unter allen anderen überall erkennen. Er drehte sich um und wappnete sich innerlich gegen alles – von Beschimpfungen bis zum Kinnhaken. Paddy humpelte noch zwei Schritte mit seinem steifen Bein auf ihn zu, ehe er stehen blieb und ihn reserviert ansah. Kieran traute sich nicht, etwas zu sagen. Auch Paddy sah älter aus, als er war, und wirkte wie ein Mann Anfang fünfzig, nicht wie vierzig.

„Vater hat recht. Du hättest nicht kommen sollen. Oder wenigstens ankündigen, dass du kommst."

Kieran zuckte mit den Schultern. „Ich habe befürchtet, wenn ich das tue, empfängt er mich mit dem Gewehr in der Hand."

„Mit Sicherheit." Paddy steckte die Hände in die Taschen, blickte zu Boden und bewegte die Fußspitze seines steifen Beins im Halbkreis vor und zurück auf dem Straßenpflaster.

Diese Geste war Kieran schmerzhaft vertraut. „Wie geht es dir, Paddy? Du wohnst immer noch bei den Eltern?"

„Wo denkst du hin? Ich wohne in Carbost. Ich arbeite bei Talisker im internationalen Verkauf."

Die Talisker Destillerie war der größte Arbeitgeber auf Skye und stellte jenen erstklassigen Malt Whisky her, den schon Robert Louis Stevenson in einem Gedicht als „the king o' drinks" bezeichnet hatte. Kieran hatte den Talisker in keiner allzu guten Erinnerung, obwohl er ihn auf eine gewisse Weise immer noch liebte.

„Die haben auch Wohnungen für ihre Angestellten."

„Hast du", Kieran räusperte sich verlegen, „Familie?"

Paddy schüttelte den Kopf. „Hat sich nicht ergeben."

Kieran blickte zu Boden. „Es tut mir leid, Paddy. Ich ..."

„Schon gut." Er zuckte mit den Schultern. „Ist nicht zu ändern. Was hast du jetzt vor?"

„Arbeit suchen, Wohnung suchen. Oder erst die Wohnung und dann die Arbeit."

„Hier auf Skye?"

„Wo sonst?"

Paddys runzelte die Stirn. „Kann dir dein Bewährungshelfer nicht irgendwo was besorgen?"

„Ich bin nicht auf Bewährung draußen, sondern habe meine volle Strafe abgesessen und wurde regulär entlassen. Aber mein Sozialarbeiter hört sich schon seit einiger Zeit für mich um. Bis jetzt erfolglos. Außerdem ..." Kieran hob abwehrend die Hände. „Keine Sorge. Da ihr keinen Wert darauf legt, mit mir verwandt zu sein, werde ich euch nicht belästigen und jede Verwandtschaft leugnen, sollten wir uns zufällig über den Weg laufen. Also, tioraidh an-dràsda." Er ging die Straße hinunter und hatte es mit einem Mal eilig, von Paddy und der Riverbank wegzukommen.

„Wo wohnst du denn jetzt?" Paddy humpelte ihm ein paar Schritte hinterher.

„Hebridean Hotel, Harrapool. Aber ich bin da weg, sobald ich kann."

Kieran bog in die Ford Road ein. Er spürte, dass Paddy ihm nachsah, aber er drehte sich nicht noch einmal zu ihm um.

Seine Eltern aufzusuchen, war eine Schnapsidee gewesen. Er hätte wissen müssen, wie das ausgig. Sie würden ihm nie verzeihen.

Er sich selbst auch nicht.

1991

Montag, 3. Juli 1991

Kieran erwachte mit dröhnenden Kopfschmerzen und einem Geschmack im Mund, als hätte er den Boden aufgeleckt, auf den ein Hund uriniert hatte. Das Erste, was er sah, war eine weiße Fläche und darauf die gelblichen Ausläufer eines Lichtkegels. Seit wann hatte der Strand eine beleuchtete Zimmerdecke?

Er brauchte eine Weile, bis er begriff, dass er sich nicht am Strand befand. Ihm war übel. Mit jedem Moment, den er auf dem Rücken lag, verstärkte sich die Übelkeit. Er wollte sich zur Seite drehen, doch etwas Hartes und Kaltes an seinem Handgelenk hielt ihn fest. Er versuchte sich aufzurichten. Abgesehen davon, dass sein Magen heftig dagegen protestierte und gegen die Rippen drückte, hinderten ihn stählerne Manschetten daran, mit denen seine Handgelenke zu beiden Seiten an die Schienen des Bettes gefesselt waren, auf dem er lag. Handschellen.

Er würgte und übergab sich. Jemand hielt ihm eine Nierenschale vor den Mund und stützte seinen Kopf, bis der Brechreiz aufhörte. Außer Schleim und Galle kam nichts aus ihm heraus. Doch die Anstrengung ließ seinen Kopf beinahe zerspringen. Tränen rannen ihm über das Gesicht. Seine Sicht verschwamm. Jemand wischte ihm mit einem feuchten Tuch über Mund und Stirn.

„Verdammt, Junge, was hast du da nur getan?"

Kieran blinzelte. „O-Onkel Angus?" Seine Stimme klang so rau, dass er sie kaum erkannte. „Wo ... wo bin ich? W-was ist passiert?"

Angus zog einen Stuhl ans Bett und setzte sich. „Ich hatte gehofft, das könntest du mir sagen."

Kieran sah ihn verständnislos an. Er wollte sich über das Gesicht wischen. Die Handschellen klirrten gegen das metallene Bettgestänge. Das Geräusch machte ihm Angst; vielmehr das, was es bedeutete. „Warum bin ich gefesselt? Was soll das?" Er versuchte sich zu erinnern. Doch in seinem Kopf war ein großes schwarzes Loch. Er sah Angus an und flehte stumm um eine Erklärung.

Sein Onkel schüttelte den Kopf. „Kieran, Junge, du weißt, ich habe immer auf deiner Seite gestanden. Egal was du angestellt hast. Jungs müssen ab und zu mal über die Stränge schlagen und sich austoben. Auch wenn du das zuweilen ein bisschen übertrieben hast und für so manche gebrochene Nase verantwortlich bist, ist bei allen deinen Eskapaden und Prügeleien nie jemand ernsthaft zu Schaden gekommen. Außer damals Paddy, aber das war ein Unfall, der jedem hätte passieren können. Du warst nie übermäßig gewalttätig. Schon gar nicht gegenüber Frauen." Angus schüttelte erneut den Kopf. „Darum verstehe ich es nicht. Also, was ist passiert, dass du derart ausgerastet bist?"

Kieran hörte die Worte, aber er begriff ihren Sinn nicht. Vielleicht würde er sich erinnern, wenn sein Kopf endlich aufhörte, so elend wehzutun. Das Einzige, was er realisierte, war, dass er sich in ernsten Schwierigkeiten befand, sonst wäre er wohl kaum mit Handschellen ans Bett gefesselt worden. Er hatte genug Krimis gelesen und im Fernsehen gesehen, um zu wissen, dass man so nur mit gefährlichen Verbrechern verfuhr, um sie an weiteren Gewalttätigkeiten und vor allem an der Flucht zu hindern. Aber er war doch nicht gewalttätig! Noch nie gewesen, wie Onkel Angus völlig richtig gesagt hatte. Er hatte im

Grunde genommen immer nur Paddys und die Familienehre verteidigt. Und mit dem Schlagen hatten meistens die anderen angefangen, selten er selbst. Erst recht war er kein Verbrecher.

„Ich ... ich weiß es doch nicht." Alles drehte sich um ihn. Was war nur mit ihm los?

Angus legte ihm die Hand auf die Schulter. „Kieran, Junge, du weißt doch, dass du mir vertrauen kannst. Erzähl mir, was passiert ist. Bis zum Beweis des Gegenteils weigere ich mich nämlich zu glauben, dass du das tatsächlich getan hast."

Kieran hätte den Kopf geschüttelt, wenn er sich nicht sicher gewesen wäre, dass es ihm dadurch nur noch schlechter gegangen wäre. „Wieso? W-was ist denn passiert, Onkel Angus?"

Angus starrte ihn mit seinem Schlangenblick an, wie Kieran den nannte, weil er sich unter diesem Blick jedes Mal wie ein Kaninchen fühlte, das von einer Schlange fixiert wird. Dieser Blick war Angus' probate Methode zu erkennen, wenn jemand ihn anlog. Niemand hielt diesem Blick stand, der kein reines Gewissen hatte.

Kieran hielt ihm stand. Angus' Gesichtsausdruck wechselte von gequälter Härte zu Misstrauen, dann zu ungläubigem Erstaunen. „Das weißt du wirklich nicht mehr?"

Kieran bewegte vorsichtig den Kopf von einer Seite zur anderen. Schon das war zu viel. Er musste erneut würgen. Angus hielt ihm wieder die Nierenschale vor den Mund, doch Kierans Magen war vollkommen leer. „W-warum ist mir so übel?"

„Weil du dich buchstäblich bis zur Bewusstlosigkeit mit Whisky vollgesoffen hast. Die Übelkeit ist die ganz normale Begleiterscheinung eines Katers. Außerdem hast du eine Beule am Kopf und eine leichte Gehirnerschütterung. Es gibt allerdings eine Menge Leute, die zutiefst bedauern, dass du wieder aufgewacht bist."

Jetzt begriff Kieran – reichlich verspätet –, wo er sich befand: in der Broadford-Klinik, die seit ihrer Gründung als „Dr. MacKinnon Memorial Hospital" nicht nur von den MacKinnons geleitet wurde, sondern in der jedes vierte Clanmitglied arbeitete. Angus war leitender Arzt in der Notaufnahme. In Kierans Zweig der Familie war es Tradition, dass mindestens ein Sohn oder eine Tochter Medizin studierte und in der Klinik arbeitete. Für Kieran stand schon lange fest, dass er nach dem Schulabschluss in Angus' Fußstapfen treten würde. Aber das war im Moment vollkommen nebensächlich.

„Bitte, Onkel Angus. Sag mir doch endlich, was los ist."

Angus fixierte ihn noch einmal mit seinem Schlangenblick und schüttelte schließlich den Kopf, als Kieran ihm wieder standhielt. „Ich komme langsam zu dem Schluss, dass du dich wirklich nicht mehr erinnern kannst."

„Woran denn? Bei der Liebe Gottes: Was soll ich denn getan haben?"

Angus räusperte sich und schluckte ein paar Mal. „Allison ist tot. Und du stehst unter dringendem Tatverdacht."

Kieran glaubte, sich verhört zu haben. Allison – tot? Unmöglich! Er schüttelte den Kopf und ignorierte die Schmerzen. „Nein." Es klang wie das entsetzte Wimmern eines Kindes.

„Doch. Du hattest das blutige Messer in der Hand, ihr Blut von oben bis unten an deiner Kleidung und hast besinnungslos betrunken halb auf ihr gelegen, die leere Whiskyflasche neben dir. Jeder im Ort glaubt an deine Schuld, und die Polizei scheint auch schon davon überzeugt zu sein." Angus schüttelte den Kopf. „Aber du hast Allison doch nicht umgebracht. Du doch nicht, Kieran."

Wieder starrte Angus ihn an, doch Kieran konnte nur den Kopf schütteln. Dies war ein schrecklicher, ein entsetzlicher

Albtraum, aus dem er gleich erwachen würde. Erwachen musste. Allison war nicht tot. Sie lebte, und es ging ihr gut. Er war kein Mörder. Erst recht nicht Allisons. Er blickte Angus an und erwartete, dass dessen Gesicht jeden Moment vor seinen Augen verschwamm und er nach einem Augenblick der Dunkelheit und Orientierungslosigkeit in seinem Bett erwachte; wie immer, wenn er schlecht geträumt hatte.

Doch alles blieb, wie es war – die Handschellen, die Kopfschmerzen, die Übelkeit, Angus' ernstes Gesicht.

„Nein." Nur ein Flüstern. „Nein!" Ein wimmernder Ausruf. „Nein!" Ein langgezogener Schrei, der die Wände erzittern ließ und abrupt abbrach, als Kierans Stimme versagte. Er brach in Tränen aus.

Angus zog eine Spritze auf, stach sie ihm in die Vene und injizierte ihm die Flüssigkeit. „Beruhige dich, Junge. Komm erst mal wieder auf die Beine. Danach sehen wir weiter. Ein Freund von mir ist Anwalt in Edinburgh. Ich frage ihn, ob er deine Verteidigung übernimmt."

Kieran hörte ihn kaum. Er versuchte, sich durch den Schleier des Entsetzens hindurch daran zu erinnern, was passiert war. Das schwarze Loch blieb. In dem verschwand auch Angus, als das Mittel, das er Kieran gespritzt hatte, seine Wirkung tat und ihn einschlafen ließ.

*

Freitag, 7. Juli 1991

„Siebter Juli 1991, drei Uhr zweiunddreißig nachmittags. Verhör von Kieran MacKinnon zum Tatvorwurf der Tötung von Allison MacLeod. Anwesend sind Detective Sergeant Gordon McGill, Detective Constable Grace Dennison und der Beschuldigte Kieran MacKinnon. Also Junge, dann erzähl mal."

McGill blicke Kieran auffordernd an. Der hatte nicht nur das Gefühl, immer noch in einem nicht endenden Albtraum gefangen zu sein; er hatte auch Angst. Nachdem er gestern Morgen aus der Klinik entlassen worden war, hatte man ihn zunächst in eine Zelle auf der kleinen Wache in Broadford gesperrt. Zwei Stunden später war Detective Sergeant McGill gekommen und hatte ihn unter Bewachung nach Fort William ins Northern Constabulary Headquarter gebracht.

Kieran war für die Bewachung dankbar, denn vor der Wache lauerte ein Mob, angeführt von Allisons Vater, der ihn wahrscheinlich umgebracht hätte, wenn McGills Leute ihn nicht daran gehindert hätten. Kieran war in seinem ganzen Leben noch nie mit einem so geballten Hass konfrontiert worden. Nicht einmal Paddy hatte ihn derart gehasst, nachdem er wegen Kieran durch den Unfall zum Krüppel geworden war.

Noch mehr als der Hass der Leute machte ihm aber McGill Angst. Das lag keineswegs nur an seiner Figur, die dem eines Ringers glich, oder daran, dass er bei doppelter Breite Kieran um einen Kopf überragte. Der Mann strahlte eine unbeugsame Härte aus und erweckte den Eindruck, dass mit ihm nicht gut Kirschen essen war und er sich von niemandem etwas gefallen ließ.

„Hast du gehört, was ich gesagt habe, Junge?"

Kieran zuckte zusammen. Er mochte aus der Klinik entlassen sein, aber er fühlte sich alles andere als gut. Körperlich. Seelisch ging es ihm so beschissen wie seit dem Unfall nicht mehr. Nein, er fühlte sich noch schlimmer. Er hatte sich, seit er wieder in der Lage war, klar zu denken, das Gehirn zermartert, um sich zu erinnern, was passiert war. Vergeblich. Er erinnerte sich an überhaupt nichts. Zumindest an nichts, was mit dem zu tun hatte, was er getan haben sollte. Sein Verstand weigerte sich hartnäckig, auch nur in Erwägung zu ziehen, dass er jemanden umgebracht haben könnte. Am allerwenigsten Allison.

McGill und Constable Dennison starrten ihn an und warteten auf seine Antwort. Er nickte zögernd. Ja, er hatte McGills Frage gehört. Doch was sollte er darauf antworten?

„Und?" Es klang wie ein Peitschenschlag.

„I-ich weiß nicht."

„Du weißt was nicht? Warum du deine Freundin ermordet hast?"

Kieran schüttelte den Kopf. „Ich ... ich weiß gar nichts mehr. Ich kann mich an überhaupt nichts erinnern."

McGill verzog angewidert das Gesicht. „Das Märchen kennen wir zur Genüge. Das ist die Standardausrede der Feiglinge, die nicht genug Mumm besitzen, zu dem zu stehen, was sie getan haben." Er beugte sich vor. „Du bist doch kein Feigling, Junge. Oder?"

Kieran schüttelte den Kopf. Wenn man ihm eins nicht nachsagen konnte, dann, dass er jemals feige gewesen wäre.

„Dann erleichtere mal dein Gewissen. Du fühlst dich hinterher besser. Mein Wort drauf."

„Ich war's nicht!" Er ballte die Fäuste.

McGill schnaufte verächtlich. „Bis jetzt hatte ich von dir den Eindruck, dass du eigentlich ein ganz vernünftiger Junge bist, der unter Alkoholeinfluss ausgerastet ist. Passiert einer Menge Leute, glaub mir. Aber dass du dich angeblich an gar nichts erinnern willst", er schüttelte den Kopf, „das kaufe ich dir nicht ab." McGill beugte sich vor und starrte ihm in die Augen. „Also?"

Diese Geste wirkte durch seine massige Gestalt noch bedrohlicher, als er für Kieran in seiner Eigenschaft als Polizeibeamter sowieso schon war. Er fühlte seinen Mund trocken werden und schluckte.

„Ich sage dir mal, was wir sicher wissen. Du warst mit Allison MacLeod, deiner Freundin – sie war doch deine Freundin?"

Kieran nickte. Eins der wichtigsten Dinge, die sein Vater ihm und Paddy beigebracht hatte, war, dass ein Mann, der mit einer Frau intim wurde, von dem Moment an selbstverständlich eine feste Beziehung mit ihr hatte und auch in vollem Umfang für alle sich daraus ergebenden Folgen geradestand. Kieran hatte sich allerdings bei Allison keine Gedanken darüber gemacht, dass man in absehbarer Zeit oder überhaupt von ihm erwarten würde, sie zu heiraten. Sie war ein liebes Mädchen, aber sie hatte keinen guten Ruf. Kieran war beileibe nicht ihr erster Freund. Vor ihm hatte es mindestens schon vier oder fünf andere Männer gegeben – unter ihnen Paddy –, mit denen sie gegangen war und auch geschlafen hatte. Kieran wäre ganz sicher nicht der Letzte gewesen. Erst recht nicht der Mann, den sie geheiratet hätte. Allison träumte von London und dem Leben als Frau eines reichen Mannes in der Metropole. Kieran träumte von Skye und einem Leben als Arzt in der Broadford-Klinik. Es wäre nur noch eine Frage der Zeit gewesen, bis Allison sich von ihm getrennt hätte, um sich den Nächsten zu angeln.

„Also, du warst mit deiner Freundin auf der Geburtstagsfeier ihrer Schwester. Das haben elf Zeugen bestätigt. Gegen zehn Uhr hast du mit ihr das Haus verlassen."

McGill sah Kieran fragend an und wartete wohl, dass er das bestätigte. Er nickte, denn daran erinnerte er sich tatsächlich noch.

„Du hast eine Flasche Whisky mitgenommen. Guten, achtzehnjährigen Talisker. Dann bist du mit dem Mädchen zum Strand gegangen."

Auch daran erinnerte er sich und nickte.

„Du wolltest mit ihr schlafen, stimmt's?"

Selbstverständlich hatten sie beide das gewollt. Darum hatten sie ja die Feier verlassen, um am Strand völlig ungestört zu sein.

„Du wolltest sie betrunken machen, damit du leichtes Spiel mit ihr hast, nicht wahr? Aber sie wollte nicht. Du warst frustriert, aber natürlich wolltest du trotzdem. Dann hat sie sich gewehrt und angefangen zu schreien. War es nicht so?"

Kieran schüttelte den Kopf. Beinahe hätte er trotz der prekären Situation gelacht. McGills Mutmaßungen waren lächerlich. Allison hatte Sex geliebt. Sie hatte nie Nein gesagt. Zu keinem Mann. Die Initiative war fast immer von ihr ausgegangen. An den Strand zu gehen und sich dort zu vergnügen, war ebenfalls ihre Idee gewesen. Sie hatte auch den Whisky mitgenommen.

„Sie wollte auch."

McGill nickte. „Ich kann verstehen, dass du diesen Eindruck hattest. Frauen sind manchmal nicht ganz eindeutig mit dem, was sie sagen oder tun. Sie sagen Nein und meinen Ja. Sie geben einem Mann das Gefühl, dass sie wollen, aber wenn er das Angebot annimmt, sagen sie plötzlich Nein."

Constable Dennison warf McGill einen pikierten Blick zu.

„Und in deinem Alter, mein Junge, kennt man sich noch lange nicht genug mit den Frauen aus, um zu wissen, was sie wirklich wollen." Er lächelte verständnisvoll. „Glaub mir, ein Leben reicht nicht aus, um die Frauen wirklich kennenzulernen."

Kieran antwortete nicht. Er hatte das Gefühl, dass McGills Verständnis nicht echt war. Dass er ihn in eine Falle locken wollte. Und das machte ihm eine noch größere Angst, als er sie schon hatte.

„Also, Junge, wie war das nun?"

„Ich", Kieran holte tief Luft, „ich weiß es nicht mehr. Wirklich nicht. Ich weiß nur noch, dass wir am Strand ..." Er schluckte und versuchte erneut, sich zu erinnern. Vergeblich.

„Ja?"

„Wir haben getrunken und uns geküsst. Und ab da weiß ich nichts mehr. Wirklich nicht. Auf mein Ehrenwort!"

McGill funkelte ihn kalt an. „Wie du willst." Er knallte einen Gegenstand in einem durchsichtigen Beutel auf den Tisch. Es klirrte dumpf. Kieran zuckte zusammen. „Ist das dein Messer?"

Er starrte darauf. Am Griff und an der Klinge klebte Blut. War das sein Messer? Der aus Nussbaumholz geschnitzte Griff wies die beiden „Augen" in der Maserung auf, die Kieran damals veranlasst hatten, sich dieses Messer auszusuchen und kein anderes. Sie wirkten immer noch mystisch auf ihn. Die Kante des Griffes besaß eine Kerbe. Kieran hatte mit dem Messer Wurfübungen veranstaltet. Einmal war es dabei gegen einen scharfkantigen Stein geprallt und trug seitdem diese Delle. Und oberhalb des Hefts sah er das winzige, jetzt mit getrocknetem Blut überzogene K, das er eingeritzt hatte, um es als sein Eigentum zu kennzeichnen. Das war zweifellos sein Messer.

„Ja, aber ..."

„Mit diesem Messer wurde Allison MacLeod umgebracht."

Eisiger Schrecken durchzuckte ihn. „Aber das war ich nicht! Ich hab das nicht getan!"

McGill fixierte ihn mit einem starren Blick.

Hatte Kieran Onkel Angus' Blick schon als den einer lauernden Schlange kurz vor dem Zustoßen empfunden, so hatte er jetzt das Gefühl, in einer Schlangengrube zu sitzen und von hundert Giftnattern bedroht zu werden. Ihm brach der Schweiß aus. McGill entging diese Reaktion nicht.

„Also, Junge, wie wäre es endlich mit der Wahrheit?"

Kieran nahm seinen ganzen Mut zusammen. „Ich kann mich wirklich an nichts erinnern. Und das ist die Wahrheit. Sir."

„Aber du erinnerst dich, dass du Allison nicht umgebracht hast." McGills Stimme klang eisig. „Wie denn, wenn du dich angeblich an nichts erinnerst? Woher willst du wissen, dass du es nicht getan hast?"

„Ich bin kein M-Mörder!"

Wenn er Allison tatsächlich umgebracht hätte, müsste er das doch wissen. Oder? Er ballte die Fäuste und presste sie gegen die Schläfen, als könnte er durch den Druck die Erinnerungen in seinen Schädel zwingen. Doch das schwarze Loch darin blieb.

„Von mir aus kannst du leugnen, so viel du willst. Die Ergebnisse der kriminaltechnischen und rechtsmedizinischen Untersuchungen sind eindeutig. Ein Geständnis ist das Einzige, was deine Lage noch verbessern könnte."

Kieran blickte ihn verständnislos an.

„Mörder bekommen in diesem Land lebenslänglich. Vielleicht lässt das Gericht in Anbetracht deiner Jugend Milde walten, wenn du gestehst und vor allem Reue zeigst."

„Aber ... aber ich habe doch nicht ..." Er schüttelte heftig den Kopf. Keine gute Idee, denn das brachte augenblicklich die Kopfschmerzen zurück, die ihn quälten, seit er im Krankenhaus aufgewacht war. Was nicht nur am Whisky lag. Er hatte eine respektable Beule am Kopf – der Teufel mochte wissen woher – und eine leichte Gehirnerschütterung gehabt.

„Ich kann doch nichts gestehen, an das ich mich nicht er..."

McGill schnitt ihm mit einem heftigen Schlag auf den Tisch das Wort ab. „Du weißt ganz genau, was du getan hast! Und jetzt rede endlich."

Kieran schüttelte den Kopf. „Ich sag kein Wort mehr."

Die Tür wurde aufgerissen, ehe er das letzte Wort gesprochen hatte. Ein elegant gekleideter Mann stürmte herein, gefolgt von einem Constable, der vergeblich versuchte, ihn zurückzuhalten.

„Und daran tun Sie gut, Mr MacKinnon. Sie hätten von Anfang an kein einziges Wort sagen sollen, ohne dass wir miteinander gesprochen haben." Er legte Kieran die Hand auf die Schulter. „Hat man Ihnen Ihre Rechte verlesen?"

McGill war aufgesprungen. „Wer zum Teufel sind Sie? Und was fällt Ihnen ein, einfach in ein Verhör reinzuplatzen?"

„Mir fällt so einiges ein, wenn ich mir bewusst mache, wie eklatant Sie hier die Rechte meines Mandanten verletzen. Und wer ich bin: Bryce Logan aus Edinburgh. Mr MacKinnons Anwalt." Er blickte Kieran kurz an. „Mit einem schönen Gruß von Angus."

Kieran fühlte sich so erleichtert, dass er beinahe weinen musste. Onkel Angus hatte Wort gehalten. Alles würde gut werden.

„Kann ich Ihre Legitimation sehen und Ihre Vollmacht?"

Logan legte ein Schriftstück vor Kieran auf den Tisch und reichte ihm einen Kugelschreiber. „Unterschreiben. Dann bin ich auch offiziell Ihr Anwalt. Angus zahlt."

Kieran nahm den Stift und unterschrieb auf der gestrichelten Linie, auf die Logan deutete. Aus den Augenwinkeln bemerkte er, dass McGill ihn missbilligend ansah.

Bryce Logan machte eine scheuchende Kopfbewegung zur Tür. „Und jetzt würde ich gern mit meinem Mandanten unter vier Augen reden. Ihr unrechtmäßiges Verhör ist beendet."

„Ende des Verhörs: drei Uhr siebenundfünfzig", sprach McGill unbeeindruckt ins Mikrofon des Aufnahmegeräts und schaltete es aus. „Nur zu Ihrer Information, Mr Logan." Er hob den Asservatenbeutel mit Kierans Messer hoch. „Die Tatwaffe trägt ausschließlich die Fingerabdrücke Ihres Mandanten und wurde von ihm als sein Eigentum identifiziert. Das Blut des Opfers ist auf der Klinge und war an seiner Kleidung. Seine Fingerabdrücke finden sich auch auf der leeren Whiskyflasche, die neben ihm am Tatort gefunden wurde, auf der ebenfalls Blutspuren des Opfers sind. Ihr Mandant wurde mit der Tatwaffe in der Hand bis zur Besinnungslosigkeit betrunken halb auf dem Opfer liegend gefunden. Das sind die unwiderlegbaren Fakten. Für die Details in den Berichten der Rechtsmedizin und der Kriminaltechnik können Sie nachher die Akte einsehen. Am besten raten Sie ihm zu einem Geständnis. Sein angeblicher Blackout wird ihm bei dieser Beweislage nichts nützen."

Logan würdigte ihn keiner Antwort. Er wartete, bis McGill und Constable Dennison den Raum verlassen hatten, ehe er sich auf den Platz setzte, den der Sergeant geräumt hatte. Er legte seine Aktentasche auf den Tisch und entnahm ihr einen Notizblock.

„Tja, Mr MacKinnon, Sie stecken ganz schön tief in der Scheiße. Was die gegen Sie in der Hand haben, ist kein Pappenstil. Hat man Ihnen Ihre Rechte verlesen?"

Kieran schüttelte den Kopf. Er versuchte die Anrede „Mr MacKinnon" auf sich zu beziehen. Es gelang ihm nicht. Mr MacKinnon war sein Vater oder Onkel Angus. Kieran war noch nicht alt genug, um von den Älteren mit Mister angeredet zu werden. Dass es jetzt geschah, ließ in ihm ein dumpfes Gefühl neuer Angst entstehen.

„Dann kann alles, was Sie bereits zugegeben haben, vor Gericht nicht verwendet werden. Gut. Und ab jetzt sagen Sie kein einziges Wort, ohne dass ich dabei bin, verstanden?"

Kieran nickte. „Kann man mich denn verurteilen, wenn ich mich an gar nichts erinnere?"

Logan zog die Augenbrauen hoch. „Mr MacKinnon, ich bin Ihr Anwalt. Ich unterliege der absoluten Schweigepflicht über alles, was wir in vertraulichen Anwalt-Mandanten-Gesprächen miteinander bereden. Mir gegenüber müssen Sie also keine Spielchen spielen. Und wenn Sie mir hundert Morde gestehen, werde ich Sie trotzdem mit – juristischen – Klauen und Zähnen vor Gericht verteidigen."

Kieran starrte ihn ungläubig an und begriff die Welt nicht mehr. Nicht dass er sie vorher verstanden hätte. „Aber Sie sind doch mein Anwalt. Sie müssen mir glauben!"

„Träumen Sie weiter, Mr MacKinnon. Mein Job ist es, Sie mit allen mir zur Verfügung stehenden Mitteln juristisch zu vertreten, ganz gleich ob ich Ihnen glaube oder nicht. Die auf Sie als Täter hinweisenden Tatsachen sind erdrückend. Falls ich nicht noch eine Unstimmigkeit in den Berichten und Protokollen finde oder echtes Entlastungsmaterial auftaucht, sehe ich schwarz. Das Einzige, was ich dann noch für Sie tun könnte, ist zu versuchen, wegen Unzurechnungsfähigkeit durch übermäßigen Alkoholgenuss das Strafmaß so weit wie möglich runterzuhandeln. Um mehrere Jahre Gefängnis kämen Sie in dem Fall aber nicht herum."

Kalter Schrecken durchzuckte Kieran und formte sich zu einem Übelkeit erregenden Klumpen in seinem Magen. Er konnte nur beten, dass seine Unschuld bewiesen wurde, denn er war doch unschuldig, verdammt! Das musste sich doch beweisen lassen. Denn wenn nicht …

„Ich hab das nicht getan! Ich habe doch gar kein Motiv." Er blickte Logan verzweifelt an.

„Das Motiv ergibt sich für die Jury im Zweifelsfall aus Ihrer Trunkenheit. Unter Alkoholeinfluss ist schon so mancher friedliche und bis dahin völlig unbescholtene Mann ausgerastet und gewalttätig geworden." Er sah Kieran mit hochgezogenen Augenbrauen an. „Und bei Ihrem Ruf, keinem Streit aus dem Weg zu gehen und auch schon mal Nasen zu demolieren ..."

„Aber doch nur, wenn ich angegriffen werde oder die mal wieder auf Paddy rumhacken, der sich nicht wehren kann!"

Logan schüttelte den Kopf. „Auf dem Hintergrund des jetzigen Tatvorwurfs wirkt das aber ganz anders und wird von der Jury garantiert so interpretiert werden, dass Sie grundsätzlich gewaltbereit sind und es sowieso nur noch eine Frage der Zeit war, bis Sie mal jemanden ernsthaft verletzen. Dazu der Suff ... Wie gesagt, falls nicht noch irgendetwas Entlastendes auftaucht, wird kaum jemand an Ihrer Schuld zweifeln." Logan beugte sich vor. „Also, Mr MacKinnon, erzählen Sie mir, was passiert ist. Und zwar in allen Einzelheiten."

„Wo sind meine Eltern?" Erst jetzt wurde ihm bewusst, dass seine Eltern und auch Paddy ihn nicht besucht hatten. Nicht im Krankenhaus und hier in Fort William schon gar nicht. „Dürfen sie nicht zu mir?"

Logan blickte ihn mit einer Mischung aus Verlegenheit und Mitgefühl an. Der Blick verursachte Kieran ein Gefühl böser Vorahnung.

„Darf ich sie nicht sehen?"

„Das dürften Sie schon. Aber", Logan räusperte sich und strich sich über Mund und Kinn, „aber Ihre Eltern wollen Sie nicht sehen. Ich", er räusperte sich erneut, „ich habe hier einen, eh, einen Brief, den ich Ihnen geben soll." Er griff in seine Aktentasche und holte einen zusammengefalteten Zettel heraus, den er Kieran hinschob. „Es tut mir leid."

Kieran begriff im ersten Moment nicht, dass dieser Zettel der von Logan erwähnte Brief sein sollte. Er war hastig von einem Block abgerissen worden, denn der obere Rand war ausgefranst und eine Ecke fehlte. Kieran faltete ihn mit zitternden Fingern auseinander. Er erkannte die Schrift seines Vaters, die so tief in das Papier gedrückt worden war, dass es an drei Stellen entlang der Linien der Buchstaben eingerissen war. Offenbar hatte sein Vater die wenigen Worte darauf in großer Erregung geschrieben. Sie vernichteten Kieran vollständig.

„Clan MacKinnon hat keinen Sohn Kieran mehr."

Er brach in Tränen aus.

2

Die Seeluft schmeckte würzig auf seiner Zunge und kitzelte im Rachen. Kieran hielt das Gesicht dem Wind entgegen und hoffte, dass niemand ihn beobachtete, wie er mit offenem Mund die Luft in die Lungen sog, weil er dabei wahrscheinlich nicht sehr intelligent aussah. Er hatte den Duft und den Geschmack seiner Insel so lange vermisst, dass er beides jetzt bis zur Neige auskosten wollte. Ebenso das Spiel des ständig wechselnden Lichts, das durch die Wolken erzeugt wurde, die der Wind über die Insel trieb und deren Schatten die bizarrsten Muster auf Wasser und Land malten.

Obwohl er Wind und Sonne auf seiner Haut tatsächlich ebenso genoss wie die ihm endlos erscheinende Weite um ihn herum, die nicht von Mauern beschnitten und von einem Zellengenossen in mehr als einer Hinsicht verpestet wurde, nutzte er das Bad in der frischen Seeluft in erster Linie als Verzögerungstaktik. Er war von Harrapool den bei Ebbe steinigen Strand entlang nach Broadford gewandert, um eine Reise in die Vergangenheit anzutreten, die ihm hoffentlich ein paar Antworten liefern würde. Wenn er den Ort aufsuchte, an dem Allison damals gestorben war – an dem er sie getötet hatte –, kehrte die Erinnerung vielleicht wieder zurück.

Wie sein Anwalt Bryce Logan damals befürchtet hatte, war kein Detail mehr aufgetaucht, das ihn entlastet hätte. Die Jury war nicht nur anhand der Beweislage von Kierans Schuld überzeugt gewesen, sondern sein Ruf als Raufbold hatte ein Übriges getan. Der Staatsanwalt hatte jeden einzelnen dokumentierten Fall vorgetragen, bei dem Kieran jemanden verletzt hatte, sogar solche Fälle, die noch aus seiner Grundschulzeit stammten. Die Liste war erschreckend lang gewesen und malte selbst für Kieran das Bild eines brutalen Menschen, der er doch gar nicht war. Zumindest damals noch nicht. Später im Knast …

Jedenfalls hatte das belastendste Detail, das Logan zu einem Entlastungsindiz umzubauen versucht hatte, ihm am Ende das Genick gebrochen. Die Stiche, mit denen Allison getötet worden war, waren äußerst präzise gewesen, weshalb der Staatsanwalt in Zweifel gezogen hatte, dass jemand sie ihr zugefügt haben könnte, der so betrunken gewesen war, dass das zu einem vollständigen Blackout geführt hatte. Logans gewagte These, dass das ein Indiz dafür wäre, dass jemand anderes den Mord begangen haben könnte, als Kieran schon besinnungslos betrunken war, hatte nicht nur beim Staatsanwalt für sarkastische Heiterkeit gesorgt, denn es gab dafür nicht den geringsten Beweis und nicht einmal den Hauch eines Indizes.

Stattdessen hatte das Gutachten die Jury davon überzeugt, dass Kieran keinen Totschlag in betrunkenem Zustand begangen hatte, sondern einen kaltblütigen Mord und sich erst nach der Tat betrunken hätte, um auf Unzurechnungsfähigkeit plädieren zu können und eine mildere Strafe zu bekommen. Das hatte ihn auch noch die letzten, ohnehin nicht nennenswerten Sympathiepunkte bei der Jury gekostet und ihn in ihren Augen zu einem Monster abgestempelt. Sogar seine Eltern hielten ihn für schuldig, und auch Onkel Angus hatte das schließlich geglaubt, obwohl er sich noch am längsten daran geklammert hatte, dass Kieran unschuldig sein könnte.

Logan hatte zwar noch einen Gegengutachter aufgefahren, der eloquent dargelegt hatte, dass Kieran durch die verzögerte

Wirkung des Alkohols zwar noch zu einer gewissen Präzision in der Lage gewesen war, spätestens zum Zeitpunkt der Tat aber trotzdem nicht mehr gewusst hatte, was er tat, und der Blackout echt war. Damit hatte er aber auch zugegeben, dass Kieran die Tat begangen hatte, an die er sich immer noch nicht erinnern konnte.

Kieran hatte sich im Gefängnis lange Zeit einzureden versucht, dass er trotzdem unschuldig war, denn zwischen ihm und Allison war doch alles in Ordnung gewesen, und er hatte kein Motiv gehabt, sie umzubringen. Das hatte Dr. Fraser, der Anstaltspsychologe, bei dem Kieran eine Therapie hatte machen müssen – unter anderem, um sein Gewaltpotenzial in den Griff zu bekommen –, jedoch nachhaltig widerlegt.

„Wer, wenn nicht Sie, soll es denn sonst gewesen sein, Mr MacKinnon? Nach der mir vorliegenden Fallakte gab es weit und breit keine Spuren, dass noch jemand anderes am Tatort gewesen sein könnte. Und es gab niemanden, der ein Motiv gehabt hätte, Ihre Freundin zu töten. Bleiben nur noch Sie als Täter übrig. Ihr Motiv: irgendetwas, das zwischen Ihnen und Ihrer Freundin in dem Moment vorgefallen ist und Sie hat ausrasten lassen. Sie haben sie getötet, niemand sonst. Und tief in Ihrem Innern wissen Sie das auch. Sie verdrängen es nur. In unseren Sitzungen werden wir daran arbeiten, diese Erinnerung wieder hervorzuholen. Und danach werden wir an der Bewältigung Ihrer Schuld arbeiten. Je eher Sie aufhören zu leugnen, dass Sie die Tat begangen haben – auch vor sich selbst –, desto eher könnten Sie begnadigt und auf Bewährung entlassen werden."

Kieran hatte noch eine Zeit lang jedes nur mögliche Argument in die Waagschale geworfen, das auf seine Unschuld hindeutete, auch die absurdesten Theorien. Fraser hatte jedes schlüssig und zweifelsfrei widerlegt. So blieb Kieran am Ende nichts anderes übrig, als seine Schuld zu akzeptieren und dazu zu stehen, dass er Allison getötet hatte. Trotzdem war die Erinnerung an jenen verhängnisvollen Abend bis heute nicht zurückgekehrt.

Deshalb war er jetzt hier und hoffte, dass eine Konfrontation mit dem Tatort den Schleier des Vergessens endlich lüften würde, denn die Ungewissheit nagte auch nach zwanzig Jahren noch an ihm. Gleichzeitig fürchtete er sich vor dem, was er erfahren könnte.

Die Stelle war keine hundert Yards entfernt. Der Pier, der das Ende der Sraid na h-Atha bildete und an dem die Fischerboote vertäut waren, hatte sich nicht sehr verändert. Wie immer bei Ebbe lagen die wenigen Boote links und rechts auf Grund, und Gras wuchs zwischen den Steinen des Piers. Die alte Ruine hinter dem letzten Haus, das gute fünfzig Yards vom grasbewachsenen Ufer entfernt stand, existierte immer noch.

In der Nische, wo der Pier auf das Ufer traf, hatten er und Allison sich auf dem steinigen Strand niedergelassen. Die Erinnerung an den folgenschweren Abend stieg langsam und dunkel in ihm auf. Die Steine rochen damals wie heute nach Tang und waren teilweise von Schlick überzogen. Kein besonders romantischer Ort, aber Allison war das egal gewesen. Im Gegenteil, sie hatte oft solche ungewöhnlichen Orte ausgesucht, von denen einige eher als Notbehelf für die Arbeit einer Straßenhure taugten. Kieran hatte nie verstanden warum.

Er wandte sich vom Meer ab und ging auf den Pier zu. Wie auf dem letzten Stück des Weges zu seinen Eltern schienen seine Beine mit jedem Schritt schwerer zu werden, und das Herz schlug ihm bis zum Hals.

Auf dem Stellplatz neben dem Pier standen zwei Autos. Ein Mann koppelte einen Bootsanhänger ab. Da Kieran Aufmerksamkeit erregen würde, wenn er mitten auf dem Strand stehen blieb und die Nische anstarrte, blickte er nur aus den Augenwinkeln hinüber, während er langsam weiterging.

Vielleicht hätte er sich intensiv mit diesem Ort auseinandersetzen sollen. Vielleicht hätte er stehen bleiben und auf die Ufernische starren müssen, bis die Blockade um sein Gedächtnis sich endlich auflöste. Denn er empfand nur Unbehagen beim Anblick des Schauplatzes und eine zunehmende Enge in der Brust. Und seine Beine weigerten sich, daran vorbeizugehen.

Er blieb stehen, wandte sich wieder dem Meer zu, schloss die Augen und atmete tief die klare Luft ein. Das beruhigte ihn. In ein paar Minuten würde er genug Mut gesammelt haben, um über den Pier auf die Straße zu gehen, ohne einen großen Bogen um die Nische zu machen.

„Wird heute noch Regen geben."

Kieran zuckte beim Klang der Stimme zusammen. Er war so in Gedanken versunken gewesen, dass er nicht bemerkt hatte, dass jemand sich ihm näherte. Im Gefängnis wäre so eine Unaufmerksamkeit unter Umständen tödlich gewesen. Hier war sie nur unangenehm, denn Mr Drew war der Letzte, den er sehen oder mit dem er sprechen wollte. Hätte er ihn kommen sehen, wäre er weitergegangen, bevor der Alte nahe genug gewesen wäre, um ihm ein Gespräch aufzuzwingen, denn Mr Drew schwatzte gern und viel.

„Schmeckt man in der Luft. Den Regen." Der Alte hängte seinen erst spärlich gefüllten Muschelkorb über den Arm, ehe er sich neben Kieran stellte und ebenfalls die Seeluft durch den Mund einatmete. „Diesen leicht metallischen Geschmack. Schmecken Sie ihn?"

Kieran nickte und überlegte, wie er das Weite suchen konnte, ohne unhöflich zu sein.

„Sicher tun Sie das. Sie sind ja ein Skyeman." Mr Drew legte den Kopf schief und blickte Kieran aus verengten Augen an. „MacAskill sagten Sie?" Er schüttelte den Kopf. „Ich bin sicher, dass wir uns kennen."

Kieran antwortete nicht.

„Ah, das fällt mir schon noch ein." Er sah Kieran durchdringend an. „Sie wissen sicher, was hier passiert ist, junger Mann. Vor zwanzig Jahren. Da drüben." Mr Drew deutete auf die Nische.

Kieran erschrak. Hatte er ihn doch erkannt? Da er nicht wusste, wie er reagieren sollte, tat er gar nichts und starrte auf den Boden. Ausdruckslos, wie er hoffte.

„War eine ziemlich üble Geschichte. Ein Junge aus dem Ort hat sein Mädchen ermordet. Genau da drüben hat er sie erstochen. Nur der Teufel weiß, warum er's getan hat. In der Zeitung haben sie ihn den Broadford-Killer genannt."

Dieser unrühmliche Titel hatte Kieran unerwarteten Respekt verschafft. Zumindest im Jugendknast, in dem er die ersten zweieinhalb Jahre seiner Strafe verbüßt hatte, bis er mit einundzwanzig in eine Strafanstalt für Erwachsene überstellt worden war. Dort verschaffte einem ein Mord nur dann Respekt, wenn er spektakulär war, in einer Serie gipfelte oder der Ermordete ein Polizist gewesen war. Frauenmörder gab es in Saughton mehrere Dutzend, und sie genossen keinen Respekt. Zumindest nicht wegen ihrer Tat. Ein Mann, der eine Frau tötete, galt als Schwächling. Wollte er Respekt, musste er sich den mit brutaler Gewalt erkämpfen.

„Ja, zwanzig Jahre haben sie ihm gegeben. Kannte den Jungen. Kam aus einem guten Stall. Hätte ich ihm nie zugetraut, so was. Dass ausgerechnet ein MacKinnon ..."

Mr Drew stutzte und runzelte die Stirn. Sein Kopf ruckte zu Kieran herum. Der konnte förmlich sehen, wie dem Alten die Erkenntnis dämmerte, wer er war. Erschrecken malte sich auf Mr Drews Gesicht, wandelte sich zu Entsetzen und wurde zu nackter Angst. Er stolperte zwei Schritte zurück und streckte Kieran eine zitternde Hand entgegen.

„Dein Name ist nicht MacAskill. Du bist Kieran MacKinnon!"

Dass der Alte solche Angst vor ihm hatte, beschämte Kieran zutiefst. „Ja, Mr Drew. Ich bin wieder da." Er hob beschwichtigend die Hände. „Aber keine Sorge, ich bringe ganz bestimmt niemanden mehr um."

Er drehte sich um und ging zum Pier, so schnell er konnte, ohne den Anschein zu erwecken, er würde davonlaufen. Mr Drews Entsetzen verursachte einen dicken Kloß in seinem Hals und schmerzte beinahe so sehr wie die Zurückweisung seiner Eltern und seines Bruders. Zwanzig Jahre – und man sah in ihm immer noch einen Mörder. Ein Monster. Nichts anderes.

Bevor er sich auf den Pier stemmte, schaute er sich um, ob Mr Drew ihm folgte. Bestürzt sah er, dass der Alte zusammengebrochen war. Er hatte eine Hand auf die Brust gepresst und rang nach Luft. Kieran stieß einen Fluch aus, rannte zu ihm und half ihm, sich aufzurichten. Er erkannte die Symptome eines Herzinfarkts auf den ersten Blick: Atemnot, Blässe, kalter Schweiß und den Druck in der Brust, den der Alte vergeblich zu lindern versuchte, indem er am Kragen seines Pullovers zerrte. Kieran riss ihn auf, wohl wissend, dass das keinen realen Effekt hatte, allenfalls einen psychologischen.

„Bitte, Mr Drew, beruhigen Sie sich. Versuchen Sie, normal zu atmen. Ich bringe Sie ins Krankenhaus. Sie müssen vor mir wirklich keine Angst haben. Ganz bestimmt nicht."

In den weit aufgerissenen Augen des alten Mannes las er Todesangst. Kieran blickte sich um. Der Mann, der vorhin seinen Bootsanhänger vom Wagen gekoppelt hatte, war im Begriff, das Fahrzeug abzuschließen.

„Hey!", brüllte Kieran aus Leibeskräften. „Hilfe!"

Er hob Mr Drew auf die Arme und rannte über den steinigen Strand am Pier entlang zur Uferböschung. Der Alte kam ihm erstaunlich leicht vor. Der Bootsbesitzer lief ihm entgegen und nahm ihm Mr Drew ab.

„Können Sie uns ins Krankenhaus fahren? Ist nur gut eine halbe Meile von hier. Bis der Krankenwagen hier ist, dauert's ewig."

„Kein Problem!" Der Mann lief zu seinem Wagen und öffnete die Türen.

Kieran bettete Mr Drew auf die Rückbank und setzte sich auf den Beifahrersitz. Er fasste nach hinten, ergriff die schlaffe Hand des Alten und drückte sie leicht. „Halten Sie durch, Mr Drew. Wir sind in fünf Minuten in der Klinik."

„Sie kennen den Weg?", fragte der Fahrer.

Kieran nickte. „An der Hauptstraße rechts, geradeaus, die dritte Straße rechts rein, dann zweihundert Yards geradeaus. Beeilen Sie sich bitte. Ich zahle den Strafzettel, falls Sie einen kriegen." Er warf einen Blick auf die Rückbank. Mr Drew atmete noch. Kieran betete, dass er bis zur Klinik durchhielt, während er beruhigend auf den alten Mann einredete und seine Hand nicht losließ.

Der Fahrer jagte die Sraid na h-Atha hoch, so schnell es die schmale Straße zuließ. Wenig später bog er mit quietschenden Reifen auf die A87 ein und raste mit eingeschaltetem Warnblinker auf ihr entlang. Minuten später schwenkte er auf Kierans Fingerzeig in die An Rathad Ard ein und hielt gleich darauf schlitternd vor dem Haupteingang der Klinik. Kieran sprang aus dem Wagen, lud sich Mr Drews jetzt reglosen Körper auf die Arme und rannte ins Gebäude.

„Danke!", rief er über die Schulter zurück. „Tausend Dank!" Falls der Mann etwas antwortete, hörte er es nicht.

„Notfall!", brüllte er, während er am Empfang vorbei zu den Kabinen der Notaufnahme lief, die immer noch in denselben Räumen wie vor zwanzig Jahren lagen. „Myokardinfarkt! Patient seit drei Minuten bewusstlos." Durch seine langjährige Erfahrung als Gefängnissanitäter wusste er, welche Informationen das Klinikpersonal brauchte.

Die Leute reagierten sofort. Jemand bellte Anweisungen. Kieran wurde zur Seite gedrängt, kaum dass er den Alten auf die Liege gebettet hatte. Ein Arzt tauchte auf, dessen Haar wie eine weiße Kappe am Kopf lag. Kierans Herzschlag stockte für einen Moment. Onkel Angus war älter geworden, hatte sich aber ansonsten nicht verändert. Er warf Kieran einen kurzen Blick zu, ehe er sich dem Patienten widmete und ein Milligramm Adrenalin in einer Spritze verlangte.

„Sir, können Sie mir sagen, was mit Mr Drew passiert ist?" Die Schwester vom Empfang berührte leicht seinen Arm.

Kieran zuckte zurück. Wieder brauchte er einen Moment, um zu begreifen, dass er mit dem „Sir" gemeint war. Er starrte auf den jetzt zugezogenen Vorhang, der Mr Drew seinen Blicken entzog und setzte seine stummen Gebete ununterbrochen fort.

„Sir?"

„Ich …" Warum war seine Stimme so rau, dass er kaum sprechen konnte? Er räusperte sich. „Wir haben uns unterhalten. Am Strand. Über das Wetter. Dann hat er sich plötzlich an die Brust gefasst und ist zusammengebrochen." Weil er in ihm den Broadford-Killer erkannt hatte. „Ich habe ihn sofort hergebracht."

Er hörte die typischen sirrenden Geräusche des Defibrillators, der geladen wurde. Angus' Befehl: „Alle zurück!" Das Aufschlagen des Körpers auf dem Bett nach dem Aufbäumen. „Noch mal!"

Bitte, Gott! Bitte lass ihn nicht meinetwegen sterben!

Die Schwester sagte etwas zu ihm. Er verstand es nicht. Wie hypnotisiert starrte er auf den Vorhang, hinter dem Angus und sein Team um Mr Drews Leben kämpften.

Vergeblich.

Angus kam zurück und schüttelte den Kopf. Kieran schloss die Augen. Er fuhr sich mit der Hand über das Gesicht und wandte sich zum Ausgang. Nur weg von hier, bevor jemand auf den Gedanken kam, unangenehme Fragen zu stellen oder ihn gar zur Rechenschaft zu ziehen für das, was passiert war.

„Hiergeblieben!" Angus' Stimme ließ keinen Widerspruch zu. „Es sind noch ein paar Fragen zu klären." Er deutete auf die Wartebank. „Ich bin gleich zurück."

Kieran setzte sich, obwohl er am liebsten aus der Klinik gerannt wäre. Hatte Angus ihn erkannt? Würde er die Polizei rufen? In dem Fall würde Kieran wahrscheinlich in weniger als einer Stunde wieder im Gefängnis sitzen. Ein entsetzlicher Gedanke. Noch schlimmer als Mr Drews Tod. Aber er hatte nichts getan, verdammt! Und er würde nicht feige davonlaufen.

Angus kam nach einer Viertelstunde zurück und bedeutete Kieran mit einer Kopfbewegung, ihm zu folgen. Er führte ihn in sein Büro – immer noch derselbe, eigentlich viel zu kleine, unaufgeräumte Raum wie vor zwanzig Jahren – und deutete auf einen Stuhl. Er setzte sich ihm gegenüber und blickte ihn eine Weile an.

„Wann haben sie dich entlassen?"

„Gestern Morgen."

Sein Onkel nickte langsam. „Reife Leistung, das muss ich schon sagen. Erst einen Tag draußen, und der alte Peadar Drew bekommt in deiner Gegenwart einen Herzinfarkt." Er fixierte Kieran mit seinem Schlangenblick. „Was ist wirklich passiert?"

„Was ich gesagt habe. Das Einzige, was ich nicht gesagt habe – aus gutem Grund –, ist, dass Mr Drew plötzlich erkannt hat, dass der Mann, mit dem er sich gerade über das Wetter unterhielt, der Broadford-Killer ist. Daraufhin bekam er den Herzinfarkt. Was glaubst du denn, Onkel Angus? Dass ich ihn umgebracht habe?"

„Das nicht unbedingt. Es gibt mir nur zu denken, dass es ausgerechnet Peadar Drew ist. Du hast bestimmt nicht vergessen, dass er derjenige war, der dich und Allison damals am Strand gefunden und die Polizei gerufen hat."

Er starrte seinen Onkel perplex an. „Was soll das denn heißen? Dass ich den Alten absichtlich zu Tode erschreckt habe, um mich dafür zu rächen?"

„Sag du es mir."

Kieran presst die Lippen zusammen und stand auf. „Wie du dich vielleicht erinnern wirst, Onkel Angus, habe ich es Mr Drew zu verdanken, dass ich nicht in der Flut ertrunken bin, die schon eingesetzt hatte, als er uns fand. Wenn du trotzdem glaubst, dass ich ihm irgendwas angetan habe, dann ruf doch die Polizei." Angus' Misstrauen war ein weiterer unerwarteter Schmerz. Vielleicht sollte er sich besser daran gewöhnen, dass jeder in ihm nichts anderes sah als Allisons Mörder. Dann kam so etwas wenigstens nicht unerwartet. Er ging zur Tür.

„Nicht so hastig. Selbst wenn es so gewesen sein sollte – jemanden absichtlich zu erschrecken ist nicht unbedingt strafbar. Da Peadar eindeutig einen Herzinfarkt gehabt hat, was in seinem biblischen Alter und bei seiner medizinischen Vorgeschichte beinahe schon als normal angesehen werden kann, und es keine Zeugen des Vorfalls gibt, kämst du so oder so ungeschoren aus der Sache raus. Ich will nur die Wahrheit erfahren. Übrigens auch – immer noch – die von damals. Du bist mein Fleisch und Blut, Kieran. Was immer du mir anvertraust, ich werde dich nicht verraten. Ich will nur wissen, woran ich mit dir bin. Darf ich also darauf vertrauen, dass du mir die Ehre erweist, mir wie ein Mann die Wahrheit zu sagen?"

Er deutete auf den Stuhl. Kieran nahm zögernd wieder Platz. Eine Weile sahen sie einander schweigend an.

„Das habe ich immer getan, Onkel Angus. Ich hatte gehofft, dass du das weißt." Er zuckte mit den Schultern. „Aber nach allem, was passiert ist, habe ich wohl zu viel erwartet." Er sah Angus in die Augen. „Ich habe Mr Drew nichts getan. Darauf gebe ich dir mein Wort. Es hat sich genauso abgespielt, wie ich gesagt habe."

Angus blickte Kieran erwartungsvoll an.

Er atmete tief durch. „Was die Sache von damals betrifft: Ich bin an den Strand gegangen, wo es passiert ist, weil ich gehofft hatte, dass ich mich endlich erinnern werde, wenn ich den Ort des ... der Tat wiedersehe." Er schüttelte den Kopf. „Aber es kam nichts. Nicht mal der winzigste Hauch einer Erinnerung. Stattdessen tauchte Mr Drew auf und begann zu plaudern. Erzählte davon, dass sich vor zwanzig Jahren genau dort, wo wir standen, ein furchtbares Verbrechen ereignet hatte. Irgendwann im Laufe seines Berichts dämmerte ihm, wer ich wirklich bin, und er bekam entsetzliche Angst. Ich bin weggegangen. Als ich mich noch mal umgedreht habe, lag er am Boden. Das ist alles." Was für ein elendes Gefühl es war, dass allein das Bewusstsein, dass er vor zwanzig Jahren jemanden umgebracht hatte, ausgereicht hatte, um in einem Menschen eine so tödliche Angst auszulösen, verschwieg er.

Angus nickte langsam. „Ich glaube dir, Junge." Er blickte Kieran wohlwollend an. „Ich habe dir regelmäßig geschrieben. Warum hast du meine Briefe nie beantwortet?"

Kieran zuckte mit den Schultern.

„Dachtest du, dass du nicht verdient hast, dass ich immer noch zu dir halte?"

Er zögerte, ehe er nickte. Auch wenn er sich an seine Tat nicht erinnern konnte, schämte er sich ihrer doch zutiefst. Angus' ungebrochene Loyalität empfand er wie Salz in einer offenen Wunde.

„Hast du die Briefe wenigstens gelesen?"

Kieran schüttelte den Kopf. „Aber ich habe sie alle noch. Und ich werde sie lesen, sobald ich weiß, wo ich unterkomme. Im Moment wohne ich in einem Hotel."

„Warst du schon bei deinen Eltern?"

Er nickte. Da er immer noch im Hotel wohnte, konnte Angus sich unschwer denken, wie die Begegnung ausgegangen war.

„Du kannst unser Gästezimmer haben."

„Ich kann mir nicht vorstellen, dass Tante Sal das recht wäre."

„In meinem Haus bin immer noch ich der Herr und nicht Sal. Du bist mein Neffe, und ich helfe dir, wo ich kann. Du hast deine Strafe verbüßt und eine neue Chance verdient."

„Danke, Onkel Angus. Ich komme darauf zurück, falls ich in absehbarer Zeit nichts finde."

Angus mochte zwar der Herr in seinem Haus sein, aber falls Tante Sal sich in dem Punkt nicht gravierend geändert hatte, verstand sie es immer noch ausgezeichnet, ihm nonverbal das Leben zur Hölle zu machen, wenn er gegen ihren Willen handelte. Kieran konnte sich unschwer vorstellen, wie sie reagierte, wenn er in ihr Gästezimmer einzog. Das wollte er Angus auf keinen Fall zumuten. Und es sich selbst ebenfalls ersparen.

Angus blickte Kieran nachdenklich an. „Hast du einen Beruf erlernt?"

„Ich habe einen ordentlichen Schulabschluss und per Fernstudium Literatur und Journalistik studiert. Ich war Chefredakteur der Gefängniszeitung. Aber hier draußen Arbeit als Journalist zu finden, ist", er räusperte sich, „schwierig. Ich werde also jeden noch so schmutzigen Job annehmen, den ich ausüben kann. Hauptsache, ich bekomme Arbeit. Ich will nicht von der Stütze leben."

„Ich rede mal mit der Personalabteilung. Vielleicht brauchen die noch jemanden in der Putzkolonne oder anderswo." Wieder blickte Angus ihn nachdenklich an. „Wie steht es mit deinen Plänen, Medizin zu studieren?"

Kieran schnaufte. „Da Medizin nicht zu den Fächern gehört, die man als Fernkurs belegen kann, musste ich sie notgedrungen begraben. Ich habe aber einen anerkannten Abschluss als Sanitäter. Einer der Ärzte auf der Krankenstation hat mich umfassend ausgebildet." Mit dem er seinem Traum, Arzt zu werden, so nahe gekommen war, wie es unter den gegebenen Umständen möglich gewesen war.

„Was spricht dagegen, das Studium jetzt zu beginnen?"

Kieran starrte ihn an. „Das ist nicht dein Ernst. Ich bin achtunddreißig. Wenn ich endlich meinen Abschluss hätte, wäre ich Mitte vierzig."

„Und hättest noch mindestens zwanzig, fünfundzwanzig Jahre, vielleicht dreißig, in denen du als Arzt arbeiten könntest. Skye braucht gute Ärzte. Vor allem Landärzte, die auf der ganzen Insel ihre Runden machen. Die ländlichen Gebiete sind teilweise immer noch unterversorgt."

Angus' Vorschlag erschien ihm grotesk. Nicht nur weil er, sollte er ihn in die Tat umsetzen, der wohl älteste Medizinstudent an der Universität wäre. Er konnte sich nicht vorstellen, dass sich die Patienten ausgerechnet vom Broadford-Killer behandeln lassen wollten.

„Das musst du nicht jetzt entscheiden, Kieran. Komm erst mal richtig an und gewöhn dich ein."

Angus ging zu dem Schrank, in dem er seine Akten aufbewahrte und in den er auch seinen Mantel hängte. Kieran sah, dass sein Onkel immer noch eine Flasche Whisky im Fach neben den beiden alten Anatomiebüchern stehen hatte, deren Abbildungen sich Kieran schon als Kind voller Faszination angesehen hatte. Angus schenkte zwei Gläser ein und reichte ihm eins.

„Willkommen zu Hause, Kieran. Slàinte mhath!"

„Slàinte mhór."

Kieran trank einen Schluck. Der Whisky schmeckte pfeffrig scharf und rauchig mit einem Hauch von Süße und einer Ahnung von Meersalz in seinem Duft. Er musste keinen Blick auf das Etikett werfen, um zu wissen, dass es ein Talisker war. Der Geschmack war unverkennbar, obwohl er seit seiner Inhaftierung keinen Whisky mehr getrunken hatte. Der Talisker wärmte seinen Bauch und auch ein winziges bisschen seine Seele. Vermittelte ihm ein Gefühl von Heimkehr, das ihn etwas entspannte.

„Von dem genehmige ich mir immer ein Glas zu besonderen Anlässen. In der Regel nach einem geretteten Leben oder wenn ein Patient eine schwierige OP gut überstanden hat." Angus lächelte. „Deine Rückkehr ist ein sehr viel schönerer Anlass."

Kieran blickte verlegen zur Seite, tief berührt von dem aufrichtigen Willkommen. Doch nach der unschönen Begegnung mit seinen Eltern und Paddy und dem Herzinfarkt, den Mr Drew nur seinetwegen erlitten hatte, brannte auch das wie Salz in seinen unverheilten Wunden.

Angus ahnte wohl, was ihn beschäftigte. Er beugte sich vor. „Ich meine es ernst. Du warst immer ein guter Junge, Kieran. Wild und aufsässig, ja, aber im Kern ein guter Mensch. Was immer der Grund für deinen damaligen Ausraster gewesen ist, du hast dafür gebüßt. Für mich ist die Sache damit erledigt. Also, wenn du irgendwas brauchst, ich bin immer für dich da." Er schrieb etwas auf und reichte Kieran den Zettel. „Meine sämtlichen Telefonnummern. Die Adresse hat sich nicht geändert."

„Danke, Onkel Angus." Kieran schrieb seine Handynummer auf und schob sie ihm hin. Dann trank er den Rest Whisky aus und stand auf.

Angus kam um den Tisch herum und klopfte Kieran auf die Schulter. Als er ihn umarmen wollte, hielt Kieran ihn zurück. Intensive Berührungen ertrug er nicht mehr. Und hätte Angus ihn umarmt, wäre er wahrscheinlich zusammengebrochen und hätte an der Schulter seines Onkels geweint wie ein Kind. Diese Blöße wollte er sich auf keinen Fall geben.

„Übrigens, Kieran, der alte Peadar war bei uns Stammgast. Es war nur eine Frage der Zeit, bis sein geschädigtes Herz die Arbeit einstellte. Er hätte sich auch vor einer aufflatternden Möwe zu Tode erschrecken können. Du trägst keine Schuld an seinem Tod."

Kieran schnaufte. „Vorhin hast du mir noch was anderes unterstellt."

„Ich habe dir nichts unterstellt. Ich wollte nur herausfinden, woran ich mit dir bin. Wir hatten zwanzig Jahre lang keinen

Kontakt. Ein so langer Aufenthalt im Gefängnis verändert jeden Menschen nachhaltig. Es hätte durchaus sein können, dass mein Neffe Kieran dort gestorben ist." Er lächelte. „Ich bin glücklich zu sehen, dass das nicht der Fall ist. Also mach dir keine Gedanken wegen Peadar Drew."

Kieran nickte Angus zu und verließ das Krankenhaus.

Es dämmerte bereits. Leichter Regen fiel, wie Mr Drew prophezeit hatte. Trotzdem ging er zu Fuß zurück nach Harrapool.

Als er Stunden später nach einer heißen Dusche schlafen ging, verfolgte ihn Mr Drews entsetztes Gesicht bis in seine Träume.

*

Montag, 29. August 2011

Dichter Nebel lag über dem Loch Dunvegan und verschluckte den Klang von Kierans Schritten. Obwohl die dichten Schwaden um ihn herum ihm einerseits ein Gefühl von Enge vermittelten, fühlte er sich andererseits geborgen, weil der Nebel ihn den Blicken der Menschen entzog. Nicht dass sich Menschen hier aufgehalten hätten. Dunvegan war eine Meile entfernt, Dunvegan Castle, das Ziel der Touristenhorden, eine Viertelmeile. Das Ufer, an dem er wanderte, lag weit genug weg von der Zivilisation, dass er hier ungestört war.

Ungestörtheit war ihm wichtig. Nach Licht, Luft und Natur um sich herum war er richtig süchtig. Er verbrachte jede freie Minute draußen, egal wie das Wetter war. Und freie Minuten hatte er genug, da er außer der Suche nach einem Job und einer Wohnung nichts zu tun hatte. Letztere hatte ihn nach Dunvegan getrieben. Er hatte am Vormittag ein paar Wohnungen besichtigt. Besichtigen wollen. Bei keiner war er über das Stadium, sich dem Vermieter vorzustellen, hinausgekommen. Sobald er auf die Frage nach seinem Einkommen antwortete, dass er momentan arbeitslos sei, weil er übersiedele, winkte man ab.

Ein weiterer Grund, heute hierher zu kommen, war Mr Drews Beerdigung. Obwohl er, wenn er in Harrapool geblieben wäre, der Trauerprozession ganz sicher nicht über den Weg gelaufen wäre, hatte er das Bedürfnis, so weit wie möglich davon entfernt zu sein. Der Nordwesten der Insel war ihm dafür gerade recht. Auch wenn er für den Tod des alten Mannes nicht direkt verantwortlich war, fühlte er sich schuldig. Hätte er damals Allison nicht umgebracht, hätte Mr Drew sich nie vor ihm erschreckt und wäre noch am Leben.

Er zuckte zusammen, als aus dem Nebel vom Wasser her ein Schrei ertönte, gefolgt von einem schweren Klatschen auf der Wasseroberfläche. Er lauschte, konnte aber nichts hören außer dem leisen Klatschen des Wassers ans Ufer.

„Hallo?"

Keine Antwort. Kieran rannte zum Wasser und spähte in den Nebel. Zunächst sah er nichts. Sekunden später tauchte der dunkle Umriss eines Ruderbootes in den dichten Schwaden auf. Dahinter trieb etwas Unförmiges im Wasser. Ein Mensch? Kieran zögerte nicht. Er riss sich die Jacke vom Leib und rannte ins Wasser. Schon nach wenigen Schritten hatte er keinen Boden mehr unter den Füßen und tauchte vollständig in dem eisigen Wasser des Loch ein. Selbst im Hochsommer stieg die Wassertemperatur nicht über fünfzehn Grad. Doch das war ihm egal. So schnell er konnte, schwamm er auf die Gestalt im Wasser zu und hatte sie nach wenigen Zügen erreicht. Es war tatsächlich ein Mensch, der offenbar bewusstlos mit dem Gesicht nach unten im Wasser trieb.

Kieran packte ihn, drehte ihn auf den Rücken, sodass Mund und Nase über dem Wasser waren, und zog ihn rückwärts schwimmend zum Ufer. Als er Boden unter den Füßen spürte, richtete er sich auf und hob den Bewusstlosen auf die Arme. So schnell es ging, trug er ihn zum Ufer, legte ihn ins Gras und begann routiniert mit den notwendigen Erste-Hilfe-Maßnahmen.

Erst jetzt sah er, dass er eine Frau vor sich hatte. Sie atmete, ihr Herz schlug, aber sie war benommen. Er brachte sie in die stabile Seitenlage und begann, ihren Körper, der reichlich kühl war, kräftig zu reiben. Eigentlich hätte er ihr die nasse Kleidung ausziehen müssen. Aber er hatte keine trockene Decke dabei, um sie darin einzuwickeln, und seine Jacke war zu kurz. Außerdem scheute er sich, eine so intime Handlung bei einer völlig Fremden vorzunehmen.

Sie hustete, würgte, spuckte Wasser und rang nach Atem. Er stützte sie mit der einen Hand, während er mit der anderen fortfuhr, ihren Rücken kräftig zu reiben. Sie begann zu zittern und schlang die Arme um ihren Körper, während sie sich aufrichtete und sich umblickte.

„W-wo s-sind w-wir?" Ihre Zähne schlugen vernehmlich aufeinander.

Kieran hängte ihr seine Jacke um und rieb ihre Oberarme. „Am Ostufer des Loch Dunvegan, ungefähr eine Viertelmeile nördlich vom Schloss." Ihm war ebenfalls kalt. Durch die nasse Kleidung auf der Haut wurde ihm zunehmend kälter und auch er begann zu zittern.

„M-mein W-Wohnwagen st-steht a-am W-W-Waldr-rand."

Demnach war sie wohl eine Touristin, obwohl sie wie eine Einheimische sprach. Sie stand schwankend auf und zitterte so stark, dass sie sich kaum auf den Beinen halten konnte und in den Knien eingeknickt wäre, wenn Kieran sie nicht gehalten hätte.

„Gehen wir. So schnell wir können. Sie müssen aus den nassen Sachen raus und bis dahin in Bewegung bleiben."

Sie warf ihm einen kurzen Blick zu. „S-Sie auch."

Er drängte sie vorwärts.

„W-wo i-ist d-das B-Boot?"

„Darum kümmern wir uns später. Ihre Gesundheit ist wichtiger als ein Boot."

Sie widersprach ihm nicht, sondern stolperte mehr als dass sie ging an seiner Seite auf den Weg zu, der auf Dunvegan Castle zuführte. Kieran musste sie mehrmals auffangen, damit sie nicht fiel. Er beobachtete sie, ob sie Anzeichen zeigte, dass sie durch den Sturz ins Wasser mehr abbekommen hatte als nur kurzzeitige Benommenheit und er sie besser in ein Krankenhaus bringen sollte. Doch das nächstgelegene Hospital befand sich in Portree an der Ostküste, und Kieran hatte keine Ahnung, ob es in Dunvegan eine Arztpraxis gab.

Aber die Frau machte nicht den Eindruck, als bräuchte sie einen Arzt, nur trockene Kleidung und vor allem Wärme. Eine halbe Stunde später hatten sie ihren Wohnwagen erreicht. Ihre Finger waren so klamm und zitterten so stark, dass sie die Tür kaum öffnen konnte. Kieran half ihr und wunderte sich, dass die Tür nicht abgeschlossen war. Verspätet fiel ihm ein, dass er ja auf Skye war, wo die Menschen sogar ihre Haustüren nicht abschlossen. Kriminalität gab es hier fast nicht. Deshalb war der Mord an Allison auch ein so großer Schock für die ganze Insel gewesen.

Die Frau stolperte in den Wagen und begann ungeniert, sich auszuziehen. Er wandte den Blick ab.

„Fühlen Sie sich gut genug, dass ich Sie allein lassen kann?"

„S-sind Sie v-verrückt?" Sie klapperte immer noch mit den Zähnen vor Kälte. „Sie s-sind doch g-genauso nass w-wie ich. K-kommen Sie r-rein. Ich g-geb Ihnen 'n H-Handtuch."

„Das Handtuch nehme ich gern, aber ich kann mich wohl kaum mit Ihnen zusammen in einem Wohnwagen aufhalten, wenn Sie", er räusperte sich, „kaum bekleidet sind."

„Was s-sind S-Sie denn f-für einer?" Das klang spöttisch. „K-kommen Sie rein."

Er zögerte. Doch je länger er hier draußen stand, desto mehr fror er, da er nicht mehr in Bewegung war und die nasse Kleidung sich durch den Wind noch kälter anfühlte.

„I-ich sch-schalte die H-Heizung ein, dann k-können Sie Ihre S-Sachen trocknen. O-oder steht Ihr W-Wagen in der N-Nähe?"

„Ich habe keinen Wagen."

Kieran gab nach. Denn wenn er in den nassen Sachen nach Harrapool zurück mit dem Bus fahren musste, hätte er sich dabei den Tod geholt. Er war zwar schon immer robust gewesen, aber das würde selbst die robusteste Konstitution nicht unbeschadet überstehen. Er zog die Schuhe aus, bevor er den Wohnwagen betrat, genauer gesagt das mindestens acht Yards lange Luxusungetüm von einem Caravan. Wie hatte sie das Ding nur über die kaum befestigte Straße unbeschadet hierher bekommen?

Die Frau reichte ihm ein Badehandtuch. Sie war inzwischen bis auf Slip und BH nackt und wickelte sich in ein anderes Badetuch ein. Er blickte hastig zu Boden, um sie nicht ungebührlich anzustarren.

„Ich mache d-den Boiler heiß, dann k-können w-wir duschen."

Kieran antwortete nicht. Er hängte sich das Handtuch über die Schultern, stellte sich in die von ihr am weitesten entfernte

Ecke und wandte ihr den Rücken zu, ehe er begann, sich auszuziehen. Anschließend rubbelte er sich von oben bis unten ab, soweit das möglich war, ohne das Badetuch von den Schultern zu nehmen. Er wollte nicht, dass sie die Narben sah, falls sie zu ihm herüberschaute. Danach wickelte er sich in das Handtuch ein und wrang die nasse Kleidung draußen aus. Er entdeckte eine Leine, deren eines Ende am Dach des Caravans und das andere an einem Baum befestigt war, und hängte die Kleidung darüber. Der Wind und die Sonne, die langsam durch den Nebel brach, würden sie schneller trocknen als jede Heizung im Wagen.

Als er in den Caravan zurückkehrte, stand die Frau am Herd und kochte Tee. Da sie ihn nicht beachtete, erlaubte er sich, sie zu betrachten. Ihr feuchtes Haar erinnerte ihn an frisch gestochenen Torf. Da es wegen der Nässe auf ihrer Haut klebte, bildete es ihre Nacken- und Schulterlinie nach. Wie dunkle Priele im hellen Sand. Als sie den Blick hob, sah er schnell zum Fenster hin, damit sie ihn nicht dabei ertappte, dass er sie anstarrte.

Sie deutete auf die Sitzbank, die an drei Seiten um einen Tisch lief. „Nehmen Sie Platz. Sie müssen nicht die ganze Zeit stehen. Der Tee ist gleich fertig. Und das Wasser für die Dusche dürfte auch heiß genug sein."

Er setzte sich, obwohl er immer noch das Gefühl hatte, dass er den Caravan verlassen sollte. Die Enge des Wagens erstickte ihn beinahe. Und mit einer Frau allein zu sein, verunsicherte ihn. Dass sie beide nur mit einem Handtuch notdürftig bedeckt waren, vermittelte ihm das Gefühl, etwas Unrechtes zu tun. Das hier war Skye. Da saß ein Mann nicht mehr oder weniger nackt mit einer Frau in einem engen Wohnwagen, mit der er weder verlobt noch verheiratet oder zumindest liiert war.

Sie goss den Tee auf, stellte die Kanne und eine Tasse vor ihn auf den Tisch und verschwand mit einer knappen Entschuldigung in der Duschkabine. Kieran entspannte sich etwas. Er goss sich Tee ein und wärmte die kalten Finger an der Tasse. Seine Jacke lag auf dem Bett. Er holte sie und zog sie an. Zwar war sie noch etwas feucht, aber das machte ihm nichts aus. Hauptsache, er war so bedeckt wie möglich, wenn die Frau aus der Dusche kam. Nicht nur, weil er auch auf den Armen Narben hatte. Er fühlte sich einfach sicherer, wenn er zumindest oberhalb der Tischkante den Eindruck erwecken konnte, angemessen bekleidet zu sein.

Als er hörte, dass die Dusche abgestellt wurde, wandte er das Gesicht zur Seite und blickte aus dem Fenster, noch ehe die Frau rief: „Bitte wegsehen. Ich komme jetzt raus."

Dass er sie in Unterwäsche gesehen hatte, war mehr als genug für ihn. Er wollte sie nicht auch noch völlig nackt sehen. Weil er sie dann wohl doch entgegen seinen guten Vorsätzen und guten Manieren schamlos angestarrt hätte. Es war immerhin zwanzig Jahre her, seit er zuletzt eine nackte Frau gesehen hatte: Allison. Sah man von den Pin-up-Fotos seines Zellengenossen ab, denen er nichts hatte abgewinnen können, war sie die letzte Frau gewesen, die er unbekleidet betrachtet hatte.

Er starrte aus dem Fenster, trank seinen Tee und hörte, wie sie sich abtrocknete, etwas aus einem Schrank nahm und das Geräusch von Kleidung, die angezogen wurde.

„Okay, fertig. Sie sind dran. Ich habe genug heißes Wasser im Boiler gelassen."

Er stand auf. Um zur Duschkabine zu gelangen, musste er so dicht an ihr vorbei, dass er sie beinahe berührte. Sie lächelte ihm zu. Ihre Augen erinnerten ihn an das Meer an einem stürmischen Tag, dunkelblau mit einem Hauch von Grau. Tiefen, in denen man sich verlieren konnte. Er blickte zur Seite.

„Bitte wegsehen. Ich gehe jetzt rein."

Sie lachte, setzte sich an den Tisch und blickte – wie zuvor Kieran – demonstrativ aus dem Fenster. Er legte Jacke und Handtuch ab und schlüpfte in die enge Duschkabine. Mit Mühe widerstand er dem Impuls, daraus auszubrechen wie ein Tier aus einem Käfig. Zum Glück hatte er schon lange Strategien entwickelt, solche Situationen auszuhalten. Er drehte den Wasserhahn auf, schloss die Augen und ließ vor seinem geistigen Auge die Weite der Hügel von Skye und des Meeres entstehen und erlaubte sich nicht, etwas anderes wahrzunehmen, bis das heiße Wasser versiegte. Manchmal zitierte er im Geiste Gedichte, was einen ähnlichen Effekt hatte. Besonders die auf Scots geschriebenen von Robert Burns.

„Bitte Augen schließen, ich komme", warnte er die Frau, ehe er die Kabinentür einen Spalt öffnete, um sich zu vergewissern, dass sie wirklich nicht hersah.

„Keine Angst, ich bin ein braves Mädchen. Außerdem habe ich schon mal einen nackten Mann gesehen. Ich bin mit zwei Brüdern aufgewachsen." Er hörte das Grinsen in ihrer Stimme. „Leider habe ich keine Kleidung, die Ihnen passen würde, sonst würde ich Ihnen was leihen."

„Geht schon. Wenn es nicht anfängt zu regnen, und danach sieht es nicht aus, müssten meine Sachen in einer Stunde wieder trocken sein. Bis dahin begnüge ich mich mit dem Handtuch." Er verließ die Kabine und wickelte sich in das Badetuch, um sich wie vorhin darunter verborgen abzutrocknen.

„Ich habe Ihnen eine Decke rausgelegt." Sie deutete auf das Bett.

„Danke."

Er wickelte sich in die Decke, die zum Glück seinen gesamten Körper bis zu den Waden bedeckte. Als er das Handtuch nach draußen bringen wollte, um es ebenfalls auf die Leine zu hängen, nahm die Frau es ihm ab.

„Ich mach das schon. Ist das Mindeste, was ich für Sie tun kann."

Sie verschwand nach draußen, und er setzte sich zögernd an den Tisch. In seiner Tasse dampfte frischer Tee.

Die Frau kam zurück und setzte sich ihm gegenüber. Sie lächelte. „Ich bin Catrìona MacDonald."

„Kieran MacKinnon."

„Nenn mich Catie."

„Kieran."

„Ire?"

Er schüttelte den Kopf. „Nur außerplanmäßig in Irland geboren. Deshalb hab ich den Vornamen des irischen Arztes bekommen, der mir auf die Welt geholfen hat."

„Also, Kieran, unendlich vielen Dank, dass du mich aus dem Wasser gezogen hast. Ich glaube, du hast mir das Leben gerettet."

„Was ist denn passiert?"

„Ich bin mit dem Boot rausgerudert zur Eilean Gairbh, um nach den Adlern zu sehen, die dort nisten. Ich bin Biologin. Auf dem Rückweg kam der Nebel auf. Zum Glück habe ich einen Kompass an Bord. Der hat aber nicht verhindert, dass ich mit dem Boot ziemlich heftig gegen irgendwas gestoßen bin, das im Wasser war. Das brachte das Boot zum Schwanken und mich aus dem Gleichgewicht. Als ich mich auf dem Bootsrand abstützen wollte, habe ich ins Leere gegriffen, bin über Bord gegangen und dabei irgendwie mit dem Kopf auf den Bootsrand geknallt." Sie rieb sich den Kopf und verzog schmerzhaft das Gesicht. „War ich bewusstlos?"

„Möglicherweise. Zumindest aber stark benommen." Er blickte sie aufmerksam an. „Irgendwelche Sehstörungen? Schwindelgefühl? Übelkeit?"

Sie schüttelte den Kopf. „Nichts dergleichen. Bist du Arzt?"

„Nur Sanitäter."

„Arbeitest du im Dunvegan Health Centre?"

„Nein."

Sie blickte ihn erwartungsvoll an. Doch er hatte nicht vor, mit ihr oder irgendwem über sich zu sprechen. Erst recht nicht darüber, dass er keine Arbeit hatte, obwohl das auf Skye keineswegs selten war.

„Aber du bist von hier? Ein Skyeman."

Er nickte und trank betont langsam einen Schluck Tee, um nicht reden zu müssen.

„Ich bin auch eine Eingeborene." Sie zwinkerte ihm zu. „War aber zum Studium in London und New York. Jetzt leite ich ein neu gegründetes Forschungsprojekt über die einzigartige Fauna von Skye."

Er überlegte, wie alt sie sein mochte. Da er außer während seiner Jugendzeit keine Erfahrung mit Frauen hatte, fiel es ihm schwer, ihr Alter zu schätzen. Sie wirkte auf ihn frisch und jugendlich, obwohl sie bestimmt schon Ende zwanzig war, wenn nicht älter.

„Ist ein ausgesprochen interessanter Job. Wir arbeiten die gesamte Insel systematisch ab. Ein offizielles Hauptquartier haben wir noch nicht. Deshalb treffen wir uns einmal die Woche in meinem Haus in Fiskavaig. Ansonsten sind wir online vernetzt."

Kieran ließ sie erzählen und blickte sie währenddessen unverwandt an. Er hatte vergessen, wie mitteilungsbedürftig Frauen waren. Allerdings fand er, dass sie zu einem Fremden reichlich offen war. In seinen Augen gefährlich offen. Klar, sie hatte Vertrauen zu ihm gefasst, weil er sie vor dem Ertrinken bewahrt hatte. Dennoch war es leichtsinnig, mit ihm hier allein weitab jeder möglichen Hilfe in ihrem Wohnwagen zu sitzen. Wenn er unlautere Absichten gehabt hätte, wäre sie gerade in der Enge des Wagens kaum in der Lage gewesen, ihm zu entkommen.

Er schüttelte diese Gedanken ab und rief sich einmal mehr ins Gedächtnis, dass er nicht mehr im Gefängnis war, sondern zu Hause, wo Verbrechen aller Art selten waren. Davon abgesehen hatten sich die Zeiten in zwanzig Jahren geändert. Kieran wusste nur noch nicht genau wie. Zwar hatte Mr Harris, sein Sozialarbeiter, ihn während der Freigänge im letzten Jahr gründlich auf das Leben draußen vorbereitet, hatte ihm den Umgang mit Handys und Bankautomaten beigebracht und alles, was er wissen musste, um sich möglichst mühelos einzugliedern und nicht aufzufallen. Aber über das im Vergleich zu früher veränderte Sozialverhalten der Leute hatte er ihm nichts beibringen können. Kieran konnte also nicht sagen, ob Caties Offenheit üblich war.

Er trank seinen Tee und hörte ihr zu. Sie wertete das als Interesse an ihren Ausführungen und fuhr fort, von ihrer Arbeit zu berichten. Aus jedem ihrer Worte und Gesten sprach so viel Begeisterung, dass er merkte, wie viel ihr die bedeutete. Er lauschte ihrer Stimme, die ihn an das muntere Plätschern eines Baches erinnerte, fröhlich und unbeschwert. Wann war er zuletzt unbeschwert gewesen? Er konnte sich nicht erinnern.

Ihm wurde bewusst, dass sie schon eine Weile schwieg, er sie aber immer noch ansah. Sie schien auf etwas zu warten. Er hatte keine Ahnung worauf.

„Jetzt habe ich dich genug gelangweilt. Was ist mit dir?"

„Das war nicht langweilig. Ich fand es sehr interessant."

Er blickte in seine Teetasse und stellte fest, dass sie leer war. Er griff im selben Moment wie Catie nach der Teekanne. Ihre Finger berührten sich – ein Gefühl wie ein sanfter Stromschlag. Hastig zog er die Hand zurück und hoffte, dass ihr weder das unangenehm auffiel noch dass sie die Erektion bemerkte, die diese kurze Berührung bei ihm ausgelöst hatte. Das hatte ihm gerade noch gefehlt.

Sie schenkte ihm und sich Tee nach und blickte ihn auffordernd an.

Er zuckte mit den Schultern. „Ich bin dagegen langweilig."

„Da du noch gar nichts von dir erzählt hast, kann ich das nicht beurteilen." Wieder der erwartungsvolle Blick.

Er sollte also unbedingt über sich reden. Wahrscheinlich genauso ausführlich wie sie. „Ich bin eigentlich Journalist." Die reine Wahrheit.

„Für welche Zeitung arbeitest du?"

„Freischaffend." Auch nicht gelogen. „Im Moment bin ich damit beschäftigt, eine Wohnung zu suchen. Ich siedele wieder nach Skye zurück."

Sie lächelte verständnisvoll. „Wenn man hier geboren und aufgewachsen ist, hängt das Herz an der Insel. London und New York sind tolle Städte, aber mir hat die Insel immer gefehlt. Deshalb habe ich beschlossen, meinen Lebensmittelpunkt wieder hierher zu verlegen. Und glaub mir, freiwillig werde ich nie wieder anderswo leben."

„Ich auch nicht."

Sie lächelte warm. „Da haben wir ja was gemeinsam."

Er stand auf. Nicht nur, weil er die Enge des Caravans nicht länger ertrug, die ihm wieder bewusst wurde, seitdem er sich nicht mehr ausschließlich auf Catie konzentrierte. Er wollte nicht weiter über sich reden. Außerdem machte Caties Nähe ihn nervös. Die flüchtige Berührung ihrer Finger hatte eine Lust in ihm geweckt, die ihn erschreckte, weil sie einfach nicht nachlassen wollte. Er hielt die Decke so, dass sie seine Erektion nicht sehen konnte.

„Ich glaube, meine Sachen sind trocken."

„Ich hole sie dir." Sie stand auf.

Er vertrat ihr den Weg. „Das mache ich schon. Danke." Er drängte sich aus dem Wagen und scherte sich nicht darum, ob das in ihren Augen wie eine Flucht aussah. Er nahm die Unterhose, die tatsächlich trocken war, von der Leine und zog sie an, wobei er dem Wohnwagen den Rücken zukehrte und darauf achtete, dass die Decke nicht von seinen Schultern glitt. Das T-Shirt war ebenfalls trocken, aber das Hemd und vor allem die Jeans waren noch feucht. Egal. Er nahm die Decke erst ab, als er sich darunter vollständig angezogen hatte.

Catie stand in der Tür des Caravans und lächelte spöttisch. „Ich bekomme langsam den Eindruck, dass du ausgesprochen schüchtern bist."

„Nur höflich." Er faltete die Decke zusammen und reichte sie ihr.

Sie gab ihm seine Jacke. „Danke, Kieran. Nicht für die Höflichkeit. Ich meine, dafür natürlich auch, aber in erster Linie dafür, dass du mein Leben gerettet hast. Wärst du nicht da gewesen ..." Sie machte ein besorgtes Gesicht.

„Aber ich war da. Und zu helfen war selbstverständlich. Also, alles Gute."

„Warte mal." Sie verschwand im Wohnwagen und kam mit einer Visitenkarte zurück, die sie ihm reichte. „Ich würde mich freuen, wenn du dich meldest."

Was sie sicher nicht wollen würde, wenn sie von seiner Vergangenheit wüsste. Er steckte die Karte ein. „Alles Gute."

„Das klingt nicht so, als wolltest du dich melden. Wo wohnst du?"

„Noch in einem Hotel. Und ich werde mich melden, sobald ich eine Wohnung gefunden habe. Tioraidh an-dràsda!"

„Slàn leat!"

„Mar sin leat."

Er nickte ihr zu und ging. Obwohl er spürte, dass sie ihm nachsah, drehte er sich nicht noch einmal um. Er hatte genug damit zu tun, seine aufgewühlten Gefühle wieder unter Kontrolle zu bringen. Deshalb nahm er nicht den Touristenbus, der von Dunvegan Castle nach Dunvegan fuhr, sondern lief die Meile bis zum Ort. Als er zwei Stunden später in den Bus stieg, der ihn nach Harrapool zurückbringen würde, hatte er sich wieder beruhigt.

Aber immer noch sah er Catie MacDonalds Gesicht vor sich – ihren Körper natürlich auch – und hatte ihre Stimme im Ohr. Noch einmal mit ihr Kontakt aufzunehmen, war keine gute Idee, nachdem die kurze Begegnung schon solche Auswirkungen gehabt hatte. Ihre Visitenkarte wegzuwerfen, brachte er aber auch nicht über sich.

Als er wieder im Hebridean Hotel ankam, war es bereits später Nachmittag. John MacLean winkte ihm zu, als er das Foyer betrat. „Hallo Mr MacKinnon. Sie hatten Besuch. Ist noch keine Viertelstunde her. Der Mann hat eine Nachricht für Sie hinterlassen." MacLean reichte ihm einen Briefumschlag, der aus den Beständen des Hotels stammte.

„Danke."

Kieran nahm ihn entgegen und ging in sein Zimmer. Neugierig riss er, nachdem er das Fenster geöffnet hatte, den Umschlag auf und zog das Blatt Papier heraus. Darauf standen eine Handy- und eine Festnetznummer und: „Ruf mich an. Paddy."

Kieran war so verblüfft, dass er sekundenlang auf das Papier starrte und nicht fassen konnte, dass er tatsächlich eine Nachricht von seinem Bruder in den Händen hielt, der ihn aufforderte, ihn anzurufen. Sein nächster Gedanke war, dass etwas Schlimmes passiert sein musste, wenn Paddy, der ihm noch vor vier Tagen zu verstehen gegeben hatte, dass er sich besser zum Teufel scheren sollte, ihn um einen Anruf bat. Und vorher persönlich hier vorbeigekommen war, um ihn zu sprechen. In Anbetracht dessen, wie seine Eltern auf ihn reagiert hatten, besonders seine Mutter, und dass Mr Drew allein von der Erkenntnis, wer Kieran war, einen Herzinfarkt bekommen hatte, fürchtete er das Schlimmste.

Seine Hand zitterte, als er sein Handy aus der Jackentasche nahm und Paddys Mobilnummer wählte.

Sein Bruder meldete sich schon nach dem zweiten Freizeichen. „Halò!"

Kieran schluckte. „Halò. Seo Kieran. Ich sollte dich anrufen. Ist", er räusperte die plötzliche Enge in der Kehle weg, „ist was passiert – mit Mutter oder Vater?"

„Nein, alles in Ordnung. Abgesehen davon, dass sie immer noch von deiner unerwarteten Rückkehr schockiert sind." Der Vorwurf in Paddys Stimme war nicht zu überhören. „Hast du das mit dem alten Mr Drew gehört? Er ist Freitag gestorben."

„Ja, habe ich gehört." Wusste Paddy von Kierans Verwicklung in den Vorfall oder machte er nur die übliche Konversation, bevor er zur Sache kam?

Die nächsten Worte seines Bruders beruhigten ihn, denn Paddy begann, über das Wetter zu plaudern und ein paar

Klatschnachrichten loszuwerden, mit denen Kieran nichts anfangen konnte, da er keine der betreffenden Personen kannte. Er wartete geduldig, bis Paddy sein eigentliches Anliegen vorbrachte.

„Wie sieht es mit deiner Arbeitsuche aus? Schon was gefunden?"

„Nein. Die Jobs auf der Insel haben sich in den letzten Jahren leider nicht signifikant vermehrt."

„Nur auf dem Touristiksektor. Und Talisker exportiert auch mehr als früher. Ich habe mit Mr MacKay, dem Manager, gesprochen. Im Lager ist gerade ein Job frei geworden. Wenn du willst, kannst du dich vorstellen."

Kieran war für einen Moment sprachlos. Nicht nur weil das Angebot überraschend kam, sondern weil er nie damit gerechnet hätte, dass Paddy sich für ihn einsetzen würde.

„Ja, klar will ich. Hat der Manager einen Termin genannt, wann er mich sehen will?"

„Übermorgen Mittag. Schaffst du das?"

„Natürlich. Danke, Paddy. Tausend Dank!"

Paddy grunzte. „Bist nun mal mein Bruder. Im Schlechten wie im Guten. Ich gebe dir die Chance, den Leuten zu beweisen, dass du trotz deiner Vergangenheit ein ordentliches Leben führen kannst. Und willst. Vorausgesetzt, du bekommst den Job. Ich habe Mr MacKay natürlich über dich informiert. Die anderen wissen nichts davon, dass mein Bruder der Broadford-Killer ist."

Es versetzte Kieran einen Stich, dass Paddy ihn so nannte. „Wenn ich den Job tatsächlich bekomme, wirst du nicht bereuen, dich für mich eingesetzt zu haben, auf mein Wort."

Erneutes Grunzen. „Ich wünsche dir viel Erfolg."

„Danke."

Aber Paddy hatte das Gespräch schon beendet. Kieran legte das Handy zur Seite und stellte fest, dass seine Hand immer noch zitterte. Oder schon wieder. Er schüttelte den Kopf. Im Knast hatte er jede Belastung ausgehalten – die ständige Gefahr, die Brutalität, die Enge und alles andere –, ohne dass ihm, nachdem er sich einmal daran gewöhnt hatte, die Hand gezittert hätte. Und jetzt belastete ihn die durch und durch positive Aussicht auf ein Bewerbungsgespräch.

Er begann zu begreifen, was Mr Harris mit seiner Warnung gemeint hatte, dass er das Leben in Freiheit in der ersten Zeit als weitaus belastender empfinden würde als den Knast. Dort hatte er sich ausgekannt, hatte gewusst, was ihn erwartete, und war auf alles so gut es ging vorbereitet gewesen. Hier waren ihm selbst die früher vertrauten Dinge fremd. Er fühlte sich unsicher und deplatziert. So unsicher, dass er sogar einen Kontakt mit Catie MacDonald vermeiden wollte, obwohl der erste sehr angenehm verlaufen war. Sah man von den Begleitumständen ab.

Aber Kieran war kein Mann, der sich durch Verunsicherung beeinträchtigen ließ; erst recht keiner, der vor einer Herausforderung den Schwanz einkniff. Davon abgesehen nagte an ihm die Befürchtung, dass Catie sich schlimmer verletzt haben könnte, als es den Anschein hatte. Sogar mit einem gebrochenen Schädel konnte man noch ein paar Stunden normal funktionieren und merkte außer Kopfschmerzen nichts, bis man plötzlich tot umfiel. Wenn ihr etwas zustieß, weil er sie allein gelassen hatte, statt darauf zu drängen, dass sie zum Arzt ging – das wäre mehr, als er nach Mr Drews Tod ertragen könnte. Er musste Gewissheit haben, dass es ihr gut ging.

Er griff zum Handy und wählte mit bebenden Fingern Caties Mobilnummer. Sie meldete sich sofort.

„Hallo Catie. Hier ist Kieran. Ich wollte fragen, wie es dir geht. Ob alles in Ordnung ist."

„Kieran! Schön, dass du dich meldest."

Er hörte, dass sie lächelte und lächelte ebenfalls. „Geht es dir gut? Keine Kopfschmerzen, Übelkeit, Sehstörung, sonstige Beeinträchtigung?"

„Nichts dergleichen, Herr Doktor. Ich habe nur eine Beule am Kopf. Ansonsten ist alles bestens."

„Du solltest trotzdem zum Arzt gehen. Nur zur Sicherheit."

„Gleich morgen", versprach sie.

Er fühlte sich erleichtert. „Was ist mit dem Boot? Entschuldige, aber ich habe ganz vergessen, dir wie versprochen zu helfen, es zu bergen."

Sie lachte leise. „Ja, du hattest es sehr eilig zu flüchten. Bin ich so schrecklich?" Das klang unsicher, obwohl sie versuchte, das mit einem Lachen zu überspielen.

„Ganz und gar nicht. Ich fühle mich nur in engen Räumen nicht sonderlich wohl. Und selbst der größte Wohnwagen ist nun mal eng, besonders wenn sich mehr als eine Person darin aufhält."

„Dann setzen wir uns nächstes Mal nach draußen. Das mit dem Boot kannst du wiedergutmachen, indem du mir morgen hilfst, es zu suchen."

„Morgen Nachmittag. Am Vormittag – habe ich was zu erledigen." Er musste sich einen Anzug kaufen, um übermorgen beim Manager der Destillerie einen guten Eindruck zu machen. Auch wenn das die bescheidene Summe, die er als Entlassungsgeld bekommen hatte, um die Zeit bis zur ersten Auszahlung der Sozialhilfe zu überbrücken, noch schneller schrumpfen lassen würde.

„Ich auch. Also dann bis morgen Nachmittag."

„Bis dann, Catie."

Als er das Handy wieder in die Jackentasche steckte, zitterte seine Hand nicht mehr. Er warf einen Blick aus dem Fenster. Die Sonne war noch nicht untergegangen, und es war noch viel zu früh, um den Rest des Tages auf dem Zimmer zu verbringen. Sein Limit, für längere Zeit enge Räume zu ertragen, war mit dem Aufenthalt im Caravan für heute erreicht. Er verließ das Hotel, um noch eine Weile am Strand spazieren zu gehen, und blieb draußen, bis die Dunkelheit hereinbrach. Als er ins Hotel zurückkehrte, empfand er sein Zimmer nicht mehr als ganz so eng und war zuversichtlich die Nacht ohne seinen Standardalbtraum zu überstehen – vielleicht würden die Wände sich diese Nacht nicht zusammenschieben und seinen Körper zerquetschen.

3

Dienstag, 30. August 2011

Der Weg am Ufer des Loch Dunvegan, der zu dem Platz führte, an dem Catie MacDonalds Caravan stand, kam Kieran seltsam vertraut vor, obwohl er ihn bisher erst ein einziges Mal gegangen war. Er hielt das Gesicht der Sonne entgegen, die vor einer Stunde den Regen vertrieben hatte, und genoss ihre Wärme und den Wind auf seiner Haut. Der Vormittag war anstrengend gewesen, weil er ihn bei Floraidh in Isleornsay verbracht hatte, einem Bekleidungsgeschäft, das eine kleine, aber gut sortierte Abteilung für Männerkleidung besaß. Er hatte einen dunkelblauen Anzug gekauft mit einem passenden Hemd und Krawatte. Hoffentlich zahlte sich die Investition aus, denn der Anzug war nicht billig gewesen. Aber selbst wenn er den Job bei Talisker nicht bekommen sollte, einen Anzug konnte man draußen immer gebrauchen.

Draußen. In Freiheit. Hier. Kieran hatte nicht das Gefühl, hier schon angekommen zu sein. Gehen zu können, wohin er wollte, wann er wollte, so lange er wollte, ohne nach ein paar Schritten gegen eine Mauer zu stoßen und als einzige „Natur" den Himmel über dem Gefängnishof zu sehen. Ganz zu schweigen davon, ständig beobachtet zu werden – von den Wachen, den Mithäftlingen – und in jeder Sekunde auf der Hut vor Übergriffen sein zu müssen, sogar im Schlaf. Die Freiheit war so ungewohnt, dass er das Gefühl hatte, durch einen Traum zu wandern. Damit einher ging die unterschwellige Angst, dass der jeden Moment wie eine Seifenblase zerplatzte; wodurch auch immer. Deshalb wagte er nicht sich einzugestehen, dass er sich auf das Wiedersehen mit Catie freute.

Er hörte Musik aus der Richtung, in der ihr Caravan stand, und erkannte die Melodie sofort: „Siol Ghoraidh", interpretiert von Runrig, der Band, die zu Skye gehörte wie die Dubliners zu Irland. Kieran mochte deren Lieder, besonders die auf Gälisch gesungenen wie dieses. Doch Donnie Munros markante Stimme wurde von einer klaren Frauenstimme begleitet, die den Text voller Inbrunst mitsang. Kein Wunder, spielte Clan MacDonald in „Siol Ghoraidh" doch eine heroische Rolle.

Kieran beschleunigte seine Schritte. Als er den Caravan erreichte, sah er Catie. Sie stand mit dem Rücken zu ihm und arrangierte Tassen und Teller auf dem Campingtisch vor dem Eingang. Kieran blieb ein paar Schritte hinter ihr stehen, verhielt sich still und lauschte ihrem Gesang. Er hatte das Lied oft gehört und früher manchmal selbst gesungen. Durch Caties ausdrucksvolle Stimme schien es ihm jetzt der schönste Song der Welt zu sein.

Sie drehte sich um und stieß einen erschreckten Ruf aus. Als sie ihn erkannte, lächelte sie. Kieran kam es vor, als würde die Sonne schlagartig heller scheinen.

„Ich wollte dich nicht erschrecken", entschuldigte er sich. „Ich wollte aber auch nicht deinen Gesang unterbrechen. Er klang so schön."

„Schmeichler! Aber danke für das Kompliment."

Das Lied, das irgendwo im Wohnwagen von einer CD abgespielt wurde, endete, und „That Final Mile" begann. Dass Catie seine Lieblings-CD „Searchlight" spielte, die er seit seiner Inhaftierung nicht mehr gehört hatte, empfand er als einen besonderen Willkommensgruß.

Sie deutete auf den Tisch. „Ich wusste zwar nicht genau, wann du kommst, aber ich dachte mir, ich kann schon mal den

Tisch decken. Ich habe Oatcakes und Shortbread besorgt. Muss nur noch den Tee kochen. Setz dich."

„Wie geht es dir? Alles in Ordnung mit dem Kopf?"

„Alles bestens. Und die Beule, die ich gestern hatte, ist auch kaum noch vorhanden. Aber ich war sicherheitshalber heute Morgen beim Arzt. Es ist wirklich alles in Ordnung."

Er atmete erleichtert auf. „Darf ich dann vorschlagen, dass wir uns erst um das Boot kümmern? Erst die Arbeit, dann das Vergnügen." Er lächelte kurz. „Ich fürchte nämlich, dass ich mich nach dem Vergnügen von Oatcakes und Shortbread nicht mehr aufraffen kann."

Sie lachte. „Ich wollte dich nur vorher stärken, denn wir werden wohl eine Weile suchen müssen. Ich bin heute Morgen schon ein gutes Stück das Ufer abgegangen, aber das Boot konnte ich nirgends entdecken. Andererseits", sie musterte kritisch seine durchtrainierte Figur, „siehst du nicht gerade schwächlich aus. Dann könnten wir die Stärkung tatsächlich verschieben."

Sie wartete seine Antwort nicht ab, sondern verschwand im Wohnwagen. Gleich darauf verstummte die Musik, und Catie kam wieder heraus. Sie schloss die Wohnwagentür und ging in Richtung Ufer. Kieran schloss sich ihr an.

„Ich habe in nördlicher Richtung gesucht, weil ich dachte, dass die Ebbe es vielleicht in die Richtung gezogen hätte. Aber ich habe es nirgends entdecken können. Ich hoffe nur, das Boot ist nicht aufs Meer rausgetrieben. Dann muss ich ein neues besorgen."

Kieran versuchte sich zu erinnern, wie die Gezeiten um diese Jahreszeit an der Westküste verliefen. Er hatte es vergessen. „Da es sich in Ufernähe befunden hat, als seine Steuerfrau verlustig ging" – Catie lachte – „hat es, falls es tatsächlich mit der Ebbe rausgezogen wurde, irgendwo auch in Ufernähe auf Grund gesetzt. Demnach müsste es später mit der Flut südwärts in Richtung Castle getrieben sein."

„Wahrscheinlich. Suchen wir also südwärts."

Kieran ging schweigend neben ihr und war dankbar, dass sie ebenfalls schwieg. Vielmehr dafür, dass sie ihn nicht ausfragte. Er stellte fest, dass sie Fußmärsche im Gelände gewohnt war, denn ihre Schritte waren sicher und sie bewies Ausdauer. Nach einer Weile begann sie von den Adlern zu erzählen, die sie gestern beobachtet hatte, und welche Bedeutung sie für ihr Forschungsprojekt hatten. So wie sie es beschrieb, war das Projekt tatsächlich eine groß angelegte Sache, die Jahrzehnte dauern würde, ehe sie abgeschlossen wäre. Eine Lebensaufgabe.

„Und was hast du vor, wenn du dich auf der Insel häuslich eingerichtet hast?"

Er zuckte mit den Schultern. „Ich nehme, was kommt."

„Hört sich nicht nach einem Plan an." Sie lächelte.

Er hatte auch keinen Plan. Nach zwanzig Jahren Fremdbestimmung musste er sich erst wieder daran gewöhnen, eigene Entscheidungen zu treffen – treffen zu dürfen – und eigene Pläne zu schmieden. Sich selbst zu organisieren. Natürlich hatte Mr Harris auch das mit ihm geübt, aber die insgesamt achtzehn Freigänge der letzten zwölf Monate hatten kaum ausgereicht, um ihn darin fit zu machen.

„Ich habe morgen ein Vorstellungsgespräch in der Destillerie. Wenn ich den Job bekomme, kann ich dort vielleicht auch eine Firmenwohnung beziehen."

„Ich wünsche dir viel Glück. Falls es nicht klappt, könntest du für uns die Dokumentation übernehmen. Die Berichte schreiben und so. Bisher mache ich das nebenbei, aber das liegt mir nicht so. Ein Journalist, der mir diese Arbeit abnimmt, wäre eine große Erleichterung."

„Wenn es nicht klappt, komme ich darauf zurück."

Er war sich nicht sicher, ob er das wirklich tun würde. Oder tun sollte. In Caties Nähe zu sein, machte ihn wie gestern nervös auf eine Weise, die unangenehm und angenehm zugleich war.

„Da ist das Boot." Er deutete nach vorn.

Sie hatten ungefähr zwei Meilen zurückgelegt und befanden sich fast in Höhe von Dunvegan. Das Boot lag halb schräg auf dem Ufer und wirkte verloren. Catie lief darauf zu und untersuchte den Rumpf auf Beschädigungen. Sie lächelte, als sie nichts entdecken konnte.

„Jetzt müssen wir das Ding nur noch ins Wasser bekommen."

Sie stemmte sich gegen den Bug und drückte mit aller Kraft. Da das Boot völlig auf dem Trockenen lag, war das ein schwieriges Unterfangen. Zumindest für eine Frau. Kieran sprang hinzu und half ihr. Er versuchte zu ignorieren, dass er und Caties Schultern einander berührten. Erfolglos. Wie gestern elektrisierte ihn der Kontakt mit genau denselben Folgen. Zum Glück war er diesmal bekleidet.

Er schob das Boot mit aller Kraft an und bekam es schnell ins Wasser. Während er es hielt, kletterte Catie an Bord. Er gab ihm einen Stoß, sprang hinein und nahm ihr die Ruder aus der Hand, die sie gerade ins Wasser tauchen wollte.

„Wenn du erlaubst."

„Wenn du darauf bestehst." Sie zwinkerte ihm zu.

Er legte sich in die Riemen. Wenigstens das Rudern hatte er nicht verlernt; immerhin hatte er fast täglich an der Ruderbank trainiert, auch wenn das nicht dasselbe war. Jedenfalls hatte er dem Boot recht schnell eine flotte Geschwindigkeit gegeben. Er stellte fest, dass er das tägliche Training vermisste. Sportstudios gab es nicht viele auf Skye. Das Broadford nächstgelegene Studio befand sich in Portree, fünfundzwanzig Meilen entfernt. Außerdem konnte er sich die Gebühren nicht leisten, solange er keine Arbeit hatte. Erst einmal musste er wissen, wo er dauerhaft unterkam. Danach würde er sich ein paar Heimtrainingsgeräte anschaffen. Bis dahin mussten seine täglichen Wanderungen und ein paar Liegestütze genügen, um in Form zu bleiben.

Catie begann zu singen.

„Speed, bonnie boat, like a bird on the wing,
Onward! the sailors cry;
Carry the lad that's born to be king
Over the sea to Skye."

Kieran lächelte. Der „Skye Boat Song" passte nicht nur zu ihrer Situation, er war wohl das beliebteste, in jedem Fall bekannteste Lied der Insel. Wie oft hatte er es früher selbst gesungen. Nicht nur Caties Stimme lud ihn dazu ein mitzusingen, sondern auch ihr auffordernder Blick. Er hatte seit zwanzig Jahren nicht mehr gesungen. Ihm kam es so vor, als hätte er kein Recht, jemals wieder zu singen und fröhlich zu sein. Mal ganz abgesehen davon, dass er nicht fröhlich war und sich nicht einmal mehr erinnern konnte, wie sich Fröhlichkeit überhaupt anfühlte. Andererseits machte es Allison nicht wieder lebendig, wenn er für den Rest seines Lebens selbst so kleinen Freuden wie dem Singen entsagte. Außerdem hatte er für das, was er getan hatte, mehr Jahre gebüßt, als er zum Zeitpunkt der Tat gelebt hatte. Auch Mr Harris hatte ihm nahegelegt, die Vergangenheit abzuschließen und wieder in ein normales Leben hineinzuwachsen. Zwar hatte Kieran vergessen, was ein normales Leben war, aber er konnte es vielleicht wieder lernen. Deshalb stimmte er in den Schlussrefrain des Liedes ein und wurde mit einem strahlenden Lächeln von Catie belohnt. Ihre Augen leuchteten wie das Meer im Frühjahr und ihr Haar glänzte in der Sonne wie Rabenflügel.

Ein Plätschern ließ sie beide zur Seite sehen. Nahe dem Ufer spielte eine Otterfamilie im Wasser. Kieran hörte auf zu rudern und ließ das Boot gleiten. Der Anblick der Otter erinnerte ihn an seine Kindheit, an glückliche Zeiten, in denen er samstags mit seinem Vater und Paddy zum Fischen in die Broadford Bay hinausgerudert war, um am Abend ihre Mutter entscheiden zu lassen, wer den größten und schönsten Fisch gefangen hatte. Diplomatisch, wie sie war, hatte sie jedem einen Sieg zugesprochen. Der eine hatte den größten, der andere den schönsten und der Dritte den Fisch mit dem lustigsten Gesicht gehabt. Niemals war einer leer ausgegangen. Kieran und Paddy hatten bei ihren Fischen weder um Größe noch um Schönheit gewetteifert, sondern um den mit dem lustigsten Gesicht. Dabei hätten sie das Ergebnis vorhersagen können, denn ihre Mutter hatte in regelmäßigem Wechsel mal einen von Paddys, mal einen von Kierans Fischen gekürt.

Kieran fühlte eine unangenehme Enge in der Brust und war dankbar, dass Caties flüsternde Stimme ihn ablenkte. Sie beugte sich zu ihm herüber.

„Das ist Tay. Ich erkenne sie an ihrer weißen Schwanzspitze. Sie lebt seit vier Jahren hier und hat dieses Jahr zum zweiten Mal Junge."

Sie war ihm so nah, dass er den Duft ihres Haares riechen konnte, blumig und nach Sonne und Meer. Er bekam eine Gänsehaut.

Ein lautes Hupen schallte von jenseits der Bäume, ließ Kieran zusammenzucken und die Otter abtauchen.

Catie seufzte. „Manchmal könnte ich diese Touristen zum Mond schießen."

Sie befanden sich auf der Höhe von Dunvegan Castle. Da immer noch Hauptsaison war, kamen täglich Busladungen von Touristen, um die Burg zu besichtigen. Kieran tauchte die Ruder ins Wasser, brachte das Boot wieder in Fahrt und versuchte zu ignorieren, dass Catie ihn unverwandt ansah. Nicht sehr erfolgreich, da sie einander direkt gegenübersaßen mit gerade mal einem Yard Raum zwischen sich. Er begann zu schwitzen.

„Hast du Familie? Eine Frau? Kinder?"

„Nein."

„Geschieden?"

„Ich war nie verheiratet. Bin der richtigen Frau noch nicht begegnet."

„Das wundert mich. Ich hätte wetten können, dass die Frauen dir reihenweise nachlaufen."

Früher hatten sie das getan.

„Das bedeutet nicht, dass die Richtige darunter ist. Außerdem ist eine Frau nichts für mich, die so wenig Stolz besitzt, dass sie einem Mann nachläuft. Was ist mit dir?"

„Ich laufe ganz sicher keinem Mann nach." Ein Schatten huschte über ihr Gesicht, ehe sie lächelte und mit den Schultern zuckte. „Dasselbe. Wahrscheinlich bin ich zu anspruchsvoll." Das klang ironisch und traurig zugleich.

Warum hatte sie ausgerechnet dieses Thema angeschnitten?

Der Wald am Ufer lichtete sich. Caties Wohnwagen kam in Sicht. Kieran lenkte das Boot ans Ufer und vertäute es wenig später mit einer Kette an einem Baum.

„Jetzt haben wir uns unsere Belohnung redlich verdient", sagte Catie, während sie zum Wagen gingen. „Vielen Dank fürs Rudern, Kieran. Was möchtest du zu deinen Oatcakes? Ich habe frische Butter, Honig, Käse – Cheddar und Crowdie – und Schinken."

„Was du auch nimmst. Mach dir meinetwegen nur keine Umstände."

„Da ich ohne dich gestern wohl ertrunken wäre, mache ich mir liebend gern alle möglichen Umstände für dich. Also, was soll's sein?"

„Dann nehme ich den Crowdie." Er hatte schon immer gern den aus entrahmter Milch hergestellten Weichkäse zu seinen Haferkeksen gegessen. „Kann ich helfen?"

Sie schüttelte den Kopf. „Das vereinbart sich nicht mit dem Verwöhnen."

Kieran kam sich unnütz vor, wenn er Catie die ganze Arbeit allein machen ließ. Deshalb ging er, während sie das Essen aus dem Caravan holte, zum Boot und untersuchte die Außenflächen akribisch nach einer Schwachstelle, die durch den gestrigen Zusammenstoß mit was auch immer entstanden sein könnte. Er fand eine großflächige Absplitterung an ein paar Planken, die an oder unmittelbar unter der Wasseroberfläche gewesen sein mussten. Da das Holz aber stabil war, stellte diese geringfügige Beschädigung keine Gefahr dar.

Als er zum Wohnwagen zurückkehrte, stellte Catie den Tee auf den Tisch und setzte sich. Kieran sprang eilig hinzu, um ihr den Stuhl zurechtzurücken.

Sie quittierte das mit einem überraschten Lächeln. „Ich wusste nicht, dass es heutzutage noch Gentlemen gibt."

Er war sich nicht sicher, ob sie das spöttisch meinte. Als Gentleman hatte er sich nie gesehen. Aber es gab gewisse Dinge, die sich einfach so gehörten: aufzustehen, wenn eine Frau einen Raum betrat, ihr den Stuhl zurechtzurücken oder ihr in den Mantel zu helfen. Und so weiter. Sie umzubringen, gehörte nicht dazu, dachte er mit einem Anflug von Bitterkeit.

„Ich finde das sehr nett. Danke, Kieran."

„Ist für mich selbstverständlich."

„Meinen Eltern wird das sehr gefallen." Sie reichte ihm einen Briefumschlag. „Du bist am Samstag bei ihnen zum Dinner eingeladen. Ich habe ihnen erzählt, dass du mich gerettet hast, und sie möchten sich persönlich bei dir bedanken."

„Das ist nun wirklich nicht nötig." Allein bei dem Gedanken an so eine Begegnung krampfte sich sein Magen zusammen.

Er drehte den Brief unschlüssig in den Händen. Auf der Rückseite prangte das Wappen der MacDonalds. Zweifellos war das eine offizielle Einladung. Er öffnete den Umschlag und zog das Blatt darin heraus. Das Papier fühlte sich teuer an und sah teuer aus. Auch der Brief trug das Wappen der MacDonalds. Der Text war kurz:

„Sehr geehrter Mr MacKinnon,
wir laden Sie am Samstagabend um 7 Uhr zum Dinner ein.
Hochachtungsvoll
Douglas MacDonald, Baronet of Sleat"

Darunter stand eine Adresse in Armadale. Er starrte Catie an. Sie war nicht irgendeine MacDonald. Sie war die Tochter des Clan Chiefs.

Sie unterdrückte ein Lachen. „Deswegen musst du nicht gleich vor Ehrfurcht erstarren. Und den Kniefall kannst du dir auch sparen. Ein Handkuss genügt."

Kieran fand das nicht zum Lachen. Er empfand ein Gefühl, das dem, betrogen worden zu sein, recht nahe kam. Dabei hatte Catie ihn in keiner Weise hintergangen. Er hatte nur nicht damit gerechnet, dass sie zum Adel gehörte. Wenn man es genau nahm, könnte sie ihm genauso vorwerfen, sie betrogen zu haben; schließlich verschwieg er ihr weitaus Schlimmeres als nur ein feudales Elternhaus.

„Hey." Sie legte ihm die Hand auf den Arm.

Er zog ihn hastig zurück und tarnte die Hast mit einer Bewegung, als verscheuche er ein Insekt an seinem Ohr. Die Tarnung funktionierte nicht, denn über Caties Gesicht huschte ein Ausdruck von Verletztheit.

„Ich bin immer noch dieselbe Catie, mit der du vorhin im Boot gesungen hast."

„Ja." Er zwang sich zu einem kurzen Lächeln. Dieselbe Catie, die in seiner Gegenwart unbekümmert und unbefangen war und ihm ohne jede Scheu begegnete. Sollte sie jemals erfahren, wo er die letzten zwanzig Jahre verbracht hatte und warum, würde sie ihn nie wiedersehen wollen. Das hätte sie wahrscheinlich auch nicht gewollt, wenn sie nicht die Tochter des Baronet of Sleat wäre. Welche Frau würde sich in Gegenwart eines Mannes unbekümmert fühlen, der eine andere Frau ermordet hatte?

Catie lachte. Es klang unsicher. „Komm schon, Kieran. Wir leben nicht mehr im Mittelalter und auch nicht Anfang des letzten Jahrhunderts, wo man noch auf Standesunterschiede pochte. Der Titel meines Vaters ist nur noch schmückendes Beiwerk. Ohne jede Bedeutung. Sozial, meine ich. Außerdem haben wir Schotten uns sowieso noch nie vom Adel beeindrucken lassen."

„Nein. Das beeindruckt mich auch nicht." Nicht gelogen. Es hatte ihm nur sehr deutlich bewusst gemacht, wie wenig er und Catie gemeinsam hatten.

„Dann komm bloß nicht auf den Gedanken, Samstag nicht zu erscheinen. Falls meine Familie dir das nicht übel nimmt, ich würde das auf jeden Fall tun."

„Warum?"

Sie verdrehte die Augen. „Na, warum wohl? Mann, du hast mein Leben gerettet. Einfach nur Danke zu sagen, ist dafür nicht genug."

„Für mich schon."

Sie blickte ihn ernst an. „Wo ist dann das Problem?"

„Ich bin kein besonders geselliger Mensch." Nur allzu wahr.

„Macht nichts. Den einen Abend wirst du schon überstehen. Ich versichere dir: Meine Familie beißt nicht."

Das entlockte ihm ein flüchtiges Lächeln.

„Also du kommst, ja?"

Er tat einen tiefen Atemzug. „Ja." Alles andere wäre wirklich extrem unhöflich gewesen.

Er bestrich einen Oatcake mit Crowdie und fragte sich, warum das Catie ein Lächeln entlockte.

„Du bist ja auch Linkshänder. Wie ich." Sie schwenkte das Messer, das sie in der linken Hand hielt.

Er seufzte. „Ja. Trotz aller Umerziehungsversuche wollte sich die linke Hand einfach nicht unterdrücken lassen." Was ihm so manche Schwierigkeit beschert hatte, da es immer noch einige Ewiggestrige gab, die Linkshändigkeit mit einem schlechten Charakter gleichsetzten.

„Meine auch nicht." Catie strahlte ihn an. „Noch etwas, das wir gemeinsam haben."

Er nickte nur und konzentrierte sich auf das Essen. Die Oatcakes waren frisch, ebenso der Käse, und schmeckten köstlich. Er hatte das Gefühl, mit jedem Bissen ein Stück Heimat zu essen und seine Wurzeln ein bisschen mehr zu spüren. Sich mit der Insel zu verbinden und auf dem Weg zu sein, wieder ein echter Skyeman zu werden. Zumindest den ersten Schritt dazu getan zu haben.

Er hatte eine nette Frau kennengelernt, die ungezwungen mit ihm plauderte, wenn auch ihre Bekanntschaft kaum von Dauer sein würde. Er hatte – wenn er Caties Angebot mitrechnete – zwei Joboffertеn erhalten, und zumindest zwei Mitglieder seiner Familie hielten zu ihm. Außerdem war er endlich wieder frei. Das war das Wichtigste.

Als er sich eine Stunde später von Catie verabschiedete, hegte er die vage Hoffnung, dass Gott ihm sein Verbrechen vielleicht verziehen hatte. Bis er es sich selbst verzeihen konnte – falls überhaupt – würden noch viele Fluten die Insel umspülen.

*

Mittwoch, 31. August 2011

„Mr MacKinnon?" Die Vorzimmerdame lächelte ihm freundlich zu. „Mr MacKay hat jetzt Zeit für Sie."

Kieran folgte ihr zum Zimmer des Managers der Talisker Destillerie. Der Mann erhob sich von seinem Platz hinter einem für Kierans Begriffe riesigen Schreibtisch, als er eintrat.

„Edwin MacKay. Schön, dass Sie kommen konnten, Mr MacKinnon. Nehmen Sie bitte Platz." Er deutete auf einen Sessel vor dem Schreibtisch.

Kieran deutete eine Verbeugung an. „Kieran MacKinnon."
Er wartete, bis MacKay sich wieder hingesetzt hatte, ehe er
ebenfalls Platz nahm.

„Heute Morgen war es schon herbstlich kühl", begann
MacKay. „Ist Ihnen bestimmt aufgefallen."

Kieran nickte. „Wenn ich mich recht erinnere, bekommen wir
spätestens Ende nächster Woche die ersten Herbststürme." Er
war erleichtert, wie gut es in diesem Moment mit dem Small Talk
klappte, den er gestern so intensiv vor dem Spiegel geübt hatte.

MacKay musterte ihn aufmerksam, während er noch ein
paar Sätze über das Wetter verlor. Das machte Kieran nichts
aus. Er war es gewohnt, von allen Seiten beobachtet und belauert zu werden. Er blickte den Manager offen an und bemühte
sich, auch in seiner Haltung Offenheit auszudrücken.

„Ihr Bruder hat sich sehr für Sie eingesetzt, Mr MacKinnon.
Ich gebe ehrlich zu, dass ich Sie sonst gar nicht erst empfangen
hätte."

„Umso dankbarer bin ich für Ihre Bereitschaft, wenigstens
mit mir zu sprechen, Sir."

„Haben Sie einen Beruf erlernt?"

„Ja, Sir. Ich habe Literatur und Journalistik studiert, Fernstudium zwar, aber mit einem ordentlichen, anerkannten Abschluss. Ich bin zudem auch harte körperliche Arbeit gewohnt.
Wäscherei, Küche, Putzdienst. Ich nehme jeden anständigen
Job, den ich bekommen kann, Sir, egal wie hart oder schmutzig
er ist. Es ist mir wichtig, meinen Lebensunterhalt selbst zu ver-
dienen. Ich habe gezwungenermaßen dem Staat lange genug
auf der Tasche gelegen."

„Das ist eine gute Einstellung." MacKay blickte Kieran
nachdenklich an. „Sie sollen eine Frau umgebracht haben."

„Ja, Sir."

MacKay wartete offensichtlich auf eine nähere Erklärung. Kieran hatte nicht vor, ihm eine zu geben. Was hätte er sagen sollen? Eine Entschuldigung für seine Tat gab es so oder so nicht. Nicht einmal, wenn er sich hätte erinnern können, warum er sie begangen hatte.

„Ihr Bruder sagte, dass Sie zu dem Zeitpunkt völlig betrunken waren."

Und bestimmt hatte MacKay sich nicht nur mit Paddys Informationen zufriedengegeben, sondern alles über den Fall gelesen, was er im Internet hatte finden können. „Ja, Sir. Bedauerlicherweise. Das war mir eine sehr bittere Lehre. Seitdem trinke ich nicht mehr. Jedenfalls niemals mehr als ein einziges Glas. Denn ein Schotte, der überhaupt nichts trinkt ..." Er schüttelte den Kopf.

MacKay lächelte flüchtig. „Der ist suspekt. Ich weiß. Diageo, der Konzern, dem Talisker gehört, setzt sich strikt für verantwortungsbewusstes Trinken ein, wie Sie vielleicht wissen. Der Konzern hat unlängst extra dafür ein Internetforum eingerichtet – ‚Drink-IQ' – und macht sich für die Bekämpfung von Alkoholmissbrauch stark. Einen Mann einzustellen, der säuft, könnte ich auf dem Hintergrund unserer Firmenpolitik nicht verantworten."

„Das verstehe ich, Sir. Wie ich schon sagte, trinke ich nicht mehr. Der", er räusperte sich, „der Vollrausch damals war der erste und letzte in meinem Leben mit leider entsetzlichen Folgen, die ich zutiefst bedauere. Ich gebe Ihnen nicht nur deshalb mein Wort, dass ich während der Arbeit ganz sicher keinen einzigen Tropfen trinke und auch in meiner Freizeit nur zu besonderen Gelegenheiten. In sehr strikten Maßen."

MacKay blickte ihn eine Weile prüfend an. Kieran hielt dem Blick stand und ließ sich nicht anmerken, wie unwohl er sich dabei fühlte.

„Sie sagten, Sie sind Journalist. Haben Sie schon etwas veröffentlicht?"

„Ja, Sir. Ich war Chefredakteur der Gefängniszeitung, und auch andere Zeitungen haben ein paar Artikel von mir veröffentlicht. Unter anderem der ‚Guardian', die ‚Times' und der ‚Telegraph'."

MacKay nickte. „Wenn Sie sich im Lager unserer Destillerie bewähren, können wir Sie später vielleicht im Pressezentrum einsetzen. Also, ich versuche es mit Ihnen. Wann können Sie anfangen?"

Kieran glaubte für einen Moment, sich verhört zu haben. Erst als MacKay bekräftigend nickte, begriff er, dass er tatsächlich den Job bekommen hatte. Er zupfte an den Aufschlägen seines Jacketts. „Wenn Sie mir Arbeitskleidung leihen – sofort."

MacKay lächelte. „So eilig haben wir es nicht. Sagen wir Montag?"

„Ja, Sir. Vielen Dank. Sie werden es nicht bereuen."

„Davon gehe ich aus. Ich bringe Sie zum Personalbüro, dann können Sie die Formalitäten erledigen. Montag melden Sie sich direkt im Lager beim alten Jock Reid. Er wird Sie einweisen."

Kieran folgte ihm und hatte eine halbe Stunde später alle Formalitäten erledigt.

„Wo finde ich bitte meinen Bruder Patrick?", fragte er die Frau im Personalbüro. Sie beschrieb ihm den Weg zu Paddys Büro, das auf demselben Flur lag.

Paddy saß an seinem Schreibtisch und beendete gerade ein Telefonat, als Kieran eintrat. Er winkte ab, bevor Kieran etwas sagen konnte.

„Man sieht es dir an der Nasenspitze an, dass du Erfolg hattest. Glückwunsch. Wann fängst du an?"

„Montag. Bis dahin habe ich noch genügend Zeit, mir hier in Carbost eine Unterkunft zu suchen. MacKay sagt, dass du dich für mich starkgemacht hast. Tausend Dank, Paddy."

Paddy winkte erneut ab. „Wie ich schon sagte, du bist mein Bruder. Und Blut ist dicker als Wasser." Er stand auf. „Komm mit. Ich führe dich ein bisschen rum."

Paddy humpelte an ihm vorbei, das steife Bein seitlich ausgestreckt. Er griff nach einem Gehstock, der neben der Tür in einem Schirmständer steckte, und ging voran. Obwohl ihm Paddys Humpeln nur allzu vertraut war, empfand Kieran wieder einmal einen Anflug von Schuldgefühlen. Schließlich war er für Paddys Behinderung verantwortlich, die seinen Bruder nicht nur körperlich benachteiligte. In der Schule war er deswegen verspottet worden, und die Mädchen hatten sich lieber mit Kieran verabredet als mit ihm.

Trotzdem hatte Paddy sich gleichmütig damit arrangiert und ihm ab einem gewissen Punkt niemals wieder einen Vorwurf deswegen gemacht. Diese Großmut hatte er ihm schon damals hoch angerechnet. Jetzt hatte Paddy sich sogar dafür eingesetzt, dass Kieran einen Job bekam. Paddys Unterstützung bedeutete Kieran sehr viel, vor allem dass sein Bruder ihn nicht verleugnete wie seine Eltern.

Paddy brachte ihn zum Lager und stellte ihn Jock Reid vor, dem Lagermeister, ehe er sich verabschiedete und zu seiner Arbeit zurückkehrte. Als Kieran eine Stunde später die Destillerie verließ, hatte er nicht nur einige seiner künftigen Kollegen kennengelernt, sondern auch eine Empfehlung für eine Unterkunft erhalten, die von Jock Reids Nichte und ihrem Mann geführt wurde. Er machte sich auf den Weg, um sich den Leuten vorzustellen. Wenn alles klappte, konnte er morgen oder übermorgen nach Carbost übersiedeln. In jedem Fall würde er sich heute noch ein Fahrrad kaufen. Das würde er in Zukunft brauchen.

*

Kieran MacKinnon. Er starrte ihm aus brennenden Augen nach, die Fäuste geballt, das Gesicht eine verzerrte Fratze, die sich in der Fensterscheibe spiegelte. Hass schnürte ihm die Kehle zu und nahm ihm die Luft zum Atmen. Dennoch konnte er den Blick nicht von der schlanken Gestalt wenden, die mit raumgreifenden Schritten über den Parkplatz ging und in die Straße einbog, die zur Hauptstraße und nach Carbost hineinführte. Dass der Kerl noch lebte, war ein Affront. Er hätte im Knast verrecken sollen. Qualvoll! Hätte tausend Tode sterben und in tausend Höllen schmoren sollen. Stattdessen besaß er die Dreistigkeit, nach Skye zurückzukommen. Und sah trotz seines Vollbartes unverschämt gut aus in dem Anzug. Hatte immer noch dieselbe selbstsichere Haltung wie damals. Ging nicht in Sack und Asche und war nicht im Mindesten gebrochen. Verdammt, dieses Stück cac hatte kein Recht dazu, dass es ihm in irgendeiner Weise gut ging.

Dass ausgerechnet der Mann ab Montag hier arbeiten würde, der ihm alles genommen hatte, war ihm unerträglich. Andererseits eröffnete das gewisse Möglichkeiten.

Er atmete tief durch und zwang sich zur Ruhe. Öffnete die Fäuste und stellte fest, dass die Fingernägel blutige Abdrücke in der Handfläche hinterlassen hatten, die jetzt zu brennen begannen. Auch dafür würde Kieran MacKinnon bezahlen. Er würde ihn vernichten.

Doch dafür brauchte er einen wohldurchdachten Plan, dessen Ausführung sorgfältigst vorbereitet werden musste. Er durfte sich auf keinen Fall von seinem Hass zu einer Unüberlegtheit hinreißen lassen. Er musste Kieran MacKinnon studieren, seine Gewohnhei-

ten, seine Schwachstellen herausfinden, bevor er zuschlagen konnte. Bis dahin musste er gute Miene zum bösen Spiel machen und den Kerl in seiner Nähe ertragen.

Geduld. Denn Rache war ein Gericht, das man am besten kalt genießen sollte. Am Ende würde er triumphieren und Kieran MacKinnon zur Hölle schicken.

Dieses Mal für immer.

*

Kieran hängte sein Jackett über den Stuhl in seinem Zimmer und riss das Fenster auf, während er die Krawatte lockerte. Der Nebel drang herein, der aufgekommen war, nachdem er die Destillerie verlassen hatte. Er atmete die feuchte Luft ein und berauschte sich an dem Duft der Insel, die der Nebel mit sich brachte. Das Bewusstsein, wie sehr ihm gerade die Dinge seiner Heimat gefehlt hatten, die ihm früher nie bewusst aufgefallen waren, wie der Duft des Nebels, trieben ihm die Tränen in die Augen. Wieder daheim zu sein war herrlich und schmerzhaft zugleich.

Dr. Fraser hatte ihn auf dieses Phänomen vorzubereiten versucht. Vor allem hatte er ihn vor der Reizüberflutung gewarnt, der er unweigerlich ausgesetzt sein würde und die merkwürdige Reaktionen hervorrufen könnte. Wie die, den Nebel in sich einzusaugen, aus dem er vor noch nicht einmal fünf Minuten gekommen war.

Kieran setzte sich auf das Bett. Mrs MacLean hatte nach dem Saubermachen frische Blumen ins Zimmer gestellt. In jedes Zimmer, selbstverständlich. Trotzdem kam es ihm immer noch wie eine ganz spezielle Aufmerksamkeit für ihn vor. Heute empfand er die Blumen zusätzlich als ein gutes Omen.

Als einen Glückwunsch für einen erfolgreichen Tag. Es fiel ihm immer noch schwer zu glauben, dass er den Job bei Talisker bekommen hatte. Auch ein Zimmer im Wilton's Bed & Breakfast, das Jock Reids Nichte gehörte, konnte er am Samstag beziehen. Zum Glück gab es morgen die erste Überweisung vom Sozialamt. Damit konnte er die zwölf Pfund, um die es teurer war als das Zimmer im Hebridean, bis zur ersten Gehaltszahlung auffangen. Trotzdem hätte er es am liebsten erst ab Sonntag genommen.

Doch sonntags zog man nicht um. Da ging man in die Kirche oder las in der Bibel, wenn man schon keinen Gottesdienst besuchte. Als guter Schotte tat man beides. Kieran würde in jedem Fall den Gottesdienst besuchen. Er hatte vorhin bereits einen kleinen Abstecher in die Carbost Church gemacht, die er am südöstlichen Ende des Ortes entdeckt hatte, und Gott für diesen Tag gedankt, an dem er einen wichtigen Schritt zurück in ein normales Leben getan hatte.

Jetzt konnte er sich auf die nächste Hürde konzentrieren: die Einladung zu den MacDonalds am Samstag. Dass er einen Job vorweisen konnte, falls Caties Vater ihn danach fragte – was er garantiert tun würde –, gab ihm etwas Sicherheit. Ein winziges bisschen. Allein der Gedanke an die Begegnung, noch dazu zum Dinner, verursachte ein flaues Gefühl im Magen. Er brauchte dringend einen Rat, damit er sich weder zum Narren machte noch seiner Familie Schande bereitete. Der Mord an Allison hatte davon mehr als genug über dem guten Namen der MacKinnons ausgeschüttet.

Er zog sich um, hängte den Anzug sorgfältig in den Schrank und rief Angus an.

„Kieran." Angus klang ehrlich erfreut. „Schön, dass du dich meldest. Was sagst du zu dieser Nebelsuppe?"

An die ausgiebige Diskussion über das Wetter als Beginn nahezu jedes Gespräches musste Kieran sich erst wieder gewöhnen. Im Knast plauderte man nicht. Da ging es knallhart zur Sache, und niemand hielt sich mit höflichem Vorgeplänkel auf.

Nachdem sie die üblichen Belanglosigkeiten ausgetauscht hatten, berichtete er Angus von dem Job, den er bei Talisker bekommen hatte, und erwähnte auch die Begegnung mit Catie. „Jetzt will ihr Vater sich persönlich bei mir bedanken und hat mich am Samstag zum Dinner eingeladen."

„Das gehört sich unter uns immer noch so. Keine Sorge, das wirst du schon überstehen. Ich kann mir nicht vorstellen, dass du deine guten Manieren vergessen hast."

„Nein. Aber ich ..." Er räusperte sich. „Ihr Vater ist der MacDonald Chief of Sleat."

„Glückwunsch, mein Junge. Zu ihm eingeladen zu werden, ist eine Ehre."

Für Kieran war das ein Albtraum. „Meinst du, ein dunkelblauer Anzug wäre angemessen? Ist der einzige, den ich habe."

„Nein. Du bist ein MacKinnon. Du solltest die Clanfarben tragen. Kilt, sporran, Pin und alles, was noch dazugehört."

„Ich habe keinen Kilt."

„Ich leihe dir einen von meinen."

Kieran tat einen tiefen Atemzug. „Ich habe aber kein Recht mehr, die Clanfarben zu tragen."

Angus schnaubte. „Weil dein Vater dich verleugnet hat, noch ehe ein Hahn auch nur ein einziges Mal, geschweige denn zweimal gekräht hat? Das hat nichts zu bedeuten. Außer dass es eine entsetzliche Grausamkeit dir gegenüber ist, die ich meinem Bruder nie zugetraut hätte. Jedenfalls hat er nicht das Recht, irgendjemandem die Zugehörigkeit zum Clan abzusprechen. Clan Chief ist immer noch unser alter Onkel Seamus Òg. Er allein hat die Macht, einen Bann auszusprechen. Und ich weiß aus seinem eigenen Mund, dass er sich standhaft weigert, das mit dir zu tun."

„Warum?"

Es wunderte Kieran nicht, dass seine Tat wohl bei der ersten darauf folgenden Clanversammlung diskutiert worden war. Auf Skye galt immer noch die Prämisse, dass die Tat eines Clanmitgliedes den gesamten Clan betraf – im Guten wie im Schlechten. Wie Kieran seinen Vater kannte, hatte der jedem, der es hören wollte oder nicht, im Brustton der Rechtschaffenheit verkündet, dass er sich von dem Mörder in ihrer Mitte losgesagt hatte. Kieran war davon ausgegangen, dass der Clan Chief sich dem anschloss.

„Warum hat er das nicht getan?"

Angus räusperte sich. „Du weißt, wie die Alten denken. Wie sie zu gewissen Dingen stehen. Seamus war und ist der Meinung, dass Allison wegen ihres lockeren Lebenswandels eine Schande nicht nur für die MacLeods, sondern für jeden anständigen Skyeman war. Er schreibt es ihrem schlechten Einfluss zu, dass du dich damals so sehr betrunken hast, wodurch die ganze Sache überhaupt erst passieren konnte. Seiner Meinung nach hat sie nur bekommen, was sie verdiente. Wenn sie es auch nicht ausgerechnet von dir hätte bekommen sollen."

„Oh Gott!" Kierans Magen drückte gegen die Rippen. „Das hat doch niemand verdient. Wir leben schließlich nicht mehr im Mittelalter."

„Ich bin ganz deiner Meinung. Aber für Seamus war das Grund genug, sich der Haltung deines Vaters nicht anzuschließen. Du bist also immer noch ein vollwertiges Clanmitglied. Wenn du meinen Rat willst, besuch Seamus mal und bitte ihn um Vergebung für die Ungemach, die der Clan durch dich hatte. Sobald er erfährt, dass du von Douglas MacDonald empfangen wirst und seiner Tochter das Leben gerettet hast, kannst du dir, glaube ich, seiner Vergebung in vollem Umfang gewiss sein. Also komm ungefähr drei Stunden vor deinem Termin zu mir, dann kleiden wir dich ein. Ich fahre dich anschließend hin."

„Danke." Kieran zögerte. „Onkel Angus, ist es wirklich das Richtige, die Einladung anzunehmen?"

„Selbstverständlich, Kieran. Du kennst unser Clanmotto: ‚Audentes Fortuna Juvat' – Das Glück begünstigt die Wagemutigen. Ich wandle das mal in eine moderne Form ab und sage: Nutze jede Chance, die sich dir bietet. Und ein Clan Chief MacDonald, der dir das Leben seiner Tochter zu verdanken hat, ist eine Trumpfkarte, die sich irgendwann mal als sehr nützlich erweisen kann."

„Danke, Onkel Angus. Dann sehen wir uns Samstag."

Kieran fühlte sich nach dem Gespräch etwas besser. Da er es wie immer nicht sehr lange in seinem Zimmer aushielt, verließ er das Hotel und ging nach Broadford, um ein Fahrrad zu kaufen, nachdem er sich bei MacLean an der Rezeption erkundigt hatte, wo er günstig eins bekommen könnte.

Auch der Kauf eines gebrauchten Rades klappte reibungslos. Kieran stellte jedoch fest, dass er das Radfahren zwar nicht verlernt hatte, dass er aber leichte Probleme mit dem Gleichgewicht hatte, als er den ersten Fahrversuch unternahm. Doch das hielt nicht lange an, und er fuhr nach ein paar Minuten so sicher wie früher.

Sein Ziel war der Supermarkt in der Main Street. Da er im Hebridean nur Frühstück bekam und es sich nicht leisten konnte, jeden Tag dort auch noch Lunch und Dinner zu bezahlen, musste er sich seine Lebensmittel kaufen. Was bedeutete, dass er außer den Eiern und Würstchen zum Frühstück nichts Warmes in den Magen bekam. Das machte ihm nichts aus. Selbst das kargste Mahl hier draußen schmeckte ihm tausendmal besser als die Festtagsessen in Saughton.

Er stellte das Rad vor dem Supermarkt ab, der sich zwar immer noch an derselben Stelle befand wie vor zwanzig Jahren, aber wie so viele andere Häuser und Geschäfte renoviert worden war. Ein weiteres Detail, das ihm den Neuanfang erleichterte.

Er trat ein und begann zusammenzusuchen, was er brauchte: Zwei Packungen Oatcakes, Cheddar, Honig, Tee, Brot, Milch, Obst, geräucherten Fisch. Das würde bis zu seinem Umzug nach Carbost am Samstag reichen. Eine Frau ging an ihm vorbei. Kieran zuckte zusammen, als er seine Mutter erkannte. Da sie sich auf das Regal gegenüber dem konzentrierte, vor dem er stand, bemerkte sie ihn nicht. Sie wirkte zerbrechlich, traurig und so verloren, wie er sich fühlte. Am liebsten hätte er sie angesprochen, sie umarmt und sie um Verzeihung gebeten für alles, was sie seinetwegen hatte durchmachen müssen. Doch nachdem sie ihn ebenso aus dem Haus geworfen hatte wie sein Vater, war das wohl keine gute Idee. Seine Augen brannten, als er ihr nachsah und, da er alles hatte, was er kaufen wollte, ihr in gebührendem Abstand zur Kasse folgte. Sie zog aus dem Regal neben der Kasse eine Packung Kekse – die Lieblingskekse seines Vaters. Die rutschte ihr aus der Hand und fiel zu Boden.

Kieran hob sie auf, bevor sie sich bücken konnte und reichte sie ihr. „'S e do bheatha. Bitte sehr."

„Mòran taing!", bedankte sie sich mit einem Lächeln. Das erstarb, als sie ihn erkannte. Ihre Augen wurden groß. Sie fasste sich an die Kehle. Ihre Hand zitterte.

Ihre Reaktion schmerzte ihn zutiefst. Er wollte etwas sagen, brachte aber kein Wort heraus. Sie noch einmal Mutter zu nennen, wagte er nicht. Er sah sie an, flehte mit seinem Blick um ein winziges Zeichen von Vergebung, wenn schon nicht Zuneigung. Oder wenigstens einer Andeutung, dass sie trotz allem in ihm immer noch ihren Sohn sah. Aber er las in ihren Augen nur Schmerz und Leid. Sein Hals wurde so eng, dass er kaum noch Luft bekam.

„Fiona, du bist dran."

Seine Mutter brauchte einen Moment, ehe sie registrierte, dass die Kassiererin sie angesprochen hatte. Zitternd stellte sie ihren Korb vor sie hin und wandte sich abrupt von Kieran ab. Die Schultern nach vorn gebeugt, den Kopf gesenkt, den Körper verkrampft. Das Gesicht zur Seite gedreht als stumme Bitte, dass er sie nicht ansprechen möge. Sie hatte kaum bezahlt, als sie fluchtartig den Laden verließ, ohne sich noch einmal umzusehen.

Kieran blickte ihr nach. Sein Mund war trocken, und ihm war übel. In der Brust breitete sich ein kaltes Gefühl aus, als würde sein Herz vereisen. Die Kassiererin sagte etwas zu ihm. Er verstand es nicht und schüttelte den Kopf. Das war wohl die richtige Reaktion, denn sie wiederholte das Gesagte nicht. Automatisch zahlte er, nahm das Wechselgeld in Empfang und schleppte sich nach draußen.

Es hatte zu regnen begonnen. Er lehnte sich neben seinem Fahrrad mit dem Rücken gegen die Wand und hielt das Gesicht dem Regen entgegen. Der Kloß in seinem Hals löste sich. Seine Tränen mischten sich mit dem Regen; so konnte wenigstens niemand sehen, dass er weinte. Was er seit über fünfzehn Jahren nicht mehr getan hatte. Er hatte alle Schmerzen und die schlimmsten Demütigungen ertragen, ohne eine einzige Träne zu vergießen. Aber dieser Schmerz war schlimmer als jeder andere, an den er sich erinnern konnte. Er zerriss ihm die Seele.

Kieran wusste nicht, wie lange er weinend im Regen gestanden hatte. Er erwachte erst aus seiner Starre, als ein Mann ihn fragte, ob alles in Ordnung sei. Er nickte mechanisch und bestieg sein Rad. Inzwischen war er völlig durchnässt und fror. Auf dem Rückweg nach Harrapool würde ihm hoffentlich wieder warm werden. Wenn nicht – auch egal. Eine Nichtigkeit verglichen damit, dass er für seine engsten Angehörigen ein Ausgestoßener war; jemand, vor dem man davonlief und den man verleugnete. Nur Onkel Angus und Paddy hielten noch zu ihm. Dafür war er ihnen zutiefst dankbar, denn sie vermittelten ihm das Gefühl, überhaupt noch eine Familie zu haben.

1987

Mittwoch, 26. Juni 1987

Kieran schlich auf Zehenspitzen in den Flur. Ein Dielenbrett knarrte. Er blieb stehen und lauschte mit angehaltenem Atem. Im Schlafzimmer der Eltern blieb alles still. Er stieß erleichtert die Luft aus und überwand die letzten Meter bis zur Haustür. Vom Schlüsselbrett nahm er den Wagenschlüssel und öffnete so leise wie möglich die Haustür.

„Was machst du da, Kleiner?"

Kieran zuckte beim Klang von Paddys Stimme zusammen, obwohl sein Bruder nur flüsterte. Ohne Rücksicht auf das knarrende Dielenbrett kam er zu ihm und nahm ihm die Autoschlüssel aus der Hand.

„Hast du sie noch alle? Du wolltest doch nicht tatsächlich mit Vaters Wagen fahren? Mann, Kieran, du bist erst vierzehn."

„Schsch, nicht so laut." Kieran versuchte, die Schlüssel wieder an sich zu bringen. Paddy versteckte sie hinter dem Rücken. Kieran verschränkte die Arme vor der Brust. „Und warum nicht? Du hast mir doch beigebracht, wie man fährt. Ich will nur runter zum Hafen und frischen Fisch für Mutter holen. Und bei Mrs Drew im Laden Vaters Lieblingskekse und für Mutter was Leckeres zum Frühstück kaufen. Hey, wir haben Ferien. Da können wir den Eltern doch mal eine Freude machen."

Kieran behielt an seinem Bruder vorbei ständig die elterliche Schlafzimmertür im Auge. Auch wenn sie nur flüsterten, mochten die Eltern sie im Halbschlaf hören, obwohl es erst fünf Uhr morgens war.

„Oh ja, das wird eine Freude, wenn Vater feststellt, dass du mit seinem Auto gefahren bist." Paddy hängte die Schlüssel energisch ans Schlüsselbrett. Es gab ein klimperndes Geräusch, das für Kierans Begriffe viel zu laut klang. „Vergiss es, Kleiner. Einkaufen kannst du auch zu Fuß."

Kieran verdrehte ungeduldig die Augen. „Bis ich vom Hafen zurück bin, ist Vater längst aufgestanden und hat sich selbst Frühstück gemacht. Komm schon, Paddy. Du weißt, dass ich fahren kann. Aber wenn du solche Angst um mich hast, komm mit und fahr selbst."

„Ich bekomme meinen Führerschein erst in zwei Wochen."

„Mann, was soll denn auf der kurzen Strecke passieren? Unsere freundlichen Polizisten von nebenan liegen auch noch schlafend in ihren Betten. Und die Straßen dürften um diese Zeit ziemlich leer sein. Also komm schon."

Kieran schnappte den Schlüssel vom Brett und war zur Tür hinaus, ehe sein Bruder ihn aufhalten konnte. Paddy stieß einen Fluch aus und rannte hinter ihm her. Kieran hatte den alten Ford seines Vaters schon aufgeschlossen und sich hinters Steuer gesetzt, als Paddy ihn erreichte und die Wagentür aufriss. Er packte Kieran am Arm und versuchte, ihn herauszuziehen.

„Lass mich los, oder ich drück auf die Hupe." Kieran hielt grinsend die Hand über die Hupe.

Paddy ließ ihn los. „Bist du wahnsinnig?" Er konnte sich unschwer vorstellen, was passierte, wenn ihr Vater, vom Lärm aufgeschreckt, aus dem Haus kam und seine Söhne an oder in seinem Wagen fand.

„Also, kommst du nun mit oder nicht? Mein Angebot steht: Du darfst fahren, wenn du willst."

Paddy stieß frustriert die Luft aus, schüttelte den Kopf und winkte ab. Er ging um den Wagen herum zur Beifahrerseite und stieg ein, nachdem Kieran die Tür entriegelt hatte.

„Wenn der Wagen auch nur einen Kratzer abbekommt, kriegen wir für den Rest der Ferien Hausarrest. Oder noch schlimmer, Vater lässt uns auf Onkel Donnies Fischkutter schuften. Also sieh zu, dass wir heil wieder nach Hause kommen."

„Klar."

Kieran startete den Wagen, legte den Gang ein und ließ ihn die Riverbank hinabrollen. An der Einmündung zur Ford Road setzte er den Blinker und bog nach rechts in die Straße ein. Wie er vermutet hatte, war um fünf Uhr morgens kaum Verkehr, auch nicht auf der A87, die sie gleich darauf erreichten.

„Siehst du, Paddy, alles halb so wild. Ich brauche den Wagen nur gerade auf der Straße zu halten. Und das ist nun wirklich ein Kinderspiel."

Paddy antwortete ihm nicht. Er blickte abwechselnd auf die Straße und in den Seitenspiegel, um zu sehen, ob irgendwo ein Polizeiwagen auftauchte, obwohl in Broadford die Polizei tatsächlich zu so früher Stunde noch nicht aktiv war. Alles verlief glatt. Bis sie die Kreuzung zur Bay View Crescent erreichten.

Das Einzige, was Kieran sah, war ein dunkler Schatten, der ohne Vorwarnung mit hoher Geschwindigkeit aus der Seitenstraße rechts vor ihm nach links auf die A87 einbog. Der Fahrer nahm die Kurve viel zu schnell und geriet auf die linke Fahrbahn. Kieran stieß einen erschreckten Schrei aus und riss das Steuer nach rechts. Er war nicht schnell genug. Der dunkle Wagen krachte schräg in die Beifahrerseite. Der Ford wurde herumgeschleudert und knallte mit dem Heck gegen die Mauer der Einfahrt zur Polizeistation, auf deren Höhe er sich befand. Kieran wurde nach vorn geschleudert und prallte mit dem Kopf gegen die Windschutzscheibe. Er hörte Paddy entsetzlich brüllen. Dann verlor er das Bewusstsein.

*

Sonntag, 30. Juni 1987

Kieran humpelte hinter seinen Eltern in die Klinik. Er hielt den Kopf gesenkt und fühlte sich alles andere als wohl in seiner Haut. Das lag nicht nur daran, dass sein Körper immer noch von dem Unfall schmerzte. Ihn plagte ein furchtbar schlechtes Gewissen. Und die Botschaft, die er Paddy überbringen musste, trug auch nicht dazu bei, dass er sich besser fühlte.

Während Kieran Glück gehabt hatte und bei dem Unfall mit ein paar blauen Flecken, Schnittverletzungen, einem gebrochenen Arm, Prellungen an den Beinen und einer inzwischen fast auskurierten Gehirnerschütterung davongekommen war, hatte es Paddy viel schlimmer erwischt. Drei gebrochene Rippen und ein Trümmerbruch seines linken Beines würden nicht so schnell heilen. Dabei hatte er noch Glück im Unglück gehabt, denn es hätte sehr viel schlimmer kommen können.

Kieran erinnerte sich nicht mehr genau an den Unfall und wusste nur noch, dass plötzlich ein Fahrzeug auf seiner Fahrbahn aufgetaucht war. Aber er hatte den Hergang inzwischen von der Polizei erfahren, die ihn am nächsten Tag noch in der Klinik eingehend befragt hatte. Die Insassen des Wagens, der Kieran die Vorfahrt genommen hatte, hatten den Geburtstag eines Freundes gefeiert und die Party erst im Morgengrauen verlassen. Obwohl sie nicht mehr fahrtüchtig gewesen waren, hatten sie genau wie Kieran darauf vertraut, dass zu dieser

101

frühen Stunde außer ihrem kaum ein Fahrzeug unterwegs sein würde. Beim Einbiegen in die A87 hatte der Fahrer die Geschwindigkeit und die Kurve unterschätzt und die Kontrolle über das Fahrzeug verloren. Kierans geistesgegenwärtiges Ausweichen hatte einen Frontalzusammenstoß verhindert, der wahrscheinlich alle Insassen beider Wagen das Leben gekostet hätte. Dass er und Paddy angeschnallt gewesen waren, hatte ihnen neben der immensen Hilfe ihrer Schutzengel das Leben gerettet.

Noch hatte sein Vater sich mit seinem Zorn über die unerlaubte Spritztour zurückgehalten, aber Kieran wusste, dass er eine saftige Strafe bekommen würde, sobald er wieder richtig gesund war. Außerdem erwartete ihn und Paddy ein Gerichtsverfahren wegen Fahrens ohne Führerschein, Diebstahl eines Wagens und Sachbeschädigung. Sein Vater stand auf dem Standpunkt, dass wer einen Schaden anrichtete, auch dafür geradezustehen hatte. Dass der von seinen Söhnen „gestohlene" Wagen der Familie gehörte, spielte für ihn keine Rolle.

Sein Vater riss die Tür des Krankenzimmers auf, in dem Paddy lag. Kieran stellte fest, dass sein Bruder schon bedeutend besser aussah als vor zwei Tagen, als er ihn zuletzt gesehen hatte. Das entging auch seinem Vater nicht, der sich nicht mit einer Begrüßung aufhielt und auch nicht mit der Frage, wie es Paddy ging.

„Was du getan hast, Patrick, war unverantwortlich. Du bist erwachsen. Du hättest so viel Verstand besitzen müssen, Kieran daran zu hindern, in den Wagen zu steigen. Aber was tust du? Du lässt ihn auch noch fahren. Was du ihm ja verbotenerweise beigebracht hast."

„Vater, das ist allein meine Schuld. Ich habe Paddy dazu erpresst."

„Halt den Mund, Kieran. Mit dir befasse ich mich später." Er maß Paddy mit einem Blick voller Verachtung. „Was habe ich nicht alles für dich getan. Aber statt auf deinen Bruder aufzupassen, setzt du dich auch noch mit ihm ins Auto. Ihr hättet beide tot sein können. Ich habe von dir wirklich mehr erwartet, Patrick." Er schüttelte den Kopf. „Aber das war wohl zu viel verlangt von einem Bastard."

„Sean!" Seine Mutter blickte den Vater betroffen an.

Paddy errötete tief und sah zur Seite. Das tat auch Kieran, peinlich berührt von der Brutalität seines Vaters. Zwar wusste er schon lange, dass Paddy nur sein Halbbruder war, da er weder ihm noch ihren Eltern ähnlich sah, aber das hatte für ihn nie eine Rolle gespielt. Erst recht hatte er in Paddy nie einen Bastard gesehen, obwohl sein Vater ihn immer so schimpfte, wenn er sauer auf ihn war und in solchen Momenten keinen Hehl daraus machte, dass Paddy nicht sein Sohn war.

Onkel Angus betrat den Raum und nickte den Anwesenden zu. „Sean, Fiona, kommt ihr mal bitte."

Die beiden folgten ihm vor die Tür. Da Angus diese nur anlehnte, konnten Kieran und Paddy hören, was er sagte.

„Wir haben unser Möglichstes getan, aber Paddys Bein ist sehr stark geschädigt. Er wird zwar in ein paar Monaten wieder damit laufen können, aber es wird steif bleiben."

„Der arme Junge!" Die Mutter begann zu weinen.

„Hauptsache, er lebt", brachte Onkel Angus es auf den Punkt. „Alles andere kriegt ihr schon hin. Er weiß es übrigens schon."

Der Vater brummte etwas Unverständliches, das nicht sehr mitfühlend klang.

Paddys Finger krallten sich in die Bettdecke. Er biss sich auf die Lippen. In seinen Augen schimmerten Tränen. Auch Kieran musste weinen.

„Paddy, es tut mir so leid!"

„Ach, halt die Klappe."

Kieran schwieg und wollte doch eigentlich noch viel mehr sagen. Wollte Paddy versichern, dass er alles tun würde, um es wiedergutzumachen, obwohl das unmöglich war.

Paddy zeichnete mit dem Finger Muster auf seine Bettdecke, blickte aus dem Fenster und zur Decke, ehe er Kieran ansah. „Vater hat recht. Ich hätte dich daran hindern sollen. Hätte dir die Schlüssel wegnehmen müssen und auf gar keinen Fall mit dir in den Wagen steigen dürfen, egal wie sehr du mir gedroht hättest. Dann wäre das nicht passiert. Ich bin erwachsen. Ich trage die Verantwortung."

„Das stimmt doch nicht, Paddy. Ich bin schuld. Ich ganz allein."

Paddy verzog verächtlich das Gesicht. „Das sieht Vater aber ganz anders. Und ich glaube, Mutter stimmt ihm darin zu."

„Ich nicht. Ich ..."

„Lass gut sein, Kieran. Ist passiert und nicht zu ändern. Ich komme schon klar. Und auch mit einem steifen Bein kann ich dich immer noch in den Arsch treten. Wart's nur ab."

Kieran lachte nicht. Er hätte einen Arm und zehn Jahre seines Lebens gegeben – mindestens –, um alles ungeschehen zu machen. Mochte die eigentliche Schuld an dem Unfall auch bei dem Fahrer liegen, der ihm die Vorfahrt genommen hatte – wenn er nicht auf die Schnapsidee gekommen wäre, verbotenerweise mit dem Wagen zu fahren, wäre der Unfall nie passiert und Paddy hätte noch zwei gesunde Beine. Er bewunderte seinen Bruder, dass er das Schicksal, künftig behindert zu sein, so tapfer akzeptierte. Auch wenn Kieran selbst sich noch gar nicht richtig vorstellen konnte, was das überhaupt bedeutete.

„Hast du Annie gesagt, dass sie mich besuchen kann?"

Kieran nickte und blickte zu Boden. „Ich ... ich glaube aber nicht, dass sie kommt."

„Wieso nicht? Klar kommt sie. Du hast es ihr doch wirklich ausgerichtet?"

„Ja, ehrlich. Aber ..." Kieran sah zur Seite.

„Aber was? Nun sag schon."

„Sie ... ich ... ich habe sie gestern gesehen. Mit ... mit Jimmy. Jimmy Cameron. Sie ... sie sind mit dem Boot vom alten Mr Drew rausgerudert."

Dass Annie, bevor sie in das Boot gestiegen war, Kieran unmissverständlich gesagt hatte, dass sie nicht daran dächte, Paddy zu besuchen, weil sie Spaß haben wollte und Besseres zu tun hatte, als sich mit einem Verletzten abzugeben, der sie nicht ausführen konnte, verschwieg er. Ebenso dass sie sich überhaupt nur mit Paddy „abgegeben" hatte, um Jimmy eifersüchtig zu machen und an die Angel zu bekommen. Und was sie sonst noch über „Scarecrow-Paddy" gesagt hatte, behielt er erst recht für sich. Wäre sie kein Mädchen, Kieran hätte ihr dafür die Zähne eingeschlagen – gebrochener Arm hin oder her.

Paddy konnte sich unschwer denken, dass Annie nichts mehr mit ihm zu tun haben wollte, wenn sie mit Jimmy rausgerudert war. Die halbe Jugend von Broadford benutzte heimlich Mr Drews altes Ruderboot, um fernab vom Ufer, wo niemand sie sehen konnte, ihre trysts mit ausgiebigem Knutschen und anderen Intimitäten zu krönen.

Paddy ballte die Fäuste und presste die Lippen zusammen. Eine Träne rann über seine Wange.

„Tut mir leid, Paddy."

Paddy wandte das Gesicht ab. „Verschwinde, Kieran. Lass mich verdammt noch mal in Ruhe."

Kieran schlich mit hängendem Kopf aus dem Krankenzimmer. Das Leben seines Bruders lag seinetwegen in Trümmern. Und das würde er nie wiedergutmachen können.

In Ewigkeit nicht.

4

Angus hielt vor dem Haus der MacDonalds in Armadale und blickte Kieran auffordernd an. Kieran tat einen tiefen Atemzug. Angus lachte.

„Junge, du machst ein Gesicht wie damals, als du wegen des Autounfalls zum Gericht musstest. Ich glaube kaum, dass Sir Douglas dir den Kopf abreißen oder dich fressen will. Er verdankt dir das Leben seiner Tochter. Also, rein mit dir. Ruf mich an, wenn die Party vorbei ist. Ich hole dich dann wieder ab."

„Danke, Onkel Angus. Aber du musst dir nicht so viel Mühe machen. Ich komme schon irgendwie wieder nach Broadford."

„Ja, in meinem Wagen, weil ich dich abhole. Fang bloß nicht an, mit mir darüber zu streiten. Ab mit dir!"

Kieran stieg aus. Angus winkte ihm nach, wendete in der Einfahrt und fuhr davon. Kieran strich den Kilt glatt, rückte den sporran vor seinem Unterleib zurecht und tat dasselbe mit der Fliege, ehe er zur Haustür ging. Er hatte sie noch nicht erreicht, als sie schon geöffnet wurde. Kieran brauchte einen Moment, ehe er in der Frau im dunkelblauen Kleid mit den kunstvoll frisierten Haaren Catie erkannte. Sie kam ihm überirdisch schön vor.

Sie musterte ihn von oben bis unten. Kieran fürchtete schon, dass der Kilt doch keine so gute Idee gewesen war, und kam sich lächerlich vor. Doch in Caties Augen las er Bewunderung. Sie lächelte, nahm seine Hand und zog ihn ins Haus.

„Mann, siehst du gut aus. Mein Vater wird begeistert sein."

„Hallo Catie. Du siehst auch toll aus. Ich dachte schon, eine Fee öffnet mir die Tür."

Sie lachte. „Schmeichler. Aber mach ruhig weiter so. Komm!"

Ihm wurde bewusst, dass sie immer noch seine Hand hielt. Er entzog sie ihr und folgte ihr ins Innere des Hauses. Caties Eltern erwarteten ihn im Wohnzimmer, ebenso ein jüngerer Mann, der Catie recht ähnlich sah. Kierans Befürchtung, mit dem Kilt falsch gekleidet zu sein, wurde zerstreut, denn auch Sir Douglas und Caties Bruder trugen Kilts in den Farben ihres Clans und die dazugehörigen Accessoires.

„Kieran MacKinnon. Feasgar math."

Sir Douglas zeigte sich beeindruckt, dass Kieran Gälisch sprach. Er antwortete ihm in derselben Sprache und stellte sich, seine Frau Lady Mòrag und seinen Sohn Connor vor und entschuldigte seinen jüngeren Sohn Donald, der Urlaub im Ausland machte.

Kieran reichte Caties Mutter eine Flasche Wein als Gastgeschenk und Sir Douglas eine Flasche Talisker.

„Ich soll Sie und Ihre Lady von meinem Großonkel Seamus Òg MacKinnon grüßen, Sir Douglas. Er lässt Ihnen seine besten Wünsche für Ihrer aller Gesundheit ausrichten."

„Vielen Dank. Ihr Großonkel? Ja, der alte Seamus und ich sitzen nebeneinander im Standing Council of Chiefs. Kompetenter Mann."

„Ja, Sir."

Kieran hatte Angus' Rat befolgt und seinen Clan Chief gestern aufgesucht. Entgegen seinen Befürchtungen hatte Seamus ihn zunächst zwar zurückhaltend empfangen, aber ihm verziehen, als er sich zutiefst zerknirscht für die Ungemach entschuldigt hatte – buchstäblich auf Knien –, die der Clan seinetwegen gehabt hatte. Als er ihm von Caties Rettung erzählte und dass er bei Sir Douglas zum Dinner eingeladen war, hatte sich Seamus' Zurückhaltung zu Wohlwollen gewandelt. Auch Seamus hatte darauf gedrungen, dass Kieran die Clanfarben zu dem Ereignis trug und ihm sogar einen von seinen Kilts geschenkt. Den Rest der Kleidung – Kniestrümpfe, weißes Hemd, Jackett, Fliege, sporran und Pin – hatte Angus ihm geliehen. Auf das sgian dubh, das Messer, das man traditionell zum Kilt trug und in den Kniestrumpf steckte, hatte er auf Angus' Anraten verzichtet. Es zu einem Freundschaftsbesuch zu tragen, drückte Misstrauen oder Feindseligkeit gegen den Gastgeber aus und wäre daher nicht angemessen gewesen.

Sir Douglas bot Kieran Platz an. Der wartete höflich, bis der Clan Chief und Lady Mòrag sich gesetzt hatten, ehe er sich ebenfalls setzte. Catie nahm neben ihm Platz und lächelte ihm zu. Ihr Bruder dagegen blickte ihn misstrauisch an.

„Sie treiben Sport?", fragte Sir Douglas mit einem Blick auf Kierans wohlproportionierte Muskeln, nachdem sie eine Weile die üblichen Höflichkeiten ausgetauscht hatten.

„Ich halte mich fit, Sir."

„Welche Sportart?"

„Kraftsport und ein bisschen Basketball."

Sir Douglas musterte ihn erneut. „Ich dachte immer, für Basketball müsste man mindestens sechseinhalb Fuß oder am besten gleich sieben groß sein. Sie sind doch um die sechs Fuß?"

„Die habe ich um fast zwei Inches verpasst. Aber was mir an Größe fehlt, mache ich durch Schnelligkeit und Treffsicherheit wett." Die reine Wahrheit, sah man davon ab, dass nur sehr wenige Spieler der Gefängnismannschaft das für Basketball übliche Gardemaß besaßen.

„Gefällt mir. Catrìona sagte, Sie sind Journalist. Wo haben Sie gearbeitet, bevor Sie nach Skye zurückkehrten?"

„Vater, würdest du bitte aufhören, Kieran einer Inquisition zu unterziehen?"

„Das ist schon in Ordnung", ergriff Kieran Sir Douglas' Partei. „Wenn ich eine Tochter hätte, würde ich auch alles über jeden Mann wissen wollen, dessen Bekanntschaft sie macht."

Catie schnitt ihm eine Grimasse. „Spießer."

„Nein, mein Kind, das ist ein Ausdruck der Liebe und Sorge eines Vaters für seine einzige Tochter. Und es gefällt mir, dass Mr MacKinnon das versteht. Es freut mich, dass du endlich mal einen vernünftigen Mann mit nach Hause bringst."

Catie funkelte ihn verärgert an. „Wenn du jetzt wieder davon anfängst, dass ich schon dreißig und immer noch unverheiratet bin, gehe ich auf der Stelle. Ich bin nicht bereit, darüber schon wieder zu diskutieren. Außerdem hast du Kieran eingeladen, nicht ich. Was nicht heißt, dass ich dich nicht hier haben will, Kieran. Ich bin nur dieses Thema leid, das mir bei jeder sich bietenden Gelegenheit aufgezwungen wird."

„Ich will doch nur dein Bestes, Catrìona."

„Was für mich das Beste ist, weiß ich wohl besser als du." Sie stand auf und verließ verärgert das Zimmer.

Ihr Bruder Connor erhob sich seufzend. „Ich gehe mal wieder die Zorneswogen glätten."

Erneut warf er Kieran einen misstrauischen Blick zu. Kieran fragte sich, was der Mann gegen ihn hatte.

Sir Douglas wartete, bis er das Zimmer verlassen hatte, ehe er sich an Kieran wandte. „Da wir nun unter uns sind, Mr MacKinnon, möchten wir uns in aller Form bei Ihnen bedanken, dass Sie unsere Tochter gerettet haben."

„Durch Gottes Gnade war ich zur rechten Zeit am rechten Ort. Und zu helfen war selbstverständlich."

„Trotzdem«, er legte seine Hand auf die seiner Frau. „Wir wären unseres Lebens nicht mehr froh geworden, wenn ihr etwas zugestoßen wäre."

So wie die MacLeods seit Allisons Tod ihres Lebens nicht mehr froh wurden. Kieran hatte eigentlich vorgehabt, Allisons Grab zu besuchen, aber er empfand das als unpassend. Er hatte sie umgebracht. Ihr Grab aufzusuchen, käme ihm wie eine Verhöhnung ihres Andenkens vor. Er war der letzte Mensch auf der Welt, der ein Recht hatte, an ihrem Grab zu stehen.

„Also, Mr MacKinnon, wenn Sie mal in irgendeiner Form Hilfe brauchen, zum Beispiel eine Wohnung zu finden oder eine Anstellung, scheuen Sie sich nicht, sich an mich zu wenden. Ich bin Ihnen gern behilflich."

„Ich danke Ihnen, Sir Douglas." Allerdings würde er das Angebot nicht annehmen. Oder nur, wenn er alle anderen Möglichkeiten erfolglos ausgeschöpft hatte.

Lady Mòrag bat zu Tisch. Kieran erhielt den Ehrenplatz am Kopf der Tafel, was ihn erneut verlegen machte. Trotzdem versuchte er, dem Platz und der damit verbundenen Ehre in jeder Weise gerecht zu werden.

Catie kam mit ihrem Bruder zurück und schenkte Kieran wieder ein strahlendes Lächeln, was Connor MacDonald zu einem finsteren Stirnrunzeln veranlasste. Kieran lächelte zurück und bemerkte die wohlwollenden Blicke ihrer Eltern. Noch eine Komplikation. Falls er diese Blicke in Verbindung mit dem vorhin angeschnittenen Thema richtig interpretierte, hätten Sir Douglas und Lady Mòrag nicht das Geringste dagegen, wenn er seine Bekanntschaft mit Catie vertiefte. Noch. Denn irgendwann würden sie erfahren, was er getan hatte. Es war nur eine Frage der Zeit.

Seine Hände umklammerten das Lenkrad so fest, dass es ihn schmerzte, als er sah, wie Kieran MacKinnon das Haus der MacDonalds betrat – erhobenen Hauptes, in seine Clanfarben gekleidet. Es war nicht zu fassen! Der Kerl war kaum aus dem Gefängnis raus, da hatte er schon Kontakte zu den MacDonalds of Sleat geknüpft. Wie, zum Teufel, war ihm das gelungen?

Aber so war es schon früher gewesen. Was immer er angepackt hatte, der Erfolg war ihm gewiss gewesen. In der Schule, bei den Mädchen – besonders bei den Mädchen –, beim Sport und einfach bei allem. Kieran MacKinnon, der Beliebte. Kieran, der vom Glück Begünstigte. Kieran, der sich erlauben konnte, was er wollte, und dem man trotzdem alles nachsah.

Eine so heftige Wut erfasste ihn, dass er an die Seite fahren und den Wagen anhalten musste. Er schaltete den Motor aus und schlug die Faust mehrfach so heftig in das Polster des Beifahrersitzes, dass der in der Verankerung knirschte, und wünschte sich, in Kieran MacKinnons Gesicht zu schlagen. Ihn auszulöschen. Er brauchte mehrere Minuten, um sich wieder unter Kontrolle zu bringen.

Nun gut. Kieran MacKinnon mochte glauben, dass er sein Leben nahtlos dort anschließen konnte, wo Allison MacLeods Tod es unterbrochen hatte. Er würde schon bald feststellen, wie sehr er sich irrte. Langsam begann der Plan zu Kieran MacKinnons Vernichtung Gestalt anzunehmen. Er startete den Motor und fuhr nach Hause.

Wie getrieben googelte er den Broadford-Mord. Zufrieden stellte er fest, dass jeder Artikel, den Alan Cunningham, der damalige Crime Reporter des „Scotsman", geschrieben hatte, im virtuellen Archiv der Zeitung gespeichert war. Zu einem davon gehörte ein Foto von Kieran MacKinnon, auf dem er recht gut zu erkennen war. Auch wenn er damals achtzehn gewesen war und seine Frisur und Statur heute anders *aussahen, waren die Hauptmerkmale seines Gesichts unverkennbar, besonders wenn man ihn sich mit einem Vollbart vorstellte.*

Er druckte den Artikel aus und suchte im Telefonbuch die Adresse vom Clan Chief der MacDonalds. Er druckte sie auf einen Briefumschlag, um nicht durch die Handschrift Rückschlüsse auf seine Person zu ermöglichen, und steckte den Artikel in den Umschlag. Wenn die MacDonalds nicht komplette Idioten waren, würden sie Kieran MacKinnon erkennen – auch ohne den aufgedruckten Hinweis „Kieran MacKinnon, der Broadford-Killer" – und sehr schnell dafür sorgen, dass auf der ganzen Insel die Kunde die Runde machte, dass der Broadford-Killer zurückgekehrt war.

Damit war der erste Schritt getan. Für den zweiten, wichtigsten, brauchte er noch etwas Geduld.

*

Der Abend verlief entgegen Kierans Befürchtungen ohne unangenehme Zwischenfälle. Da Sir Douglas keine „Inquisition" mehr betrieb und sich mit der Information zufriedengab, dass Kieran in Edinburgh gearbeitet hatte, brauchte er ihm keine Lügen aufzutischen. Auch sein Job bei Talisker schien Billigung zu finden, besonders da Kieran ihn als Übergang deklarierte, um erst mal wieder auf Skye Fuß zu fassen.

Das Einzige, was ihm unangenehm war, weil es ihn verunsicherte, war, dass Catie die ganze Zeit neben ihm saß. Sie beteiligte sich allerdings kaum an der Unterhaltung. Er hatte den Eindruck, dass sie immer noch wegen der Auseinandersetzung mit ihrem Vater verärgert war.

Als Kieran sich gegen zehn Uhr verabschiedete, ergriff sie die Gelegenheit, ebenfalls das Haus zu verlassen, unter dem Vorwand, ihn nach Hause zu fahren. Ihre Verabschiedung von ihren Eltern war reichlich frostig, die von ihrem Bruder ein bisschen herzlicher. Der wiederum verabschiedete sich von Kieran mit einem Gesicht, als hätte er ihn am liebsten auf Nimmerwiedersehen mit einem Fußtritt aus dem Haus befördert.

„Tut mir leid, Kieran, dass mein Vater so unhöflich war", entschuldigte Catie sich, kaum dass sie im Wagen saßen.

„Ich empfand ihn nicht als unhöflich." Ihre Nähe in der Enge des Autos verursachte ihm ein Gefühl, als stünde er unter Strom.

„Ich schon. So benimmt er sich bei jedem Mann, den er kennenlernt, mit dem ich zu tun habe. Weshalb ich schon lange aufgehört habe, ihm jemanden vorzustellen, wenn ich es vermeiden kann."

„Warum?"

Sie sah ihn verständnislos an. „Ist dir nicht aufgefallen, dass nicht nur er, sondern auch meine Mutter dich auf dein Potenzial als möglicher Ehemann für mich abgeklopft haben?"

„Nicht so direkt."

Sie seufzte. „Manchmal habe ich das Gefühl, dass du hinter dem Mond lebst. Oder von irgendeinem anderen Planeten kommst. Was glaubst du denn, was die Fragen nach deiner Herkunft und deinem Beruf sonst sollten?"

„Für mich war das das ganz normale Interesse von Eltern an dem Mann, der ..." Er scheute sich anzusprechen, dass er Catie gerettet hatte. Das hätte für ihn zu sehr nach Prahlerei geklungen. Sie interpretierte den angefangenen Satz jedoch ganz anders.

„Der sich für mich interessiert. Ja. Genau das ist der Punkt. Mein Vater hat es in der Vergangenheit gekonnt fertiggebracht, den einen und anderen netten Jungen oder Mann mit solchen Fragen zu vergraulen. Vielmehr hat er ihnen zu verstehen gegeben, dass sie erst mal was ‚Vernünftiges' werden sollten, ehe sie nach seiner Tochter schielen. Auch wenn die gar keine Ambitionen in der Richtung hatten. Was natürlich meine Schuld ist."

Noch etwas, das er nicht verstand. Aber er wollte sich nicht noch einmal durch Nachfragen dem Vorwurf aussetzen, er würde hinter dem Mond leben. Catie blickte ihn verletzt an, als er schwieg.

„Du bist also auch dieser Meinung."

„Ganz und gar nicht." Was hatte er falsch gemacht? „Ich versuche nur ziemlich erfolglos den Zusammenhang zu begreifen, was daran deine Schuld sein soll. Wie du schon sagtest, ich komme von irgendwo hinterm Mond."

Sie lachte und ihre Verärgerung verflog. „Dann hast du wohl nichts dagegen, mich mal zu besuchen. Da du jetzt in Carbost wohnst, ist Fiskavaig nicht weit. Die Arbeit bei Dunvegan und Eilean Gairbh ist bis zum nächsten Monat beendet. Das heißt, ich residiere für die nächste Zeit wieder in Fiskavaig."

Ziemlich genau fünf Meilen von Carbost aus, wie er schon herausgefunden hatte. Ein Katzensprung. Er war heute Vormittag ins Wilton's gezogen und die fünfundzwanzig Meilen zu seinem Treffen mit Onkel Angus mit dem Rad gefahren. Da dies immer noch vor dessen Haus stand, bat er Catie, ihn dort abzusetzen. Das anschließende Radeln durch die kühle Nachtluft würde ihm guttun. Außerdem gab es ihm genug Muße zum Nachdenken. Zum Beispiel darüber, wie er damit umgehen sollte, dass Catie ihm unter die Haut zu kriechen begann.

„Ja", stimmte er ihrem Vorschlag, sie bald einmal zu besuchen, hastig zu, als sich auf ihrem Gesicht neue Verletztheit abzuzeichnen begann. „Gern."

„Und um dich dazu durchzuringen, hast du ganze zehn Sekunden gebraucht." Das klang verletzt und verlegen zugleich.

Ihr Gesicht nahm einen traurigen Ausdruck an. „Ich will mich dir nicht aufdrängen, Kieran. Ich meinte das als ganz unverbindliche Einladung. Ohne Hintergedanken."

„Das habe ich schon verstanden." Verdammt, welche Antwort würde sie nicht als Zurückweisung empfinden? „Ich habe nur überlegt, an welchem Tag ich künftig Zeit habe, da ich ab Montag bei Talisker arbeite. Bleiben eigentlich nur die Wochenenden."

„Und die Abende. In der nächsten Zeit führe ich keine Nachtbeobachtungen durch. Und morgen ist Sonntag. Du kannst jederzeit vorbeikommen. Wann immer du willst." Sie warf ihm einen unsicheren Seitenblick zu. „Wenn du willst."

„Ja, gern", stimmte er zu, diesmal ohne zu zögern. Die Ankunft vor dem Haus seines Onkels befreite ihn von einer konkreteren Antwort. „Danke fürs Bringen, Catie."

„Gern geschehen. Also, falls du morgen Zeit und Lust hast, bist du herzlich eingeladen. Ich würde dir gern mehr über das Projekt erzählen. Aber nur, wenn es dich wirklich interessiert."

„Ja."

Sie schenkte ihm ein freudiges Lächeln. „Fein. Dann bis morgen. Ich bin den ganzen Tag zu Hause. Komm, wann du willst."

Bevor er noch etwas sagen konnte, fuhr sie davon. Verdammt! Jetzt musste er sie wohl oder übel besuchen. Dabei hatte er mit seinem Ja doch nur bestätigen wollen, dass ihr Projekt ihn interessierte, nicht, dass er sich morgen mit ihr treffen wollte. Er musste unbedingt Onkel Angus um Rat fragen, wie er mit der Situation umgehen sollte. Oder sich besser gleich einen Ratgeber für zwischenmenschliche Beziehungen kaufen, falls es so etwas gab. Vor allem sollte er sich darüber klar werden, ob er seine Bekanntschaft mit Catie wirklich vertiefen wollte oder ob es nicht besser wäre, wenn er die Finger davonließe.

*

Mittwoch, 7. September 2011

Kieran hob den Deckel der Schachtel, zog die Talisker-Flasche heraus und betrachtete sie von allen Seiten, ehe er sie in die Schachtel zurücksteckte, sie verschloss und in die Kiste zu den anderen verpackten Flaschen stellte, ehe er sich der nächsten Kiste zuwandte und auch hier zwei willkürlich ausgesuchte Schachteln prüfte. Zwar kam es selten vor, wie Jock Reid ihm gesagt hatte, dass eine Flasche zu Bruch ging oder auch nur einen Riss bekam, aber Stichproben gehörten zur Standardprozedur, bevor der Whisky die Destillerie verließ und in alle Welt verschickt wurde. 38.000 Liter täglich.

Kierans dritter Tag in seinem neuen Job ließ sich so gut an wie die ersten beiden. Da er es gewohnt war, diszipliniert zu arbeiten und nicht zu bummeln, war Jock Reid mit ihm sehr zufrieden. Er könne ruhig etwas lockerer sein, hatte er ihm erst heute Morgen gesagt, und den Akkord und die Stechuhr vergessen, die wohl in ihm steckten. Letztere steckte tatsächlich in ihm, denn in Saughton wurde die Arbeitszeit per Sirene geregelt. Sobald sie ertönte, begann die Arbeit, sobald sie wieder ertönte, ließ man alles stehen und liegen und ging in die Pause, zum Essen, zum Hofgang oder zurück in die Zelle.

Kieran fuhr jede Nacht mehrmals aus dem Schlaf auf, weil er glaubte, die Sirene zu hören. Besonders jene, die um fünf Uhr morgens alle weckte. Danach war er gewohnheitsmäßig so munter, dass er nicht wieder einschlafen konnte. Das hatte insofern den Vorteil, als er kaum Gefahr lief, zu verschlafen und zu spät zur Arbeit zu kommen. Bevor er mit dem Rad zur Destillerie fuhr, hatte er nicht nur ein ausgiebiges Frühstück, sondern schon eine über einstündige Wanderung am Ufer des Loch Harport hinter sich. Dermaßen gerüstet hielt er den Arbeitstag ohne Probleme durch.

Wie alle Angestellten der Destillerie trug er ein dunkelblaues Diensthemd mit dem in Weiß aufgestickten Namen „Talisker" auf der linken Brustseite. Diese Uniformierung erinnerte ihn unangenehm an Saughton, auch wenn sie hier nur aus einem Hemd oder Sweatshirt bestand. Er würde sich mit der Zeit daran gewöhnen. Ebenso daran, wieder fast den ganzen Tag in einem Gebäude zu sein. Solange er sich auf seine Arbeit konzentrierte, konnte er es aushalten. Er durfte sich die Wände um ihn herum nur nicht bewusst machen. Immerhin waren die Räume des Lagers und der Abfertigung weitläufig genug, dass er nicht das Gefühl bekam, sie würden jeden Moment auf ihn einstürzen und ihn zerquetschen. Da seine Arbeit keine besonders intellektuelle Leistung erforderte, konnte er seinen Geist in sich zurückziehen und sich auf das bewährte Zitieren von Gedichten konzentrieren. Nach Feierabend und dem Abendessen in seinem Zimmer wanderte er stundenlang in der Gegend herum. Gestern Abend mit Catie.

Sein Besuch am Sonntag – er war direkt nach dem Gottesdienst zu ihr gegangen – hatte sie sichtbar gefreut. Zum Glück war er nicht mit ihr allein gewesen, denn sie hatte die anderen Mitglieder ihrer Arbeitsgruppe ebenfalls eingeladen. Kieran konnte sich des Gefühls nicht erwehren, dass sie ihre Mitarbeiter instruiert hatte, ihm das Projekt schmackhaft zu machen, damit er den Job als Dokumentator annahm. Ihre

Andeutungen legten diesen Verdacht nahe. Grundsätzlich hätte er nichts dagegen, denn das Projekt interessierte ihn wirklich. Wenn er ehrlich war, erheblich mehr als die Arbeit im Lager der Destillerie.

Aber Paddy hatte sich für ihn ins Zeug gelegt, damit er den Job bei Talisker bekam. Er wäre reichlich undankbar, wenn er ihn bald wieder aufgäbe. In ein paar Monaten sähe die Sache anders aus. Das hatte ihm auch Mr Harris warm ans Herz gelegt, dem er seinen Erfolg gemeldet hatte. Je länger er ein und denselben Job behalten konnte, desto besser würde er sich in das Leben draußen eingewöhnen und vor allem demonstrieren, dass er zuverlässig war. So weit war alles in Ordnung.

Was Catie betraf, hatte er immer noch keine Entscheidung getroffen. Einerseits tendierte er dazu, sie nicht wiederzusehen. Andererseits fühlte er sich zu ihr hingezogen. Nicht nur freundschaftlich. Sie war eine wunderschöne Frau und gab sich keine Mühe, das zu verbergen. Selbst wenn sie nur Jeans und Pullover trug, sah sie darin sehr attraktiv aus. Und sie besaß Herzenswärme, die ihn sehr ansprach.

Gestern Abend war er ihr beim Spaziergang am Strand begegnet. Angeblich hatte sie am Loch Harport die Otter beobachtet. Er war sich nicht sicher, ob sie wirklich nur – oder überhaupt – deswegen dort gewesen war oder gezielt auf ihn gewartet hatte. Immerhin hatte er am Sonntag erwähnt, dass er jeden Abend von Carbost nach Fernilea oder noch weiter bis Portnalong am Ufer spazieren ging.

Jedenfalls hatte sie sich ihm auf seiner Wanderung angeschlossen, mit ihm geplaudert und mehrfach scheinbar versehentlich seine Hand berührt. Er hatte ihre zarte Absicht dahinter erkannt, aber die Ouvertüren ignoriert. Er war noch nicht bereit, sich intensiver auf sie einzulassen. Dabei wollte er nichts lieber als das, wenn er ehrlich war.

Kieran fühlte, dass jemand sich ihm näherte. Sofort spannte sich sein Körper abwehrbereit an, und Adrenalin schoss ihm durchs Blut.

„Na, Kleiner, wie geht es?"

Kieran entspannte sich. „Alles klar, Paddy. Genauso wie gestern und vorgestern."

Paddy hatte es sich zur Gewohnheit gemacht, jeden Tag bei ihm vorbeizuschauen, manchmal sogar zweimal am Tag.

„Du musst mich nicht bemuttern. Ich komme schon zurecht. Ist aber nett, dass du dich so um mich kümmerst."

„Bist nun mal mein Bruder." Paddy nahm eine Schachtel aus der Kiste und prüfte sie ebenfalls, obwohl das nicht seine Aufgabe war. Offenbar hatte er noch was auf dem Herzen.

Erstaunlicherweise hatte sich der Bruch zwischen ihnen wegen des Unfalls damals recht schnell wieder eingerenkt. Nachdem sein Bruder aus dem Krankenhaus gekommen war, hatte es nur zwei Wochen gedauert, bis die alte Vertrautheit zwischen ihnen wieder hergestellt war. Möglicherweise lag es daran, dass Kieran sich die größte Mühe gegeben hatte, Paddy in allem zu unterstützen und ihm das Leben durch Botengänge und andere Dinge zu erleichtern. Vielleicht hatte es auch damit zu tun, dass Kieran sich mit jedem geprügelt hatte, der es wagte, seinen Bruder als Krüppel zu bezeichnen oder andere gehässige Bemerkungen wegen seiner Behinderung oder seines unvorteilhaften Aussehens zu machen. Was ihm leider den Ruf eines gewaltbereiten Raufbolds eingebracht hatte.

Dass Paddy sich in den vergangenen Jahren kein einziges Mal gemeldet hatte, sah er ihm nach. Allein schon weil sein Vater sich von ihm losgesagt hatte und ein guter Sohn dem Vater nicht derart in den Rücken fiel. Da Paddy bei ihm ohnehin immer einen schweren Stand gehabt hatte, war es nachvollziehbar, dass er es sich mit ihm nicht zusätzlich verscherzen wollte, indem er mit Kieran Kontakt hielt, den der eigene Vater als Sohn verleugnete. ‚Clan MacKinnon hat keinen Sohn Kieran mehr.'

„Ich wollte dich warnen, Kieran. Ian Gunn ist wieder da. Er hatte zwei Tage frei, weil seine Frau ein Kind bekommen hat."

„Ian Gunn?" Kieran wusste mit dem Namen auf Anhieb nichts anzufangen.

Paddy nickte. „Er ist mit uns zur Schule gegangen. Du erinnerst dich? Der spindeldürre Blonde. Er hatte ein Auge auf Ally geworfen und war ziemlich sauer, als sie ihm den Laufpass gegeben hat."

Jetzt erinnerte er sich wieder. Auch daran, dass er Ian gründlich die Hucke voll gehauen hatte, als der sich mit ihm anlegte, weil Allison mit ihm, Kieran, zusammen war. Ebenso kehrte die Erinnerung an den Hass zurück, mit dem Ian ihn damals verfolgt hatte.

„Weiß er, wer ich bin?"

Paddy zuckte mit den Schultern. „Falls nicht, wird er sich möglicherweise erinnern, wenn er deinen Namen hört. Kieran kommt auf der Insel nun mal ziemlich selten vor. Ist vielleicht gut, wenn du ihm aus dem Weg gehst. Soweit das möglich ist – er arbeitet auch im Lager. Er ist ein bisschen dicker geworden seit damals, aber seine Haare sind immer noch blond."

Ein gutes Erkennungszeichen, da Kieran bis jetzt niemanden unter den Lagerarbeitern gesehen hatte, der blonde Haare gehabt hätte. „Danke, Paddy. Ich sehe zu, dass ich ein Zusammentreffen vermeide."

Paddy nickte ihm zu und ging.

Kieran war sich darüber im Klaren, was passieren konnte, falls Ian sich an ihn erinnerte. Falls er heute noch so nachtragend war wie damals, konnte das heiter werden. Besonders weil die Destillerie auf dem angestammten Territorium der MacLeods lag. Ungefähr die Hälfte der Angestellten trug diesen Namen und war mehr oder weniger eng miteinander verwandt, was er erst in den letzten Tagen so richtig begriffen hatte. Allisons Familie hatte zwar in Broadford gewohnt, stammte aber ebenfalls von dieser Seite der Insel. Sobald seine Kollegen erfuhren, dass er der Mörder ihrer Verwandten war, würden sie ihm das Leben zur Hölle machen. Zum Glück hatten die Zeitungen damals auf Intervention seines Anwalts seinen vollen Namen nie veröffentlicht.

Bob MacLeod steckte den Kopf zur Tür herein. „Hey, Kieran. Wir machen mit höchster Genehmigung von MacKay eine Sonderpause im Aufenthaltsraum. Ian Gunn gibt einen aus zur Feier seiner Vaterschaft. Komm!"

Kieran musste ihm wohl oder übel folgen. Hätte er die Einladung abgelehnt, wäre das nicht nur unangenehm aufgefallen, es wäre ihm auch als grobe Unhöflichkeit oder sogar Beleidigung ausgelegt worden. Und auffallen wollte er auf keinen Fall. Als er wenig später hinter Bobs breitem Rücken versteckt den Aufenthaltsraum betrat, war die Feier schon in vollem Gang.

Ian verteilte Bier an alle und nahm die Glückwunsche seiner Kollegen entgegen. Paddy hatte mit seiner Behauptung untertrieben, dass Ian „ein bisschen dicker" geworden wäre. Kieran hatte ihn noch als mageren Jugendlichen in Erinnerung, der immer etwas unterernährt wirkte. Heute schob er einen stattlichen Bauch vor sich her, und seine Pausbacken erinnerten an die Bilder vom blasenden Sturm aus der Kinderfibel. Dazu passend schnaufte er bei jeder noch so geringen Anstrengung wie ein Walross. Er reichte Kieran eine Flasche und hielt sie länger fest als nötig, bevor er sie losließ, wobei er ihm mit einem Ausdruck in die Augen sah, der ihm deutlich sagte, dass Ian ihn erkannt hatte. Scheiße! Kieran lehnte sich in Paddys Nähe mit dem Rücken gegen die Wand und nippte an dem Bier, als seine Kollegen Ian hochleben ließen. Danach stellte er es auf den Tisch neben sich, wo er es ungetrunken „vergessen" würde, wenn er wieder an die Arbeit ging. Schließlich hatte er MacKay sein Wort gegeben, während der Arbeit nicht zu trinken. Das schloss auch die Pausen ein.

Nachdem Edwin MacKay sich eine halbe Stunde später mit einem letzten Glückwunsch für Ians Frau und neugeborenen Sohn wieder an die Arbeit begab und dadurch signalisierte, dass die Sonderpause vorüber war, stellte Bob MacLeod Kieran Ian vor. „Kieran ist der Ersatz für Andy und frisch nach Skye heimgekehrt, wie man hört. Einmal Skyeman, immer Skyeman, nicht wahr? Over the sea to Skye", sang er die letzte Zeile vom Refrain des „Skye Boat Songs".

Die anderen nahmen das zum Anlass, auf ihrem Weg zu ihren Arbeitsplätzen das ganze Lied anzustimmen. Kieran nickte Ian zu und kehrte in die Abfertigungshalle zurück. Ian folgte ihm und drehte ihn an der Schulter zu sich herum, als er sich der nächsten Kiste zur Kontrolle zuwandte.

„Kieran MacKinnon! Glaub nur nicht, dass ich dich vergessen hätte."

Kieran kannte den Tonfall nur allzu gut. Ian war auf Streit aus. Zwar war er sich bewusst gewesen, dass er auch in Freiheit mit Aggressionen und dem einen oder anderen Streit konfrontiert werden würde. Er hatte aber inständig gehofft, wenigstens eine Zeit lang seine Ruhe zu haben.

„Offensichtlich nicht", antwortete er ruhig und wollte sich wieder den Kisten zuwenden.

Ian packte ihn am Arm. Kieran unterdrückte den Reflex, sofort zuzuschlagen.

„Hast wohl vergessen, wer ich bin, was?"

„Nein. Wir sind zusammen zur Schule gegangen. Lass mich los, Ian. Ich muss arbeiten."

Ian dachte nicht daran. „Ist das alles, woran du dich erinnerst? Oh, ich vergaß: Gedächtnisschwund ist ja deine Spezialität."

Kieran verzichtete auf eine Antwort.

„Kieran MacKinnon, der Broadford-Killer. Dass du dieselbe Luft atmen darfst wie wir, ist eine gottverdammte Schande. Es wäre besser für dich, wenn du wieder verschwindest. Am besten sofort."

Kieran befreite seinen Arm aus Ians Griff. Ihm fiel jetzt auch dessen Spitzname wieder ein: Giftzwerg. Der passte offenbar immer noch zu ihm.

Ian griff wieder nach ihm. Kieran wich ihm aus und starrte ihm drohend in die Augen. „Fass mich nicht noch mal an."

Ian trat sicherheitshalber einen Schritt zurück. „Wissen die MacLeods, dass sie mit dem Mann zusammenarbeiten, der Allison umgebracht hat? Vor allem: Weiß Bob das? Der wollte Allison mal heiraten."

Typisch Ian. Zwietracht säen war offenbar immer noch *seine* Spezialität. Kieran trat einen Schritt auf ihn zu. Ian wich zurück. „Glaubst du wirklich, Ian, es interessiert mich, ob irgendjemand was weiß?" Ein Bluff, der hoffentlich funktionierte. Leider empfand Ian ihn als Provokation.

„Du verdammter ..."

„Gibt es hier ein Problem?" Jock Reids Stimme fror die Situation ein.

Kieran vermeinte, das Schlagen des Stocks gegen die Wand oder die Zellengitter zu hören, mit dem dieselbe Frage von den Aufsehern in Saughton begleitet wurde. Er entspannte sich augenblicklich, um in seiner Haltung keine Aggression auszudrücken, die einen Saughton-Aufseher verdammt schnell zum Zuschlagen animierte.

„Nein, Sir, kein Problem." Die Standard-Saughton-Antwort.

Ian sagte nichts. Er warf Kieran nur einen giftigen Blick zu und trollte sich. Kieran atmete auf. Jock blickte ihn forschend an.

„Spar dir den Sir, Laddie. Das sagen wir nur zu Mr MacKay. Unter uns sind wir nicht so förmlich."

„Ja, Sir. Ich meine …"

Jock grinste und klopfte ihm auf die Schulter. Kieran versteifte sich.

„Militär oder Gefängnis?"

„Wie bitte?"

Jocks Grinsen wurde breiter. „Die Art, wie du strammstehst, sobald ich erscheine, das in Fleisch und Blut übergegangene ‚Sir', die Akkuratesse, mit der du deine Arbeit erledigst, deine Disziplin – das alles deutet darauf hin, dass du entweder beim Militär warst oder im Gefängnis."

Scheiße. Wenn Jock das herumerzählte … Allerdings erweckte der Mann nicht den Eindruck, als ginge er mit solchen Informationen hausieren. Das war Ians Metier. „Letzteres. Aber ich habe nicht vor, Probleme zu machen. Ich will hier draußen nur wieder Fuß fassen und ein anständiges Leben führen."

Jock ließ das kommentarlos so stehen. „Was war das eben mit Ian? Und bitte gib mir kein ‚nichts' als Antwort."

Kieran schüttelte den Kopf. „Wir waren auf derselben Schule und hatten nicht das beste Verhältnis. Haben uns damals ein paar Mal geprügelt, wobei er jedes Mal unterlegen war. Er hat das offenbar bis heute nicht verwunden."

„Ja, Ian Gunn ist die Unversöhnlichkeit in Person. Am besten geht man ihm aus dem Weg." Jock sah ihn fragend an. „Weswegen?"

Kieran runzelte irritiert die Stirn.

„Weswegen hast du gesessen? Ich will nur wissen, woran ich mit dir bin, Laddie."

Kieran schwieg.

„Das bleibt unter uns. Mein Wort darauf."

Er atmete tief durch. „Mord." Er blickte Jock in die Augen. „Es braucht also niemand zu fürchten, dass ich mit der Tageskasse oder ein paar Kisten Talisker durchbrenne."

Jock lachte. „Wenigstens hast du dir deinen Humor bewahrt. Wie alt warst du damals?"

„Achtzehn. Und stockbetrunken. Aber das ist keine Entschuldigung." Es hörte sich aber genauso an.

Jock nickte. „Scheinst draus gelernt zu haben, denn bis jetzt habe ich dich jeden Drink ablehnen sehen. Sogar das Pausenbier, wenn es zur Feier des Tages mal eins gibt. Alkoholiker?"

„Nein, Sir. Jock. Ich trinke nicht während der Arbeit. Auch nicht in den Pausen."

„Das Pausenbier solltest du trotzdem ab und zu annehmen. Hilft bei der Integration." Er klopfte ihm erneut auf die Schulter und ging.

Kieran widmete sich wieder seiner Arbeit. Er machte sich keine Illusionen. Die Schonzeit war vorbei. Morgen, spätestens übermorgen begann der Kampf. Wenn nicht schon heute.

Doch er hatte nicht vor, ihn zu verlieren.

*

Catie marschierte ins Wohnzimmer ihrer Familie und gab sich keine Mühe, ihren Unmut zu verbergen. Sie blieb überrascht stehen, als sie nur ihre Eltern und Connor sah.

„Familientreffen nennt man also neuerdings Clanangelegenheiten. Ihr habt mich hierher zitiert, weil es angeblich wichtige Clanangelegenheiten zu besprechen gibt. Und was ist? Offenbar ein persönliches Gespräch, das sich um das schwarze Schaf der Familie drehen soll: mich. Dafür holt ihr mich auch noch von der Arbeit weg. Also, was ist so verdammt dringend, dass es nicht bis zum Wochenende warten kann?" Catie blickte von einem zum anderen. „Was habe ich eurer Meinung nach nun schon wieder angestellt?"

Connor antwortete nicht.

Ihr Vater deutete auf einen Sessel. „Setz dich bitte."

Catie gehorchte seufzend. „Raus mit der Sprache. Was ist es diesmal?"

„Das hier." Ihr Vater reichte ihr einen Computerausdruck. „Der kam heute Morgen anonym mit der Post."

„Dein Freund Kieran MacKinnon ist ein Killer, Catie", ergänzte Connor. „Ein brutales Schwein, das schon mit achtzehn ein Mädchen eiskalt abgestochen hat."

Catie überflog das Blatt, den Ausdruck eines alten Zeitungsartikels aus dem „Scotsman" aus dem Jahr 1991. „Broadford-Killer zu 20 Jahren Haft verurteilt!", lautete die Überschrift. Der Artikel berichtete, dass der Mörder der siebzehnjährigen Allison MacLeod nach zähen Verhandlungen, in denen sich Staatsanwalt und Verteidiger erbitterte Wortgefechte geliefert hatten, zu zwanzig Jahren Gefängnis verurteilt worden war. „Der Täter zeigte bis zuletzt keine Reue und behauptete nach wie vor, sich wegen übermäßigen Alkoholkonsums an die Tat nicht erinnern zu können. Nach dem Urteilsspruch brach er in Tränen aus."

Zu dem Artikel gehörte auch ein Foto. Connor oder ihr Vater hatte dem Gesicht des darauf abgebildeten Jungen einen Vollbart angemalt. Es gab keinen Zweifel, dass es sich tatsächlich um Kieran handelte. Und darunter standen die von dem anonymen Absender gedruckten Worte: „Kieran MacKinnon, der Broadford-Killer." Catie konnte es nicht fassen.

„Der Kerl ist ein Mörder, Catrìona. Ich verbiete dir jeden weiteren Umgang mit ihm."

Abgesehen davon, dass Catie kaum glauben konnte, dass der freundliche, nette Mann mit den angenehmen Umgangsformen wirklich derselbe war, der vor zwanzig Jahren ein Mädchen brutal ermordet hatte, war der Befehl ihres Vaters genau das, was ihren Widerstand herausforderte. Sie reckte das Kinn vor.

„Nur zur Erinnerung, Vater. Ich bin erwachsen. Du hast mir gar nichts mehr zu verbieten. Und ich pflege Umgang, mit wem ich will."

Er schlug mit der Faust auf die Sessellehne. „Verdammt, Mädchen, der Kerl ist keiner von den Robbenbabys, die du am Strand aufliest."

„Stimmt. Er ist ein Mann. Ein sehr attraktiver dazu."

Ihr Vater wurde blass. Dann funkelte er sie wütend an. „Wage es nicht, dich mit ihm einzulassen, Catrìona. Du bist eine MacDonald, und er ...""

„... Hat mir das Leben gerettet. Als er Samstag bei uns war, warst du noch ganz begeistert von ihm, seiner Höflichkeit und seinen exzellenten Manieren. Was er getan hat, liegt zwanzig Jahre zurück. Ich habe nicht den Eindruck, dass er noch derselbe Mensch ist wie damals. Gerade du, Vater, predigst doch immer, dass jeder Mensch eine zweite Chance verdient. Also statt ihm seine Vergangenheit vorzuwerfen, solltest du ihm vielleicht mal ein bisschen dankbar dafür sein, dass du seinetwegen überhaupt noch eine Tochter hast."

„Das ändert nichts daran, dass er gefährlich ist."

Sie blickte ihre Mutter an. „Was sagst du denn dazu? Ihr engagiert euch doch mit eurer Stiftung so sehr für entlassene Strafgefangene. Predigt dauernd, dass man ihnen helfen muss, sich zu integrieren, ihnen eine Chance geben muss und sie nicht nur auf ihre Vergangenheit und ihre Verbrechen reduzieren darf. Neulich habt ihr sogar ein Essen für die frisch Entlassenen organisiert und sehr pressewirksam in Szene gesetzt. Jetzt hat einer von ihnen mir das Leben gerettet. Und ausgerechnet mit dem wollt ihr mir den Umgang verbieten? Andere Ex-Kriminelle – unter anderem auch Mörder – werden von euch unterstützt. Wie, bitte schön, passt das denn zusammen?"

„Bitte, Catie." Die Stimme ihrer Mutter klang sanft wie immer. „Lass uns vernünftig darüber reden."

„Ich bin vernünftig, Mutter. Und darum kotzt mich eure Bigotterie an."

Sie knüllte den Zeitungsausschnitt zusammen und warf ihn auf den Tisch, ehe sie hoch erhobenen Hauptes das Haus verließ. Sie war wütend. Nicht nur wegen der Einmischung ihrer Eltern und ihres Bruders in ihr Leben, sondern auch auf Kieran. Sie fühlte sich enttäuscht. Kieran war so wohltuend anders als alle Männer, die sie bisher kennengelernt hatte. Zurückhaltend, freundlich, höflich. Unaufdringlich. Er brachte sie zum Lachen, und sie fühlte sich wohl in seiner Nähe – sicher. Er liebte die Natur wie sie. Und ausgerechnet er sollte ein Mörder sein? Unglaublich.

Aber nicht von der Hand zu weisen. Nur: Warum tat ihr das so weh? Sie kannte ihn doch kaum.

Sie hätte ihn aber gern näher kennengelernt. Allein schon um zu erfahren, warum er eine Frau umgebracht hatte. Dafür musste es doch einen gewichtigen Grund geben. Sie weigerte sich zu glauben, dass er völlig grundlos oder – noch schlimmer – aus irgendwelchen niederen Beweggründen jemanden ermordet haben könnte. Wenn aber doch? Nun, wie sie ihrem Vater schon gesagt hatte, war Kieran heute wohl nicht mehr der Mensch, der er damals gewesen war, und verdiente allein schon deshalb eine Chance.

Catie war fest entschlossen, sie ihm zu geben.

*

Kieran hatte seine abendliche Wanderung diesmal in die andere Richtung ausgedehnt und war über Merkadale bis zum Ende von Loch Harport gelaufen. Falls Catie wieder „zufällig" Otter bei Carbost beobachtete, würde sie ihn heute nicht treffen. Nach der Begegnung mit Ian Gunn wollte er allein sein und sich über seine Strategien Gedanken machen, mit denen er den Anfeindungen begegnen konnte, die in Kürze auf ihn zukämen. Das Beste war, sie zu ignorieren. Doch Kieran kannte sich mit solchen Situationen nur allzu gut aus und wusste, dass das nichts half, wenn jemand auf Teufel komm raus Streit suchte.

Eine Frau mit einem Rucksack auf dem Rücken kam ihm entgegen und blieb stehen. „Feasgar math! Äh, gabhaibh mo leisgeul", entschuldigte sie sich. „Ciamar a ruigeas mi don Corrie Cottage?", fragte sie nach dem Weg zum Corrie Cottage und lächelte entschuldigend. „'S e Anja Schulte an t-ainm a th' orm agus tha mi às a' Ghearmailt. Äh, dè an t-ainm a th' oirbh?"

Kieran lächelte. „'S e Kieran MacKinnon an t-ainm a th' orm. Und Sie können Englisch mit mir sprechen. Das verstehe ich ganz gut."

„Oh, prima! Mein Gälisch ist grauenhaft, nicht wahr?"

„Durchaus nicht. Es ist gut verständlich. Sie machen das ausgezeichnet für eine deutsche Touristin." Ihr Gälisch war in der Tat grauenhaft. „Sie sind doch Touristin?"

„Ja. Ich mache hier vier Wochen Urlaub. Wanderurlaub. Aber ich habe mich total verlaufen. Ich wohne im Corrie Cottage und suche mit wachsender Verzweiflung den Weg dorthin." Sie blickte Kieran fragend an.

„Das kenne ich nicht. Ich bin erst vor ein paar Tagen hergezogen und noch dabei, die Gegend zu erkunden. In welchem Ort liegt es?"

„Satran. Und man kann vom Cottage aus den Fluss sehen. Drynoch heißt er."

Er deutete in die Richtung, aus der sie gerade gekommen war. „Die Flussmündung liegt dort und Satran in der Richtung." Er deutete ein Stück weiter nach rechts. „Die Straße ist gleich hinter dem Hügelchen hier. Sind nur ein paar Schritte."

Sie seufzte. „Das ist der Vor- und gleichzeitig Nachteil dieser wunderbaren Insel. In Deutschland ist fast überall so viel Verkehr, dass man selbst im dichtesten Wald die Autos auf der nächstgelegenen Straße vorbeifahren hört und nur dem Geräusch zu folgen braucht, um die Straße zu finden. Hier ist es so wohltuend ruhig. Aber dadurch fehlt diese Orientierungshilfe."

„Folgen Sie einfach dem Blöken der Schafe. Die haben die für Autofahrer unangenehme Angewohnheit zu glauben, die

Straßen wären gebaut worden, damit sie bequemer vorwärts kommen."

Sie lachte, hielt den Kopf schräg und lauschte. „Kein Blöken. Also die Methode funktioniert auch nur bedingt." Sie blickte ihn fragend an. „Würde es Ihnen was ausmachen, mir ein paar gälische Redewendungen zu erklären, während wir zur Straße gehen?"

Und ob ihm das etwas ausmachte. Er wollte allein sein und sie nicht zur Straße bringen, die sie bei der kurzen Entfernung kaum verfehlen konnte. Aber er wollte auch nicht unhöflich sein. „Gern", versicherte er ihr deshalb und ging voran.

Sie folgte ihm und plapperte, nachdem er ihr zwei gälische Begriffe erklärt und ihre Aussprache verbessert hatte, munter über ihren Urlaub, woher sie kam und wohin sie auf der Insel wandern wollte. Als sie keine fünf Minuten später die B8009 erreicht hatten, hatte er das Gefühl, ihr halbes Leben zu kennen.

„Wenn Sie der Straße folgen, Miss Schulte, kommen Sie direkt nach Satran. Ist aber noch eine gute Meile von hier."

„Kein Problem. Ich bin ja zum Wandern gekommen. Eine Meile plus macht mir nichts aus. Mòran taing, Mr MacKinnon. Tioraidh an-dràsda."

Sie winkte ihm zu und machte sich auf den Weg. Kieran ging in die andere Richtung. Es begann bereits zu dämmern. Wenn er in Carbost ankam, wäre es längst dunkel. Ein Wagen hielt neben ihm. Der Fahrer ließ die Scheibe herunter. Kieran erkannte Connor MacDonald, Caties Bruder. Der Mann blickte ihn noch finsterer an, als er das am Samstag schon getan hatte.

„Hallo Mr MacDonald."

Connor nickte knapp. „Steigen Sie ein. Ich nehme Sie ein Stück mit."

„Machen Sie sich keine Umstände. Ich laufe gern."

„Na, kommen Sie schon."

Das klang fast wie ein Befehl. Und es schwang etwas Feindseliges darin mit. Connor öffnete die Beifahrertür. Kieran wollte ihn nicht durch eine nochmalige Ablehnung beleidigen und stieg ein, obwohl er kein gutes Gefühl dabei hatte.

*

Ein Fernglas ist etwas Wunderbares. Es ermöglicht einem, alles zu sehen, ohne selbst gesehen zu werden, wenn man den richtigen Standort hat. Vor allem bot es ihm die Möglichkeit, Kieran MacKinnon zu beobachten, ohne in seine Nähe zu kommen. Der Kerl hatte etwas von einem Phantom an sich, tauchte auf und war dann wieder verschwunden. Wo er wohnte, hatte er inzwischen herausgefunden. Das war leicht gewesen.

Ihm auf den Fersen zu bleiben, war dagegen schwieriger, weil er immer querfeldein und vor allem jenseits der Straße am Ufer von Loch Harport und in den Hügeln herumlief. Abgesehen davon, dass er auf keinen Fall riskieren wollte, von Kieran MacKinnon entdeckt zu werden, hätte er sowieso nicht mit ihm Schritt halten können. Dazu war er körperlich einfach nicht fit genug. Ihm bereitete ja schon das Treppensteigen Probleme. Außerdem konnte er nicht seine gesamte freie Zeit damit verplempern, ihn zu verfolgen. Er hatte schließlich auch familiäre Verpflichtungen.

Dass er Kieran jetzt wieder ins Visier bekommen hatte, war daher purer Zufall. Aber einer, der sich noch auszahlen mochte. Dass er mit einer Frau sprach, die zumindest aus der Ferne durch ihr blondes Haar eine gewisse Ähnlichkeit mit Allison hatte und von einem Autofahrer, der ihn schließlich mitnahm, dabei gesehen wurde, konnte sich später als ein Geschenk des Himmels für seinen Plan erweisen.

Dazu musste er aber herausfinden, wo die Frau wohnte. Wegen der hereinbrechenden Dunkelheit konnte er sie mit dem Fernglas nicht mehr deutlich sehen.

Er kehrte zu seinem Wagen zurück und fuhr in die Richtung, in die sie gegangen war. Zehn Minuten später hatte er sie eingeholt.

„Guten Abend. Kann ich Sie mitnehmen?" Er setzte sein gewinnendstes Lächeln auf.

„Wenn Sie in Richtung Satran fahren, gern."

Das war einfach gewesen.

„Steigen Sie ein."

„Ich wohne im Corrie Cottage. Kennen Sie das?"

Er nickte. „Ich weiß, wo das ist. Ich bringe Sie hin."

„Vielen Dank. Ihr Schotten seid alle so nette Leute. Bei euch braucht man nicht mal die Hand rauszuhalten, wenn man mitgenommen werden will. Jeder Fahrer, der vorbeikommt, hält automatisch und fragt, ob er einen mitnehmen kann. Toll."

„Das ist bei uns so üblich."

„Ich heiße Anja Schulte und bin aus Deutschland."

„Ian Gunn."

Noch ehe er die Abzweigung erreicht hatte, die zum Cottage führte, wusste er nahezu alles über sie. Wer sie war, woher sie kam, ihre Urlaubspläne. Er lächelte zufrieden, denn das kam seinen Absichten sehr entgegen. Doch noch war es nicht so weit, sie in die Tat umzusetzen. Anja Schulte war eine Option, besonders da sie blond war wie Allison. Vielleicht gab es noch eine bessere. Sie lief ihm schließlich nicht weg, da sie nach eigenem Bekunden noch volle drei Wochen hierbleiben würde. Die Zeit genügte.

Er musste nur dafür sorgen, dass er nicht mit ihr gesehen wurde, sonst schied sie als Kandidatin aus. Deshalb brachte er sie auch nicht direkt bis zum Cottage, sondern setzte sie an der Abzweigung ab. Danach fuhr er mit dem beruhigenden Gefühl nach Hause, dass

Kieran MacKinnons endgültige Vernichtung nur noch eine Frage relativ kurzer Zeit war.

*

„Wir wissen Bescheid über Sie, MacKinnon. Man hat uns informiert, wer Sie sind und was für ein abscheuliches Verbrechen Sie begangen haben."

Das erklärte Connors heutige Feindseligkeit, aber nicht, weshalb er darauf gedrungen hatte, Kieran mitzunehmen. Und vor allem: Woher hatten die MacDonalds die Information? ‚Man hat uns informiert' deutete nicht darauf hin, dass sie seinen Namen gegoogelt hatten.

„Wir haben Catie die Augen über Sie geöffnet. Sie weiß jetzt, dass Sie ein verurteilter Mörder sind und zwanzig Jahre im Gefängnis waren. Also, was für Pläne Sie auch mit ihr gehabt haben, die können Sie vergessen."

Kieran hatte von Anfang an gewusst, dass Catie irgendwann die Wahrheit erfahren würde. Er hätte sie ihr allerdings lieber selbst mitgeteilt. Irgendwann. Und ihm missfiel Connors Andeutung, dass er Pläne mit ihr gehabt hätte, besonders da sein Tonfall ihm etwas Unlauteres unterstellte.

„Ich habe und hatte überhaupt keine Pläne mit Catie. – Hier ist meine Unterkunft." Kieran deutete nach rechts, wo im Licht der Scheinwerfer ein weißes Schild über einer kniehohen Mauer das dahinterliegende Haus als „Wilton's Bed & Breakfast" auswies.

Connor funkelte ihn wütend an. Seine Kiefer mahlten. Er stoppte den Wagen mit quietschenden Reifen und stieg aus. Das tat auch Kieran. Connor kam um den Wagen herum und baute sich vor ihm auf, die Faust geballt.

„Ich rate Ihnen, die Finger von meiner Schwester zu lassen. Verstanden?"

„Sonst?"

„Sonst werden Sie es bereuen."

„Werde ich das?"

„Ich meine es ernst. Meine Familie kann Sie vernichten. Restlos."

Kieran lachte. Connor MacDonald mochte sich ihm überlegen fühlen, aber Kieran hatte sich im Gefängnis gegen ganz andere Kaliber behauptet. Und die Drohung war lächerlich. In seinem Leben gab es nichts mehr zu vernichten.

Connor holte aus und schlug zu. Kieran hatte den Schlag schon im Ansatz kommen sehen. Er duckte sich darunter hinweg und wich zur Seite aus. Connor wurde von seinem eigenen Schwung nach vorn gerissen. Kieran wand seinen Arm unter Connors Achsel, presste ihm die Hand ins Genick und drückte ihn unsanft auf die Motorhaube seines Wagens. Connor versuchte sich zu befreien, hatte aber gegen Kierans Kraft und den „Nelson", mit dem er ihn hielt, keine Chance.

Kieran brachte seinen Mund dicht neben Connors Ohr und sagte sehr sanft: „Ich an Ihrer Stelle würde es mir zehnmal überlegen, einem verurteilten Mörder zu drohen oder ihn anzugreifen. Könnte unangenehme Folgen haben."

Er ließ ihn los. Connor stolperte von ihm weg, das Gesicht bleich, die Augen aufgerissen. Sein Atem ging stoßweise. Im Knast hatte Kieran die Anzeichen von Angst bei seinen Gegnern befriedigend gefunden, weil sie bedeutete, dass man ihn weitgehend in Ruhe ließ. Connors Angst verursachte ihm Übelkeit. Der Hass, den er jetzt ausstrahlte, ebenfalls.

„Danke fürs Bringen, Mr MacDonald. Schönen Abend noch." Er drehte sich um und ging ins Haus.

Carl Wilton, der im Aufenthaltsraum der Gäste Ordnung schaffte, nickte Kieran freundlich zu, als er zu seinem Zimmer ging. Noch während er die Treppe hinaufstieg, hörte er, dass die Haustür geöffnet wurde und gleich darauf Connor MacDonalds Stimme, nachdem Carl Wilton ihn begrüßt hatte. Zwar konnte er nicht verstehen, was Connor sagte, aber er konnte es sich denken.

Deshalb wunderte er sich nicht, als es zehn Minuten später an seiner Tür klopfte. Als er sie öffnete, standen Wilton und seine Frau davor. Der Mann hielt ein Gewehr in der Hand. Der Anblick hätte Kieran zum Lachen gereizt, wäre ihm die Situation nicht so bitter aufgestoßen. Besonders weil sie ihn an Mr Drews Reaktion erinnerte.

„Wir wollen, dass Sie gehen", verlangte Wilton. „Einen Mörder beherbergen wir nicht."

Kieran hätte nicht mal argumentiert, wenn der Mann kein Gewehr in der Hand gehalten hätte. Er hatte schon lange gelernt, sich nicht auf sinnlose Auseinandersetzungen einzulassen. „Ich verschwinde gleich morgen früh."

„Sie verschwinden sofort. Auf der Stelle." Wilton packte das Gewehr fester.

„Mitten am Abend?"

„Ja, jetzt." Er richtete den Lauf auf Kieran.

Der schüttelte halb wütend, halb gequält den Kopf. „Meine Sachen werde ich ja wohl noch packen dürfen."

„Beeilen Sie sich."

Wilton blieb die ganze Zeit, während Kieran seine Sachen einpackte, in der Tür stehen und beobachtete mit Argusaugen, was er in seine Tasche steckte. Als er das Zimmer verließ, reichte er ihm den Schlüssel.

„Ich habe für die ganze Woche im Voraus bezahlt. Sie schulden mir drei Tage Miete."

„Hol ihm sein Geld, Mary."

Die Frau lief stolpernd die Treppe hinunter, zu der Wilton Kieran mit einem Wink mit dem Gewehr ebenfalls trieb und ihm in gebührendem Abstand folgte, bis er das Haus verlassen hatte. Mary Wilton reichte Kieran das Geld mit zitternden Fingern und ausgestrecktem Arm nach draußen, um ihm nicht zu nahe zu kommen. Es machte ihn traurig, dass allein das Wissen, dass er vor zwanzig Jahren jemanden umgebracht hatte, eine so tiefe Angst in einer Frau erzeugte. Wenigstens bekam sie keinen Herzinfarkt wie Mr Drew.

„Mar sin leibh", verabschiedete er sich mit dem üblichen Segenswunsch und einer angedeuteten Verbeugung.

Er erhielt keine Antwort und hatte auch keine erwartet. Mit ruhigen Schritten und geradem Rücken holte er sein Fahrrad. Er brauchte keine Fantasie, um zu wissen, was als Nächstes kommen würde.

Immerhin hatte sich das Problem mit Catie erledigt. Nachdem sie nun von seiner Vergangenheit wusste, würde sie sich nie wieder melden und ihn in Zukunft meiden wie die Pest. Er konnte es ihr nicht verdenken. Er stieg auf sein Fahrrad und fuhr in Richtung Carbostbeg. Die Skye Boat Lodge war nur ein paar Hundert Yards vom Wilton's entfernt. Mit etwas Glück konnte er für die Nacht dort unterkommen. Sicher nicht für länger, denn in Windeseile würde sich herumsprechen, wer er war. Am besten kaufte er sich beizeiten ein Zelt. Und einen wintertauglichen Schlafsack.

1991

Dienstag, 11. Juli 1991

Kieran hatte das Gefühl, dass die Übelkeit, die er bei seinem Erwachen im Krankenhaus empfunden hatte, überhaupt nicht mehr weichen wollte. Zumindest nicht in diesem Leben. Mal ließ sie etwas nach, dann wurde sie wieder stärker. Gerade hatte sie beängstigend zugenommen, als Detective Sergeant Gordon McGill das Verhörzimmer betreten hatte, in dem Kieran seit einer halben Stunde mit Bryce Logan unter der Aufsicht von Constable Dennison in seinem Angstschweiß schmorte.

Seit einer Woche versuchte er sich zu erinnern, was am Strand passiert war. Doch in dem schwarzen Loch in seinem Kopf war bis jetzt nicht der winzigste Funken einer Erinnerung aufgetaucht. McGill verhörte ihn heute zum vierten Mal. Seinem grimmigen Gesichtsausdruck nach zu urteilen würde dieses Verhör schlimmer werden als die vorherigen.

„Na, mein Junge, ist das Gedächtnis inzwischen zurückgekehrt?"

„Mein Mandant, Sergeant McGill, ist seit zwei Jahren ein erwachsener Mann und kein Junge mehr, schon gar nicht Ihrer. Für Sie ist er Mister MacKinnon. So viel Höflichkeit muss sein."

McGill verzog das Gesicht und schnaubte. „Also, *Mister* MacKinnon, können Sie sich inzwischen wieder erinnern?"

Kieran schüttelte den Kopf.

„Fürs Protokoll: Der Verdächtige schüttelte den Kopf."

McGill beugte sich vor. Kieran drückte sich mit dem Rücken gegen die Stuhllehne, um dieser aggressiven Nähe zu entkommen.

„Ich glaube Ihnen kein Wort von Ihrem angeblichen Gedächtnisverlust. Der gerichtsmedizinische Gutachter übrigens auch nicht."

„Das Gutachten hätte ich gern gesehen", verlangte Logan.

McGill schob ihm den Heftordner hin, der vor ihm lag. „Bitte sehr. Das Ergebnis lässt sich in einem Satz zusammenfassen. Wenn Mister MacKinnon tatsächlich zum Zeitpunkt der Tat schon so betrunken gewesen wäre, wie er gefunden wurde, hätte er die tödlichen Stiche nicht mit der Präzision ausführen können, mit denen sie ausgeführt wurden." Er blickte Kieran an. „Nicht wahr, Mister MacKinnon, Sie haben das Mädchen erstochen und sich erst hinterher besoffen, als Sie begriffen haben, dass Sie aus der Nummer nicht mehr rauskommen. Sie wollten sich mit dem angeblichen Blackout einen Freibrief erkaufen, damit Sie auf Unzurechnungsfähigkeit zum Zeitpunkt der Tat plädieren können. Und das zeugt von einer gewaltigen kriminellen Energie."

„Nein!" Kieran schüttelte heftig den Kopf. „Ich erinnere mich nicht, und das ist die Wahrheit."

McGill grunzte. „Ach, kommen Sie!" Er klopfte auf einen zweiten Heftordner. „Ich habe mich über Sie schlau gemacht. Sie hatten bereits mit vierzehn eine Verurteilung wegen Fahrens ohne Führerschein in Verbindung mit Diebstahl eines Autos. Dabei haben Sie auch noch einen Unfall verursacht, bei dem Ihr Bruder zum Krüppel wurde. Der Staatsanwalt hat den Diebstahl nur verworfen, weil der Wagen Ihrem Vater gehörte und somit Familieneigentum war. Deshalb sind Sie mit der Ableistung von Sozialstunden davongekommen. Der Richter war wohl ziemlich milde gestimmt."

„Ich muss doch sehr bitten, Sergeant McGill. Lassen Sie Ihre persönliche Meinung freundlicherweise außen vor und halten Sie sich an die Fakten."

„Mit Vergnügen, Herr Anwalt. Ich habe recherchiert, dass Ihr Mandant in ganz Broadford einen Ruf als Schläger genießt. Zuschlagen macht Ihnen offenbar Spaß, Mr MacKinnon."

„Das ist doch nicht wahr. Ich habe immer nur Paddy beigestanden, wenn sie ihn beschimpft und rumgeschubst haben."

McGill maß ihn mit einem Blick voller Verachtung. „Jetzt muss auch noch Ihr Bruder, der durch Sie zum Krüppel wurde, als faule Ausrede für Ihre Prügelfreudigkeit herhalten. Um Ausreden sind Sie wohl nie verlegen, was?" Er winkte ab, als Bryce Logan den Mund zu einem weiteren Protest öffnete. „Lassen wir das. Kommen wir zum Tatabend zurück. Was hat Allison MacLeod getan, dass Sie sie so brutal ermordet haben?"

Kieran schüttelte den Kopf. „Ich weiß es doch nicht. Ich erinnere mich nicht."

McGill riss Logan das Gutachten aus der Hand, knallte es vor Kieran auf den Tisch und pochte mit dem Finger darauf. „Das hier beweist das Gegenteil. Sie waren zum Zeitpunkt der Tat bei klarem Verstand! Also, was ist passiert? Wollten Sie Sex und sie hat sich geweigert? Oder haben Sie Ihren Schwanz nicht hochgekriegt und sie hat Sie ausgelacht?"

„Sergeant McGill, das reicht!" Logan schlug mit der flachen Hand auf den Tisch.

„Das reicht noch lange nicht. Ich will wissen, was dieses Mädchen getan hat, dass Ihr kostbarer Mandant das hier mit ihr gemacht hat!" Er riss ein paar Fotos aus der Mappe und breitete sie vor Kieran aus. „Achtzehn Stiche in Bauch, Brüste und Unterleib mit solcher Wucht, dass sie bis auf die Knochen gegangen sind. Und obendrein haben Sie ihr noch die Kehle durchgeschnitten. Zu ihrem Glück war sie da schon tot. Und ich will wissen warum!"

Kieran starrte auf die Fotos und brauchte einen Moment, um in dem blutbesudelten Bündel, das auf den Steinen am Strand lag, Allison zu erkennen. Der Anblick war das Schlimmste, was er je gesehen hatte. Das Bewusstsein, dass er das getan haben könnte, war schlimmer.

Die Übelkeit wallte mit solcher Macht in ihm auf, dass er sein Frühstück nicht mehr bei sich behalten konnte. Er beugte sich zur Seite und erbrach sich neben dem Tisch. Dann flüchtete er in die nächstbeste Ecke, kauerte sich mit angezogenen Knien zusammen, weinte und presste die Hände über die Ohren, um McGills weitere Anschuldigungen nicht hören zu müssen. Er konnte doch unmöglich eine solche Grausamkeit begangen haben! Im Leben nicht! – Zumindest nicht in nüchternem Zustand.

Wie Onkel Angus ihm erklärt hatte, als er noch im Krankenhaus lag, führte übermäßiger Alkoholgenuss zum Blackout, besonders wenn man wie Kieran nicht daran gewöhnt war, viel zu trinken. Er hatte außerdem angedeutet, dass man unter Alkoholeinfluss jede Hemmung verlieren konnte und Dinge tat, die man sich nüchtern nicht mal im Traum vorstellen konnte. Angus hatte Kieran nachdenklich angeblickt – mit einem erkennbaren Hauch von Zweifel, wie ihm nun wieder einfiel. Zweifel an Kierans Unschuld, von der sein Onkel bis dahin überzeugt gewesen war. Und wenn Onkel Angus ihm diese entsetzliche Tat zutraute – der Mann, der ihn sogar besser kannte als sein eigener Vater –, dann musste er sie wohl tatsächlich begangen haben. Besonders im Hinblick darauf, dass es sowieso nicht den geringsten Hinweis gab, dass jemand anderes als Täter infrage käme, wie McGill nicht müde wurde zu betonen.

Gott im Himmel, was war er für ein Monster, dass er zu so etwas fähig war, betrunken oder nicht. Was immer auf ihn zukam, was immer man mit ihm tun würde, er hatte es verdient. Das Einzige, was er noch wollte, war, die entsetzlichen Bilder nie wieder sehen zu müssen. Aber sie hatten sich bereits in sein Gehirn eingebrannt und wüteten darin. Je fester er die Augen zukniff, um sie zu vertreiben, umso deutlicher wurden sie, sah er jedes furchtbare Detail. Er wollte, dass das aufhörte.

„Ja!", brüllte er in die lautstarke Auseinandersetzung, die zwischen Logan und McGill entbrannt war. „Ja, ich ..."

„Kein Wort, Kieran! Kein einziges Wort!", fuhr ihm Logan über den Mund. „Mein Mandant ist nicht mehr vernehmungsfähig, Sergeant McGill. Ich verlange, dass er auf der Stelle einem Arzt vorgeführt wird. Und über Ihre Methoden werde ich mich offiziell beschweren."

Kieran vergrub das Gesicht in den Armen und wünschte sich, dass alles ein Ende haben möge. Egal wie. Aber es war noch lange nicht zu Ende. Denn das Schlimmste stand ihm erst noch bevor.

5

Mittwoch, 7. September 2011

Catie lehnte sich zurück und starrte auf den Bildschirm des Laptops vor sich. Das Desktopbild zeigte das Meer und den blauen Himmel darüber. Ein beruhigender Anblick, der jedoch seine Wirkung verfehlte. Sie hatte seit ihrer Rückkehr von Armadale jede Information über den Broadford-Mord, die sie finden konnte, aus dem Internet geholt. Sehr ergiebig waren die Infos nicht, da sie sich hauptsächlich auf den Prozess konzentrierten. Es gab allerdings keinen Zweifel, dass Kieran tatsächlich vor zwanzig Jahren seine Freundin erstochen und behauptet hatte, sich nicht an die Tat zu erinnern. Deshalb hatte man nie den Grund für seine Tat ermitteln können. Immerhin hatte er das Mädchen nicht vergewaltigt.

Das zu glauben, wäre ihr auch schwergefallen, wo Kieran so zurückhaltend war und ihr nicht mal andeutungsweise zu nahe trat. Andererseits hätte sie ihm auch nie einen Mord zugetraut. Und ganz bestimmt keinen so brutalen. Sie wusste nicht, was sie davon halten sollte. Klar, man konnte nicht alles glauben, was in den Zeitungen stand. Manche übertrieben maßlos in ihrer Sensationsgier. Der „Scotsman", der hauptsächlich über den Mord berichtet hatte, gehörte jedoch nicht dazu.

Wie auch immer. Jeder Mensch hatte eine zweite Chance verdient. Und, wie sie ihren Eltern schon gesagt hatte, sie hatte nicht den Eindruck, dass Kieran heute noch derselbe Mann war wie damals. In jedem Fall würde sie nicht den Kontakt zu ihm abbrechen, ohne vorher mit ihm gesprochen und sich angehört zu haben, was er zu sagen hatte.

Sie hörte, wie die Haustür geöffnet wurde, und fragte sich, wer um diese Zeit noch zu ihr kam.

„Catie?" Connor trat ins Wohnzimmer.

„Was willst du denn hier?"

„Ich wünsche dir auch einen guten Abend, Schwesterherz." Er nahm unaufgefordert in einem Sessel Platz. „Ist alles in Ordnung?"

„Natürlich. Was sollte denn nicht in Ordnung sein?"

„Nun, du bist heute Mittag so überhastet aus dem Haus gestürmt und hast nicht auf unsere Anrufe reagiert."

Sie schnitt eine Grimasse. „Hast du was anderes erwartet? Ich will keinen von euch sprechen. Nicht nach dem, wie ihr euch heute Mittag aufgeführt habt."

„Komm schon, Catie. Du warst diejenige, die überreagiert hat. Und das wegen eines Mörders, den du kaum kennst!"

Sie kniff die Augen zusammen. „Wenn du nur gekommen bist, um mir wieder dieselben Vorhaltungen zu machen, dann verschwinde." Sie deutete zur Tür.

„Ach, Catie. Ich verstehe ja, dass das ein Schock für dich war. Er machte wirklich einen guten Eindruck. Aber ein anständiger Mann bringt kein Mädchen um und täuscht hinterher Gedächtnisverlust vor."

Und wenn er sich wirklich nicht erinnerte?

„Das war vor zwanzig Jahren, Connie. Da war er achtzehn. In zwanzig Jahren ändert sich ein Mensch. Ich erinnere mich noch, dass du dir, als du achtzehn warst, regelmäßig einen Spaß daraus gemacht hast, meine Haare nachts ans Bett zu knoten, und mehr als einmal Sirup in meine Reitstiefel geschüttet hast. Einmal hast du mir die Haare sogar angesengt. Das tust du heute auch nicht mehr."

„Das kann man ja wohl nicht miteinander vergleichen."

„In gewisser Weise doch. Meine Haare blieben in Büscheln am Bettpfosten hängen und die Reitstiefel waren nach deinen Sirupattacken unbrauchbar, weshalb neue gekauft werden mussten. Nach meiner Definition von dem, was einen anständigen Mann ausmacht, tut der so was nicht."

„Ich habe wenigstens niemanden umgebracht!"

„Aber ich hatte deinetwegen Schmerzen und Schwierigkeiten. Gar nicht zu reden von der Todesangst, die ich hatte, als meine Haare plötzlich brannten. Auch wenn ich das überlebt habe."

Connor schüttelte den Kopf. „Catie, was findest du nur an dem Kerl?"

„Zunächst mal, dass er kein ‚Kerl' ist. Verdammt, Connie, was hast du eigentlich gegen ihn? Von Anfang an hast du ihn angesehen, als wolltest du ihn am liebsten erwürgen."

„Nun übertreib mal nicht!"

„Kennst du ihn von früher? Hat er dir irgendwas getan? Oder bist du bloß mal wieder neidisch auf einen Mann, der besser aussieht als du und mehr Muskeln hat?"

Connor errötete und winkte ab. „Ist ja auch egal. Er wird so oder so aus deiner Nähe verschwinden."

„Wieso?" Sie blickte ihn alarmiert an. „Was hast du getan?"

„Ich habe seinem Wirt gesagt, wer er ist. Der wollte ihn auf der Stelle rauswerfen."

Sie schlug so schnell zu, dass Connor die Ohrfeige nicht kommen sah. Ein Reflex aus Kindertagen, der immer noch sehr gut funktionierte. „Bist du wahnsinnig? Hast du noch alle Tassen im Schrank?" Sie schnappte empört nach Luft. „Du bist genauso bigott wie unsere Eltern. Kieran wirfst du vor, er wäre kein anständiger Mann, aber dass du hingehst und ihn anschwärzt, hältst du für richtig? Sorgst dafür, dass er seine Unterkunft verliert, wo er es als Entlassener ohnehin schon schwer genug hat, wie du sehr

146

wohl weißt." Sie ballte die Fäuste und hätte am liebsten wie früher auf ihren Bruder eingeprügelt, beherrschte sich aber. „Verschwinde, Connor, und lass dich hier nicht mehr blicken!"

Sie nahm ihre Autoschlüssel, ihre Jacke und ging zur Tür.

Er hielt sie am Arm fest. „Wo willst du hin?"

Sie riss sich los. „Zu Kieran. Mich für dein unmögliches Benehmen bei ihm entschuldigen!"

„Catie!"

„Was?" Sie trat dicht vor ihn hin. „Pass mal auf, Connor. Ich dulde es nicht, dass du dich in meine Angelegenheiten mischst. Ich allein entscheide, mit wem ich zusammen sein will. Und jetzt verschwinde endlich!" Sie riss die Tür auf und deutete nachdrücklich nach draußen.

Connor ging. „Ich meine es doch nur gut mit dir. Du bist meine Schwester, und ich liebe dich."

„Dann lass Kieran in Ruhe. Lass uns in Ruhe!"

„Ich will nicht, dass dir was zustößt."

„Ich passe sehr gut auf mich auf, wie du weißt."

„Aber er ist ein Mörder und ..."

„Noch ein Wort, und ich schlag dir die Zähne ein." Catie hob die geballte Faust.

Connor seufzte, verließ das Haus und fuhr davon. Catie atmete ein paar Mal tief durch, um sich zu beruhigen, ehe sie sich in ihren Wagen setzte und nach Carbost fuhr. Mit einer Wut im Bauch, die nur langsam abebbte.

*

Hätte Kieran nicht schon lange gelernt, jede Art von Misserfolg mit Gleichmut zu ertragen, wäre er wohl reichlich frustriert gewesen. Die Skye Boat Lodge war voll belegt.

Ein paar Anrufe, die das Guthaben seines Prepaid-Handys stark geschrumpft hatten, brachten ihm nur ein Bett in einem Mehrbettzimmer im Skyewalker Hostel in Portnalong für zwei Nächte ein, wohin er nun unterwegs war. Falls er bis übermorgen keine Wohnung in der Nähe gefunden hätte, bekam er ein echtes Problem. Natürlich könnte er Onkel Angus' Angebot annehmen und in dessen Gästezimmer ziehen. Doch erstens lag das auf der anderen Seite der Insel, wodurch der Weg zur Arbeit ungleich komplizierter würde. Zweitens hatte Tante Sal ihn bei seinem Besuch am Samstag mehr als frostig empfangen. Mit ihr unter einem Dach zu leben, würde höllisch werden. Wenn alle Stricke rissen, musste er Paddy bitten, ihn eine Zeit lang auf der Couch schlafen zu lassen. Doch er wollte weder seinem Bruder noch jemand anderem zur Last fallen.

Ein Auto kam ihm entgegen. Die Scheinwerfer blendeten ihn. Er hielt vorsorglich an. Der Wagen fuhr an ihm vorbei. Connor MacDonalds Wagen. Wahrscheinlich kam er von Catie. Falls sie bisher noch nichts von Kierans Vergangenheit gewusst haben sollte, wusste sie es jetzt. Nun gut. Aus und vorbei, noch ehe es richtig begonnen hatte. War wahrscheinlich ohnehin besser so.

Bevor er weiterfahren konnte, kam ein zweiter Wagen und stoppte neben ihm. Die Scheibe wurde heruntergelassen, und Catie sah ihn wütend an. Nun, er konnte ihr nicht verdenken, dass sie sauer auf ihn war, und wappnete sich gegen ihre Vorwürfe, Beschimpfungen oder was sie ihm sonst an den Kopf werfen würde.

„Wie ich sehe, haben sie dich tatsächlich rausgeworfen. Und das sozusagen mitten in der Nacht." Ihre Stimme klang mitfühlend.

Mitgefühl hatte er nicht erwartet. Er wusste nicht, was er sagen sollte.

Sie presste die Lippen zusammen. „Es tut mir leid, dass mein dämlicher Bruder für diesen Schlamassel verantwortlich ist. Und der Scheißkerl war auch noch stolz auf seine Denunziantentat."

„Ich bin Schlamassel gewohnt."

Sie stellte den Motor ab und stieg aus. „Wir klappen die Rückbank um und laden dein Rad ein."

„Nicht nötig", wehrte er ab. „Portnalong ist nicht weit."

„In meinem Haus ist ein Gästezimmer. Das kannst du haben." Sie öffnete die Heckklappe und begann, die Verankerungen der Rückbank zu lösen.

Kieran starrte sie ungläubig an. „Warte mal. Bitte."

Sie hielt inne und sah ihn an.

Er räusperte sich. „Dein Bruder hat gesagt, er ... du wüsstest Bescheid. Über mich."

„Dass du im Gefängnis warst? Ja. Ich hätte es ehrlich gesagt begrüßt, das von dir zu erfahren. Vor allem aber möchte ich wissen, was du dazu zu sagen hast. Ich habe die Sache zwar gegoogelt, aber was in den Zeitungen steht, ist nicht immer die ganze oder überhaupt die Wahrheit. Hier ist allerdings nicht der richtige Ort für so eine Unterhaltung. Zu Hause haben wir mehr Ruhe."

„Du willst wirklich, dass ich mit zu dir komme? In dein Haus? Und dort übernachte?"

„Sonst hätte ich es dir nicht angeboten. Komm, hilf mir mal."

„Heißt das, du ... du vertraust mir?"

„Blöde Frage." Sie richtete sich auf und sah ihn ernst an. „Ich handle nach der Logik. Wenn du mir was antun wolltest, hättest du dazu mindestens ein halbes Dutzend Gelegenheiten gehabt. Allen voran die, als wir im Wohnwagen allein waren. Dann als du mir geholfen hast, das Boot zu suchen. Als du mich am Sonntag besucht hast. Du bist schließlich als Letzter gegangen. Als wir gestern am Strand spazieren gegangen sind, hattest du über zwei Stunden Zeit, unlautere Absichten aller Art in die Tat umzusetzen. Das hast du nicht getan, also warum solltest du es jetzt tun? Hilfst du mir nun endlich?"

Er fand ihre Einstellung leichtsinnig, da sie ihn kaum kannte und jetzt auch noch wusste, dass er vor zwanzig Jahren eine Frau umgebracht hatte. Da ihr Angebot sein Wohnungsproblem aber auf elegante Weise löste, widersprach er ihn nicht. Ganz abgesehen davon, dass sie recht hatte. Nichts lag ihm ferner, als ihr etwas anzutun. Er zog die Rückbank hoch und klappte die Rückenlehne herunter. Catie breitete auf der Ladefläche eine alte Decke aus, auf die er sein Rad und seine Tasche lud. Anschließend nahm er auf dem Beifahrersitz Platz. Catie wendete bei der nächsten Ausweichstelle und fuhr zurück nach Fiskavaig.

Fünfzehn Minuten später hielten sie hinter ihrem Haus, wo sie nach ihrer Rückkehr von Loch Dunvegan den Caravan abgestellt hatte. Kieran lud sein Rad und seine Tasche aus und richtete die Rückbank wieder auf. Danach folgte er Catie ins Haus. Sie war schon vorausgegangen und hatte Teewasser aufgesetzt. Er stellte die Tasche neben der Eingangstür ab. Sie winkte ihn zu sich und öffnete eine Tür. Das Zimmer war sogar etwas größer als das im Wilton's und liebevoll eingerichtet.

„Ich sollte besser im Wohnwagen übernachten." Dabei bereitete ihm der bloße Gedanke an die Enge darin Unbehagen.

Catie sah ihn verständnislos an. „Wieso das denn? Gefällt dir das Zimmer nicht?"

„Doch, sehr, aber ..." Er schüttelte den Kopf.

„Verdammt, Kieran, was ist dein Problem? Glaubst du, du hast keine vernünftige Unterkunft oder nichts Schönes verdient, weil ..." Sie schüttelte den Kopf. „Wir sollten wirklich dringend reden. Setz dich." Sie deutete auf die Wohnzimmercouch und ging in die Küche, wo das Pfeifen des Teekessels immer lauter wurde.

Kieran zog seine Jacke aus, legte sie über die Lehne und nahm Catie das Tablett ab, auf dem sie die Tassen, Milch und Zucker brachte.

„Hast du Hunger?"

Er schüttelte den Kopf, stellte die Tassen auf den Tisch und das Tablett daneben. Catie setzte sich in den Sessel und blickte ihn erwartungsvoll an. Notgedrungen nahm er ebenfalls Platz und fühlte sich alles andere als wohl in seiner Haut. Ihr Vorwurf, dass er sie über seine Vergangenheit hätte aufklären sollen, war gewissermaßen gerechtfertigt. Das hätte er auch getan, wenn sie sich bereits näher gekannt hätten. Dem war aber nicht so. Und eine engere Beziehung war sowieso aussichtslos. Auch wenn er heimlich davon träumte.

„Das Mädchen damals. Hast du sie wirklich umgebracht?"

Er zögerte und fuhr mit dem Zeigefinger über den Rand seiner leeren Tasse. „Ich muss es wohl getan haben."

Sie schnaufte. „Was ist das denn für eine Antwort? Warst du's oder warst du's nicht?"

Er schüttelte langsam den Kopf. „Man hat mich besinnungslos betrunken halb auf ihr liegend gefunden. Ich hatte das Messer noch in der Hand. Aber ich habe nicht die leiseste Erinnerung daran. Nicht einmal eine bruchstückhafte."

Catie sah ihn nachdenklich an. Er konnte an ihrem Gesichtsausdruck nicht ablesen, ob sie ihm glaubte oder nicht.

„Dann weißt du wohl auch nicht mehr, warum du es getan hast."

Er schüttelte erneut den Kopf. „Such dir ein Motiv aus. Vielleicht bin ich grundlos ausgerastet, weil ich zu viel getrunken hatte. Vielleicht hat sie eine falsche Bemerkung gemacht, die in Verbindung mit der Enthemmung durch den Alkohol ..." Er unterbrach sich, weil ihm bewusst wurde, dass er schon wie Dr. Fraser redete. „Jedenfalls steckt ganz offensichtlich ein Monster in mir, das durch Alkohol von der Leine gelassen wird. Aus dem Grund trinke ich nicht. Zumindest nicht mehr als ein Glas, allerhöchstens zwei. Du brauchst also keine Angst zu haben, dass du mein nächstes Opfer wirst."

Sie schnaufte wieder. „Wenn ich davor Angst hätte, hätte ich dich nicht hierher gebracht. Ich bin der Meinung, dass jeder Mensch eine zweite Chance verdient hat. Außerdem hast du mir das Leben gerettet. Und zum Dank dafür hat mein Bruder dafür gesorgt, dass du deine Unterkunft verlierst. Dir ein Dach über dem Kopf zu geben, ist das Mindeste, was ich für dich tun kann."

„Dafür bin ich dir dankbar, Catie. Ich hoffe aber, dass ich deine Gastfreundschaft nicht allzu lange in Anspruch nehmen muss. Sobald ich meine Probezeit in der Destillerie hinter mich gebracht habe, kann ich eine Angestelltenwohnung bekommen." Falls er den Job nicht als Nächstes verlor. „Am besten suche ich mir gleich morgen irgendwo ein Zimmer."

Sie lachte, doch es klang seltsam bitter. „Das hört sich ja so an, als könntest du es nicht erwarten, von mir wegzukommen. Bin ich so schrecklich? Mein Vater behauptet das zwar immer, und meine Brüder erst recht, aber ich versichere dir: Ganz so schlimm bin ich nicht."

Er lächelte flüchtig. „Ganz sicher nicht. Aber ich will dich nicht kompromittieren. Wenn die Leute erfahren, dass ich mit

dir unter einem Dach wohne, und sei es nur für eine Nacht ..."
Er zuckte mit den Schultern. „Du weißt, wie die Leute sind.
Sie denken das Schlimmste und reden darüber. Du bist eine
MacDonald of Sleat und ich bin ein verurteilter Mörder. Ich
will nicht, dass dein Ruf ruiniert wird."

Catie beugte sich vor und legte ihm die Hand auf den Arm.
Wie immer elektrisierte ihn die Berührung. Er zog den Arm
zurück.

„Wir leben im einundzwanzigsten Jahrhundert, Kieran,
nicht mehr im letzten und erst recht nicht im vorletzten. Ich
lasse mir von niemandem was vorschreiben. Erst recht nicht
von der unmaßgeblichen Meinung der Leute. Wenn die sich
das Maul darüber zerreißen wollen, dass ein Mann in meinem
Gästezimmer übernachtet, kümmert mich das einen Dreck.
Und was meinen ‚Ruf' betrifft – sollte irgendein Aspirant auf
meine Gunst daran Anstoß nehmen oder daran, dass ich schon
lange keine Jungfrau mehr bin, hat er bei mir nicht die geringsten Chancen."

Kieran errötete. Zwar war er aus dem Knast eine weitaus
deftigere Sprache gewohnt, aber in Gegenwart einer Frau verunsicherte ihn dieses Thema. Davon abgesehen mochten sich
die Zeiten geändert haben, aber auf Skye hielt man schon immer die alten Traditionen hoch. Gerade auch in Bezug auf die
Ehre einer Frau. Da er aber nicht wusste, wohin er sonst hätte
gehen sollen, widersprach er ihr nicht länger.

Catie holte den Tee und schenkte ihm ein.

„Warum haben sie dich zu zwanzig Jahren verknackt,
wenn du so betrunken warst, dass du dich an nichts erinnern
kannst?"

Er goss etwas Milch in den Tee. „Der Staatsanwalt hat mithilfe eines Gutachters die Jury davon überzeugt, dass ich Alli-

son bei vollem Verstand – also mit Vorsatz – umgebracht und mich erst danach bis zur Bewusstlosigkeit betrunken hätte, um wegen des Vollrausches mildernde Umstände geltend zu machen. Wenn ich zum Zeitpunkt der Tat schon so betrunken gewesen wäre, wie sie mich gefunden haben, wäre ich gar nicht mehr in der Lage gewesen, irgendwas zu tun außer Kotzen. Entschuldige den Ausdruck. Nach dem, was der Gutachter sagte, waren die Verletzungen zu präzise, als dass sie jemand begangen haben könnte, der völlig betrunken war. Deshalb war er überzeugt, dass ich den Blackout nur vortäusche und mich noch ganz genau erinnern könnte."

Er sah Catie in die Augen. „Aber ich schwöre dir bei allem, was mir heilig ist, dass ich mich wirklich nicht daran erinnern kann. Und dass ich nicht weiß, warum das alles passiert ist – warum ich das getan habe. Das quält mich seit damals. Das wird es wohl auch noch bis ans Ende meines Lebens tun." Er blickte zu Boden. „Sogar mein Anwalt konnte dieses Argument nicht entkräften, obwohl er sein Bestes versucht hat. Am Ende hat er das Gericht nur eindringlich angefleht, meine Jugend zu berücksichtigen und mir noch eine Chance zu geben. Und mich nicht zu lebenslänglich zu verurteilen. Damit hat er indirekt zugegeben, dass er dem Gutachter glaubt und mich für schuldig hält. Also haben sie mir zwanzig Jahre verpasst."

„Und sie haben dir keine Bewährung gegeben?"

Er schüttelte den Kopf. „Da ich immer noch darauf bestand, mich an nichts zu erinnern, und mich dadurch weigerte, die Verantwortung für meine Tat zu übernehmen, sahen sie mich für bewährungsunwürdig an. Dass ich das bis zuletzt nicht getan habe, hat mir die Gefängnisdirektorin sogar beim Abschied noch vorgeworfen. Ich hätte mich gut geführt und kaum Probleme gemacht, aber meine Verstocktheit, nicht endlich die Tat zuzugeben und reinen Tisch zu machen, hätte sie sehr enttäuscht."

„Warum hast du sie nicht einfach zugegeben?"

Er blickte sie eindringlich an. „Zur Aufarbeitung der Tat, wie sie das nennen, gehört nicht nur, dass man zugibt, sie begangen zu haben. Man muss auch zu den Gründen für die Tat stehen, detailliert darlegen, warum man es getan hat, und die Verantwortung dafür übernehmen. Nicht irgendwem die Schuld geben, den Eltern, dem Staat oder in meinem Fall dem Alkohol. Ich habe mich aus eigenem freiem Willen betrunken und trage somit die Schuld an allem, was ich in dem Zustand getan habe. Aber warum ich Allison umgebracht habe, was der Auslöser war", er hob die Hände und ließ sie wieder fallen, „ich weiß es nicht. Ich habe buchstäblich unzählige – Hunderte von Therapiesitzungen mit dem Anstaltspsychologen absolviert. Ich hatte gehofft, dass mir das helfen würde, mich zu erinnern. Ohne Erfolg."

Er trank einen Schluck Tee. „Das Einzige, was ich zugeben konnte, und das habe ich auch getan, war, dass ich schuldig sein muss, weil alles gegen mich spricht und es kein anderer gewesen sein kann. Glaub mir, Catie, ich bin kein Feigling. Wenn ich wüsste, warum ich es getan habe, würde ich in vollem Umfang dazu stehen. Aber ich erinnere mich nicht. Wie kann ich etwas gestehen, an das ich mich nicht erinnern kann? Das wäre eine Lüge." Er trank einen weiteren Schluck. „Irgendwann hat Dr. Fraser es aufgegeben und kam zu dem Schluss, dass ich die Tat so tief in mein Unterbewusstsein verdrängt hätte, dass ich mich wirklich nicht mehr erinnere, weil ich das unbewusst gar nicht will. Also habe ich die vollen zwanzig Jahre abgesessen. Und jetzt will ich einfach nur hier draußen irgendwie Fuß fassen. Das ist schwierig genug, nachdem ich über die Hälfte meines Lebens im Gefängnis verbracht habe." Er sah ihr in die Augen. „Du hattest in gewisser Weise recht, als du sagtest, ich käme von irgendwo hinterm Mond. Das Gefängnis ist wie ein anderer Planet. Hier draußen ist mir fast alles fremd."

„Wenigstens hast du dort deine gute Erziehung nicht vergessen." Sie lächelte. „Meine Eltern waren schwer beeindruckt von deinen exzellenten Manieren."

„Das verdanke ich Pfarrer Stewart. Er hat mir von Anfang an klar gemacht, dass, egal wo ich mich eines Tages nach meiner Entlassung niederlasse, die Leute irgendwann rausfinden, wer ich bin und was ich getan habe. Er meinte, dass ich danach erheblich bessere Chancen hätte, trotzdem akzeptiert zu werden, wenn sie mich bis dahin als anständig und höflich und den Traum aller Schwiegermütter kennengelernt hätten."

Catie lachte.

„Ehrlich. Er hat genau das gesagt."

Sie sah ihn erwartungsvoll an. Inzwischen kannte er diesen Blick. Sie wollte mehr erfahren. Er rieb sich die Hände, hörte aber auf, als ihm bewusst wurde, dass diese Geste wirkte, als würde er sie waschen. Versuchen, die Schuld abzuwaschen.

„Ohne Pfarrer Stewart wäre ich höchstwahrscheinlich verroht."

„Das kann ich mir bei dir gar nicht vorstellen."

Er nickte. „Du hast noch nie ein Gefängnis von innen gesehen, Catie, geschweige denn darin leben müssen. Ich war fast achtzehn Jahre in Saughton, Edinburgh. Vielleicht ist dir bekannt, dass das der schlimmste Knast unseres Landes ist. Die Zustände sind dort teilweise schlimmer als in den USA."

Ihr Gesicht nahm einen mitfühlenden Ausdruck an. „Warum haben Sie dich ausgerechnet da untergebracht?"

„Weil dort zufällig ein Platz frei war, als ich mit einundzwanzig aus Her Majesty's Young Offenders Institution Polmont in Reddingmuirhead in den Erwachsenenknast wechseln musste. Was man so Platz nennt. Saughton ist wie jedes Gefängnis im Land überbelegt. Deshalb musste ich mir die Zelle mit jemandem teilen. Im HMYOI ist man noch human mit uns umgegangen und hat Wert darauf gelegt, uns auf das Leben draußen vorzubereiten, mit Schulabschluss und Ausbildung und so. Dort habe ich auch meinen Abschluss mit Hochschulberechtigung gemacht und das Fernstudium angefangen. Saughton dagegen ist die Hölle. In mehr als einer Hinsicht."

Er wollte nicht darüber reden, erst recht nicht im Detail. Aber dafür, dass Catie ihm Unterkunft gewährte und ihn nicht ansah, als wäre er ein Monster, schuldete er ihr eine gewisse Offenheit.

„Als einer der Jüngsten stand ich am Anfang in der Hackordnung ganz unten und musste sehr schnell lernen, mich möglichst brutal zu wehren, um mir Respekt zu verschaffen. Irgendwann habe ich nicht mehr gewartet, bis ich angegriffen wurde, sondern habe gleich zugeschlagen. Eines Tages landete ich deswegen im Loch. Isolationshaft. Da hat mich Pfarrer Stewart besucht und mir die Leviten gelesen."

Catie beugte sich gespannt vor.

„Er hat gesagt, dass ich drauf und dran wäre, mir meine Chancen auf ein vernünftiges Leben nach der Entlassung zu versauen, wenn ich weiter auf dem Weg ginge, den ich eingeschlagen hatte. Dass ich zu dem brutalen Schläger würde, der zu werden ich tatsächlich versuchte."

Sie schüttelte den Kopf. „Das kann ich mir bei dir noch weniger vorstellen."

Er nickte. „Glaub es ruhig. Wer sich in Saughton nicht nachdrücklich durchsetzt, wird gnadenlos untergebuttert; drangsaliert, bedroht, zusammengeschlagen und ..." Er schluckte und rieb sich die Oberarme. Räusperte sich und strich sich über den Bart. „Damals habe ich mir den Vollbart wachsen lassen, um älter zu wirken, und mir im Sportraum möglichst viel Muskeln antrainiert. Das, in Verbindung mit rücksichtslosem Zuschlagen, hat irgendwann gewirkt. Nach zwei Jahren ließen sie mich endlich in Ruhe."

Er verschwieg, dass er, um das zu erreichen, den Anführer der brutalsten Knastgang beinahe totgeschlagen hatte, als der ihn wieder einmal ... „Immerhin hatte ich noch genug Verstand, Pfarrer Stewarts Angebot anzunehmen, ihm bei den Gottesdiensten und den Vorbereitungen zu assistieren."

„Warum hat er das ausgerechnet dir angeboten?"

„Das hat er jedem angeboten. Die wenigsten haben angenommen. Die meisten hatten schon vor ihrer Inhaftierung mit Religion nichts am Hut, die anderen haben ihren Glauben in der Haft verloren. Vielmehr schon bei der Urteilsverkündung."

„Aber du nicht."

Er schüttelte den Kopf. „Wie könnte ich Gott für die Folgen dessen verantwortlich machen, was ich selbst verschuldet habe? Schließlich hat er mir weder die Whiskyflasche noch das Messer in die Hand gedrückt und mich auch nicht gezwungen, mich an dem Abend zu besaufen. Also hatte ich keinen Grund, auf ihn wütend zu sein, aber allen Grund, ihn um Verzeihung zu bitten. Deshalb habe ich Pfarrer Stewarts Angebot angenommen. Er hat dafür gesorgt, dass ich mich zumindest in seiner Gegenwart anständig und vor allem wie ein Gentleman benahm. Als ich letztes Jahr in Vorbereitung auf meine Entlassung Freigang bekam, hat er mich sogar regelmäßig zu sich nach Hause zum Essen mit seiner Familie eingeladen, damit ich meine Manieren unter Realbedingung trainieren konnte, wie er es nannte. Seine Frau hat mir bei diesen Gelegenheiten den letzten Schliff verpasst. Ich verdanke ihm – ihnen beiden – wirklich sehr viel."

„Lade ihn doch auch mal zum Essen ein. Um ihm zu zeigen, wie gut sein Engagement gefruchtet hat."

Kieran blickte zu Boden. „Er ist tot. Letzten Monat hat ihn ein neuer Häftling erstochen, der einen Hass auf Blackcoats hat." Er tat einen tiefen Atemzug. „Und damit lassen wir das ganze Thema jetzt bitte ruhen."

Catie schwieg eine Weile und sah ihn unverwandt an. Er blickte in seine Teetasse und fuhr erneut mit dem Finger im Kreis über den Rand. Das beruhigte ihn und drängte die Erinnerungen an das, was man ihm in den ersten zwei Jahren in Saughton angetan hatte und wovon er Catie niemals eine einzige Silbe offenbaren würde, wieder in die Versenkung, in der er sie verschlossen hielt.

„Warum hast du mir das nicht gesagt, Kieran?"

Er schnaubte. „Na, warum wohl? Meine eigenen Eltern haben mich aus dem Haus geworfen, als ich zurückkam, und mein Vater hat gedroht, mich zu erschießen, wenn ich mich noch mal blicken lasse. Ein alter Mann, der sich eben noch freundlich mit mir unterhielt, hat einen tödlichen Herzinfarkt erlitten, als er begriff, dass der ‚Broadford-Killer' neben ihm steht, und die Wiltons haben mich quasi mitten in der Nacht auf die Straße gesetzt, weil sie keinen Mörder unter ihrem Dach haben wollten." Er war selbst überrascht, wie bitter das klang; vielmehr davon, wie sehr ihn diese Reaktionen tatsächlich getroffen hatten, obwohl er versuchte, sie mit Gleichmut zu tragen.

„Du hattest also Angst, dass ich genauso reagieren könnte."

„Du hattest einen guten Eindruck von mir, Catie. Den wollte ich nicht zerstören."

„Den habe ich immer noch."

„Außerdem kennen wir uns kaum, und meine Vergangenheit ist nichts, womit ich bei flüchtigen Bekannten hausieren gehe. Vor allem wollte ich nicht, dass du Angst vor mir hast; oder die unausgesprochene Frage in deinen Augen lesen, ob du die Nächste bist, die ich umbringe."

„Das würdest du nie tun, nicht wahr?"

Ihr „nicht wahr" zeigte ihm deutlich, dass sie gewisse Zweifel hegte. Er konnte es ihr nicht verdenken. „Ganz sicher nicht, solange ich nüchtern bin. Und ich bleibe nüchtern. Mein Wort drauf."

Sie wollte ihm die Hand auf den Arm legen, doch er wich ihr aus, indem er die Teetasse an den Mund setzte und trank. Als er die leere Tasse auf den Tisch stellte, wagte er nicht, Catie anzusehen.

„Ich hätte auch ohne dein Wort keine Angst vor dir, Kieran."

„Das ist verdammt leichtsinnig von dir."

Die Bemerkung schien sie zu verärgern, denn sie runzelte finster die Stirn. „Ich sehe nichts Leichtsinniges darin, dass ich dich als den Mann beurteile, der du heute bist. Und nur zu deiner Information: Für mich bist du kein flüchtiger Bekannter."

Er sah sie erstaunt an. „Nicht? Aber", er schüttelte den Kopf, „was ..." Ihm fehlten die Worte. Er hatte keine Ahnung, was Catie damit sagen wollte. Nicht dass er Frauen je verstanden hätte, aber mangels Erfahrung verstand er sie heute weniger denn je. „Entschuldige, Catie. Sieh es mir bitte nach, aber ich kann dir nicht folgen. Vielleicht hat sich in den letzten zwanzig Jahren einiges geändert, was die Bedeutung von Bekanntschaften betrifft, aber nach dem letzten Stand meiner Kenntnisse ist eine Bekanntschaft erst dann nicht mehr flüchtig, wenn man mindestens einmal offiziell miteinander ausgegangen ist."

Sie lächelte. „Das können wir jederzeit nachholen. Und ja, in der Beziehung hat sich was geändert, und ich betrachte unseren Spaziergang am Strand gestern durchaus als ‚ausgehen'. Mal ganz abgesehen davon, dass ich dir mein Leben verdanke und allein schon deshalb nichts Flüchtiges in unserer Bekanntschaft sehe."

Er wartete auf eine weitere Erklärung, doch sie schwieg. Nicht nur deshalb fühlte er sich zunehmend überfordert. „Falls du mir damit was Bestimmtes sagen willst, verstehe ich es nicht. Tut mir leid."

Er hatte das Gefühl, dass die Wände des Hauses näherrückten. Abrupt stand er auf und flüchtete auf die Veranda. Er stützte die Hände auf das Geländer, blickte in die Nacht und atmete ein paar Mal tief ein, bis das Gefühl der Beklemmung verschwand. Es begann zu regnen. Die Feuchtigkeit in Verbindung mit der kühlen Nachtluft ließ ihn frösteln. Catie trat zu ihm.

„Mir tut es leid, Kieran. Ich will dich wirklich nicht in Verlegenheit bringen."

Das gelang ihr in der Tat verdammt gut.

„Ich mag dich. Das wollte ich dir damit zu verstehen geben. Daran ändert auch deine Vergangenheit nichts. Und von mir aus kannst du hier wohnen bleiben, so lange du willst. Mietfrei, versteht sich."

Spontan drängte sich ihm der Gedanke auf, dass sie irgendwas von ihm wollte, irgendwas plante. Niemand machte derart selbstlose Angebote. Es steckte immer was dahinter, und irgendwann wurde einem die Rechnung für so eine Vergünstigung präsentiert.

Im Knast. Das hier war Skye. Da tickten die Menschen anders.

„Danke. Ich werde dann mal meine Residenz beziehen." Er zögerte. „Du bist dir wirklich sicher, dass du mich unter deinem Dach haben willst? Dass es dir nichts ausmacht?"

Sie verdrehte die Augen, ehe sie ihm fest in seine sah. „Ja. Und ich wäre dir dankbar, wenn du das nie wieder anzweifeln würdest."

„Danke."

Er ging wieder hinein und trug seine Reisetasche in das Zimmer, das Catie ihm überlassen hatte, nahm Handtuch und Zahnputzzeug und ging ins Bad. Als er eine Viertelstunde später wieder herauskam, saß sie im Sessel, ihren Laptop auf dem Schoß und tippte. Sie lächelte ihm zu. Er erwiderte ihr Lächeln.

„Gute Nacht, Catie. Und noch mal vielen Dank. Besonders für dein Vertrauen."

„Keine Ursache. Gute Nacht, Kieran."

Er schloss die Tür hinter sich, hängte sein Handtuch über die Stuhllehne und begann seine Tasche auszupacken. Er würde mindestens bis zum Wochenende bleiben müssen. Zum einen hatte er tagsüber unter der Woche keine Zeit, sich um eine neue Unterkunft zu kümmern. Zum anderen wurden Zimmer, die von Touristen gemietet worden waren, meistens erst zum Wochenende wieder frei. Falls es ihm aber gelingen sollte, früher als erwartet eine Wohnung zu bekommen oder auch nur ein möbliertes Zimmer, könnte er das wohl sowieso nicht sofort beziehen.

Er machte sich keine Illusionen, dass er in Carbost oder Umgebung noch einmal eine Unterkunft fand. Wahrscheinlich würde er auch den Job bei Talisker nicht mehr lange behalten. Es war nur noch eine Frage der Zeit, bis alle Kollegen Bescheid wussten. Am besten er orientierte sich mit seiner Wohnungs-

und Arbeitsuche nach Portree. Zwar hatte auch Skyes Hauptstadt nicht mehr als zweitausend Einwohner, aber dort würde man ihn wohl nicht so schnell als den Broadford-Killer identifizieren. Mit etwas Glück überhaupt nicht.

Doch darüber konnte er sich morgen Gedanken machen. Heute zählte nur, dass er wusste, wo er die nächsten Tage bleiben konnte.

Als er sich eine Stunde später schlafen legte, kreisten Caties Worte in seinen Gedanken: „Ich mag dich. Daran ändert auch deine Vergangenheit nichts."

Er hoffte, dass sie diese Meinung nicht änderte. Denn er mochte sie auch.

*

Freitag, 9. September 2011

Als Kieran ein paar Minuten vor acht den Spindraum betrat, wusste er, dass „man" nicht nur die MacDonalds über ihn informiert hatte. An seinem Spind klebte die Kopie eines aus dem Internet gezogenen Artikels mit seinem Bild und der Überschrift „Broadford-Killer zu 20 Jahren Haft verurteilt". Er brauchte nicht lange zu überlegen, wem er das zu verdanken hatte. Ian Gunn. Er fragte sich nur, warum er damit bis heute gewartet und den Wisch nicht schon gestern aufgehängt hatte.

Er warf das Blatt in den Papierkorb, zog sein Diensthemd an und ging ins Lager. Vor dem Eingang begegnete er Jock Reid. „Morgen, Sir. Jock. Was liegt heute an?"

„Dasselbe wie gestern. Leistest übrigens ziemlich gute Arbeit, Laddie."

„Danke." Kieran fragte sich, was den Alten wohl zu dem Kompliment veranlasst hatte.

„Tut mir übrigens leid, dass der Mann meiner Nichte so ein bornierter Idiot ist und dich rausgeworfen hat. Ich hoffe, du musstest deswegen nicht auf der Straße schlafen."

„Nein. Ich habe glücklicherweise eine Unterkunft gefunden, bevor der Regen einsetzte."

Jock machte eine Kopfbewegung zur Halle hin. „Die wissen jetzt auch Bescheid. Sind ziemlich sauer. Besonders die MacLeods."

„Das kann ich ihnen nicht verdenken. Aber wie ich vorgestern schon sagte, ich mache keine Probleme. Ich will nur in Ruhe gelassen werden und meine Arbeit tun."

Jock nickte. „Das glaube ich dir. Aber ich denke, du weißt besser als jeder von uns, dass die besten Vorsätze nichts nützen, wenn die anderen nicht mitspielen."

Das wusste er nur allzu gut. Weshalb er eine sehr genaue Vorstellung davon hatte, was ihn ab heute von den Kollegen erwartete. „Ich passe auf mich auf." Er nickte Jock zu und betrat die Halle.

Die bereits anwesenden Mitarbeiter warfen ihm finstere Blicke zu und machten einen Bogen um ihn. Nichts Neues für ihn. Er machte sich an die Arbeit, konzentrierte sich aber mehr auf seine Umgebung als auf die zu kontrollierenden Flaschen und versuchte zu erraten, wer den ersten Streit beginnen würde. Dass es so weit war, erkannte er daran, dass man eine Stunde später versuchte, möglichst unauffällig einen Kreis um ihn zu bilden.

Kieran seufzte. Saughton hatte ihn eingeholt.

Er sah aus den Augenwinkeln, dass Bob MacLeod auf ihn zukam. Er trug eine Packung mit zehn Talisker-Flaschen in der

Hand und zielte förmlich auf Kieran. Offensichtlich wollte er ihn anrempeln, dabei die Packung fallen lassen und Kieran die Schuld an den zerbrochenen Flaschen geben. Kieran lächelte bitter. Die Methoden, einen Streit oder eine Prügelei vom Zaun zu brechen, unterschieden sich hier draußen in nichts von denen in Saughton.

Als Bob ihn fast erreicht hatte und einen Schlenker machte, um in ihn reinzulaufen, wich Kieran zur Seite aus. Bob kam an ihm vorbei, ohne dass sie sich berührten, ließ aber trotzdem den Zehnerpack fallen. Es krachte, klirrte, und der Whisky ergoss sich auf den Hallenboden. Bob hatte jedoch nicht vor, von seinem Plan abzuweichen.

„Du verdammter ..."

„Hey!" Kieran hob abwehrend die Hände. „Ich bin dir extra ausgewichen und habe dich nicht mal berührt. Also mach mich nicht für deine Ungeschicklichkeit verantwortlich. Komm, lass uns die Bescherung beseitigen."

Bob schlug zu. Kieran sah den Schlag kommen und duckte sich darunter hinweg.

„Lass das, Bob. Ich will mich nicht mit dir schlagen."

„Aber ich mich mit dir, du Mörder! Allison war eine MacLeod, falls du's vergessen haben solltest. Und ich wollte sie heiraten, sobald sie sich irgendwann genug ausgetobt hätte."

Er schlug wieder zu. Wieder wich Kieran aus. Aber jetzt kamen die anderen heran und droschen auf ihn ein. Zwei packten ihn an den Armen und versuchten, sie ihm auf den Rücken zu drehen. Er schleuderte beide nach vorn. Sie prallten gegen Bob. Alle drei rutschten auf der Whiskylache aus und gingen fluchend zu Boden. Schmerzensschreie ertönten, als sie sich an den Glasscherben verletzten. Ein anderer Mann verpasste Kieran einen Faustschlag in den Magen. Dank seiner harten

Bauchmuskeln spürte er davon nicht viel. Dafür erwischte ihn der Kinnhaken eines Fünften. Seine Lippe platzte auf, und er schmeckte Blut. Ein weiterer Schlag traf ihn über dem Auge, ein Tritt landete in der Nierengegend. Es schmerzte höllisch. Er biss die Zähne zusammen und ignorierte den Schmerz.

Er manövrierte sich mit dem Rücken gegen ein Regal, damit ihn keiner von hinten angreifen konnte, und begann auszuteilen. Mit einem Tritt erwischte er Bob in den Unterleib, der stöhnend ein zweites Mal zu Boden ging. Ein Kinnhaken streckte seinen Bruder Tam nieder.

Er hörte irgendwo eine Frau schreien, verstand aber nicht, was sie sagte.

Ein Ellenbogenstoß brach John MacLeod die Nase. Dessen Cousin trat nach Kierans Unterleib. Er fing den Tritt mit dem Oberschenkel ab, packte den Fuß, riss ihn hoch, und der Mann krachte rücklings zu Boden.

„Das reicht!" Jock Reid warf sich dazwischen und drängte die beiden einzigen Angreifer, die noch auf den Beinen standen, von Kieran ab. „Seid ihr von allen guten Geistern verlassen?" Er deutete auf den Karton mit den zerbrochenen Flaschen. „Glaub bloß nicht, dass ich nicht gesehen hätte, dass du den absichtlich fallengelassen hast, Bob MacLeod. Der Schaden wird dir vom Gehalt abgezogen."

Die Tür zur Halle wurde aufgerissen und Edwin MacKay kam im Laufschritt. Hinter ihm folgte die Frau, die wohl vorhin geschrien und dann unverzüglich den Manager informiert hatte.

„Was ist hier los?" MacKay blickte missbilligend in die Runde. Sein Blick blieb auf Kieran hängen.

Der schwieg gewohnheitsgemäß. Selbst wenn man das Opfer war, hielt man den Mund oder benutzte die Standardausreden, dass man hingefallen, gegen die Tür gelaufen wäre oder sich den Kopf am Regal gestoßen hätte. Kieran hatte nicht vor, von dieser Gewohnheit abzuweichen.

Jock hatte keine solche Skrupel. „Ein Streit wegen der zerbrochenen Flaschen ist eskaliert."

„Haben Sie den angefangen, Mr MacKinnon?"

„Nein, Sir."

„Jock?"

„Naw, Laddie", bestätigte Jock Kierans Aussage im breitesten Scots. „Den hat Bob vom Zaun gebrochen als Vorwand, sich mit Kieran zu prügeln. Aber der hat sich verdammt gut gehalten dafür, dass sie gleich zu sechs Mann über ihn hergefallen sind." Er maß Kierans Gegner mit einem Blick voller Verachtung.

MacKay schüttelte den Kopf. „Kommen Sie mit, Mr MacKinnon. In unserem Ruheraum können Sie sich verarzten." Er warf einen Blick auf die übrigen Verletzten. „Die anderen Herren werden damit warten, bis Sie fertig sind. Ich will nicht, dass die Prügelei im Ruheraum fortgesetzt wird. Sollen wir einen Doktor rufen?"

Kieran schnaubte verächtlich und wischte sich das Blut aus dem Gesicht. Eine Augenbraue war aufgeplatzt und blutete stark. „Nicht für mich. Ich habe schon Schlimmeres überlebt."

MacKay nickte. „Wenn Sie fertig sind, kommen Sie in mein Büro." Er warf noch einen Blick in die Runde. „Ihnen allen ist ja wohl klar, dass das hier noch ein Nachspiel haben wird."

Er ging, und Kieran folgte ihm.

„Glaub nur nicht, dass du davonkommst, MacKinnon!", rief Bob ihm nach. „Wir kriegen dich und dann machen wir dich fertig!"

„Bis du wieder dort bist, wo du hingehörst: in den Knast!", schickte Tam ihm hinterher.

Jock fuhr ihm über den Mund. Dann fiel die Tür zum Lager zu, und Kieran hörte nichts mehr.

Im Ruheraum, der auch als Krankenzimmer für leichte Fälle benutzt wurde, gab es nicht nur ein Waschbecken, sondern auch einen gut sortierten Erste-Hilfe-Schrank. Kieran wusch sich das Gesicht und klebte ein Pflaster auf die aufgeplatzte Augenbraue. Seine Lippe war geschwollen, hatte aber schon aufgehört zu bluten. Er kämmte sich die Haare und richtete seine Kleidung. Auf dem dunkelblauen Hemd waren die Blutflecke zum Glück nicht zu sehen. Anschließend ging er zu MacKays Büro.

Der Manager blickte ihn besorgt an, als er eintrat. „Geht es Ihnen wirklich gut?"

„Sicher. Wie ich schon sagte, ich bin Schlimmeres gewohnt. In dem Punkt war das Gefängnis ein hervorragendes Trainingslager. Außer ein paar Prellungen und aufgeplatzter Haut ist mir nichts passiert."

MacKay bot ihm mit einer Handbewegung Platz an. Kieran setzte sich. „Ich kann leider nicht dafür garantieren, dass so was nicht noch mal geschieht."

„Keine Sorge. Ich passe schon auf mich auf und halte mir die Meute vom Leib."

„Wir bei Talisker prügeln uns nicht, Mr MacKinnon."

Kieran deutete auf das Pflaster. „Was Sie nicht sagen." Das klang genauso sarkastisch, wie er es meinte.

MacKay seufzte. „Es ist mir durchaus bewusst, wie schwierig die Situation für Sie ist. Aber als Manager bin ich unter anderem für den Betriebsfrieden verantwortlich."

Kieran verzog das Gesicht. Er wusste, was als Nächstes kam.

„Bitte fassen Sie das nicht falsch auf. Jock Reid hat mir nur Gutes über Ihre Arbeit berichtet. Aber nachdem sich jetzt herumgesprochen hat, dass Sie im Gefängnis waren und vor allem warum, sind Sie für die Leute ein rotes Tuch. Bedauerlicherweise. Eigentlich müsste ich diejenigen entlassen, die Sie angegriffen haben. Leider würde das aber noch mehr böses Blut geben. Unsere Mitarbeiter sind seit Jahren, teilweise seit Jahrzehnten hier beschäftigt. Sie würden es als Affront empfinden, wenn ihre Kollegen wegen Ihnen entlassen würden, ganz gleich wie gerechtfertigt das ist. Ihren Unmut darüber würden sie wiederum an Ihnen auslassen, was zu neuen Streitereien führte. Es wäre eine Schraube ohne Ende."

„Weshalb Sie mich entlassen statt die. Schon klar."

„Bitte versuchen Sie mich zu verstehen, Mr MacKinnon." MacKay wirkte ehrlich bekümmert.

„Das tue ich, Sir. Wirklich. Ich bin nur nicht allzu begeistert darüber."

„Ich zahle Ihnen Ihren Lohn in jedem Fall noch bis Ende des Monats."

Kieran schüttelte den Kopf. „Ich habe nur bis heute gearbeitet und auch nur bis heute Anspruch auf Lohn. Ich nehme nichts an, was mir nicht zusteht."

In MacKays Augen glomm Respekt. „Betrachten Sie den Rest als Schmerzensgeld. Und glauben Sie mir, den ziehe ich denen, die Sie angegriffen haben, vom Gehalt ab."

Das konnte Kieran akzeptieren. „Danke, Sir. Und auch vielen Dank, dass Sie mir eine Chance gegeben haben." Er deutete mit dem Daumen über die Schulter zur Tür. „Ich vermute, Sie wünschen, dass ich sofort gehe."

MacKay nickte. „Das wäre sicherlich für alle das Beste. Glauben Sie mir, Mr MacKinnon, es tut mir wirklich leid."

„Mir auch."

„Alles Gute für Sie. Kommen Sie die Tage irgendwann vorbei und holen Sie sich Ihre Papiere ab. Ich werde Ihnen die beste Referenz ausstellen und reinschreiben, dass Ihre Tätigkeit bei uns von Anfang an nur auf eine Woche befristet war, da Sie für einen erkrankten Mitarbeiter eingesprungen sind."

„Danke, Sir. Das weiß ich zu schätzen. Guten Tag."

Kieran verließ das Büro und holte seine Sachen aus dem Spind. Er begegnete niemandem, worüber er froh war. Sein Bedarf an Auseinandersetzung war für heute gedeckt. Paddy kam, als er gerade den Raum verließ.

„Das ist eine verdammte Schweinerei, was die mit dir gemacht haben. Hab gerade davon gehört. Ich wette, Ian Gunn steckt dahinter. Warum hast du mir nicht gesagt, dass sie dich aus deiner Unterkunft geworfen haben? Hättest bei mir unterkommen können. Bist schließlich mein Bruder."

„Ich wollte dir keine Umstände machen. Aber wenn ich nichts auf die Schnelle gefunden hätte, wäre ich zu dir gekommen."

„Wo wohnst du denn jetzt?"

„Hab was Günstiges in Fiskavaig gefunden."

Er sah Ian Gunn mit seinem schweren Körper hämisch grinsend an der Flurecke stehen und ihr Gespräch belauschen. Kieran grinste zurück und machte mit wölfisch entblößten Zähnen einen Schritt in seine Richtung. Ian hastete mit einem Ausdruck von Angst im Gesicht schnaufend davon.

Paddy blickte ihm finster nach. „Den Kerl knöpfe ich mir noch vor."

„Lass es, Paddy. Das ist er nicht wert. Und ich will auf keinen Fall, dass du meinetwegen Schwierigkeiten bekommst. Es reicht, wenn einer von uns seinen Job verloren hat." Er klopfte ihm auf die Schulter. „Nochmals danke, dass du mir den hier besorgt hast. Tioraidh an-dràsda." Er verließ das Gebäude.

Als er zu seinem Fahrrad kam, das er auf dem Parkplatz abgestellt hatte, sah er, dass die Reifen zerstochen waren; so zerfetzt, dass er neue Schläuche und Mäntel brauchte, weil sie sich nicht mehr flicken ließen. Auch ein paar der blauen Speichen waren verbogen worden. Er begann laut zu lachen. Nicht nur weil die Tat etwas Kindisches an sich hatte, sondern weil er schon lange gelernt hatte, dass man den Leuten damit den Wind aus den Segeln nahm. Wenn man sich ärgerte, gewannen sie. Zeigte man sich davon unbeeindruckt, verloren sie. Er schob das Rad lachend vom Parkplatz und hörte erst auf zu lachen, als er die Straße erreicht hatte und sich sicher war, dass etwaige Beobachter ihn sowieso nicht mehr hören konnten.

Fiskavaig war nur fünf Meilen entfernt. Laufen machte ihm nichts aus. Bis er dort war, würde sich auch die Wut gelegt haben, die noch immer in ihm tobte.

Catie war zu Hause, als er anderthalb Stunden später ankam. „Kieran! So früh schon zurück?" Dann sah sie seine Verletzungen. „Mein Gott, was ist denn mit dir passiert?"

Er schnitt eine Grimasse. „Die lieben Kollegen waren sich einig, dass sie nicht mit einem Mörder zusammenarbeiten wollen und haben dieser Meinung nachhaltig Ausdruck verliehen."

„Oh nein! Sag nicht, sie haben dich gefeuert."

Er nickte. „Was sonst? Hast du die Tageszeitung noch irgendwo? Vielleicht steht ein passender Job drin." Auch wenn die Chancen dafür nicht besonders gut standen.

Sie reichte ihm die Zeitung. „Mein Angebot gilt immer noch. Du kannst als Dokumentator für das Projekt arbeiten. Da ich es leite, habe ich auch freie Hand, was die Wahl der Mitarbeiter angeht." Sie deutete auf den Laptop vor sich. „Du wärst nicht nur mir wirklich eine Hilfe. Wir sind oft den ganzen Tag draußen und müssen abends oder am Wochenende unsere Notizen in lesbare Form bringen. Es wäre eine enorme

Entlastung, wenn uns das jemand abnimmt. Vor allem, wenn derjenige Erfahrung damit hat, Sachverhalte vernünftig auszudrücken." Sie sah ihn erwartungsvoll an.

Ihm kam das Angebot wie ein Almosen vor. Andererseits hatte er in den vergangenen zwei Tagen mitbekommen, dass Catie sich mit der Dokumentation ihrer Ergebnisse tatsächlich quälte, weil sie meistens müde von ihren Außeneinsätzen war. Außerdem machte er sich keine Illusionen, was seine Chance auf einen neuen Job betraf. Es war nur eine Frage der Zeit, bis ganz Skye wusste, dass der Broadford-Killer zurückgekehrt war. Der Einzige, der dann noch bereit wäre, ihm Arbeit zu geben, war Onkel Angus. Aber in der Klinik war in absehbarer Zeit kein Job frei.

„Mit Arbeitsvertrag, Sozialversicherung und allem Drum und Dran?"

Sie nickte. „Selbstverständlich. Wir arbeiten für die Scottish Natural Heritage, die das Projekt ins Leben gerufen hat. Du wärst also wie wir alle deren Angestellter. Die wissen, dass wir einen Engpass haben. Und sie zahlen wirklich gut."

„In dem Fall bin ich einverstanden. Vielen Dank."

Sie lächelte strahlend. „Damit ist dann ja wohl auch deine Flucht aus meinem Haus vom Tisch. Abgesehen davon, dass es in Fiskavaig im Moment sowieso keine freie Wohnung gibt, wäre es wirklich blöd, wenn du dir am anderen Ende der Insel was suchen müsstest und jeden Tag bei Wind und Wetter mit dem Fahrrad herkämst."

„Weder Wind noch Wetter machen mir was aus. Aber du hast natürlich recht, dass es so bequemer ist. Ganz davon abgesehen, dass jeder in dieser Gegend eine freie Wohnung bekommen würde außer mir. – Darf ich nachher dein Telefon benutzen? Ich muss meinem Sozialarbeiter die veränderte Situation mitteilen."

Catie deutete auf den Festnetzapparat. „Jederzeit. Das ist der Dienstanschluss. Die Kosten trägt die SNH." Sie sah ihn ernst an. „So leid es mir tut, dass du deinen Job verloren hast, freue ich mich darüber, dass du dadurch jetzt für uns frei bist. Sicher hast du gemerkt, dass wir letzten Sonntag alles versucht haben, dich unserem Mitarbeiterstab einzuverleiben." Sie grinste.

„Das ist mir nicht entgangen". Er grinste auch. „Aber mein Bruder hatte mir den Job bei Talisker besorgt. Ich wollte nicht undankbar und unzuverlässig erscheinen, indem ich ihn nach ein paar Tagen schon wieder aufgebe."

„Du hast einen Bruder? Musst mir bei Gelegenheit von ihm erzählen. Aber jetzt mache ich uns erst mal was zu essen."

„Das kann ich übernehmen."

„Du kannst kochen?"

Er nickte. „Ich habe zwanzig Jahre Erfahrung mit Küchendienst. Und im Putzen und Wäschewaschen bin ich auch ganz gut."

Catie lachte. „Kieran MacKinnon, ich glaube, du bist nicht nur der Traum aller Schwiegermütter, sondern allem voran der Traum jeder heiratswilligen Frau."

Vielleicht wäre er das gewesen, wenn er nicht das Stigma des Mörders getragen hätte. „Ich kümmere mich also ums Essen. Mit deiner Erlaubnis."

Wieder schenkte sie ihm ein strahlendes Lächeln. „Danke."

Allein ihr Lächeln verursachte ihm eine angenehme Gänsehaut. Er floh in die Küche, begann Gemüse zu putzen und überlegte, ob Catie ihm mit ihrer Bemerkung von heiratswilligen Frauen etwas signalisieren wollte oder ob es sich nur um eine generelle Feststellung handelte.

Er seufzte und hatte nicht zum ersten Mal das Gefühl, dass die Freiheit ihn überforderte. Wenigstens gab es außer der grenzenlosen Bewegungsfreiheit hier draußen noch ein paar andere Lichtblicke; trotz aller Schwierigkeiten. Der wichtigste davon war Catie.

Er warf einen verstohlenen Blick durch die offene Tür ins Wohnzimmer, wo sie vor einem Stapel Notizen saß und sie sortierte. Catie war eine patente Frau, eigenständig, kompetent und selbstsicher, die genau wusste, was sie wollte und sich durchsetzte. Eine Frau, mit der man durch dick und dünn gehen und auf die man sich verlassen konnte. Das gefiel ihm. Aber in Momenten wie diesem, in denen sie ganz bei sich war, entspannt und sich unbeobachtet fühlte, offenbarte sie ihre andere Seite und wirkte weich, beinahe verletzlich, und strahlte eine Zartheit aus wie eine Rosenknospe im Frühling.

Je länger er sie betrachtete, desto mehr erschien sie ihm wie ein ätherisches Wesen aus der Anderswelt. Und ebenso unerreichbar.

Gewaltsam riss er sich von ihrem Anblick los und begann Kartoffeln zu schälen.

6

Kieran scannte die aufgemalte Skizze und fügte sie neben dem Text in den Bericht über die Otterfamilien am Loch Harport ein. Mit dem Bildbearbeitungsprogramm trimmte er sie so, dass sie wie mit dem Computer erstellt wirkte und sehr professionell aussah. Er gab ihr noch einen letzten Schliff, indem er die verschiedenen Flächen mit Farbe ausfüllte, ehe er mit seinem Werk zufrieden war.

Die Arbeit als Dokumentator machte ihm Freude, da sie dem entsprach, was er gelernt hatte. Deshalb bereute er nicht, sie angenommen zu haben. Außerdem gab sie ihm die Gelegenheit, seine Zeit frei einzuteilen. Er konnte zwischendurch einen Spaziergang machen, wann immer er wollte. Das tat er oft, denn seine Toleranz, Wände um sich herum auszuhalten, nahm nur langsam zu. Deshalb ließ er nahezu ständig die Terrassentür offen. Die hereinströmende Luft, die den Geruch des Meeres von Loch Bracadale mitbrachte, an dessen Ufer Fiskavaig lag, gab ihm die Illusion, sich mitten in der Natur zu befinden.

Inzwischen hatte er auch seinen Arbeitsvertrag von der Scottish Natural Heritage erhalten. Sein Sozialarbeiter Mr Harris hatte am Telefon vor Stolz über Kierans Erfolg hörbar gestrahlt und ihm weiterhin gutes Gelingen gewünscht. Er hätte diesen Erfolg gern mit seinen Eltern geteilt, um ihnen zu zeigen, dass er ein ordentliches Leben führte. Da das nicht möglich war, teilte er ihn mit Onkel Angus, der ihn ebenfalls voller Stolz beglückwünschte. Wie er seinen Onkel kannte, würde der seinen Eltern bei nächstbester Gelegenheit von Kierans Erfolg berichten, ob sie es hören wollten oder nicht.

Kieran hatte auch Paddy angerufen, um ihm die gute Neuigkeit mitzuteilen. Aber er hatte seinen Bruder an dem Tag auf dem falschen Fuß erwischt. Paddy war kurz angebunden gewesen, hatte das Gespräch mit einem knappen „Wie schön für dich!" beendet und meldete sich seitdem nicht mehr. Kieran konnte es ihm nicht verdenken, denn bestimmt hatte Paddy seinetwegen Unannehmlichkeiten mit den Kollegen in der Destillerie. Wohl besonders mit der Giftspritze Ian Gunn. Kieran konnte sich unschwer vorstellen, was er und ihre Eltern auch damals nach seiner Verurteilung als Verwandte eines Mörders hatten aushalten müssen. Und nun geschah dasselbe wieder, weil er zurückgekehrt war. Aber, verdammt, Skye war seine Heimat, und er hatte ein Recht, hier zu leben. Und das würde er mit allen Mitteln verteidigen.

Es dämmerte bereits, als er hörte, dass die Haustür geöffnet wurde. Catie kam von ihrem Außeneinsatz zurück. Sie zog im Flur ihre Schuhe aus und kam auf Strümpfen herein. Ihr Haar glänzte feucht vom Nebel, der vor einer halben Stunde aufgekommen war. Ihre Augen strahlten. Wie immer lächelte sie, wenn sie ihn sah.

„Hallo Kieran." Sie warf einen Blick auf die große Standuhr in der Ecke. „Eigentlich solltest du längst Feierabend gemacht haben."

„Ich habe zwischendurch eine lange Pause gemacht, um das Abendessen zuzubereiten. Deshalb muss ich jetzt nachsitzen."

Sie lachte.

„Essen steht auf der Warmhalteplatte. Ich habe schon gegessen." Weil er es nach Möglichkeit vermied, zusammen mit ihr zu essen. Obwohl das auf gewisse Weise sehr angenehm war, hielt er ihre Nähe immer noch nicht allzu lange aus, weil sie ihn jedes Mal erregte und der Zustand irgendwann schmerzhaft wurde.

Catie sah ihm über die Schulter auf die Grafik, die er aus der Skizze gezaubert hatte. „Hey, das sieht richtig toll aus."

„Vielen Dank. Als Zeitungsredakteur hatte ich auch viel mit Layout und Bildbearbeitung zu tun."

Sie legte ihm die Hand auf die Schulter und blickte ihn lächelnd an. „Ich wusste von Anfang an, dass du ein Gewinn für uns bist."

Ihre Hand verursachte ein intensives Kribbeln, das ihm über den ganzen Körper kroch, aufregend und unangenehm zugleich. Er erwiderte ihr Lächeln, stand auf und ging ins Bad, um sich kaltes Wasser ins Gesicht zu schütten; seine inzwischen bewährte Methode, um seine körperlichen Reaktionen auf Catie in den Griff zu bekommen.

Catie war ein kaum fassbares Wunder. Sie empfand ihm gegenüber nicht die geringste Scheu, geschweige denn Angst. Obwohl sie wusste, dass er eine Frau umgebracht hatte, akzeptierte sie ihn vorbehaltlos. Die Art, wie sie seine Nähe suchte, ließ darauf schließen, dass sie mehr wollte als nur seine Mitarbeit bei ihrem Forschungsprojekt. Das wollte er auch. Und das machte ihm Angst.

Er kehrte ins Arbeitszimmer zurück. Catie sortierte ihre Notizen und legte sie neben seinen Laptop. Wieder schenkte sie ihm ein strahlendes Lächeln. Er fühlte die vertraute Enge in der Brust, die ihm signalisierte, dass es an der Zeit war, frische Luft zu schnappen. Er schaltete den Laptop aus und ging auf die Veranda. Die nebelfeuchte Luft beruhigte ihn. Er stützte die Hände aufs Geländer, schloss die Augen und versuchte, an nichts zu denken.

Catie trat zu ihm. „Warum weichst du mir immer aus, Kieran?"

Er blickte sie an. „Was meinst du?"

Sie legte ihre Hand auf seine. Er zog sie zurück. „Das meine ich. Immer wenn ich dich berühre, wehrst du das ab und ziehst dich zurück."

Er wollte nicht darüber reden. Sie sollte ihn in Ruhe lassen. Ohne eine ehrliche Antwort würde sie das aber nicht tun.

„Ich war zwanzig Jahre eingesperrt unter Bedingungen, die du dir nicht mal in deinen schlimmsten Albträumen vorstellen kannst, und in all der Zeit war ich keine einzige Sekunde allein. Ohne jede Privatsphäre. Von allem anderen gar nicht zu reden. Ich bin gerade mal drei Wochen wieder in Freiheit. Ich", er schüttelte den Kopf, „ich brauche einfach Zeit, mich an die neue Situation zu gewöhnen. Und um zu begreifen, dass eine wunderschöne Frau sich für mich interessiert. Obwohl sie weiß, woher ich komme und was ich getan habe." Er lächelte flüchtig und strich ihr ebenso flüchtig mit einem Finger über die Wange, hatte die Hand aber schon wieder zurückgezogen, bevor sie danach greifen konnte.

„Das macht mir wirklich nichts aus, Kieran."

Er lächelte gezwungen. „Das freut mich."

Eines Tages würde es ihr was ausmachen. Es war nur eine Frage der Zeit. Deshalb sollte er sich so schnell wie möglich eine eigene Wohnung suchen und Catie nie wiedersehen. Das war besser für sie und auch für ihn. Er hatte zwar keine Ahnung, was sie sich vorstellte, wie es mit ihnen weitergehen sollte. Dass es keine gemeinsame Zukunft gab, war aber zumindest ihm klar. Außerdem war ihm nur allzu bewusst, dass er, wenn er noch länger blieb, die tiefen Gefühle für sie entwickeln würde, die sich bereits anbahnten. Als wenn sein Leben nicht schon kompliziert genug wäre.

Doch er war mit Schlimmerem fertiggeworden und würde auch das bewältigen. Irgendwie.

„Ich mache noch einen Spaziergang. Allein."

Sie lächelte und nickte. Er spürte, dass sie enttäuscht war. „Viel Spaß beim Alleinsein."

Er ging ins Haus, nahm seine Jacke und marschierte wenig später den Weg entlang, der am Haus vorbei zum Strand führte.

Seine Nackenhaare richteten sich auf, als er das vertraute Gefühl verspürte, belauert zu werden. Er fuhr herum, konnte aber niemanden sehen. Der Weg zum Haus war leer. Kieran drehte sich langsam um seine eigene Achse und ließ seinen Blick über die Umgebung schweifen, angespannt und bereit, sich beim geringsten Anzeichen einer Gefahr zu verteidigen. Er konnte niemanden entdecken. Doch seine in den harten Gefängnisjahren geschärften Sinne sagten ihm, dass irgendwo jemand war, der ihn beobachtete.

Dieses Gefühl hatte er nicht zum ersten Mal. Aber diesmal war es intensiver als sonst. Das beunruhigte ihn. Er blickte sich noch einmal gründlich um, sah aber niemanden und auch nirgends eine verdächtige Bewegung. Langsam ging er zum Strand hinunter, und das Gefühl verschwand.

Das Unbehagen, das er empfand, blieb.

*

Er blieb stehen, als er die Abzweigung erreichte, die zum letzten Haus in Fiskavaig führte. Seit Kieran MacKinnon seinen Job in der Destillerie verloren hatte, suchte er nach ihm. Fiskavaig war der einzige Anhaltspunkt, den er hatte, aber der hatte ihm bis jetzt nicht weitergeholfen. Gerade weil das Dorf nur aus einer Ansammlung weniger Häuser bestand, konnte er nicht dauernd hin und her fahren, in der Hoffnung,

Kieran irgendwo zu sehen. Ein Wagen, der nicht in den Ort gehörte, aber ständig darin herumfuhr, fiel auf. Deshalb schlich er jeden Abend in der Dunkelheit wie ein Dieb durch die Straßen und spähte in jedes Haus, ob Kieran sich darin befand. Bis jetzt ohne Erfolg.

Wenn er ihn auch in diesem Haus nicht fand, hatte der Kerl wohl gelogen, als er behauptete, in Fiskavaig untergekommen zu sein. Vielleicht um dem unerwünschten Lauscher, den er während seines Gesprächs mit seinem Bruder entdeckt hatte, keinen Anhaltspunkt auf seinen wahren Aufenthaltsort zu geben. Er hoffte inständig, dass das nicht der Fall war, denn zu wissen, wo Kieran MacKinnon wohnte, war für seinen Plan essenziell.

Er stellte seinen Wagen ab und ging den Weg zum Haus entlang, der ihm endlos erschien. Als er das weiß getünchte Haus auftauchen sah, verlangsamte er seine Schritte. Drinnen brannte Licht, das die unmittelbare Umgebung erhellte, soweit es der Nebel zuließ. Und endlich wurde er belohnt. An die Hauswand gelehnt stand Kieran MacKinnons Fahrrad. Er erkannte es an der blau-weiß gestreiften Querstange und den blau gestrichenen Speichen.

Dennoch wollte er sich überzeugen, dass der Kerl wirklich hier wohnte. Bevor er jedoch weitergehen konnte, wurde die Haustür geöffnet. Hastig warf er sich hinter einem Busch zu Boden und ignorierte sowohl die Schmerzen, die ihm das verursachte, als auch die Nässe des Grases, die augenblicklich seine Kleidung durchdrang. Vorsichtig spähte er durch das spärliche Blätterwerk. Wieder hatte er Glück, denn Kieran MacKinnon verließ das Haus, ging aber statt in seine Richtung den Weg hinunter zum Strand.

Er presste sich gegen den Boden, als Kieran sich umdrehte und sich aufmerksam umsah. Hatte er ihn bemerkt? Wusste er, dass er beobachtet wurde? Er hielt den Atem an, wagte sich nicht zu rühren und lauschte, bereit aufzuspringen und sich in Sicherheit zu bringen, falls Kieran umdrehte. Doch alles blieb still.

Nach einer Weile wagte er es, den Kopf zu heben. Der Weg zum Haus und daran vorbei hinunter zum Strand war leer. Der Nebel verbarg ohnehin alles, was jenseits der Hausfront lag. Glück gehabt! Er stand mühsam auf, zog die Kapuze seiner Jacke über den Kopf und näherte sich vorsichtig dem Haus, bereit, sofort kehrtzumachen, sollte Kieran zurückkehren oder noch jemand aus dem Haus kommen.

Leise ging er um das Haus herum und versuchte, ins Innere zu sehen. Im Zimmer hinter der Veranda brannte Licht. Er schlich am Geländer entlang, sorgfältig darauf bedacht, nicht vom Licht erfasst zu werden, das nach draußen schien, duckte sich hinter das Geländer und spähte über die Brüstung.

Drinnen saß eine Frau in einem Sessel und telefonierte. Da die Fenster und die Terrassentür geschlossen waren, konnte er nicht hören, was sie sagte. Sie war schön. Sogar noch schöner als Allison. Er fletschte die Zähne und ballte die Fäuste. Offenbar hatte Kieran MacKinnon es wieder einmal fertiggebracht, sich mit seinem guten Aussehen bei einer Frau einzuschmeicheln. Er wohnte sogar schon bei ihr. Verdammt, war der Scheißkerl denn durch gar nichts kleinzukriegen?

Mit äußerster Willensanstrengung beruhigte er sich, obwohl er den heftigen Impuls verspürte, die Frau im Haus abzuschlachten, wie Allison abgeschlachtet worden war, und ihre blutüberströmte Leiche für Kieran in Pose zu legen. Aber das war keine gute Idee. Er musste alles sorgfältig planen, damit nicht der geringste Verdacht auf ihn fiel. Falls diese Frau Kierans Freundin war, wäre es wohl eine schlimmere Strafe für sie, wenn sie am Leben blieb und am Ende als Mörderhure dastand. Dann nämlich, wenn er Kieran MacKinnon endgültig vernichtet hatte. Und er wusste jetzt auch, auf welche Weise er das am besten tun konnte.

So leise, wie er gekommen war, ging er zurück zur Straße, wo er seinen Wagen geparkt hatte, und fuhr zufrieden nach Hause.

*

Catie seufzte und zog sich von der Veranda zurück ins Haus, nachdem Kieran daraus geflüchtet war. Sie schloss die Terrassentür, setzte sich in den Sessel und fühlte sich frustriert. Nicht weil Kieran extrem zurückhaltend war und einen Hang zum Alleinsein hatte. Sie mochte seine unaufdringliche Art und verstand sein Bedürfnis, allein zu sein. Was sie frustrierte, war die Tatsache, dass sie wieder einmal dabei war, sich auf eine problematische Beziehung einzulassen. Davon hatte sie eigentlich in ihrem Leben genug gehabt. Sie sollte die Notbremse ziehen, bevor es zu spät war und sie wieder leiden würde.

Aber mit Kieran war alles anders. Er akzeptierte sie, wie sie war. Behandelte sie wie eine kompetente Wissenschaftlerin. Respektierte sie. Vor allem gab er ihr nie das Gefühl, dass sie unzulänglich wäre. Wäre seine Vergangenheit nicht gewesen, hätte sie längst auf eine feste Beziehung mit ihm hingearbeitet. Dass er der Traum aller heiratswilligen Frauen wäre, hatte sie nur halb im Scherz gesagt. Er war der erste Mann, den sie kennenlernte, der sich weder vor der Hausarbeit noch vor dem Küchendienst drückte und sich auch sonst für keine Arbeit zu schade war. Nicht nur in dem Punkt war er ein echter Partner. Außerdem lag etwas in der Art, wie er sich gab, das sie zwar nicht benennen konnte, das sie aber stark anzog. Je länger sie ihn kannte, desto wohler fühlte sie sich mit ihm. Davon abgesehen war er tatsächlich ein sehr attraktiver Mann.

Die Frage war, ob alle diese Vorzüge es wert waren, das Risiko einer Beziehung mit ihm einzugehen. Durch die Stiftung ihrer Eltern, die entlassene Strafgefangene betreute, kannte sie einen Teil von deren Problemen. Das kurze Gespräch mit Kieran vorhin hatte ihr die bestätigt. Außerdem blieb noch ein Hauch Unsicherheit, ob er nicht doch eines Tages durch irgendetwas ausrastete und gewalttätig wurde, wenn auch nicht unbedingt mit tödlichen Folgen. Gerade in diesem Punkt brauchte sie Gewissheit, um sich über ihre weiteren Schritte klar zu werden.

Zum Glück kannte sie genau den Mann, der sie ihr verschaffen konnte. Sie griff zum Telefon und rief Professor John Taylor an, der an der Londoner Universität Forensische Psychiatrie und Psychologie lehrte. Catie hatte zwei Semester Psychologie bei ihm belegt und das Fach faszinierend gefunden. Da sie im Rahmen eines Semesterprojekts eng mit ihm zusammengearbeitet hatte, kannte sie seine Privatnummer.

Taylor meldete sich schon nach dem dritten Freizeichen.

„Catie! Schön, mal wieder von Ihnen zu hören. Wie geht es Ihnen?"

„Danke, gut. Ich leite eigenständig ein Forschungsprojekt und habe auf Jahre hinaus alle Hände voll zu tun."

„Sagen Sie nicht, dass Sie dafür einen Psychiater brauchen."

„Nein, die Tierwelt von Skye kommt ganz gut ohne Ihre Hilfe aus. Ich brauche trotzdem Ihren fachlichen Rat."

„Schießen Sie los!"

„Einer unserer Mitarbeiter hat bis vor Kurzem wegen Mordes im Gefängnis gesessen. Er macht zwar einen guten Eindruck, aber ..." Catie suchte nach Worten.

„Aber Sie hätten gern gewusst, ob Sie befürchten müssen, dass er die silbernen Löffel klaut. Oder Schlimmeres tut."

„So was in der Art."

„Beschreiben Sie ihn mir bitte."

Sie berichtete ihm alles, was sie von Kieran und auch von seiner Tat wusste. Als sie geendet hatte, schwieg Taylor eine Weile.

„Der Mann ist Ihnen nicht gleichgültig, nicht wahr?"

Catie errötete und war froh, dass Taylor das nicht sehen konnte. „Wie kommen Sie darauf?"

Er lachte leise. „Ich bin Psychiater und mit menschlichen Gefühlen nur allzu vertraut."

Sie tat einen tiefen Atemzug. „Sie haben recht. Ich möchte ihm gern eine Chance geben. Aber dazu muss ich wissen, ob er sich wirklich nicht an die Tat von damals erinnern kann oder nur so tut. Und vor allem, was ihn zu so einer – brutalen Gewalt veranlasst hat."

„Das kann ich nicht sagen, ohne ihn persönlich gesprochen zu haben. Aber ich mache mich mal schlau, was den Fall betrifft. Sagen Sie mir, unter welcher Nummer ich Sie erreichen kann. Ich melde mich dann, sobald ich was rausgefunden habe."

„Danke, Professor." Sie nannte ihm Kierans Namen und ihre Handy- und Festnetznummer und beendete das Gespräch mit einem Gefühl vager Hoffnung.

Anschließend ging sie in die Küche und verspeiste Kierans liebevoll zubereitete Hühnersuppe mit Lauch und Backpflaumen. Sie kannte niemanden, der den Cock-a-leekie so gut kochen konnte wie er. Eine warme Welle durchflutete ihren Körper; und daran war nicht nur die Hühnersuppe schuld.

Und erst recht kannte sie niemanden außer ihn, mit dem sie am liebsten bis ans Ende ihres Lebens zusammengeblieben wäre.

*

Samstag, 17. September 2011

„Hallo! Jemand zu Hause?"

Kieran, der beim Klang des nahenden Motorgeräusches aus dem Fester gesehen hatte, öffnete die Haustür und sah dem städtisch gekleideten, etwa fünfzigjährigen Mann wachsam entgegen.

„Wohnt hier Catie MacDonald?"

„Ja, Sir."

Catie drängte sich an ihm vorbei. „Professor Taylor! Was machen Sie denn hier?"

Der Mann lächelte. „Ich brauchte mal ein freies Wochenende weitab von der Zivilisation. Da habe ich mich daran erinnert, dass Sie mich eingeladen haben, jederzeit vorbeizukommen, wenn ich mal in der Gegend wäre. Also bin ich in der Gegend vorbeigekommen und hoffe, dass Sie Zeit haben, mir ein bisschen von der wunderbaren Landschaft zu zeigen."

„Aber klar. Kommen Sie rein! Und wenn Ihnen ein Schlafplatz in einem Caravan nichts ausmacht, können Sie bei uns übernachten."

„Ich überlasse Ihnen das Gästezimmer und ziehe stattdessen in den Caravan", bot Kieran an.

„Nicht nötig. Ich schlafe gern mal in einem Wohnwagen."

„Professor Taylor war einer meiner Dozenten in London", erklärte Catie Kieran.

Taylor hielt ihm die Hand hin. Kieran blickte irritiert darauf.

„Professor, wir Schotten geben einander zur Begrüßung nicht die Hand", erklärte Catie mit einem Lachen.

„Oh." Taylor ließ die Hand sinken und deutete eine Verbeugung an. „John Taylor. Erfreut, Ihre Bekanntschaft zu machen."

„Kieran MacKinnon. Gleichfalls erfreut."

Taylor seufzte. „Ich werde meinen Eltern nie verzeihen, dass sie mich John genannt haben."

Catie musste lachen. „Warum denn nicht?"

„Raten Sie, wie viele John Taylors es allein London gibt, geschweige denn im ganzen Kingdom. Ihre gälischen Namen sind dagegen wunderschön." Er nickte Kieran zu. „Ihrer hat doch bestimmt eine nette Bedeutung."

„Kieran bedeutet ‚der Dunkle', was sich aber nur auf das Aussehen bezieht, hauptsächlich die Haarfarbe." Er strich sich über den Kopf.

„Sehen Sie, was ich meine?" Taylor nahm auf Caties Wink im Wohnzimmer Platz und sah von einer zum anderen. „Muss ich jetzt noch als Vorgeplänkel über das Wetter reden? Oder ist es nur ein Gerücht, dass hier jedes Gespräch mit einer Unterhaltung über das Wetter beginnt?"

„Einer ausgiebigen Diskussion", bestätigte Catie. „Und zwar über das Wetter der gesamten vergangenen Woche, die Prognose für die nächste, und falls Sie noch was Intelligentes über das Wetter der vergangenen hundert Jahre zu sagen haben, dann behalten Sie es bloß nicht für sich."

Taylor lachte.

„Aber Engländern und anderen Ausländern sehen wir es nach, wenn sie sich nicht mit unseren Gepflogenheiten auskennen."

Taylor schmunzelte. „Hört, hört. Als Sie in London studiert haben, hatte ich nicht den Eindruck, dass Sie uns als Ausländer betrachten. Oder sich bei uns so fühlen."

Ein Schatten huschte über Caties Gesicht, dann lächelte sie. „Und das können Sie als großes Kompliment betrachten."

„Das tue ich. Also – das Wetter. Skye trägt ihren Ruf als Nebelinsel völlig zu recht. Ich habe kaum den Weg gefunden, bin mehrmals hin und her gefahren und musste mir im Dorf eine genaue Beschreibung geben lassen, wie ich zu Ihnen komme."

„Das ist der ‚haar'", erklärte Kieran. „Ein Küstennebel, der über dem Meer entsteht und vom Wind aufs Land getrieben wird. In der Regel bleibt er den ganzen Tag oder mehrere Tage. Hier im Westen haben wir ihn aber eher selten. Man kann ihn an seinem Geruch vom Landnebel unterscheiden."

„Wohl nur, wenn man Einheimischer ist." Taylor zwinkerte ihm zu, um zu zeigen, dass die Bemerkung nicht beleidigend gemeint war. „Für mich riecht ein Nebel wie der andere: feucht." Er winkte ab. „Mir ist auch Nebel recht, Hauptsache, ich bin weit weg von der Großstadt und habe meine Ruhe."

„Da sind Sie hier genau richtig. Vorausgesetzt, Sie lassen Ihr Handy ausgeschaltet. Mögen Sie einen Tee?"

„Gern, wenn ich Ihnen keine Umstände mache und Sie nicht bei irgendwas Wichtigem störe."

Catie schüttelte den Kopf. „Absolut nicht." Sie machte einen Schritt in Richtung Küche.

Kieran verstellte ihr den Weg. „Ich kümmere mich um den Tee, wenn du erlaubst. Ihr habt euch sicherlich eine Menge zu erzählen." Er nickte Taylor zu und verschwand in der Küche.

Catie wartete, bis Kieran außer Hörweite war, ehe sie leise fragte: „Was tun Sie hier, Professor? Ist es so schlimm, dass Sie gleich herkommen mussten?"

Er schüttelte den Kopf. „Schauen Sie nicht so ängstlich drein, Catie. Ich sagte doch, dass es vorteilhaft wäre, wenn ich Mr MacKinnon mal persönlich sprechen könnte. Da Sie ihn wohl kaum zu dem Zweck nach London bekommen hätten, bin ich eben hergekommen. Also, ich habe mir die Akte kommen lassen und sie gründlich studiert." Er grinste. „Meine Position als Professor für Forensische Psychiatrie und meine persönlichen Beziehungen zu entsprechenden Leuten in der Justizverwaltung haben mir ermöglicht, gleich die ganze Akte per E-Mail zu bekommen. Sehr aufschlussreich."

Catie blickte ihn gespannt an.

„Im Jugendgefängnis war Mr MacKinnon unauffällig, galt als diszipliniert und fleißig. Er hat dort einen sehr guten Schulabschluss gemacht und im Anschluss ein Fernstudium begonnen, das er nach seinem Wechsel in eine Vollzugsanstalt für Erwachsene fortgesetzt und in Rekordzeit erfolgreich abgeschlossen hat."

„In Saughton?" Obwohl Catie es nicht wollte, war es wie ein innerer Zwang, die wenigen Fakten, die Kieran ihr mitgeteilt hatte, bestätigt zu sehen.

Taylor nickte und behielt die Küchentür im Auge, um sofort das Thema zu wechseln, sobald Kieran zurückkam. „Sein Pech, dass es ausgerechnet der schlimmste Knast des Landes sein musste. Er war noch keine Woche dort, als er sich schon einen Eintrag wegen einer Schlägerei eingehandelt hatte. Den Ruf als Schläger hat er in den folgenden zwei Jahren richtig gut ausgebaut. Aber erstaunlicherweise – oder auch nicht – war nach zwei Jahren schlagartig damit Schluss. Zeitgleich landete ein Mitgefangener übel zugerichtet und halb tot auf der Krankenstation. Natürlich wollte niemand gesehen oder gehört haben, wie es dazu gekommen war. Aber Mr MacKinnon war offensichtlich die zweite an dem Kampf beteiligte Person."

Catie schluckte. Also steckte doch eine nicht unerhebliche Brutalität in Kieran. Sie war enttäuscht. Andererseits hatte er angedeutet, dass man auf ihm herumgehackt hatte, bis das nach zwei Jahren endlich aufgehört hätte. Nach allem, was sie über die Verhältnisse in Gefängnissen wusste, hörte so etwas nicht von selbst auf.

„Wie es aussieht, war diese Prügelei das Signal für seine Mithäftlinge, dass mit ihm nicht gut Kirschen essen ist. Danach gab es keinen negativen Vorfall mehr, in den er verwickelt gewesen wäre. Im Gegenteil, ab da hat er sich nur noch ordentlich geführt, war Gehilfe des Gefängnispfarrers, hat in der Krankenstation noch eine Ausbildung zum Sanitäter gemacht und wurde schließlich Chefredakteur der Gefängniszeitung. Alles in allem war er die letzten sechzehn Jahre ein Mustergefangener."

„Was ist mit dem Mord? Der Erinnerungslücke?"

Taylor nickte langsam. „Das ist in der Tat merkwürdig. Nach der Gefängnisakte scheint Mr MacKinnon von Natur aus eben nicht zur Gewalttätigkeit zu neigen. Andernfalls hätten die Auseinandersetzungen, in die er im Gefängnis verwickelt war, nicht schlagartig nach diesem letzten Vorfall aufgehört. Ein Gutachter hat damals festgestellt, dass der Täter zum Zeitpunkt der Tat nicht so betrunken gewesen sein kann, wie es Mr MacKinnon war, als man ihn neben der Leiche mit der Tatwaffe in der Hand gefunden hat, weshalb man ihm unterstellte, die Tat erst begangen und sich danach betrunken zu haben. Aber das passt nicht zusammen." Taylor schüttelte nachdrücklich den Kopf.

„Inwiefern?"

„Die normale Reaktion eines Mörders – sofern er noch seinen Verstand beisammen hat – ist, dass er vom Tatort flieht und versucht, sämtliche verräterische Spuren der Tat an sich zu tilgen, und hinterher leugnet, was das Zeug hält, sie begangen zu haben, bis man ihm das Gegenteil beweisen kann. Besonders wenn es keine Zeugen gibt. Er wäre der erste Täter, der sich quasi neben der Leiche bis zur Besinnungslosigkeit betrinkt und damit provoziert, dass er am Tatort gefunden wird und – noch mit der Tatwaffe in der Hand – zweifelsfrei als Täter auf dem Präsentierteller liegt. Eben weil es keine Zeugen der Tat gibt, wäre das Einzige, wodurch man ihn mit dem Opfer in Verbindung gebracht hätte, die Tatsache gewesen, dass er der Letzte war, der mit dem Mädchen zusammen gewesen ist. Und wenn er alle Spuren gründlich beseitigt hätte – intelligent genug ist er wohl –, hätte man ihm vielleicht nie etwas beweisen können."

Aus der Küche hörten sie ein Klappern.

„Welchen Schluss ziehen Sie daraus?", flüsterte Catie, nachdem sie einen Moment gewartet hatte, ohne dass Kieran aus der Küche gekommen wäre.

„Zunächst einmal den, dass Mr MacKinnon wahrscheinlich die Wahrheit sagt, wenn er behauptet, einen alkoholbedingten Blackout gehabt zu haben und sich tatsächlich nicht an die Tat erinnern kann. Aber – und in dem Punkt muss ich dem Gutachter recht geben – das passt nicht zu der Präzision, mit der die tödlichen Stiche ausgeführt wurden."

„Stiche. Mehrere?"

Taylor nickte. „Achtzehn. Plus einer post mortem durchschnittenen Kehle."

„Oh Gott!" Catie stützte die Stirn in die Hand. War Kieran wirklich zu so einer Grausamkeit fähig? Sie konnte – wollte es nicht glauben.

Taylor musste ihr das wohl anmerken, denn er schenkte ihr einen mitfühlenden Blick. „Allerdings ist mir die Tat insofern ein Rätsel, als sie nicht zu der generellen Friedfertigkeit passt, die Mr MacKinnon laut seiner Gefängnisakte all die Jahre an den Tag gelegt hat."

Catie blickte ihn hoffnungsvoll an.

„Entweder muss das Opfer irgendwas gesagt oder getan haben, das bei ihm den wohl empfindlichsten Nerv getroffen hat. Womit ich keineswegs dem Opfer die Schuld geben will. Aber selbst die friedfertigsten Menschen haben einen

Punkt oder sogar mehrere, an dem sie ausrasten und für sie völlig untypisch reagieren. Die andere Möglichkeit ist, dass Mr MacKinnon durch den Vorfall und seinen Aufenthalt im Gefängnis seine Lektion gelernt und sich in dem Zug um hundertachtzig Grad gedreht hat. Quasi vom Saulus zum Paulus geworden ist. So was kommt selten vor, ist aber möglich. Um das herauszufinden, bin ich gekommen. Ich werde etwas Zeit mit ihm verbringen und ihm auf den Zahn fühlen. Vielleicht können Sie ihn bitten, dass er mich ein bisschen in der Gegend herumführt, weil Sie zu beschäftigt sind. Hauptsache, ich kann zwischendurch mal mit ihm allein sein."

„Kein Problem. Er geht jeden Tag stundenlang spazieren. Wenn Sie ihn bitten, Sie mitzunehmen, wird er wohl kaum Nein sagen." Catie sah ihn einen Moment lang an. „Warum machen Sie sich all die Mühe?"

Professor Taylor lächelte. „Catie, Sie waren eine hervorragende Mitarbeiterin und haben für die Universität wichtige Arbeit geleistet. Das Leben ist doch ein Geben und Nehmen. Nun kann ich Ihnen etwas zurückgeben. Und außerdem", er schmunzelte, „brauche ich wirklich dringend Urlaub. So kann ich das Nützliche mit dem Angenehmen verbinden. Ich hatte insgeheim schon gehofft, dass ich bei Ihnen übers Wochenende unterkommen und ausspannen könnte."

„Ich danke Ihnen. Sehr."

Die Küchentür öffnete sich, und Kieran kam mit einem Tablett und dem Tee zurück ins Wohnzimmer. Er stellte Tassen, Milch, Zucker und eine Schale auf den Tisch, in der er Shortbread-Fingers zu einem zweilagigen Grätenmuster arrangiert hatte.

Taylor griff zu. „Noch was, das ich an Schottland liebe: das hervorragende Essen. Besonders diese leckeren Shortbreads."

„Die Dinger haben einen Nachteil, Professor: Sie sind wie jedes süße Mürbegebäck sehr kalorienhaltig."

Taylor lachte. „Als ob Sie es nötig hätten, auf Ihre Figur zu achten, Catie." Er blickte Kieran an. „Eine bildschöne Frau mit einer solchen Figur kann sich doch ab und zu mal eine gehaltvolle Leckerei gönnen, finden Sie nicht?"

Kieran nickte. „Besonders da sie jeden Tag stundenlang körperlich tätig ist." Er lächelte Catie zu.

Sie schnitt eine Grimasse. „Ihr wollt mich wohl mästen." Sie schüttelte den Kopf. „Männer!" Trotzdem griff sie zu einem der Kekse und biss herzhaft hinein. „Ich habe dem Professor gerade von unserem Projekt erzählt und wie gut du die Dokumentation machst."

„Catie sagte, Sie sind Journalist."

„Ja."

„Dann wird aus der Projektdokumentation bestimmt irgendwann ein Buch."

„Darüber haben wir schon nachgedacht", bestätigte Kieran. „Es müsste aber, um auf dem Markt gut anzukommen, populärwissenschaftlich aufgearbeitet sein, sonst ist der Stoff zu trocken und interessiert nur Fachleute."

„Du bekommst das schon hin." Catie griff noch einmal in die Keksschale und lächelte Kieran zu.

Die Unterhaltung plätscherte eine Weile dahin. Schließlich stand Kieran auf. „Ihr entschuldigt mich bitte. Ich brauche frische Luft."

„Ein Spaziergang im Nebel?" Taylor warf einen Blick aus dem Fenster. „Gute Idee. Nehmen Sie mich mit?"

Man sah es Kieran an, dass er davon nicht begeistert war. Aber wie Catie vermutet hatte, lehnte er nicht ab.

„Ziehen Sie sich festes Schuhwerk und eine Regenjacke an, Professor."

„Nennen Sie mich John. Und Sie übrigens auch, Catie. Bin gleich wieder da."

Während Taylor seinen Koffer aus dem Auto holte, ging Kieran in sein Zimmer, um seine Jacke und Stiefel anzuziehen. Fünf Minuten später verließen sie das Haus.

*

Anja Schulte kehrte von ihrem Ausflug nach Dunvegan Castle zurück. Für solche Unternehmungen war ein Tag wie dieser wie geschaffen, an dem der Nebel so dicht war, dass man keine zehn Meter weit sehen konnte. Zwar machte es ihr grundsätzlich nichts aus, im Nebel zu wandern, aber nur in Gegenden, die sie kannte. Nachdem sie sich letzte Woche schon bei strahlendem Sonnenschein verlaufen hatte, war ihr ein Spaziergang im Nebel zu riskant. In diesem wunderbaren Schottland konnte man sich derart verlaufen, dass man ohne Hilfe nicht mehr zurückfand. Und im Gegensatz zu Deutschland begegnete man hier abseits der Straßen manchmal tagelang keiner Menschenseele. Zwar hatte sie für solche Fälle sicherheitshalber ein paar Müsliriegel und zwei Liter Wasser sowie eine dünne Zeltplane und eine Decke im Rucksack, aber es war natürlich besser, wenn es gar nicht erst so weit käme.

Also hatte sie Dunvegan Castle besichtigt und im Schlosscafé eine leckere Mahlzeit eingenommen. Natürlich hatte sie im Castle Shop auch ein paar Andenken für die Familie zu Hause gekauft. Was typisch Schottisches. Einen Schal im Schottenkaro für ihren Vater, eine Mütze im selben Design für ihre Schwester und eine Silberbrosche aus keltischen Knoten für ihre Mutter. Jetzt freute sie sich auf einen ruhigen Nachmittag mit dem Lesen von Sir Walter Scotts „Ivanhoe" im Original bei Tee und Kerzenschein, wie sie es liebte.

Als sie Corrie Cottage betrat, fand sie auf dem Flurtisch gegen eine Vase gelehnt einen an sie adressierten Brief. Er musste von einem Einheimischen stammen, da sie mit „Miss Anya Shooltey, Corrie Cottages, 8 Satran, Carbost, IV47 8SU" angeschrieben wurde. Sie grinste. Klar, die Briten wussten nicht, wie ihr Name geschrieben wurde. Trotzdem war der Brief angekommen. In Deutschland hätte man ihn wegen des falsch geschriebenen Namens mit dem Vermerk „Empfänger unbekannt" an den Absender zurückgeschickt. Abgesehen davon, dass auf dem Brief gar keiner stand.

Die Frage, wer ihr geschrieben hatte, wo sie doch niemanden hier kannte, wurde beantwortet, als sie ihn im Wohnzimmer ihrer Ferienwohnung öffnete.

„Liebe Miss Shooltey,
da Sie gern wandern, lade ich Sie herzlich zu einer Wanderung am Ufer von Loch Harport ein mit einem anschließenden Abendessen im Old Inn in Carbost. Falls Sie Lust haben, treffen wir uns am Sonntagnachmittag um drei Uhr bei den Booten am Ufer des Loch.
Ihr ergebenster Kieran MacKinnon"

Anja lächelte. Sieh mal einer an. Offenbar hatte sie den freundlichen Mann, der ihr den Weg zur Straße gezeigt hatte, genug beeindruckt, dass er sie wiedersehen wollte. In typisch schottischer Zurückhaltung hatte er sich zehn Tage Zeit gelassen, bis er sie einlud.

Sie war sich natürlich darüber im Klaren, dass er bestimmt nicht nur mit ihr wandern und essen gehen wollte, sondern sich mehr erhoffte. Da sie einem netten One-Night-Stand grundsätzlich nicht abgeneigt war, hatte sie nichts dagegen. Besonders nicht mit einem so gutaussehenden Mann wie Kieran MacKinnon.

Schade, dass er keine Telefonnummer aufgeschrieben hatte, dann hätte sie ihn anrufen können. Dass er das nicht getan und den Brief mit dem Computer geschrieben und nicht mal eigenhändig unterzeichnet hatte, bestätigte ihre Vermutung, dass der wahre Zweck seiner Einladung war, sie in sein Bett zu bekommen, und er danach keinen weiteren Kontakt mit ihr wollte. Kein Problem. Auch sie mochte es unkompliziert.

Sie würde also morgen Nachmittag um drei Uhr bei den Booten sein. Irgendjemand würde ihr schon sagen können, wo die sich befanden. Das würde ein interessantes Abenteuer werden.

*

„Wie finden Sie sich in dieser Suppe überhaupt zurecht?" Taylor schüttelte den Kopf. „Ich hätte mich schon dreimal verlaufen."

„Solange Sie immer am Ufer entlanggehen, stoßen Sie früher oder später in jeder Richtung auf einen Ort, eine Straße oder einen Pier, von wo aus Sie in den nächsten Ort kommen. In der einen Richtung dauert es nur etwas länger als in der anderen." Kieran blieb stehen und deutete schräg nach rechts. „Ein paar Schritte weiter liegt unser Ruderboot. In der anderen

Richtung ist eine Höhle, die man aber nur bei Ebbe betreten kann."

„Sie haben wohl Augen unter den Fußsohlen, dass Sie das so genau wissen."

„Na ja, ich kenne mich inzwischen hier ziemlich gut aus."

Taylor stolperte über einen Grasballen, fing sich aber wieder und trottete weiter neben Kieran her. „Catie sagte, Sie gehen oft stundenlang spazieren."

Kieran fragte sich, warum sie ihrem Professor das erzählt hatte. „Ich bin gern draußen, auch bei Nebel, Regen und Sturm."

„Ich vermute, Sie leiden unter einer leichten Klaustrophobie. Der Angst vor geschlossenen Räumen."

Er zuckte mit den Schultern. „Ich mag einfach die Natur um mich herum."

„Und Sie mögen Catie."

Kieran ging weiter. Sie erreichten den Strand. „Sehen Sie, hier ist das Boot." Die Ebbe hatte es auf dem steinigen Untergrund des Strandes auf die Seite gelegt. „Wenn Sie in gerader Linie vom Bug weggehen, kommen Sie selbst im dichtesten Nebel wieder zu Caties Haus. Sind ungefähr dreihundert Yards." Er wandte sich nach rechts und ging über die nach Schlick duftenden Steine weiter.

Taylor hielt Schritt, wenn auch etwas ungeschickt, da er öfter auf dem Schlick abrutschte. „Na, kommen Sie schon, Kieran. Sie können ruhig zugeben, dass Catie Ihnen nicht gleichgültig ist. Man sieht es ohnehin an der Art, wie Sie sie ansehen."

Kieran kam zu dem Schluss, dass es ein Fehler gewesen war, Taylor mitzunehmen. Nicht nur, weil er sowieso lieber allein gewesen wäre. Der Mann war aufdringlich. Ständig versuchte er, ihm kumpelhaft auf die Schulter zu klopfen und zeigte sich resistent gegen den Wink mit dem Zaunpfahl, dass Kieran dem jedes Mal auswich. Außerdem konnte er seinen Mund nicht halten und redete beinahe pausenlos. Vielmehr fragte er Kieran aus. Nach der Schule, die er besucht hatte, für welche Zeitungen er gearbeitet hätte, nach seiner Familie und einer Menge mehr. Wenn er das nächste Mal einen Spaziergang machte, würde er das nicht vorher ankündigen, sondern sich unbemerkt aus dem Haus schleichen, damit er Taylor nicht noch mal mitschleppen musste.

„Sie sind kein Paar, nicht wahr?"

Das ging den Kerl überhaupt nichts an. „Warum wollen Sie das wissen?"

Wieder der Versuch, ihm auf die Schulter zu klopfen. Wieder wich Kieran dem aus.

„Mann, sind Sie schwer von Begriff. Ich versuche rauszufinden, ob ich Ihnen auf den Schlips trete, wenn ich Catie Avancen mache. Da sie nicht mehr meine Studentin ist, tun wir damit nichts Verbotenes. Sie ist ein hübsches Ding und ein nettes Betthäschen für einen One-Night-Stand."

Kieran fühlte sich versucht, Taylor die Faust ins Gesicht zu dreschen wegen seines unverschämten Tones. Aber dazu hatte er so oder so kein Recht. „Stimmt. Wir sind kein Paar. Deshalb ist das allein Caties Entscheidung."

„Na kommen Sie, Mann." Taylor versuchte, ihn in die Seite zu knuffen. „Was für ein Weichei sind Sie denn, dass Sie es einfach hinnehmen, wenn ein anderer Mann Ihnen ins Gesicht sagt, dass er mit der Frau schlafen wird, die Sie auch gern haben wollen? Ich dachte immer, ihr Schotten seid die harten Kerle mit Baumstammwerfen und so."

Kieran beschleunigte seine Schritte. „Das wollen Sie garantiert nicht auf die harte Tour rausfinden, Mr Taylor. Also sollten Sie das Thema wechseln."

„Warum denn? Sind Sie nicht Mann genug, ihr Revier abzustecken?"

Kieran blieb stehen und sah Taylor hart in die Augen. „Was zum Teufel wollen Sie von mir?"

„Von Ihnen gar nichts. Von Catie dagegen eine ganze Menge. Und ich frage mich, ob Sie wirklich so ein Feigling sind, dass Sie sich Ihr Mädchen wegnehmen lassen."

Kieran schnaufte. „Das ist, wie ich bereits sagte, Caties Entscheidung, die ich akzeptiere, und hat nichts mit Feigheit zu tun."

Taylor seufzte. „Okay, Sie wollen es nicht anders." Er holte aus und schlug zu.

Kieran duckte sich mit Leichtigkeit unter dem Schlag hinweg und sprang einen Schritt zurück. „Lassen Sie das."

„Warum denn? Ich bin gerade so schön in Stimmung." Taylor schlug wieder zu.

Wieder wich Kieran ihm aus. „Zum letzten Mal: Lassen Sie das!"

Taylor dachte nicht daran. Er näherte sich Kieran mit professionellen Boxhieben. Kieran machte mit ihm kurzen Prozess. Er wich zur Seite aus, setzte einen Doppelnelson an und zwang den Mann zu Boden. Taylor landete auf Händen und Knien und versuchte vergeblich, sich aus dem Griff zu winden.

„Wenn Sie darauf aus sind, sich mit jemandem zu prügeln, gehen Sie in einen Boxclub. Aber lassen Sie mich in Ruhe. Verstanden?"

Kieran drückte noch einmal zu, dass Taylors Genick knirschte, ehe er ihn losließ und den Weg zu Caties Haus einschlug. Er hörte, wie Taylor auf die Beine kam und ihm folgte. Sollte er ihn noch einmal angreifen ... Aber Taylor hatte wohl endlich genug.

„Ich bitte um Entschuldigung, Kieran. War nicht so gemeint. Ehrlich nicht."

Kieran glaubte ihm kein Wort und hätte ihn am liebsten im Nebel stehen lassen. Da der Professor aber endlich den Mund hielt, verzichtete er darauf, ihn zurückzulassen. Außerdem hätte Catie unangenehme Fragen gestellt, wenn er ohne Taylor zurückgekommen wäre. Oder noch schlimmer: Sie hätte befürchtet, dass Kieran ihm etwas angetan hätte. Das wollte er auf keinen Fall riskieren.

Als sie das Haus erreichten, verschwand er kommentarlos in seinem Zimmer und überließ es Taylor, auf Caties Bemerkung zu antworten, dass sie sie nicht so bald zurückerwartet hätte.

„Für einen Städter wie mich ist es doch kein gutes Wetter, um draußen rumzulaufen", hörte er ihn sagen, während er sein Handtuch und Shampoo aus dem Schrank holte, um eine heiße Dusche zu nehmen. „Viel zu feucht. – Eine Bitte, Catie. Würden Sie Kieran und mich eine Weile entschuldigen?"

„Kein Problem."

Kieran hörte, wie sie in ihr Zimmer ging, und erwog, auf die Dusche zu verzichten und sich zu verbarrikadieren, um sich nicht noch einmal mit Taylor auseinandersetzen zu müssen, was dieser offensichtlich plante. Aber den Kopf in den Sand zu stecken, hatte noch nie ein Problem gelöst. Entschlossen verließ er mit dem Handtuch über der Schulter das Zimmer.

„Kieran, auf ein Wort, bitte." Taylor hatte sich an den Wohnzimmertisch gesetzt und eine Flasche Talisker mit zwei Gläsern darauf gestellt. Er deutete auf den freien Stuhl.

Kieran blieb stehen. „Bitte?"

„Ich entschuldige mich in aller Form für mein unmögliches Benehmen. Ich weiß nicht, was in mich gefahren ist."

„Das ist eine Lüge. Sie wollten mich mit voller Absicht provozieren. Ich weiß nur nicht warum. Und das ist mir auch egal. Ich tue so, als würde ich Ihnen glauben und akzeptiere Ihre Entschuldigung. Unter der Voraussetzung, dass Sie mich in Ruhe lassen."

„Und Catie."

Kieran tat einen tiefen Atemzug. Konnte der Kerl nicht endlich Ruhe geben? „Wie ich schon sagte, ist das allein Caties Entscheidung." Er sah Taylor ernst in die Augen. „Sie sollten ihr nur nicht gegen ihren Willen zu nahe treten."

Taylor lächelte aufreizend. „Werden Sie mich sonst umbringen?"

Der Mann raubte ihm den letzten Nerv. Doch Kieran hatte nicht vor, es so weit kommen zu lassen. „Nein, Sir. In dem Fall breche ich Ihnen nur die Finger. Hinterlässt keine bleibenden Schäden, verursacht Ihnen aber genug Schmerzen, dass Sie für die nächste Zeit keine Lust mehr haben, irgendwem irgendwas zu tun. Und jetzt entschuldigen Sie mich."

„Warten Sie, bitte." Taylor deutete noch einmal auffordernd auf den Stuhl ihm gegenüber.

Kieran ignorierte das.

„Ich bin nicht annähernd so unmöglich, wie Sie glauben. Ich wollte Sie testen. Ihre Reaktionen. Und Sie haben jeden Test mit Bravour bestanden."

Im ersten Moment begriff Kieran nicht, worauf Taylor hinauswollte. Dann dämmerte es ihm. „Sie wissen über mich Bescheid."

Taylor nickte. „Ich lehre Forensische Psychiatrie und habe im Rahmen dessen Zugriff auf die Akten von Straftätern, sowohl die Fallakten als auch deren Führungsakten aus dem Gefängnis. Ich mag Catie. Ohne jeden unlauteren Hintergedanken. Darauf gebe ich Ihnen mein Wort. Ich bin schließlich glücklich verheiratet. Aber weil ich Catie mag, sorge ich mich in gewisser Weise um sie. Für mich sind alle meine Studenten, auch die ehemaligen, so etwas wie meine Kinder, weshalb ich möchte, dass es ihnen gut geht. Ich wollte mich vergewissern, dass Sie keine Gefahr für Catie sind."

„Und deshalb erdreisten Sie sich, mich zu testen wie eine Laborratte?" Wut wallte in Kieran auf. Er hielt sie eisern im Zaum.

„Ja, ich war so frei. Und ich entschuldige mich dafür. Aber", Taylor sah Kieran ernst in die Augen, „was würden Sie tun, um sich zu vergewissern, dass ein Mensch, der für Sie ein bisschen wie eine Tochter ist, sich nicht in Gefahr befindet?"

Kieran musste sich diesem Argument widerwillig anschließen. Er schüttelte den Kopf. „Catie ist der letzte Mensch auf der Welt, dem ich jemals etwas antun würde."

„Sind Sie sich da sicher? Ich meine, ich glaube an Ihren guten Vorsatz. Aber ich gehe wohl nicht fehl in der Annahme, dass Sie dem Mädchen damals auch nicht vorsätzlich etwas antun wollten." Taylor blickte ihn fragend an.

Kieran wollte, dass der Mann ihn endlich in Ruhe ließ. Er machte ein paar Schritte in Richtung Bad und zögerte, als ihm eine Idee kam: Vielleicht konnte Taylor ihm helfen, eine Antwort zu finden. Nachdem er sich ihm gegenüber vernünftig verhielt, sollte er sich diese Chance nicht entgehen lassen. Er setzte sich.

„Sie haben recht. Ich wollte Allison niemals etwas antun. Und ich weiß beim besten Willen nicht, warum ich es dann doch getan habe. Ich habe während meiner Therapie im Gefängnis alles versucht, um mich daran zu erinnern." Er schüttelte den Kopf. „Ohne Erfolg. Allerdings war der Therapeut kein forensischer Psychiater." Er blickte Taylor in die Augen. „Haben Sie aufgrund Ihrer Fachkenntnis irgendeine Idee, warum ich das getan haben könnte? Und warum ich mich nicht daran erinnere?"

„Letzteres ist nicht ungewöhnlich. Wenn uns eine Tat – die eigene oder eine fremde – zutiefst entsetzt und bis in unsere Grundfesten erschüttert, verdrängen wir sie manchmal so sehr, dass wir uns tatsächlich nicht mehr daran erinnern. Manchmal nie mehr. Aber nach Ihrer Akte und was Dr. Fraser über Sie geschrieben hat, haben Sie sich ehrlich bemüht, sich zu erinnern. Deshalb hätte die Erinnerung eigentlich zurückkommen müssen. Ich kann Ihnen also ad hoc keine Erklärung dafür geben, warum das nicht der Fall ist. Und um über Ihr Motiv spekulieren zu können, weiß ich zu wenig darüber, was an jenem Abend vorgefallen ist." Wieder blickte er Kieran fragend an.

Der zögerte. Eigentlich hatte er die Hoffnung schon lange begraben, dass er irgendwann eine Erklärung für seine schreckliche Tat finden würde. Andererseits wollte er keine Chance – keinen Funken einer Chance ungenutzt lassen. Schweren Herzens entschied er sich, Taylor all das zu erzählen, was nicht vom Alkohol oder wovon auch immer aus seinem Gedächtnis verbannt worden war. „Wir waren auf der Geburtstagsfeier von Allisons Schwester. Wir haben uns amüsiert, miteinander geflirtet, wie immer. Dann wollte sie am Strand mit mir allein sein."

„Sie wollten miteinander schlafen."

Kieran nickte. „Sie hat eine Flasche Talisker aus den Vorräten ihrer Eltern mitgenommen. Wir sind zum Strand gegangen, haben ein bisschen rumgemacht, getrunken ... Und ab da beginnt der Filmriss. Doch bis dahin war alles in Ordnung. Es gab keine Unstimmigkeit, geschweige denn einen Streit und kein einziges böses Wort zwischen uns. Nichts dergleichen." Er schüttelte den Kopf. „Und darum verstehe ich es einfach nicht."

Taylor dachte eine Weile nach. „Was war davor? Am selben Tag oder am vorherigen oder eine Woche davor? Gab es da Streit?"

Kieran schüttelte den Kopf. „Nicht zwischen uns. Nur Ian Gunn hat an dem Nachmittag mal wieder Stunk gemacht."

„Wer ist das?"

„Er war Allisons erster Freund. Nachdem sie ihn verlassen hatte, hat er ihr nachgestellt – sie regelrecht gestalkt und mit jedem Mann Streit angefangen, der danach mit ihr gegangen ist."

„Dann gab es vor Ihnen und nach ihm noch andere Männer in Allisons Leben?"

Kieran nickte. „Sie genoss deswegen keinen allzu guten Ruf im Ort. Aber ich hatte sie wirklich gern. Und ich kann mir absolut keinen Grund vorstellen, warum ich ihr etwas hätte antun, geschweige denn sie umbringen sollen. Mir war von Anfang an klar, dass auch ich nicht der letzte Mann in ihrem Leben sein würde. Ich wollte, ehrlich gesagt, noch keine Ehefrau, und sie war sowieso nicht die Richtige dafür. Ich wusste von Anfang an, dass es nur eine Frage der Zeit war, bis sie mich gegen einen anderen Mann austauschte. Das war in Ordnung. Ich wollte nur Spaß mit ihr und keine Familie gründen. Und darum weiß ich einfach keinen Grund, warum ..." Er starrte auf die Tischplatte.

Taylor überdachte das. Schließlich schüttelte er den Kopf. „So wie Sie es schildern, hatten Sie wirklich kein Motiv. Was war mit dem anderen Mann? Ian Gunn? Haben Sie den in der Nähe gesehen, als Sie mit Allison am Strand waren?"

Kieran schüttelte den Kopf. „Ich habe aber nicht auf die Umgebung geachtet, sondern mich auf Allison konzentriert."

„Und in was für einem Zustand sind Sie aufgewacht? Nach der Tat, meine ich."

Kieran blickte zur Seite. „Mit dem ersten und schlimmsten Kater meines Lebens und einer hühnereigroßen Beule am Hinterkopf."

„Woher stammte die?"

Er schüttelte den Kopf. „Ich weiß es nicht. Die Polizei meinte, dass Allison sich gewehrt und mich mit einem Stein geschlagen hat. Liegen bei Ebbe ja genug davon am Strand von Broadford. Vielleicht bin ich auch mit dem Kopf irgendwo aufgeschlagen. Ich hatte jedenfalls eine leichte Gehirnerschütterung."

Taylor nickte bedächtig. „Die könnte in Verbindung mit dem Alkohol tatsächlich den Blackout erklären."

„Aber nicht das – mein Motiv."

„Nein. Die einzige Erklärung dafür bleibt ebenfalls der Alkohol. Wenn man zu viel trinkt, besonders wenn man es nicht gewohnt ist, gerät man schnell in ein Delirium, das Halluzinationen hervorruft. In so einem Zustand sieht man nicht nur die sprichwörtlichen weißen Mäuse, sondern manchmal ganz andere, entsetzliche Dinge. Vielleicht haben Sie damals ein Monster gesehen, das Sie angreift, und sich mit dem Messer gegen Godzilla gewehrt, ohne zu erkennen, dass es Ihre Freundin ist."

„Aber wie passt das zu den ... den vielen Verletzungen?"

„Wenn man ein Monster vor sich hat und der Überlebensinstinkt das Regiment übernimmt, neigt man – pardon – zum Overkill."

Kieran senkte den Kopf und fuhr sich mit den Händen übers Gesicht. „Das ist die vernünftigste Erklärung, die ich bisher gehört habe. Auch wenn sie mir nicht gefällt."

Taylor trommelte nachdenklich mit den Fingern auf die Tischplatte. „Aber die Präzision der Verletzungen passt nach wie vor nicht zum Grad Ihrer Trunkenheit. Sind Sie sich wirklich sicher, dass außer Ihnen niemand am Strand war?"

Kieran kniff die Augen zusammen. „Was wollen Sie damit sagen?" Er wusste natürlich genau, worauf Taylor hinauswollte, und er wusste genauso, wie wenig der Gedanke ihn weiterbrachte.

Taylor wiegte den Kopf. „Ich bin mir nicht sicher, was ich davon halten soll. Alles andere deutet auf Sie als Täter hin. Aber dieses Detail passt einfach nicht."

„Ein Gutachter hat dargelegt, dass ich durch die verzögerte Wirkung des Alkohols zum Zeitpunkt der Tat noch eine gewisse Kontrolle über meinen Körper gehabt hätte, aber trotzdem schon so weit nicht mehr Herr meiner Sinne war, dass ich überhaupt ausgerastet bin."

Taylor nickte. „Das habe ich in der Akte gelesen. Ich neige aber dazu, mich dem nicht anzuschließen."

Kieran blickte ihn ausdruckslos an. „Sie sind also auch der Meinung, dass ich Allison bei vollem Bewusstsein getötet habe."

Taylor schüttelte nachdrücklich den Kopf. „Keineswegs. Nach dem zu urteilen, wie Sie vorhin mit mir umgesprungen sind, bin ich der Überzeugung, dass Sie kein Mensch sind, der ausrastet, solange er noch einen Funken Kontrolle über sich hat."

Kieran schnaufte. „Das konnten Sie vorher aber nicht wissen. Mich anzugreifen war deshalb verdammt leichtsinnig von Ihnen. Ich hätte Sie umbringen können."

Taylor grinste. „Absolut nicht. Ich war mir sehr sicher, dass Sie das nicht tun würden. Menschen, die zur Gewalt neigen, strahlen das aus. Das fühlt jeder Mensch instinktiv im Umgang mit ihnen, auch wenn nicht jeder das bewusst wahrnimmt. Aufgrund meiner Fachkenntnisse als forensischer Psychiater bin ich darauf geeicht, so etwas wahrzunehmen. Ihnen fehlt diese Ausstrahlung. Außerdem boxe ich in meiner Freizeit regelmäßig als Halbprofi. Deshalb war ich mir sicher, dass ich mich angemessen wehren kann."

Kieran verzog das Gesicht. „Ja, Sie waren ungefähr drei Sekunden lang in der Lage, sich ‚angemessen' zu wehren."

Taylor hob abwehrend die Hände. „Ich gebe zu, ich habe Ihre unorthodoxe Kampftechnik unterschätzt." Er winkte ab. „Jedenfalls hat mir Ihre Reaktion bestätigt, dass Sie kein Mann sind, der die Kontrolle verliert, solange er noch bei halbwegs klarem Verstand ist. Deshalb bleibt dieses Detail Ihres Falls ungeklärt."

Kieran seufzte. „Ich habe schon lange gelernt, mit allen Ungeklärtheiten dieses Falls – meiner Tat zu leben."

Taylor blickte ihn nachdenklich an. „Wir könnten versuchen, das Rätsel mit Hypnose zu lösen. Das klappt zwar nicht bei jedem, aber wenn es bei Ihnen funktioniert, könnte das die Dinge für Sie ein Stück weit klären."

Kälte breitete sich in seinem Magen aus, gefolgt von einem ihm unerklärlichen Fluchtimpuls und einem Gefühl der Bedrohung. „Nein danke. Wenn es nicht sicher ist, dass das wirklich was bringt", er sah Taylor fragend an, der den Kopf schüttelte, „dann verzichte ich darauf. Aber danke fürs Angebot, Professor."

„John. Und Sie können jederzeit auf das Angebot zurückkommen." Er griff zu der Flasche Talisker. „Erweisen Sie mir die Ehre, mit mir auf die Zukunft zu trinken."

Dazu hatte Kieran nicht die geringste Lust, aber die Höflichkeit gebot Zustimmung. Er nickte.

Taylor schenkte ein und hob sein Glas. „Auf dass Ihre Zukunft glücklich sein möge. Und die von Catie. Cheers."

„Cheers." Kieran trank einen Schluck. Taylors Überlegung war ihm in den ersten Jahren seiner Inhaftierung auch durch den Kopf gegangen, als er noch verzweifelt nach einer Erklärung für seine Tat gesucht hatte. Natürlich war er versucht gewesen zu glauben, dass er den Mord vielleicht doch nicht begangen haben könnte. Wegen der Beule am Kopf und der Gehirnerschütterung hatte er sich einzureden versucht, dass jemand ihn niedergeschlagen und derjenige Allison umgebracht hätte. Aber in Anbetracht aller anderen Beweise war das lächerlich. Es gab keinen Zweifel an seiner Schuld. Sonst hätte Logan den ausgegraben und nicht zu dem „großen Unbekannten" Zuflucht genommen, den ihm sowieso niemand abgenommen hatte.

Er trank den Whisky aus und stand auf.

Taylor wollte ihm nachschenken. „Trinken Sie noch einen. Auf einem Bein kann man schließlich nicht stehen, und der Schluck Whisky in Ihrem Bauch soll sich nicht einsam fühlen."

Kieran deckte das Glas mit der Hand ab. „Nein danke, Professor. John. Legen Sie es mir bitte nicht als Unhöflichkeit aus. Ich mag den Talisker zwar sehr und würde gern noch was davon trinken. Aber nach allem, was der Alkohol in meinem Leben angerichtet hat, würde ich nicht mal dann noch was trinken, wenn Sie mir eine Million Pfund dafür zahlten."

Taylor lächelte. „Womit Sie auch diesen Test bestanden haben." Er hob abwehrend die Hände, als Kieran finster die Stirn runzelte. „Das war der letzte, ich schwöre es. Und ich bin überzeugt, dass Catie bei Ihnen in guten Händen ist."

Kieran ging nicht darauf ein. Er nickte Taylor zu und ging ins Bad, um zu duschen und sich danach zurückzuziehen. Er hoffte, dass Catie nicht darauf bestand, dass er ihren Professor noch einmal mit auf einen Spaziergang nahm. Auch wenn Taylor doch kein so übler Kerl zu sein schien, wollte er ihm nicht öfter als nötig über den Weg laufen.

Er hatte kaum Hemd und T-Shirt ausgezogen, als die Tür geöffnet wurde und Taylor hereinwollte.

„Pardon, ich wusste nicht ..."

Kieran hielt sich hastig ein Handtuch vor die Brust und drehte sich mit dem Rücken zur Wand, aber nicht schnell genug, um zu verhindern, dass Taylor die Narben sah, die seinen Körper übersäten. Der Professor blickte ihn entsetzt an, ehe sein Gesichtsausdruck mitfühlend wurde.

„Pardon." Dann schloss er kommentarlos die Tür.

Kieran stützte sich am Waschbecken ab und starrte im Spiegel auf die ihm nur allzu vertrauten unauslöschlichen Zeugen seines Martyriums. Taylors Reaktion darauf führte ihm deutlich vor Augen, wie diese Verunstaltungen auf jemand anderen wirkten. Wie sie auf Catie wirken würden.

Er schloss die Augen. Noch ein Grund, warum er besser nichts mit ihr anfangen sollte. Dabei sehnte er sich mit jedem Tag mehr danach, den er mit ihr zusammen war. Er seufzte, verriegelte widerstrebend die Tür, zog den Rest seiner Kleidung aus und ging unter die Dusche.

Catie kam aus ihrem Zimmer, als sie die Dusche laufen hörte, setzte sich zu Taylor, der im Wohnzimmer den Rest seines Whiskys trank, und blickte ihn gespannt an.

Taylor lächelte. „Bis jetzt habe ich einen guten Eindruck von ihm. Aber geben Sie mir Zeit bis morgen für eine abschließende Einschätzung. Meinen Sie, wir können ihn überreden, ein Gesellschaftsspiel mit uns zu spielen? Scrabble vielleicht?"

„Wir können es versuchen. Ich bin gespannt, ob er darauf eingeht." Sie staunte, wie sehnsüchtig ihre Stimme klang.

Taylor lächelte. „Sie haben sich in ihn verliebt, nicht wahr? So richtig schön heftig aus heiterem Himmel."

Catie seufzte tief und nickte. „Ich fürchte ja. Und wenn er es wert ist, dann werde ich um ihn kämpfen. Für ihn. Mit ihm. Was auch immer."

Taylors Lächeln wurde breiter. Er tätschelte ihre Hand. „Am Ende sollten Sie aber nicht auf meine Diagnose hören, sondern nur auf Ihr Herz." Er stand auf. „Ich beziehe erst mal mein Domizil im Caravan. Sie können in der Zwischenzeit Kieran zum Scrabble überreden."

Catie goss sich etwas Talisker in das Glas, das Kieran benutzt hatte, und nahm einen Schluck. Taylors erster Eindruck von Kieran hatte sie beruhigt und ihr bestätigt, was ihr Gefühl ihr schon längst gesagt hatte. Seine zweite Feststellung, dass sie sich in Kieran verliebt hatte, beunruhigte sie dagegen, weil sie sich nur allzu bewusst war, dass sie mit ganz persönlichen Problemen zu kämpfen hätte. Aber sie hatte zugleich so sehr das Gefühl, dass Kieran der Richtige für sie war. Deshalb würde sie alles dafür tun, dass sie beide verdammt noch mal eine Chance bekamen.

Kieran kam aus dem Badezimmer, das Haar noch feucht. Er lächelte ihr zu. Sie entdeckte eine Sehnsucht in seinen Augen, die ihr Mut machte; die ihr bestätigte, dass er nur noch etwas Zeit brauchte, bevor er dieser Sehnsucht nachgab.

„Spielst du nachher Scrabble mit uns?" Sie sah ihm an, dass er ablehnen wollte. „Bitte. Ich würde mich sehr darüber freuen."

Er seufzte und gab widerstrebend nach. „In dem Fall muss ich wohl zustimmen."

Sie lächelte. „Magst du dich einen Moment zu mir setzen?"

Er nahm ihr gegenüber Platz und hängte sich das Handtuch um den Hals. Ernst sah er ihr in die Augen. Sie streckte ihm die Hand entgegen, berührte ihn aber nicht. Zu ihrer Freude nahm er ihre Hand in seine beiden und hielt sie so sanft wie ein frisch geschlüpftes Küken.

„Du musst keine Angst vor mir haben, Catie. Niemals."

Sie schüttelte den Kopf. „Die habe ich nicht. Im Gegenteil würde ich mich freuen, wenn du dich nicht immer in deinem Zimmer versteckst. Ich bekomme nämlich langsam den Eindruck, dass du Angst vor mir hast."

Er schüttelte lächelnd den Kopf. „Ganz im Gegenteil."

Sie drückte seine Hand. „Ich möchte mit dir zusammen sein, Kieran. Nicht nur als Kollegen. Und wenn du das auch willst, lasse ich dir gern alle Zeit der Welt. Wenn nicht", ihr Gesicht nahm einen bekümmerten und zugleich ängstlichen Ausdruck an, „dann sag es mir bitte jetzt. Bevor ich mich noch mehr zur Närrin mache."

Er lächelte wieder, zog ihre Hand zu sich heran und hauchte ihr einen Kuss auf die Fingerspitzen. Dann stand er auf und ging in sein Zimmer.

Catie seufzte und fühlte sich, trotz seiner Flucht und dass er ihr eine konkrete Antwort schuldig geblieben war, beschwingt. Er hatte ihre Hand gehalten und sogar geküsst. Das war ein großer Fortschritt, der sie hoffen ließ.

7

Sonntag, 18. September 2011

Da kam sie! Zufrieden ließ er das Fernglas sinken und seufzte erleichtert. Alles lief nach Plan. Für den Fall, dass Anja Schulte die Einladung nicht angenommen hätte, hatte er sich schon etwas anderes einfallen lassen, um an sie heranzukommen. Dennoch war er froh, dass Plan A so gut klappte, weil er der beste war.

Er wartete eine Weile, bis sie weit genug von der Abzweigung zu den Corrie Cottages entfernt war, damit sie nicht auf den Gedanken kam, dass er ihr aufgelauert hätte. Dann fuhr er in die Richtung, die sie eingeschlagen hatte, holte sie ein und hielt neben ihr.

„Hallo Miss Schulte. Kann ich Sie irgendwohin mitnehmen?"

„Oh, hallo Mr Gunn. Sie schickt der Himmel. Ich suche mit wachsender Verzweiflung hier in der Umgebung eine Stelle, wo Boote anlegen sollen. Sie wissen nicht zufällig, wo das ist?"

Er lächelte gewinnend. „Zufällig weiß ich das. Ich bringe Sie hin."

Sie ging arglos um den Wagen herum und stieg ein. Da sie ihn bereits kannte, vertraute sie ihm und kam nicht auf den Gedanken, dass sie nur noch kurze Zeit zu leben hätte. Wie neulich plapperte sie munter drauflos und erzählte ihm, dass sie eine Verabredung mit einem netten Mann hatte, der sich bei den Booten mit ihr treffen wollte.

Er lächelte. Sie ahnte nicht, dass sie im Wagen des Mannes saß, der ihr die Einladung geschickt hatte, dass er aber keineswegs einen netten Nachmittag mit ihr plante. Sie wurde erst misstrauisch, als er in Merkadale links in die Straße nach Culnamean abbog.

„Hey, hier geht es aber nicht zum Strand." Beunruhigt blickte sie aus dem Seitenfenster.

Er blickte sich um, bremste scharf und schlug zu. Ihr Kopf knallte gegen die Scheibe. Sie stöhnte. Er packte ihre Haare, riss ihren Kopf zurück und knallte ihn auf das Armaturenbrett. Sie sackte bewusstlos zusammen. Ein erneuter Blick in die Runde zeigte ihm, dass weit und breit niemand in der Nähe war, der ihn hätte beobachten können. Sehr gut.

Hastig stieg er aus, öffnete den Kofferraum und verfrachtete Anja Schulte hinein. Keuchend vor Anstrengung fesselte er ihre Hände mit Klebeband auf den Rücken und klebte ihr einen Streifen über den Mund. Danach setzte er die Fahrt fort, bis er nach drei Meilen den Glen Brittle Forest erreichte. Er fuhr in einen schmalen Waldweg, den er für diesen Zweck ausgewählt hatte, weil dessen Endpunkt von der Straße aus nicht einsehbar war. Er wischte eine Blutspur vom Armaturenbrett und machte es sich im Wagen so bequem wie möglich. Immerhin musste er ein paar Stunden hier ausharren, bis die Dunkelheit hereingebrochen war. In deren Schutz würde er sie töten und in der Nacht am Ufer des Loch Harport bei den Booten ablegen, wenn er sich sicher sein konnte, dass sich dort kein Mensch mehr aufhielt.

Er lehnte sich zufrieden zurück, trank einen Schluck Tee aus der Thermoskanne und begann ein Buch zu lesen.

*

Catie blickte Professor Taylor gespannt an, als der sich zu ihr an den Tisch setzte, nachdem er seine Sachen gepackt und ins Auto verfrachtet hatte.

Kieran war ohne ein Wort zu sagen nach dem Mittagessen aus dem Haus verschwunden, als Taylor sich in den Caravan zurückgezogen hatte, um seine Abreise vorzubereiten. Da sein Fahrrad fehlte, plante er offensichtlich eine längere Tour.

Einerseits enttäuschte es sie, dass er ihr nichts davon gesagt hatte, andererseits gab ihr das die Gelegenheit, sich ungestört Taylors Bericht anzuhören. Der Professor lächelte ihr beruhigend zu.

„Also, ich habe Kieran gründlich auf den Zahn gefühlt. Er ist ein sehr netter Mann. Ich kann vollkommen nachvollziehen, warum Sie sich in ihn verliebt haben. Ganz besonders gefällt mir seine Ehrlichkeit. Er schweigt lieber oder wechselt das Thema oder geht aus dem Gespräch völlig raus, statt zu lügen. Wenn es gar nicht anders geht, bleibt er mit seinen Lügen so nahe wie möglich an der Wahrheit. Aber", Taylor sah ihr ernst in die Augen, „er hat auch ein paar gravierende Probleme."

Catie schluckte. „Welcher Art?"

„Zunächst mal hat er das typische Problem aller Langzeitgefangenen nach der Entlassung. Das Leben in Freiheit verunsichert ihn und macht ihm Angst, auch wenn er das niemals zugeben würde. Er wird eine Weile brauchen, bis er sich eingewöhnt hat. Und mit einer Weile meine ich nicht ein paar Wochen. Ein Jahr mindestens, vielleicht länger. Und ob er jemals das Trauma seiner Gefangenschaft vollständig überwindet, vor allem die Dinge, die man ihm dort angetan hat, ist fraglich."

Das klang bedrohlich. „Welche Dinge?"

„Man hat ihn gefoltert. Ich habe gestern zufällig die Narben an seinem Körper gesehen. Gemusterte Schnittverletzungen, Brandnarben von Zigaretten und andere, unter anderem an Stellen, wo er sie sich garantiert nicht selbst zugefügt haben kann. Wahrscheinlich erträgt er Nähe nicht nur deshalb schwer. Er ist ein sehr gutaussehender Mann. In seiner Jugend, also zu der Zeit, als er nach Saughton verlegt wurde, muss er richtig hübsch gewesen sein. Ein nettes Appetithäppchen für die Wölfe dort."

Catie starrte ihn entsetzt an. „Wollen Sie damit sagen, dass er im Gefängnis – vergewaltigt wurde?"

Taylor nickte. „Wenn ich mir ansehe, wie peinlich er darauf bedacht ist, selbst den flüchtigsten Körperkontakt zu vermeiden, bin ich mir dessen ziemlich sicher."

„Oh Gott!" Das erklärte ihr endlich, warum er noch keinen Versuch unternommen hatte, ihr näherzukommen und auf alle Ouvertüren ihrerseits mit Flucht reagierte. „Glauben Sie, dass er das irgendwann überwindet?"

Taylor lächelte verschmitzt. „So wie er auf Sie reagiert, scheint er sich trotzdem einen gesunden Sexualtrieb bewahrt zu haben. Geben Sie ihm einfach Zeit. Aber wenn es so weit ist", Taylor zwinkerte ihr zu und lachte, als Catie errötete, bevor er ernst wurde, „drängen Sie ihn zu nichts. Es kann durchaus sein, dass er aufgrund seines Traumas beim ersten Mal und vielleicht auch weitere Male versagt. Gehen Sie es so vorsichtig an, als wäre es für Sie beide das erste Mal überhaupt. Frauen lieben doch Kuscheln und Petting. Beginnen Sie damit und überlassen Sie von da an ihm die Initiative."

„Danke für den Rat. – Ich bin Ihnen wirklich dankbar, Professor. Aber Sie haben den wichtigsten Punkt noch nicht angesprochen. Muss ich befürchten, dass er die nicht vorhandenen silbernen Löffel klaut oder Schlimmeres tut?"

Taylor schwieg eine Weile. „Grundsätzlich nicht. Er hat sich in jeder Beziehung völlig unter Kontrolle. Auf dem Hintergrund der Tatsache, dass er achtzehn Jahre im schlimmsten Knast unseres Landes zugebracht hat, ist seine Reizschwelle erstaunlicherweise sehr hoch, was auf eine starke natürliche Resilienz, also Widerstandskraft, hindeutet. Um ihn ausrasten zu lassen, müsste der Angriff oder die Provokation schon wirklich erheblich sein. So gesehen kann ich Sie beruhigen."

„Aber?"

„Jeder Mensch hat gewisse Trigger, wie wir Psychiater das nennen, Auslöser – wunde Punkte, die, wenn man draufdrückt, unerwünschte Reaktionen auslösen."

„Bis hin zum Mord?"

„Unter Umständen auch das. Da er sich nicht daran erinnern kann, was damals passiert ist, als er seine Freundin umgebracht hat – und ich glaube ihm, dass er sich nicht erinnert –, kann ich nicht einmal erahnen, warum er das getan hat. Außer dass der Vollrausch daran schuld war. Wenn er also die Kontrolle verliert, dann wohl nur in betrunkenem Zustand. Da er sich nicht betrinkt, dürfte das kaum passieren, und Sie haben demnach nichts zu befürchten. Allerdings gibt mir, wie auch damals dem Gutachter, immer noch die Tatsache zu denken, dass die Präzision der Stiche nicht zum Vollrausch passt."

Catie blickte ihn besorgt an. „Damit meinen Sie – was?"

Taylor wiegte den Kopf, ehe er ihn schüttelte. „Das ist jetzt ziemlich weit hergeholt. Kieran hat mir erzählt, dass es an dem Tag mit einem früheren Freund des Opfers Streit gab, der das Mädchen gestalkt hat. Außerdem hatte Kieran nach der Tat eine Kopfverletzung und eine Gehirnerschütterung. Da er sich an nichts erinnert, frage ich mich, ob es nicht auch möglich wäre, dass dieser Freund ihn hinterrücks niedergeschlagen, den Mord begangen und alles so hergerichtet hat, dass der Verdacht auf Kieran fallen musste. Das würde die Diskrepanz mit der Präzision erklären, wenn wir voraussetzen, dass er seine Freundin eben nicht bei klarem Verstand umgebracht und sich erst hinterher betrunken hat." Er zuckte mit den Schultern. „Aber erstens ist das nur eine vage Theorie, mit der damals schon sein Anwalt gescheitert ist, die sich zweitens heute nicht mehr beweisen lässt, selbst wenn dem so gewesen sein sollte. Ich habe ihm eine Hypnose angeboten, die das vielleicht klären könnte, falls er damals doch etwas Relevantes wahrgenommen hat. Er hat abgelehnt."

Catie stieß zornig die Luft aus. „Warum denn? Will er die Wahrheit überhaupt nicht wissen?"

Taylor schmunzelte. „Ich denke doch. Aber er braucht Zeit, sich zu diesem Schritt durchzuringen." Er blickte Catie in die Augen. „Es ist nicht nur Verliebtheit, nicht wahr? Sie lieben ihn in einer Weise, die über die Schmetterlinge im Bauch weit hinausgeht."

Sie ließ den Kopf hängen, nickte und fühlte sich unerklärlicherweise den Tränen nahe. „Wir haben so viel gemeinsam. Und ich habe von ihm noch nicht ein einziges Mal zu hören bekommen, wie schrecklich unkonventionell ich bin oder wie vorlaut, forsch und unmöglich in meinem Benehmen."

„Das sind Sie ja auch nicht."

Catie verzog das Gesicht. „Meine Familie ist da gänzlich anderer Meinung. Jedenfalls fühle ich mich in Kierans Gegenwart einfach wohl und angenommen und ich selbst in einer Weise, die mir noch niemand vermittelt hat. Erst recht kein Mann."

„Dann sollten Sie ihm und sich unbedingt eine Chance geben. Egal was am Ende dabei herauskommt; wenn Sie es nicht tun, werden Sie es wahrscheinlich bis an Ihr Lebensende bereuen."

Sie lächelte. „Danke, Professor."

„Keine Ursache." Er stand auf. „Ich mache mich dann mal wieder auf den Heimweg. Ich wünsche Ihnen und Kieran alles Gute, Catie. Nur das Beste."

„Danke." Sie seufzte tief. „Ich frage mich allerdings, ob wir wirklich eine Chance haben."

Taylor nickte. „Wenn Sie beide das wollen, dann schaffen Sie das. Auch wenn es nicht leicht wird. Ich bleibe jedenfalls am Ball und werde die Akten noch mal ganz akribisch durchfors-

216

ten. Bisher hatte ich mir nur einen groben Überblick verschafft. Vielleicht finde ich doch noch einen Hinweis, der die Diskrepanzen erklärt."

Das hoffte Catie von Herzen. Sie begleitete Taylor nach draußen und winkte ihm nach, als er abfuhr. Anschließend setzte sie sich ins Wohnzimmer, blickte aus dem Verandafenster auf Loch Bracadale und träumte von einer Zukunft mit Kieran.

*

Montag, 19. September 2011

Detective Chief Inspector Gordon McGill blickte auf die Leiche der jungen Frau, die heute Morgen hier am Ufer des Loch Harport zwischen Satran und Merkadale gefunden worden war. Erstochen. Der Körper wies multiple Schnitt- und Stichverletzungen und einen Kehlenschnitt post mortem auf. Das Szenario kam ihm schmerzhaft vertraut vor. Vor zwanzig Jahren war ein Mädchen am Strand von Broadford auf dieselbe Weise ermordet worden. So blond wie diese Frau und auch in der Nähe von Booten. Zufall?

Sergeant Grace Dennison trat zu ihm und reichte ihm einen deutschen Ausweis. „Den hatte sie bei sich, Sir."

McGill blickte darauf und grunzte. „Wie zum Teufel spricht man diesen Namen aus? Änndscha Skalti?"

„Ich glaube, Anja Schulte, Sir."

McGill seufzte. „Das gibt wieder elenden Papierkram mit Botschaft und Konsulat. Ganz zu schweigen davon, dass uns die Presse bei so einem Fall besonders auf die Finger sehen wird. Verdammte Scheiße." Er blickte dem Mann von der Spurensicherung entgegen. „Hast du was für mich, Dick?"

Dick Elliot hielt eine leere Flasche in einem Asservatenbeutel hoch. „Die lag in unmittelbarer Nähe des Opfers. Keine Ahnung, ob sie mit der Tat in Verbindung steht oder zufällig dort lag. Ich kann dir aber mit Sicherheit sagen, dass das Opfer vorher gefesselt und geknebelt war. Höchstwahrscheinlich mit Klebeband. Spuren deuten darauf hin, dass sie von der Straße zum Strand geschleift wurde. Müssen wir noch untersuchen. Alles in allem eine vorsätzliche Tat. Den Rest kann ich dir sagen, nachdem die Untersuchung der Spuren abgeschlossen ist."

McGill betrachtete die Whiskyflasche von allen Seiten. Talisker. Wie damals in Broadford. Gut, das war gerade hier nicht ungewöhnlich. Talisker war die einzige Destillerie auf Skye, besaß Weltruf und zog jedes Jahr Scharen von Touristen an, die eine Flasche kauften, austranken und wegwarfen. Aber die Parallele verursachte ihm ein mulmiges Gefühl.

„Auf Fingerabdrücke und DNA untersuchen, Dick. Schnellstmöglich."

„Danke, dass du mir meinen Job erklärst, Gordon." Elliot schnitt eine Grimasse. „Aber weil du es bist, sehe ich es dir nach. Du bekommst das Ergebnis so schnell wie möglich."

McGill nickte ihm zu und ging zu den Schaulustigen hinüber, die sich hinter dem Absperrband versammelt hatten. Mit etwas Glück wusste einer von ihnen, wo das Opfer wohnte. Wenn nicht, mussten sie die Touristenbuchungen der gesamten Gegend abfragen oder, falls die Tote erst vor Kurzem angekommen war, alle Anbieter von Ferienunterkünften anrufen, bis sie fündig wurden.

Eine blonde, erstochene Frau und eine Flasche Talisker. Konnte das wirklich Zufall sein?

*

Kieran hatte während seiner ausgedehnten Tour beschlossen, seine Angst vor negativen Folgen zu ignorieren und sich auf Catie einzulassen. Zumindest für eine Weile. Falls das nicht gut ging – wie könnte es auf die Dauer? –, konnte er immer noch ausziehen, ohne deswegen zwangsläufig seine Arbeit für das Forschungsprojekt aufgeben zu müssen. In besonders mutigen und kühnen Momenten träumte er von einem Leben mit Catie. Aber er war zu sehr Realist, um das ernsthaft in Betracht zu ziehen.

Um einen Schritt auf sie zuzugehen, hatte er sich mit einem Buch ins Wohnzimmer gesetzt – „Poems, Chiefly in the Scottish Dialect" von Robert Burns. Er kannte jedes einzelne Gedicht darin auswendig und las das Buch doch immer wieder gern.

Er hörte Catie aus dem Badezimmer kommen und sah auf, als ihre Schritte verstummten. Sie blickte ihn entschlossen an.

„Kieran MacKinnon, ich werde dich gleich umarmen. Also, wenn du das nicht willst, hast du noch fünf Sekunden Zeit, um in dein Zimmer zu flüchten."

Er legte das Buch zur Seite und stand auf. Für einen Moment empfand er tatsächlich den Impuls zu fliehen. Aber in ihrem Gesicht las er die Angst, dass er sie wieder zurückweisen könnte. In diesem Moment begriff er, wie verletzlich sie unter der zur Schau gestellten Keckheit war. Und nicht nur deshalb blieb er stehen und breitete einladend die Arme aus. Sie lächelte glücklich und schmiegte sich mit einem seligen Seufzen an ihn. Nach kurzem Zögern drückte er sie sanft an sich. Allein sie zu halten, ihre Wärme und ihren Herzschlag zu spüren, erregte ihn so sehr, dass es wieder einmal schmerzte.

Catie hob den Kopf. „Kieran MacKinnon, ich werde dich jetzt küssen. Also, wenn ..."

Er verschloss ihren Mund mit seinen Lippen. So sachte, als berührte er die Flügel eines Schmetterlings. Doch das genügte, um ihn am ganzen Körper zittern zu lassen. Catie löste sich ein Stück von ihm und blickte ihn besorgt an.

Er lächelte. „Alles in Ordnung. Ich", er räusperte sich, „ich bin Intimitäten nur nicht mehr gewohnt. Ich bin sozusagen komplett aus der Übung."

Er strich ihr mit den Fingerspitzen über die Wange und wagte es, sie noch einmal zu küssen. Diesmal richtig. Er hatte das Gefühl, dass der Kuss seinen Körper in Flammen aufgehen ließ. Statt dem Impuls zu folgen, das Ganze abzubrechen, weil ihm nur allzu bewusst war, wohin das sonst führen würde, ließ er seine Gefühle zu. Keine gute Idee, denn sie brachen mit solcher Macht über ihn herein, dass es ihn erschreckte.

„Wow", lautete Caties Kommentar, als er ihren Mund freigab. „Kieran MacKinnon, du kannst wunderbar küssen."

Er legte seine Wange an ihre. Er hatte vergessen, wie weich und seidig sich die Haut einer Frau anfühlte und wie gut sie roch. Caties kam ihm vor wie die Berührung einer Rosenblüte. Ebenso ihr Haar. Er drückte die Nase in ihre Halsbeuge und sog ihren Duft ein. Ihm wurde beinahe schwindelig davon. Er wagte es, über ihre Haut zu lecken. Sie schmeckte süß und leicht salzig.

Catie erschauerte und lachte leise. „Das kitzelt." Sie blickte ihn mit einem Schimmern in den Augen an.

Entweder er stoppte das Ganze auf der Stelle, oder es war nicht mehr aufzuhalten. So wie Catie ihn ansah, wollte sie noch sehr viel weiter gehen.

Sie legte die Hand gegen seine Wange. „Ich will dich, Kieran MacKinnon, so sehr, wie ich noch nie einen Mann gewollt habe. Aber es macht mir nichts aus, noch einige Zeit zu warten. Hauptsache, du willst mich auch."

Und ob er sie wollte. „Ich hoffe, ich gebe dir nicht das Gefühl, dass ich dich nicht will."

„Nein." Sie lächelte. „Trotzdem bin ich mir manchmal nicht sicher, ob du mich nicht nur aus Höflichkeit vertröstet hast, statt mir knallhart zu sagen, dass ich keine Chance bei dir habe." Wieder offenbarte sich ihre Verletzlichkeit.

Er drückte sie an sich. „Ich will dich auch, Catie. Schon seit unserer ersten Begegnung."

Sie seufzte erleichtert. „Du hast dir aber verdammt viel Mühe gegeben, das zu verbergen."

„Ich wollte dich nicht belästigen."

„Oh bitte, belästige mich." Sie sah ihm tief in die Augen. „Dein Zimmer oder meins?"

Er zögerte kurz. „Meins. Wenn es dir recht ist." In seinem Zimmer würde er sich weniger unsicher fühlen.

Ihre Augen strahlten. „Geh schon mal vor. Ich bin sofort wieder bei dir."

Er ging in sein Zimmer und war froh, dass er heute Morgen das Bett frisch bezogen hatte. Unschlüssig blickte er darauf. Was erwartete eine Frau wie Catie? Verführung? Oder dass er gleich zur Sache kam? Verdammt, er hatte keine Ahnung. Also überließ er am besten ihr die Initiative. Die ergriff sie ohnehin ständig. Was nicht das Schlechteste war.

Sie kam zurück und hielt einen Streifen Kondome hoch. „Nur für alle Fälle. Ich vermute mal, dass du keine hast."

Er schüttelte den Kopf. „Ich dachte nicht, dass ich sie in absehbarer Zeit brauche." Er nahm sie ihr aus der Hand und stellte fest, dass seine zitterte. Hastig legte er die Kondome auf den Nachttisch, ehe er mit einer ausholenden Geste auf das

Bett deutete. „Und nun stell dir vor, die Decke wäre übersät mit einem Meer von duftenden Rosenblättern. Gäbe es um dieses Jahreszeit noch welche, lägen sie wirklich dort."

Catie schloss lächelnd die Augen. „Ich kann sie riechen. Und sie duften wunderbar." Sie öffnete die Augen und legte wieder die Hand gegen seine Wange. „Irgendwie habe ich geahnt, dass ein Romantiker in dir steckt."

„Magst du Romantik?" Er streichelte ihre Hand.

Sie nickte, nahm seine Hand, zog ihn zum Bett und streifte die Ballerinas von den Füßen, ehe sie sich hinlegte und ein Stück zur Seite rückte. Er zog seine Schuhe und Strümpfe aus, legte sich neben sie und sah sie eine Weile nur an.

„Du bist ein Wunder, Catie."

„Du auch." Sie küsste ihn.

Er schob den Arm unter ihren Kopf, hielt sie, und eine Weile taten sie nichts weiter, als einander zu streicheln und zu küssen. Kieran stellte fest, dass sein Geist vergessen haben mochte, was zu tun war, wenn er mit einer Frau intim wurde, aber sein Körper erinnerte sich noch verdammt gut. Sogar seine Finger hatten nicht verlernt, wie man eine Bluse aufknöpft und einen BH aufhakt. Seine Unsicherheit schwand, und er begann das Spiel zu genießen. So sehr, dass er nicht daran dachte, wie gezeichnet seine Haut war, als er sich Pullover und T-Shirt auszog.

Erst als Catie scharf die Luft einsog und auf die Narben an seinem Körper starrte, wurde es ihm wieder bewusst. Ihn überkam ein Gefühl tiefer Scham über diese unauslöschlichen Zeichen dessen, woher er kam. Trotzdem hielt er still, als sie vorsichtig mit dem Finger über die x-förmig angeordneten zwanzig Punkte auf seiner Brust strich, die ihm mit einer glühenden Zigarette eingebrannt worden waren. Entsetzt betrachtete sie die Narben der acht gitterförmigen Schnitte auf seinem

Bauch, an denen er fast gestorben wäre. Die Messernarbe, die von der linken Schulter fast bis zur Brustwarze lief. Und all die anderen.

Bevor sie etwas sagen konnte, legte er einen Finger über ihre Lippen und schüttelte eindringlich den Kopf.

Sie gab ihm einen innigen Kuss. „Tue ich dir weh, wenn ...“ Ihre Stimme war nur ein Flüstern.

„Nein.“ Er wickelte eine Locke ihres Haares um den Finger und kitzelte mit deren Spitzen ihre Nase.

Sie lachte erleichtert, umarmte ihn, ließ ihre Hände zu seinem Gesäß gleiten und schob sie in den Bund seiner Jeans. „Du hast noch entschieden zu viel an.“

Er sah ihr in die Augen. „Wenn ich den Rest auch noch ausziehe, dann möchte ich mit dir bis zum Ende gehen.“

„Genau das wünsche ich mir, Kieran MacKinnon.“

„Na dann.“

Er setzte sich auf die Bettkante, zog Hose und Unterhose aus und streifte ein Kondom über. Als er sich wieder neben Catie legte, hatte auch sie nichts mehr an. Sie war so wunderschön. Und sie hatte definitiv jemand Besseres verdient. Doch egal. Nur der Augenblick zählte. Und den würde er bis zur Neige auskosten.

Da er sich vage erinnerte, dass Frauen und Männer einen unterschiedlichen Rhythmus hatten, um zum Höhepunkt zu kommen, stimulierte er Catie mit Händen und Küssen, bis sie ihn anflehte, sie nicht länger auf die Folter zu spannen. Als er langsam in ihren Körper eintauchte, überschwemmte ihn sein Höhepunkt nur Sekunden später so heftig, dass er beinahe das Bewusstsein verlor. Die Intensität trieb ihm die Tränen in die Augen. Fast gleichzeitig kam auch Catie. Sie krallte die Finger in seine Schultern, schlang die Beine um seine Hüften und hielt ihn umklammert, als wollte sie ihn nie wieder loslassen. Für eine herrliche Weile fühlte er sich vollkommen eins mit ihr und wünschte sich, dieser Moment würde nie enden.

Er wartete, bis die Ekstase vollkommen abgeklungen war, ehe er sich sanft aus ihr zurückzog. Erst jetzt merkte er, dass ihre Wangen nass waren von Tränen. Als sie sein besorgtes Gesicht sah, lächelte sie. Ihre Augen strahlten, wie er noch nie die Augen einer Frau hatte leuchten sehen. Sie erschien ihm schöner denn je.

„Das war so wundervoll." Ihre Stimme war nur ein Hauch, den er gerade noch verstand.

„Das Kompliment kann ich zurückgeben, du himmlisches Wesen." Er strich mit den Fingerspitzen über ihr Gesicht.

„Kieran MacKinnon, du hast mich belogen."

Er blickte sie erschrocken an.

Sie gab ihm einen Stups auf die Nase. „Du bist in keiner Weise aus der Übung. Oder falls das ‚aus der Übung' bedeutet, dann bin ich sehr gespannt zu erleben, wie es mit dir ist, wenn du wieder Übung hast."

Er lachte erleichtert, schob den Arm unter sie und drückte sie an sich. Ihre Nähe machte ihn zum ersten Mal nicht mehr nervös. Er empfand sie als angenehm.

Catie blickte ihn erwartungsvoll an.

Er hatte keine Ahnung, was sie jetzt erwartete, also küsste er sie. Das schien das Richtige zu sein, denn sie seufzte zufrieden und kuschelte sich an ihn. Er streichelte ihre Schulter und genoss es, sie zu halten.

Übergangslos wurde er sich bewusst, dass er vollkommen nackt war. Augenblicklich stellte sich das vertraute Unbehagen wieder ein, gefolgt von dem Reflex, seine Blöße zu bedecken, die ihn verletzlich machte. Sein Magen zog sich zusammen. Er gab Catie einen flüchtigen Kuss, schwang sich aus dem Bett und wickelte sich in die Decke, die im Sessel lag.

Catie lachte. „Jetzt erinnerst du mich wieder an den Tag im Wohnwagen. Du bist also doch schüchtern." Sie wurde ernst. „Du wolltest damals nicht, dass ich die Narben sehe, nicht wahr?"

Er nickte. „Sie hätten dir sofort gesagt, woher ich komme. Mal ganz abgesehen davon, dass sie hässlich sind." Er wandte sich ihr zu. „Tut mir leid, aber meine Fähigkeit, Nähe auszuhalten, hat gerade ihr Limit erreicht. Das hat absolut nichts mit dir zu tun, Catie. Ich muss mich erst wieder an Intimitäten gewöhnen."

Sie streichelte seine Schulter. „Kein Problem, Kieran. Wirklich nicht."

Er nickte nur und ging ins Bad. Als er in den Spiegel blickte, sah er, dass auch seine Augen strahlten. Er schüttelte den Kopf. Worauf hatte er sich nur eingelassen? Auf die Dauer konnte das mit ihm und Catie nicht gut gehen. Aber es war schon nicht mehr aufzuhalten. Catie war ihm unter die Haut gekrochen. So sehr, dass allein der Gedanke, sie zu verlassen, ihm Übelkeit verursachte. Ihm blieb nichts anderes übrig, als die Sache bis zum Ende durchzustehen und das Beste zu hoffen.

*

Dienstag, 20. September 2011

Gordon McGill legte den Hörer auf und seufzte erleichtert. Nachdem er stundenlang herumtelefoniert hatte, gab es endlich einen Treffer hinsichtlich der Unterkunft, in der die tote Touristin gewohnt hatte: Corrie Cottages in Satran. Er sah auf die Uhr. Eigentlich war es Zeit für die Mittagspause, aber bei diesem brisanten Fall musste er die verschieben. Er konnte unterwegs ein paar Sandwiches essen. Der Weg von Fort William nach Satran betrug über die Skye Bridge von Kyle of Lochalsh nach Kyleakin über hundert Meilen. Über die schmalen, meist einspurigen Straßen von Skye dauerte die Fahrt gute drei Stunden oder länger; je nachdem, wie viele Schafe – einzeln oder in Herden – auf ihre verbriefte Vorfahrt pochten.

Außerdem hatte Dick Elliot versprochen, ihm die ersten Ergebnisse der kriminaltechnischen Untersuchung der Kleidung der Leiche und vor allem der Talisker-Flasche noch vor dem Lunch zu geben. McGill beschloss, darauf zu warten, ehe er sich mit Sergeant Dennison auf den Weg machte. Zum Glück passierten auf Skye so gut wie nie Verbrechen. Deshalb mussten die Beamten der Northern Constabulary selten dorthin ausrücken. Das letzte Mal war anlässlich des Broadford-Mordes vor zwanzig Jahren gewesen. Seitdem war auf Skye nichts vorgefallen, das die örtlichen Dienststellen nicht allein hätten regeln können.

McGill warf einen Blick auf das Foto der Touristin, das auf der Titelseite des „Scotsman" prangte und von ihrem Ausweis stammte. Abgesehen von der Schlagzeile und den spärlichen Informationen, die die Pressestelle herausgegeben hatte, stand am Ende des Artikels fettgedruckt der Hinweis, dass jeder, der eine vielleicht relevante Beobachtung gemacht hatte, sich in der Constabulary melden sollte. Es waren bereits mehrere Anrufe eingegangen, die aber nichts Konkretes ergeben hatten.

Anja Schulte war eine alleinreisende Studentin, die Wanderurlaub gemacht, Gälisch gelernt hatte und kontaktfreudig gewesen war. Theoretisch konnte jeder dieser Kontakte ihr Mörder sein. Etwas Verdächtiges hatte bis jetzt niemand gemeldet.

Die Parallele zu dem Broadford-Mord ging McGill aber nicht aus dem Kopf. Der damalige Täter, Kieran MacKinnon, war zu zwanzig Jahren Gefängnis verurteilt worden. Das war im Sommer 1991 gewesen. Theoretisch könnte er inzwischen wieder draußen sein. Vielleicht schon seit Längerem, wenn man ihm Bewährung gegeben hatte. Er hatte die Sache nicht weiter verfolgt. Für ihn war der Fall mit der Verurteilung des Mörders abgeschlossen gewesen.

Er rief im Computer MacKinnons Akte auf. Man hatte ihn tatsächlich entlassen, und zwar vor fast vier Wochen, am 25. August, nachdem er die volle Strafe abgesessen hatte. Es wunderte McGill nicht, dass er keine Bewährung bekommen hatte und wegen guter Führung vorzeitig entlassen worden war. Ein Typ wie er, der schon mit achtzehn eine Frau brutal ermordet hatte, wurde im Gefängnis nicht anständiger, sondern eher noch gewalttätiger.

Das Telefon klingelte. McGill hob ab und meldete sich.

„Guten Tag, Chief Inspector. Mein Name ist Connor MacDonald. Ich habe eine Information zu dem Mord an der Touristin. Ich weiß zwar nicht, ob das relevant ist, aber ich habe sie ein paar Tage zuvor in Begleitung eines Mannes namens Kieran MacKinnon gesehen, der vor zwanzig Jahren hier auf Skye den Broadford-Mord begangen hat."

McGill umklammerte den Hörer. „Sind Sie sich da sicher?"

„Absolut."

„Und Sie kennen MacKinnon woher?"

Connor MacDonald zögerte. „Er hat sich an meine Schwester Catie herangemacht und war bei uns zum Dinner eingeladen, bevor wir erfahren haben, wer er ist. Ich hatte meine Schwester in Fiskavaig besucht und bin auf dem Weg dorthin an ihm vorbeigefahren, als die Touristin bei ihm war."

„Sie sind sicher, dass es diese Touristin war?"

„Absolut. Ich war keine fünf Yards von ihnen entfernt."

„Welchen Eindruck hatten Sie von dem Verhältnis der beiden zueinander? Hatten Sie den Eindruck, dass sie einander schon länger kennen, befreundet sind? Oder ..."

Erneutes Zögern. „Das kann ich wirklich nicht sagen. Sie standen nebeneinander, haben geredet, und er hat in Richtung Satran gedeutet. Dann haben sie sich getrennt."

„Wissen Sie, wo er wohnt?"

Wieder zögerte Connor MacDonald. „Nein. Er wohnte in Carbost, hat aber nach meinen Informationen die Unterkunft verloren, nachdem seine Vermieter erfahren haben, dass er ein Mörder ist. Ich habe keine Ahnung, wo er jetzt steckt."

„An welchem Tag haben Sie ihn mit der Touristin gesehen?"

„Warten Sie, das war – Dienstag? Nein, Mittwoch vor ... also morgen müsste es genau zwei Wochen her sein."

McGill stutzte. „Und Sie wussten zu dem Zeitpunkt bereits von MacKinnons Vergangenheit? Woher?"

Erneutes Zögern. „Man hat uns informiert. Durch einen anonymen Brief. Wir haben daraufhin sofort den Kontakt zu ihm abgebrochen."

McGill ahnte, auf welche Weise Kieran MacKinnons Vermieter von seiner Vergangenheit erfahren hatten. Wahrscheinlich waren die MacDonalds nicht die Einzigen, die irgendjemand, der MacKinnon erkannt hatte, darüber informiert hatte.

„Danke, Mr MacDonald."

McGill legte auf. Vielleicht war Kieran MacKinnon ja bei Anja Schulte untergekommen. Das würde passen.

Die Tür seines Büros wurde geöffnet, und Dick Elliot kam herein. „Wir haben die Fingerabdrücke auf der Talisker-Flasche identifiziert. Sie waren in unserem System gespeichert und gehören einem ..."

„Kieran MacKinnon."

Elliot zog überrascht die Augenbrauen hoch. „Seit wann kannst du hellsehen?"

McGill schlug mit der Faust auf den Tisch. „Ich hab's gewusst! Der Scheißkerl hat damals nur simuliert. Und kaum ist er draußen, bringt er die nächste Frau um. Schade, dass die Todesstrafe für Typen wie ihn abgeschafft ist. Aber diesmal sperren wir ihn für immer weg." Er stand auf.

„Nicht so hastig, Gordon. Ich habe noch mehr, auch wenn noch ein paar Untersuchungen ausstehen. Also, der Fundort ist nicht der Tatort. Am Fundort gab es zu wenig Blut. Sie wurde definitiv anderswo getötet. Nach der Leichenstarre und den Totenflecken zu urteilen, liegt der Todeszeitpunkt zwischen sechs und sieben Uhr abends. An ihrer Kleidung haben wir Faserspuren von dem Teppichbelag des Kofferraums eines Wagens gefunden. Laut Liste stammen die aus einem VW Polo. Ebenso hingen in ihren Haaren Tannennadeln, was auf einen Tatort im Wald schließen lässt. Keine Spermaspuren an der Kleidung, auch nicht an ihrem Slip. Ob sie trotzdem Geschlechtsverkehr hatte, muss die Obduktion zeigen."

„Ist Doc Campbell damit noch nicht fertig?"

„Campbell ist zu einem Vortrag in Edinburgh und kann sich erst morgen darum kümmern."

„Mist." Aber die bisherigen Indizien reichten vollkommen aus, um Kieran MacKinnon zu verhaften. Sobald man ihn ausfindig gemacht hatte. „Sonst noch was?"

„Ja. Aus der Whiskyflasche ist nicht getrunken worden. Es gibt jedenfalls keine DNA-Spuren an der Öffnung. Und die Anordnung der Fingerabdrücke ist ungewöhnlich." Elliot griff nach McGills Kaffeebecher und hob ihn an, indem er alle fünf Finger von oben um den Becherrand legte. „Wenn ich eine Flasche so anfasse, kann ich weder aus ihr trinken noch etwas aus ihr gießen. Und das sind die einzigen Fingerabdrücke."

„Und?"

„Da sie verschlossen war, als sie gefunden wurde, und der Whisky deshalb nicht rausgelaufen sein kann, nachdem sie vielleicht auf den Boden gefallen ist, bleibt nur noch die Möglichkeit, dass jemand sie angefasst und den Inhalt geleert hat, dessen Fingerabdrücke sich nicht auf der Flasche befinden."

Was MacKinnon keineswegs entlastete. Bestimmt hatte er bei der Tat Handschuhe getragen und vergessen, dass er die Flasche vorher schon angefasst, sie wahrscheinlich aus einer Einkaufstüte gezogen hatte. In jedem Fall reichten die Indizien mehr als aus, sich den Kerl vorzuknöpfen. McGill griff zum Telefon. In MacKinnons Akte waren Name und Telefonnummer seines Sozialarbeiters eingetragen. Der Mann sollte wissen, wo sein Schützling untergekommen war. Wenn nicht ...

„Ist noch was, Dick?"

Elliot nickte. „Ich kenne diesen Blick, mein Freund. Normalerweise ist es deine Stärke, nicht lockerzulassen, wenn du dich mal in was verbissen hast. Aber in diesem Fall rate ich zur Zurückhaltung. Nicht nur weil die Sache ein Politikum ist. Es sind noch zu viele Fragen offen und die Untersuchungen der Spuren noch nicht abgeschlossen. Du solltest dich nicht auf den erstbesten Verdächtigen einschießen."

McGill schnaubte. „Ich bitte dich. Was brauchst du denn noch? Kieran MacKinnon hat vor zwanzig Jahren eine Frau auf dieselbe Weise abgeschlachtet. Mit achtzehn brutalen Stichen und einem nachträglichen Schnitt durch die Kehle. Auch diesem Opfer wurde die Kehle post mortem durchgeschnitten.

Damals wie heute lag eine Flasche Talisker mit seinen Fingerabdrücken neben der Leiche. Außerdem hat ein Zeuge ihn mit dem Opfer gesehen."

Elliot nickte. „Das sind in der Tat starke Indizien. Aber mir gibt nicht nur die seltsame Anordnung der Fingerabdrücke zu denken. Du sagtest, er hat die Frau damals mit achtzehn Stichen umgebracht. Die Leiche der Touristin weist auch genau achtzehn Stiche auf. Das ist ein ziemlich ungewöhnlicher Zufall."

„Ist notiert. Trotzdem werde ich MacKinnon auf den Zahn fühlen. Und je schneller du deine Untersuchungen abgeschlossen hast, desto früher haben wir konkrete Ergebnisse."

Elliot verstand den Rauswurf und ging. McGill tätigte seinen Anruf und erfuhr MacKinnons aktuelle Adresse. Dessen Sozialarbeiter, Tom Harris, widersprach jedoch vehement der Vermutung, dass sein Schützling etwas mit dem Mord zu tun haben könnte.

„Nicht Kieran MacKinnon, Chief Inspector. Was immer er damals getan hat, er ist ein anderer geworden. Haben Sie sich mal seine Akte angesehen? Der Mann hat die beste Sozialprognose. Er hat sogar einen guten Job und arbeitet für ein Forschungsprojekt der Scottish Natural Heritage. Was immer auf Skye passiert ist, Kieran MacKinnon hat damit nichts zu tun."

„Davon überzeuge ich mich lieber selbst, Mr Harris. Nebenbei: Wie viele Ihrer Schützlinge mit besten Sozialprognosen sind wieder rückfällig geworden? Außerdem werden wir MacKinnon erst mal nur befragen. Sie sollten allerdings nicht auf den Gedanken kommen, ihn anzurufen und zu warnen. Sonst bekommen Sie verdammten Ärger mit mir."

Er knallte den Hörer auf und machte sich mit Sergeant Dennison und zwei weiteren Beamten auf den Weg nach Skye.

Catie blieb heute zu Hause und wertete am Computer die Bilder aus, die eine Kamerafalle von den Ottern am Loch Harport gemacht hatte. Kieran konnte sich des Gefühls nicht erwehren, dass sie nur deshalb Innendienst schob, um mit ihm zusammen zu sein. Er spürte, dass sie ihn oft beobachtete, während er weiter an der Dokumentation arbeitete. Jedes Mal, wenn er zu ihr hinsah, lächelte sie ihn strahlend an. Das tat sie zwar, seit er sie kannte, aber heute wirkte ihr Lächeln auch noch glücklich.

Obwohl ihn das einerseits freute, verursachte es ihm andererseits Unbehagen. Catie würde leiden wie ein Hund, wenn das unausweichliche Ende ihrer Beziehung käme. Und er auch. Verdammt, er hätte sich nicht mit ihr einlassen dürfen. Aber das gestrige Zusammensein mit ihr war so unglaublich schön gewesen, dass er mehr davon wollte. Sehr viel mehr. Und nicht nur Sex. Da war etwas zwischen ihnen, das er nicht beschreiben konnte, das sich gut und richtig anfühlte, als wären sie zwei perfekt zueinander passende Puzzleteile. Als hätte er sein ganzes Leben lang auf Catie gewartet. Er versuchte sich einzureden, dass das nur daran lag, dass er zwanzig Jahre lang mit keiner Frau zusammen gewesen war und einen immensen Nachholbedarf hatte. Doch das war nicht der Grund.

Er sah wieder zu ihr hin und stellte fest, dass sie ihn ebenfalls anblickte. Sie stand auf.

„Kieran MacKinnon, ich werde mich gleich auf deinen Schoß setzen. Also, wenn du das nicht willst ..."

„Habe ich noch maximal fünf Sekunden Zeit, um in mein Zimmer zu flüchten." Er schob den Stuhl zurück und breitete die Arme aus. „Keine Angst, ich fliehe nicht."

Sie setzte sich rittlings auf seinen Schoß und fuhr ihm mit beiden Händen durch die Haare. Er gab ihr einen sanften Kuss und drückte sie an sich, ehe er sie ein Stück zurückschob.

„Ich möchte Beruf und Privatleben gern getrennt halten."

„Prinzipienreiter", scherzte sie.

Er schüttelte den Kopf. „Ich zitiere meinen Sozialarbeiter. Der hat gesagt, ich brauche gerade am Anfang klare Regeln und feste Rituale, um in der Freiheit wieder Fuß zu fassen. Wenn sich die Grenzen verwischen und Dinge sich überschneiden ...", er suchte nach Worten, „damit komme ich nicht so gut klar. Du ahnst nicht, wie schwierig es für mich ist, mich selbst zu organisieren. Ich gebe mir allerdings große Mühe, dass das niemand merkt."

„Das gelingt dir sehr gut. Auch das mit der Organisation." Catie gab ihm einen Kuss auf die Wange und stand auf.

Die Haustür wurde geöffnet. „Die Post!" Postbotin Lucy Lennox kam herein. Statt die Post wie jeden Tag auf den Flurtisch zu legen, kam sie ins Wohnzimmer und hielt Catie den „Scotsman" hin. „Habt ihr schon gehört? Am Loch Harport wurde am Sonntag eine Touristin ermordet. Bestimmt war das einer von dieser amerikanischen Reisegruppe, die sich bei Talisker hat volllaufen lassen und danach in Carbost randaliert hat."

Kieran nahm ihr die Zeitung aus der Hand und überflog den Artikel. Sein Blick blieb an dem Gesicht der Touristin hängen, das daneben abgebildet war. Obwohl es sich um ein Ausweisfoto handelte, das nicht sehr vorteilhaft wirkte, erkannte er sie. Das war zweifellos die Frau, die ihn vor zwei Wochen am Strand nach dem Weg gefragt hatte.

Das Telefon klingelte, und Lucy Lennox verabschiedete sich mit einem kurzen Winken. Catie nahm den Hörer ab und meldete sich. Gleich darauf runzelte sie finster die Stirn.

„Ja, natürlich geht es mir gut, Connie. Was soll denn die Frage?" Sie presste verärgert die Lippen zusammen. „Ich wüsste nicht, was dich das angeht. Aber ja, ich habe noch sehr intensiven Kontakt zu Kieran. Er wohnt bei mir." Sie schnappte nach Luft und schüttelte den Kopf. „Sag mal, hast du sie noch alle?" Ihre Augen wurden groß, und sie starrte Kieran erschrocken an. „Du hast – was? – Du gottverdammter Scheißkerl!" Sie knallte den Hörer auf, kam zu Kieran und umarmte ihn fest.

„Was ist denn los, Catie?"

Sie sah ihn ernst an. „Mein Bruder hat dich denunziert."

„Was?" Kieran schüttelte verständnislos den Kopf.

Catie tippte auf die Zeitung, die er immer noch in der Hand hielt. „Connor behauptet, er hätte dich mit der Frau zusammen gesehen. Und das hat er der Polizei gemeldet."

„Oh Gott!"

Ihm wurde übel. Falls Connor MacDonald der Polizei wider Erwarten nicht gesteckt haben sollte, dass Kieran der Broadford-Killer war, würde die das trotzdem sehr schnell herausfinden, wenn sie seinen Namen durch ihre Datenbank jagte. Es war nur noch eine Frage der Zeit, bis sie hier auftauchte, um ihn in die Mangel zu nehmen oder gleich zu verhaften. Er verspürte den heftigen Impuls, in sein Zimmer zu stürzen, seine Sachen zu packen und abzuhauen, solange er das noch konnte. Aber das hätte keinen Sinn, da man sofort nach ihm fahnden würde. Außerdem hatte er nichts getan, und ein Unschuldiger rannte nicht vor der Polizei davon.

„Du kennst die Frau doch nicht, oder?"

„Ich bin ihr am Strand begegnet. Sie hatte sich verlaufen, ich habe sie zur Straße gebracht. Das Ganze hat keine zehn Minuten gedauert. Seitdem habe ich sie nicht wiedergesehen." Er seufzte. „Aber genau in dem Moment kam dein Bruder vorbei und hat mich freundlicherweise zu meiner Unterkunft gefahren. Nur um mir zu drohen, dass deine Familie mich restlos fertigmachen wird, wenn ich nicht meine Finger von dir lasse. Ich nehme an, das war jetzt der nächste Versuch in der Richtung." Der vielleicht schon ausreichte, um ihn tatsächlich zu vernichten.

„Es tut mir so leid, Kieran." Catie schmiegte sich in seine Arme. „Aber es wird sich alles aufklären und deine Unschuld bewiesen werden."

Er fand es unglaublich, dass sie bedingungslos an seine Unschuld glaubte. Obwohl er den halben Sonntag weg gewesen war und sie nicht wusste, was er in der Zeit gemacht hatte. Aber er konnte ihr nicht sagen, wo er gewesen war. Noch nicht.

Sie sah ihm in die Augen. „Professor Taylor hat mir gesagt, dass er dir angeboten hat, die Wahrheit über den Fall von damals herauszufinden, indem er dich hypnotisiert. Du solltest das tun, Kieran. Falls sich dadurch herausstellt, dass du für die damalige Tat gar nicht verantwortlich bist, wird das deine Unschuld in diesem Fall zusätzlich untermauern."

Er ließ sie los. Allein der Gedanke an eine Hypnose jagte ihm einen kalten Schauer über den Rücken. „Das brauche ich nicht. Außerdem, wenn sich meine Unschuld in diesem Fall erweist, ist es völlig egal, was damals war oder nicht."

Sie sah ihn verständnislos an. „Willst du denn nicht endlich Gewissheit haben?"

„Ich kann sehr gut mit dem Status quo leben." Das klang ungewollt schroff.

„Aber ..."

„Lass es, Catie. Es ist nicht gut, die Vergangenheit wieder aufzuwärmen."

„Aber warum nicht? Wenn sich dadurch herausstellt, dass vielleicht sogar jemand anderes ..."

„Nein! Das ist Vergangenheit. Ich habe meine Strafe dafür abgesessen, und damit ist das erledigt." Warum ließ sie ihn nicht endlich in Ruhe?

„Aber wenn ..."

„Verdammt, Catie! Wenn du nicht mit einem verurteilten Mörder zusammen sein willst – wofür ich volles Verständnis habe –, dann lass es. Aber hör auf, dich in meine Angelegenheiten zu mischen!"

Er wandte ihr den Rücken zu und trat auf die Veranda. Der Nebel hatte sein weißes Tuch über das Land gelegt und verhüllte die Aussicht auf die Bucht. Er wünschte sich, in diesem Nebel auf immer zu verschwinden und nie mehr aufzutauchen.

Catie trat zu ihm, legte von hinten die Hände um ihn und drückte ihren Kopf an seine Schulter.

„So habe ich das nicht gemeint, Kieran. Wirklich nicht. Es tut mir leid, wenn ich dich verletzt habe. Ich wollte dir helfen. Ich dachte, wenn du weißt, warum das damals passiert ist, fühlst du dich besser. Was könnte denn schlimmer sein als die Ungewissheit, ob du tatsächlich dafür verantwortlich bist oder nicht?"

Er legte zögernd seine Hand über ihre auf seiner Brust gefalteten Hände und schloss die Augen. Schließlich drehte er sich um und legte die Arme um Catie. „Die Hoffnung, dass ich entlastet werden könnte, nur um am Ende zu erfahren, dass ich doch in vollem Umfang für diese entsetzliche Tat verantwortlich bin, die nie wiedergutzumachen ist. Die Ungewissheit ist leichter zu ertragen." Er wandte das Gesicht ab, als er das Mitleid in ihren Augen sah. „Warum willst du überhaupt mit mir zusammen sein? Um zu beweisen, wie liberal und vorurteilsfrei du bist?"

Sie schaute ihn verletzt an. „Diese dämliche Bemerkung sehe ich dir nur nach, weil du keine Ahnung von Frauen und ihren Gefühlen hast, Kieran MacKinnon. Falls du Idiot es noch nicht gemerkt haben solltest – und danach sieht es aus –, du bedeutest mir was. Nicht weil du mich aus dem Wasser gezogen hast. Sondern weil du Eigenschaften besitzt, die ich schätze und die ich mir immer gewünscht habe bei dem Mann, den ..." Sie biss sich auf die Lippen. Ihre Augen sagten dagegen mehr als alle Worte.

Er schüttelte den Kopf. „Unsere Beziehung hat doch keine Zukunft. Kann keine Zukunft haben. Du, die Tochter des Baronet of Sleat, und ich, ein Mörder, der zwanzig Jahre im Knast war – das geht niemals gut."

„Wieso nicht? Wegen der Leute, die sich das Maul zerreißen? Ich scheiße drauf!" Sie legte ihre Hände an seine Wangen. „Wenn du mit mir zusammen sein willst, Kieran." Sie ließ ihn nicht zu Wort kommen. „Wenn wir mal alle äußeren Umstände außer Acht lassen und nur nach unseren Wünschen gehen, ohne Wenn und Aber." Sie sah ihn eindringlich an. „Willst du mit mir zusammen sein? Ich meine richtig. Dauerhaft."

Er legte die Stirn gegen ihre und schloss die Augen. Es gab nichts, was er lieber wollte. Catie gab ihm Halt. Wärme. In ihrer Gegenwart fühlte er sich zunehmend wohl. Vor allem akzeptierte sie ihn. Mehr noch: Sie liebte ihn. Und er ... Seine Stimme war nur ein Flüstern, als er ihr antwortete. „Ja."

„Dann werden wir es möglich machen und gegen alle Widrigkeiten darum kämpfen."

Und sie erstickte jeden weiteren Protest mit einem Kuss. Anschließend ging sie in die Küche und kam mit der Flasche Talisker zurück, die Taylor hiergelassen hatte. In der anderen Hand hielt sie einen silbernen cuach. Sie goss gerade genug

Whisky in die Trinkschale, dass der Boden bedeckt war und es für zwei Schlucke ausreichte. Mit ernstem Gesicht fasste sie ihn an seinen beiden stabförmigen Henkeln und hob ihn hoch.

Kieran schüttelte den Kopf und trat zurück. „Das kann ich nicht tun. Wenn ein Mann und eine Frau gemeinsam aus dem cuach trinken, war das früher der Beginn einer Ehe, wenn es vor Zeugen geschah, und gilt heute noch als", er schluckte, „als Eheversprechen. Ich spiele nicht mit solchen Dingen, Catie. Ich nehme unsere Traditionen sehr ernst." Weil auch die ihm Halt und Orientierung gaben. Sofern sie nicht komplett idiotisch waren.

„Ich auch, Kieran. Und darum ..." Sie hob den cuach. „Slàinte mhath, a Khierain, an duine agam." Sie trank einen Schluck und reichte ihm den Kelch.

An duine agam – mein Mann. Er musste nicht erst in ihre Augen sehen, um zu erkennen, wie ernst es ihr war. Zwar verlangte die Tradition, dass der Mann den ersten Schluck trank, aber da er das nie getan hätte, hatte sie in der ihr eigenen Art die Initiative ergriffen. So oder so, wenn er seinen Part des Rituals erfüllte, war das Versprechen besiegelt und moralisch bindend. Das konnte er ihr nicht zumuten. Doch wenn er es nicht tat, verletzte er sie so sehr – nicht nur ihren Stolz in nicht wiedergutzumachender Weise –, dass ihre Beziehung damit für alle Zeiten beendet wäre. Er wollte sie nicht verletzen. Niemals. Außerdem wollte er sich an sie binden, hatte seit ihrer ersten Begegnung davon geträumt und war sich seit gestern sicherer als je zuvor.

Er nahm den cuach. „Slàinte mhór, a Chatrìona, a' bhean agam." Und leerte den Kelch.

Dann nahm er Catie in die Arme und gab ihr einen innigen Kuss. Als sie ihn danach ansah, leuchteten ihre Augen und sie lächelte glücklich. Er verspürte ein Gefühl in der Brust, das ihm fremd war. Deshalb brauchte er eine Weile, bis er begriff, dass er glücklich war. Zum ersten Mal seit einer Ewigkeit. Und das fühlte sich verdammt gut an.

Er küsste Caties Handfläche. „Das ist verrückt."

„Das ist Liebe immer." Catie lehnte sich an ihn. „Dann können wir also jetzt unsere Hochzeit planen."

„Nein. Nicht bevor nicht diese leidige Sache aus der Welt geschafft ist. Und darüber werde ich nicht mit dir diskutieren."

„Das hatte ich auch nicht vor." Sie legte die Hand gegen seine Wange. „Bitte, Kieran, lass mich dir helfen, deinen Namen reinzuwaschen. Wenn schon nicht für damals, dann wenigstens für diesmal."

Er zögerte. Er war es gewohnt, allein zurechtzukommen. Wer sich auf die Hilfe anderer verließ, wurde schwach und angreifbar. Im Knast. Er war es Catie schuldig, dass kein Fleck auf ihren Namen fiel. Kein zusätzlicher. Ihre Beziehung zu ihm kompromittierte sie schon genug. Da sie sich aber nachdrücklich dafür entschieden hatte, war er verpflichtet, alles zu tun, damit es ihr gut ging. Dazu gehörte erst recht, dass er seine Unschuld bewies. Und ja, dafür konnte er durchaus ihre Hilfe gebrauchen.

„Einverstanden. Auch", er atmete tief durch, „auch für damals. Womit ich sagen will, dass ich", er schluckte, „dass ich es mit Professor Taylors Hypnose versuchen werde."

Allein der Gedanke daran verursachte ihm die inzwischen nur allzu vertraute Übelkeit; ein klares Zeichen, dass er sich wieder einmal überfordert fühlte. Aber Caties dankbares Lächeln und ihr liebevoller Kuss bestärkten ihn in seinem Entschluss.

„Ich hoffe, du bereust dein", er räusperte sich, „Eheversprechen nicht, Catie. Die Polizei wird mich verhören, und wenn die Presse Wind davon bekommt, wer ich bin, wird deren Urteil augenblicklich feststehen. Dich werden sie dann auch mit Dreck bewerfen."

Catie schnaubte verächtlich. „Sie können es versuchen. Clan MacDonald verfügt über eine erkleckliche Anzahl von erfahrenen Anwälten in seinen Reihen. Unter anderem meinen Bruder Donald. Die werden der Presse schon das Maul stopfen."

Er lächelte über ihre Entschlossenheit. Es war an der Zeit, ihr zu zeigen, dass ihr Vertrauen in ihn gerechtfertigt war. „Warte mal eine Minute. Ich möchte dir was zeigen."

Bevor er in sein Zimmer gehen konnte, wurde die Haustür aufgerissen. Polizisten mit Waffen in den Händen stürmten herein.

„Hände hoch und keine falsche Bewegung, MacKinnon!"

*

Anja Schultes Ferienwohnung war sauber und aufgeräumt. Die Schuhe standen im Flur aufgereiht in einem Regal, und bis auf die Kleidungsstücke an der Garderobe, eine Kanne Tee und eine Tasse auf dem Wohnzimmertisch neben einem Buch deutete auf den ersten Blick kaum etwas darauf hin, dass die Räume bewohnt waren.

McGill hatte entschieden, sich erst hier umzusehen, bevor er Kieran MacKinnon verhaftete. Er hoffte, hier einen Hinweis zu finden, der ihm einen Schlüssel zu dem Mord lieferte. Idealerweise eine direkte Verbindung zu MacKinnon als Täter. Doch nichts deutete darauf hin, dass außer ihr noch jemand hier wohnte oder gewohnt hatte, obwohl die Ferienwohnung für zwei Leute konzipiert war. Falls MacKinnon hier gewesen war, hatte er alle sichtbaren Spuren seiner Anwesenheit sorgfältig beseitigt.

Er fand ein Tagebuch auf dem Nachttisch. Natürlich war es in Deutsch geschrieben. Trotzdem blätterte er es durch, nachdem er sich die Plastikhandschuhe übergestreift hatte, und überflog die Seiten, um zu sehen, ob irgendwo Kieran MacKinnons Name erwähnt war. Zu seiner grimmigen Befriedigung wurde er fündig. Anja Schulte hatte am Tag ihres Todes die letzte Eintragung mit „12.15 h" überschrieben und in dem nachfolgenden Text seinen Namen genannt. Eine weitere Eintragung vom Tag davor erwähnte ihn ebenfalls. Außerdem fand er MacKinnons Namen am 7. September eingetragen.

„Versteht jemand Deutsch?" Er blickte Sergeant Dennison und die beiden Constables fragend an. Alle drei schüttelten den Kopf.

„Sir, sehen Sie das hier mal an." Grace Dennison hielt ihm einen per Computer geschriebenen Brief hin.

„Liebe Miss Shooltey,

da Sie gern wandern, lade ich Sie herzlich zu einer Wanderung am Ufer von Loch Harport ein mit einem anschließenden Abendessen im Old Inn in Carbost. Falls Sie Lust haben, treffen wir uns am Sonntagnachmittag um drei Uhr bei den Booten am Ufer des Loch.

Ihr ergebenster Kieran MacKinnon"

„Ha! Damit haben wir ihn. Los, Leute, nach Fiskavaig. Der Kerl war die längste Zeit in Freiheit." Und wenn es nach ihm ging, würde MacKinnon nie wieder freikommen, sobald er ihn in Gewahrsam hatte.

Zwanzig Minuten später hatten sie die Straße erreicht, an deren Ende das Haus lag, in dem MacKinnon laut seinem Sozialarbeiter wohnte. Sie parkten die beiden Wagen, mit denen sie gekommen waren, ein Stück entfernt, damit der Mann nicht durch das Motorgeräusch aufgeschreckt wurde und vielleicht noch rechtzeitig fliehen konnte. Vorsichtig näherten sie sich dem Haus mit entsicherten Waffen in den Händen.

McGill schlich zur Haustür und spähte durch das daneben liegende Fenster ins Innere. Ein Mann und eine Frau standen beieinander und sprachen miteinander. Obwohl Kieran MacKinnon von einem schmalen jungen Burschen zu einem durchtrainierten Mann geworden war und einen Vollbart trug, erkannte er ihn sofort.

Er gab den beiden Constables einen Wink, um das Haus herum zu gehen und MacKinnon den Fluchtweg durch die offene Verandatür abzuschneiden, die er von seiner Position aus sehen konnte. Er wartete mit Grace Dennison, bis er sich sicher sein konnte, dass die Leute in Position waren, ehe er vorsichtig die Klinke der Haustür hinunterdrückte. Erleichtert atmete er auf, als er sie nicht verschlossen fand.

Er stieß sie mit einem Ruck auf und stürmte ins Wohnzimmer, während die beiden Constables im selben Moment über die Veranda ins Haus eindrangen. „Hände hoch und keine falsche Bewegung, MacKinnon!"

Kierans Saughton-Reflexe setzten augenblicklich ein und unterdrückten den Impuls zu fliehen oder sich zu verteidigen. Er blieb stocksteif stehen und hob ohne zu zögern die Hände.

„Treten Sie zurück an die Wand!"

Kieran tat auch das.

Catie stellte sich vor ihn. „Was zum Teufel soll das?", fuhr sie die Polizisten an.

„Gehen Sie zur Seite, Madam."

„Ich denke ja nicht dran! Sie befinden sich in meinem Haus und haben nicht das Recht, hier einfach einzubrechen."

„Catie!"

„Das Recht haben wir sehr wohl. Und jetzt treten Sie freundlicherweise zur Seite."

„Ich ..."

„Catie, bitte tu, was er sagt. Ist schon in Ordnung."

„In der Tat. Kieran MacKinnon, Sie sind vorläufig festgenommen wegen des Verdachts, Anja Schulte ermordet zu haben. Umdrehen und Hände an die Wand."

Kieran gehorchte und fühlte sich wieder nach Saughton versetzt. Die Prozedur war ihm nur allzu vertraut. Widerstandslos ließ er das Abtasten nach Waffen über sich ergehen.

„Ich bin nicht bewaffnet."

„Und was ist das hier?" Der Wortführer, der ihm bekannt vorkam, hielt ihm das Klappmesser unter die Nase, das er ihm aus der Gesäßtasche gezogen hatte. „Ich wette, daran finden wir noch Blutspuren vom Opfer. Ihre Fingerabdrücke auf einer Talisker-Flasche, die neben dem Opfer gefunden wurde, haben wir bereits."

Kieran schüttelte den Kopf und schwieg.

„Das ist ja lächerlich!", empörte sich Catie. „Kieran ist unschuldig."

„Falls dem so sein sollte – wider Erwarten –, wird sich das zeigen, Madam. Ihr Name ist?"

„Catrìona MacDonald. Und ich werde ..."

„Catie!"

Sie blickte ihn an.

„Ruf bitte meinen Anwalt an. Bryce Logan in Edinburgh. Die Telefonnummer steht in meinem Notizbuch. Es liegt in meinem Schreibtisch in der Schublade. Falls du ihn nicht erreichen kannst, wende dich an meinen Onkel, Dr. Angus MacKinnon. Seine Nummern stehen auch darin. Er weiß, wie er Logan erreichen kann." Oder er kannte einen anderen Anwalt, falls Logan sich bereits zur Ruhe gesetzt hatte.

„Ihr Anwalt wird Ihnen ebenso wenig helfen können wie vor zwanzig Jahren, MacKinnon. Legen Sie die Hände auf den Rücken."

Kieran tat wie geheißen und spürte Sekunden später den kalten Stahl der Handschellen auf seiner Haut. Ein widerlich vertrautes Gefühl.

„Umdrehen."

Als er das Gesicht des Polizisten direkt vor sich sah, fiel ihm wieder ein, woher er den Mann kannte. Zwar hatte der inzwischen graue Haare bekommen und war ein bisschen fülliger geworden, aber das Gesicht und die Ringerfigur waren eindeutig die von Detective Sergeant McGill – des Beamten, der ihm vor zwanzig Jahren in so manchem Verhör die Hölle heiß gemacht hatte. Dass ausgerechnet der auch diesen Fall bearbeitete, war das Ungünstigste, was Kieran hatte passieren können, denn für McGill stand seine Schuld bereits zweifelsfrei fest. Aber er war unschuldig und auch kein junger Bursche mehr, den McGill verunsichern und einschüchtern konnte.

„Wundert mich nicht, dass Sie gleich nach Ihrem Anwalt rufen, MacKinnon. Das tun alle Schuldigen."

„Und solche, die schon mal mit Ihnen zu tun hatten und erleben mussten, dass Sie ihnen jedes noch so harmlose Wort im Mund umgedreht haben, Detective Sergeant McGill."

McGill kniff kurz die Augen zusammen. „Detective Chief Inspector McGill, wenn's recht ist." Er machte eine Kopfbewegung zur Tür hin. „Abmarsch! Und ich rate Ihnen, MacKinnon, unternehmen Sie keinen Fluchtversuch."

„Warum sollte ich? Ich habe nichts getan, wovor ich fliehen müsste."

„Wohin bringen Sie ihn?" Catie streckte die Hand nach Kieran aus, doch McGill schob ihn vorwärts.

„Nach Fort William ins Northern Constabulary Headquarter."

Kieran wandte sich zu ihr um. „Ruf bitte Logan an."

„Natürlich, Kieran. Es wird alles gut."

Er nickte, obwohl er ihre Zuversicht nicht teilte. Widerstandslos ließ er sich abführen.

Catie folgte der Prozession bis vor die Haustür und sah mit einer Mischung aus Wut und Verzweiflung zu, wie Kieran in einen der beiden etwas weiter entfernt geparkten Polizeiwagen verfrachtet wurde. Als sie abfuhren und im Nebel verschwanden, kehrte sie ins Haus zurück und suchte in Kierans Schreibtisch mit zitternden Fingern nach seinem Notizbuch. Es lag unter einem kleinen Päckchen, das in einer Plastiktüte steckte. Obwohl es sie überhaupt nichts anging, wickelte sie es aus. Eine kleine Schatulle kam zum Vorschein. Ihr war natürlich klar, dass sie gerade einen Vertrauensbruch beging, aber ihre Neugier siegte über den Anstand. Sie hob den Deckel an und sog scharf die Luft ein.

Auf blauem Samt lag ein daumennagelgroßer silberner Anhänger in Form einer Rose mit einer dazu passenden Silberkette. Ein beiliegendes Zertifikat wies ihn als Handarbeit aus, also hatte er mindestens zweihundert Pfund gekostet; für Kierans Verhältnisse ein Vermögen.

Sie ließ sich auf den Stuhl fallen und konnte nicht verhindern, dass ihr die Tränen kamen. Da sie gestern und heute den ganzen Tag mit ihm zusammen gewesen war, musste er die Kette letzte Woche oder schon davor besorgt haben. Bevor sie miteinander geschlafen hatten. Für Catie war das ein deutlicher Beweis dafür, dass er sie liebte. Er hatte sich nur noch nicht getraut, ihr das zu sagen und ihr die Kette zu geben. Keine Sekunde zog sie in Erwägung, dass die Kette vielleicht gar nicht für sie gedacht wäre.

Sie legte die Arme auf die Tischplatte, den Kopf darauf und weinte, als ihr nicht nur bewusst wurde, wie viel Kieran ihr wirklich bedeutete, sondern gleichzeitig auch, wie tief die Zurückweisungen sie verletzt hatten, die sie früher von ihren Partnern erlebt hatte. Zwar hatte sie das nach außen hin überspielt und sich eingeredet, dass die Idioten keine einzige Träne wert waren; aber es hatte ihr trotzdem wahnsinnig wehgetan.

Nach dem Scheitern ihrer Beziehung mit Callum vor einem Jahr hatte sie sich geschworen, lieber den Rest ihres Lebens allein zu verbringen, als sich noch mal auf einen Mann einzulassen und wieder verletzt zu werden. Ein wunderbarer Vorsatz, der ihr ihren Seelenfrieden zurückgegeben hatte – oberflächlich. Dann war sie Kieran begegnet und hatte gemerkt, was ihr fehlte: dass keiner ihrer Verflossenen sie wie eine gleichberechtigte Person behandelt hatte.

Kieran akzeptierte sie, wie sie war, ohne sie ändern zu wollen. Er hatte keine Probleme damit, im Rahmen ihrer Arbeit von ihr Anweisungen entgegenzunehmen, und hatte vordringlich ihr Wohl im Kopf, nicht seins. Und seine Zärtlichkeit war phänomenal, wie sie es nie einem Mann zugetraut hätte; erst recht keinem, der zwanzig Jahre im Gefängnis gewesen war. Verdammt, sie würde um ihn kämpfen mit allen ihr zur Verfügung stehenden Mitteln.

Entschlossen wischte sie die Tränen aus dem Gesicht, packte die Schatulle mit der Rose wieder ein und legte sie in die Schublade zurück. Danach nahm sie das Notizbuch, suchte die Telefonnummer von Bryce Logan heraus und rief ihn an. Zu ihrer Erleichterung konnte sie zwei Minuten später mit ihm persönlich sprechen. Logan hörte sich an, was sie zu sagen hatte, und versprach, sich schnellstmöglich um Kieran zu kümmern. Allerdings konnte er, da er noch zwei Gerichtstermine hatte, erst morgen nach Fort William fahren.

Catie bedankte sich und beendete das Gespräch. Der Gedanke, dass Kieran, der Mauern um sich herum hasste, mindestens eine Nacht wieder in einer Zelle verbringen musste, machte sie krank. Das hatte er nicht verdient, verdammt! Es musste doch eine Möglichkeit geben, ihn da rauszuholen.

Kurz entschlossen rief sie Professor Taylor an und hatte Glück, auch ihn nach nur wenigen Minuten Wartezeit sprechen zu können.

„Hallo Catie. Was gibt es Neues, dass Sie so schnell nach meinem Besuch anrufen?"

„Man hat Kieran verhaftet. Er soll wieder eine Frau umgebracht haben. Man hat neben der Leiche eine Whiskyflasche mit seinen Fingerabdrücken gefunden." Sie erzählte ihm alles. „Er ist zwar am Sonntag erst spät nach Hause gekommen, aber er hat mit der Tat bestimmt nichts zu tun."

Taylor schwieg einen Moment. „Das glaube ich auch nicht. Als ich bei Ihnen war, habe ich den Eindruck gewonnen, dass Kieran ein anständiger Mann ist und – zumindest in nüchternem Zustand – eines Mordes nicht fähig. Ich kann nicht beurteilen, wie er sich unter Alkoholeinfluss verhält, denn er hat meinem Versuch, ihn betrunken zu machen, in einer Art widerstanden, die mich zu dem Schluss kommen ließ, dass er sich in nahezu jeder Situation genug beherrschen wird, um nie wieder betrunken zu werden. Deshalb gibt mir die leere Whiskyflasche neben der Leiche zu denken. Außerdem war er mit dem Opfer von vor zwanzig Jahren befreundet. Die Touristin hat er nicht gekannt. Und ich habe ganz und gar nicht den Eindruck, dass er ein Mann wäre, der wahllos oder überhaupt mordet."

Catie runzelte die Stirn. „Was wollen Sie damit sagen, Professor?"

Taylor räusperte sich. „Was in einem Menschen nicht drin steckt, kann auch der Alkohol nicht aus ihm herausholen, Catie. Ihr Freund neigt in keiner Weise zu Gewalttätigkeit. Ein Wunder, wenn man bedenkt, wo er die Hälfte seines Lebens verbracht hat, aber es ist so."

Catie dankte im Geist Pfarrer Stewart, dem sie, vielmehr Kieran, das zu verdanken hatte, ehe sie sich wieder auf Taylors Ausführungen konzentrierte.

„Der Mann, den ich kennengelernt habe, mag aus dem Affekt heraus in Verbindung mit Alkohol tatsächlich den Mord von damals begangen haben, aber mit an Sicherheit grenzender Wahrscheinlichkeit nicht den von heute." Taylor schwieg einen Moment. „Ganz ehrlich, Catie. Ich habe alles versucht, um Ihren Freund zu provozieren, als wir gemeinsam spazieren waren. Ich habe ihn sogar beleidigt und angegriffen, um seine Reaktion zu testen. Auf die Beleidigungen hat er nicht reagiert, und meinen Angriff hat er abgewehrt, ohne mir allzu sehr wehzutun. Vor allem aber ohne jeglichen Gegenangriff. Und das passt nicht zu einem Mörder. Der langen Rede kurzer Sinn: Meine Intuition in Verbindung mit meiner Fachkenntnis sagt mir, nachdem ich auf meiner Rückfahrt nach London noch mal gründlich über Kierans Fall nachgedacht habe, dass er damals wahrscheinlich auch seine Freundin nicht umgebracht hat. Aber das ist nur eine Theorie."

Catie umklammerte den Telefonhörer. „Wollen Sie damit sagen, dass ihm tatsächlich jemand den Mord angehängt hat? Und auch den jetzigen?"

„Den jetzigen, davon bin ich überzeugt. Und deshalb besteht durchaus die Möglichkeit, dass er den damaligen vielleicht auch nicht begangen hat." Er schwieg einen Moment. „Das würde auch seine totale Erinnerungslücke erklären. Nach der Alkoholkonzentration, die er nach der Tat im Blut gehabt hat, müsste er sich zumindest bruchstückhaft noch an ein paar Dinge erinnern können. Selbst wenn wir davon ausgehen, dass er die Tat verdrängt hat. Kieran hat seine Schuld akzeptiert. In dem Zug hätten diese Bruchstücke wieder auftauchen müssen. Aber an etwas, das man nicht getan hat, kann man sich auch nicht erinnern."

Ihr Herz schlug schneller. „Kieran hat zugestimmt, sich von Ihnen hypnotisieren zu lassen. Er will jetzt auch endlich die Wahrheit wissen."

„Sehr gut. Kommen Sie beide zu mir, wann immer Sie wollen. Und können. Ich bin auch gern bereit, noch mal zu Ihnen zu kommen und ein professionelles Gutachten über ihn zu erstellen, falls man ihn tatsächlich wieder vor Gericht stellen will. Nach allem, was Sie mir erzählt haben, ist die Beweislage doch etwas dürftig. Davon abgesehen ist Kieran viel zu intelligent, um eine Flasche mit seinen Fingerabdrücken neben einer Leiche liegen zu lassen. Und da er sich nicht – oder nicht mehr – betrinkt, hat er den Mord meiner Überzeugung nach nicht begangen."

„Danke, Professor. Vielen Dank."

„Das Problem ist nur, dass die Polizei für seine Unschuld Beweise braucht. Ich habe mir Kierans Akte inzwischen genau angesehen. Auch die Ermittlungsakte. Man hat damals auf der Haut des Opfers ein paar helle Haare gefunden, ohne Wurzeln, weshalb man mit ihnen vor zwanzig Jahren noch keine DNA-Analyse machen konnte. Da das Mädchen blond war, dachte man außerdem, dass die Haare zu ihr gehörten, obwohl sie erheblich kürzer waren. Deshalb vermutete man, dass der Täter sie bei seinen Attacken mit dem Messer versehentlich vom Opfer abgetrennt hätte. Ich halte es für wichtig, dass die Haare jetzt untersucht werden. Falls sie nicht vom Opfer stammen, gehören sie möglicherweise zum Täter. In jedem Fall nicht zu Kieran. Dafür ist sein Haar viel zu dunkel."

Catie öffnete die Verandatür, um sich durch die frische Luft ein wenig zu beruhigen. „Ich hoffe, das bringt etwas. Danke, Professor. Ich halte Sie auf dem Laufenden."

„Seien Sie vorsichtig, Catie. Wer immer Kieran etwas anhängen will, könnte Sie als Nächste ins Visier nehmen."

„Ich passe auf mich auf."

Sie legte den Hörer auf und griff zum „Scotsman". Sorgfältig las sie den Artikel über den Mord an der Touristin. Mehrmals. Nach dem letzten Durchgang wusste sie, wie sie Kieran helfen konnte. Das war zwar riskant, aber sie war bereit, das Risiko einzugehen.

Sie rief noch einmal in der Kanzlei von Bryce Logan an, doch er hatte sie bereits verlassen, um zum Gericht zu fahren. Sie bat, ihm auszurichten, dass er sie dringend zurückrufen möge, sobald er zurück war.

Falls Kieran doch eine Nacht hinter Gittern verbringen musste, würde dem ganz sicher keine zweite folgen.

*

Gordon McGill schob Kieran in die Zelle in der Constabulary und nahm ihm die Handschellen ab. Seinen Gürtel, die Schnürsenkel und alle persönlichen Gegenstände hatte man ihm schon abgenommen. Ein schmerzhaft vertrauter Prozess.

„Machen Sie es sich bequem, MacKinnon. Wird eine Weile dauern, bis ich mich mit Ihnen beschäftigen kann."

Denselben Spruch hatte McGill schon vor zwanzig Jahren benutzt. ‚Eine Weile' bedeutete, dass er Kieran erst morgen vernehmen würde in der Hoffnung, dass er über Nacht weichgekocht wäre und ein Geständnis ablegte. Deshalb würdigte Kieran den Mann keiner Antwort. Er ging zu der Pritsche, die in einer Ecke stand, legte sich darauf, verschränkte die Arme hinter dem Kopf und starrte zur Decke. Er fühlte, dass McGill ihn ansah und widerstand dem Impuls, zu ihm hinzusehen. Nach einer Weile schloss McGill die Tür. Kieran hörte, wie der Schlüssel im Schloss gedreht wurde.

Er war wieder gefangen. Eingeschlossen. Ausgeliefert. Ohne Ausweg.

Die Wände schienen auf ihn einzustürzen und ihn zu ersticken. Er biss sich auf die Lippen, um nicht zu schreien, und krallte die Hände in die Decke, auf der er lag, um nicht aufzuspringen und in blinder Panik gegen die Tür zu schlagen, bis seine Hände bluteten und die Knochen brachen; wie damals in seiner ersten Nacht im Gefängnis. Krampfhaft schloss er die Augen und versuchte, trotz der zunehmenden Enge in seiner Brust tief durchzuatmen.

„Egal wo dein Körper sich befindet, dein Geist ist frei. Er ist niemals gefangen und überwindet jede Mauer. Er fliegt, wohin du willst, denn die Mauern sind nur eine Illusion."

Das hatte der Psychologe im Jugendknast ihm beigebracht. Kieran kämpfte mit äußerster Willensanstrengung seine Panik nieder und sammelte sich. Er schickte seinen Geist nach Hause, zum Strand von Fiskavaig, und ließ ihn am Ufer wandern. Er hörte die Schreie der Möwen, das Plätschern der Wellen am Ufer, fühlte den Wind in seinem Haar und roch das Meer. Seine Lungen begannen wieder normal zu funktionieren. Tief atmete er die Seeluft ein. Er ließ seinen Geist in den aufkommenden Nebel eintauchen, und die Mauern verschwanden endgültig.

*

Mittwoch, 21. September 2011

Als Kieran in das Vernehmungszimmer geführt wurde, wartete McGill bereits auf ihn. Kieran glaubte, in der Beamtin neben ihm dieselbe zu erkennen, die auch damals bei den Verhören dabei gewesen war. Er konnte sich aber nicht mehr an ihren Namen erinnern.

McGill deutete auf den Stuhl ihm gegenüber, nachdem der Constable, der Kieran hereingeführt hatte, ihm die Handschellen abgenommen hatte. Er setzte sich. McGill wirkte überaus zufrieden, was Kieran ein mulmiges Gefühl verursachte.

McGill schaltete das Aufnahmegerät ein. „Einundzwanzigster September 2011, zehn Uhr zweiundzwanzig. Beginn der Vernehmung von Kieran MacKinnon zum Tatvorwurf des Mordes an Anja Schulte am achtzehnten September. Anwesend sind Detective Chief Inspector Gordon McGill, Detective Sergeant Grace Dennison und der Beschuldigte. Ihre Rechte kennen Sie wohl noch, Mr MacKinnon?"

„Ja, Sir."

„Sind Sie zur Aussage bereit oder wollen wir auf Ihren Anwalt warten?"

„Das ist nicht nötig, Sir. Ich bin unschuldig."

McGill schnaubte verächtlich und schüttelte den Kopf. „Ich werde Ihnen sagen, was wir gegen Sie in der Hand haben." Er schob Kieran einen computergeschriebenen Brief hin. „Mit diesem Brief haben Sie das Opfer zum Tatort gelockt."

Kieran warf einen Blick auf das Papier und schüttelte fassungslos den Kopf, als er den perfiden Plan begriff, der dahintersteckte. Ganz offensichtlich wollte ihm jemand nicht nur den Mord anhängen, sondern hatte die Tat bereits im Voraus minutiös geplant. Das erklärte ihm auch McGills Zufriedenheit. Wahrscheinlich war dieser gefälschte Brief nicht das einzige Indiz, das gegen ihn sprach.

„Den Brief sehe ich zum ersten Mal."

„Natürlich." McGills Stimme klang höhnisch. „Der Brief ist in der Poststelle von Portnalong abgestempelt worden. Und Sie wohnen in Fiskavaig. So ein Zufall aber auch."

Kieran ließ sich nicht beirren. „Nein, Sir, ganz sicher kein Zufall. Offenbar will mir jemand gezielt diesen Mord anhängen."

„Klar. Und der Zeuge, der Sie zwei Wochen vorher mit dem Opfer gesehen hat, ist wohl der wahre Täter."

„Man hat mich auch schon mit anderen Leuten zusammen gesehen – Ihnen und Sergeant Dennison zum Beispiel –, die alle noch am Leben sind."

McGill knallte einen Aktenhefter auf den Tisch. „Ich habe hier übersetzte Auszüge aus dem Tagebuch der Toten." Er schlug den Hefter auf. „Sie schreibt am siebten September: ‚Ich habe heute einen netten Mann kennengelernt, der mir den Weg gezeigt hat, als ich mich verlaufen hatte. Er heißt Kieran MacKinnon und sieht wirklich gut aus. Genau der Richtige für einen heißen Flirt.' Sie wollten von Anfang an mit ihr ins Bett, nicht wahr?"

Die einzige Frau, mit der Kieran seit seiner Entlassung ins Bett gewollt hatte, war Catie. „Nein, Sir."

„Aber Sie haben sie zu einem romantischen Spaziergang am Strand eingeladen." McGill pochte auf den Brief. „Anja Schulte schreibt dazu am siebzehnten September: ‚Ich habe heute einen Brief von Kieran MacKinnon erhalten. Er hat mich zu einem Spaziergang und einem Essen eingeladen. Ich wette, er will mehr von mir.' Sie wollten mehr, nicht wahr? Genau wie damals bei Ihrer Freundin. Hat sie Sie auch abgewiesen wie Anja Schulte?"

„Nein, Sir, ich ..."

„Ach, Sie erinnern sich wieder? Und geben zu, dass Sie die Touristin eingeladen haben."

„Nein, Sir, das tue ich ganz und gar nicht." Er blickte Sergeant Dennison an und machte eine Kopfbewegung zu McGill. „Er hat immer noch die Angewohnheit, einem das Wort im Mund umzudrehen. Und dann wundert er sich, dass die Leute nach ihrem Anwalt verlangen, sobald sie ihn sehen."

Sergeant Dennison musste sich das Lachen verkneifen und versuchte, nicht sehr erfolgreich, das in einem Hustenanfall zu verbergen.

McGill schlug mit der flachen Hand auf den Tisch. „Wir haben eine leere Flasche Talisker neben der Leiche gefunden, auf der sich Ihre Fingerabdrücke befinden. Die Tote wurde mit achtzehn Stichen getötet, und post mortem wurde ihr die Kehle durchgeschnitten. Genau wie bei Ihrer Freundin damals. Wie Ihre Freundin ist die Tote blond. Haben Sie ein Problem mit blonden Frauen, MacKinnon? Ich wette, Ihre Mutter ist blond."

„Nein, Sir."

„Was ist es dann, das Sie eine Frau umbringen lässt?"

Kieran blickte McGill offen in die Augen. „Ich habe die Frau nicht umgebracht. Und was Sie haben, sind nichts weiter als Indizien."

„Wo waren Sie zur Tatzeit?"

Kieran zuckte mit den Schultern. „Um Ihnen darauf antworten zu können, müsste ich die Tatzeit erst einmal kennen."

McGill verengte für einen Moment die Augen zu schmalen Schlitzen. „Sonntagabend zwischen sechs und sieben Uhr."

Kieran schwieg. Zu dem Zeitpunkt war er auf dem Rückweg nach Fiskavaig gewesen. Aber dafür gab es keine Zeugen. Zumindest ab Bracadale war ihm niemand mehr begegnet bis auf zwei, drei Autos mit ausländischen Kennzeichen. Die Insassen würden sich kaum an den einsamen Radfahrer erinnern, an dem sie vorbeigefahren waren. Sofern sie ihn überhaupt bewusst wahrgenommen hatten. Er hatte also kein Alibi.

McGill wertete sein Schweigen – natürlich – als Beweis seiner Schuld. „Fällt Ihnen auf die Schnelle keine glaubhafte Lüge ein?" Er schnaufte, als Kieran weiter schwieg. „Das habe ich mir gedacht. Wie wäre es mit einem Geständnis, MacKinnon? Dann lässt der Richter vielleicht noch mal Milde walten, und Sie kommen aus dem Knast, wenn Ihnen noch ein paar Jahre in Freiheit bleiben bis zu Ihrem Lebensende."

Kieran schüttelte den Kopf. „Man hat mich in den vergangenen zwanzig Jahren immer wieder gefragt, warum ich Allison umgebracht habe, und mir nahegelegt, die Tat endlich zuzugeben. Das hätte mir Bewährung und eine vorzeitige Entlassung gebracht. Ich habe nicht gestanden, weil ich mich an die Tat bis heute nicht erinnern kann. Diesmal aber, Chief Inspector McGill, weiß ich verdammt genau, dass ich die Touristin nicht umgebracht habe. Ich kann und werde nichts gestehen, was ich nicht getan habe." Er zeigte auf den Brief. „Ich nehme an, dass Sie den Brief untersuchen lassen, falls Sie es noch nicht getan haben. Sie werden keinen einzigen Fingerabdruck von mir darauf finden."

„Weil Sie so schlau waren, Handschuhe zu tragen."

Kieran verzog den Mund. „Klar. Ich war so schlau, auf einem Brief, der mich belasten könnte, keine Fingerabdrücke zu hinterlassen, aber gleichzeitig bin ich so dämlich und lasse eine Flasche übersät mit meinen Fingerabdrücken am Tatort direkt neben der Leiche liegen?" Er schüttelte den Kopf. „Der Widerspruch dürfte selbst einem verbohrten Kerl wie Ihnen auffallen." Er beugte sich leicht vor und sah McGill in die Augen. „Ich habe wohl Allison damals ermordet. Aber diesen Mord habe ich nicht begangen. Diesmal bin ich unschuldig, Sir."

Auch McGill beugte sich vor, bis sein Gesicht nur wenige Zentimeter von Kierans entfernt war. „Dann sagen Sie mir, wo Sie zur Tatzeit waren."

„Wozu? Sie würden mir nicht glauben und stattdessen wie gewohnt versuchen, selbst die harmloseste Sache gegen mich zu wenden."

Bevor McGill antworten konnte, wurde die Tür des Verhörraums geöffnet. Ein Constable trat ein, reichte ihm einen Heftordner und ging. McGill blickte mit gerunzelter Stirn darauf, schlug ihn auf und überflog das innenliegende Schriftstück, ehe er es auf den Tisch knallte und Kieran mit einem Blick anstarrte, der Onkel Angus' Schlangenblick frappierend ähnelte. Offenbar gefiel ihm die Nachricht nicht, die er bekommen hatte.

Kieran erwiderte seinen Blick, ohne mit der Wimper zu zucken. Er war unschuldig. Und nichts, was McGill tat oder sagte, würde daran etwas ändern. Erst recht kein Einschüchterungsversuch.

Die Tür wurde erneut geöffnet. „Chief Inspector, Mr MacKinnons Anwalt ist hier."

Bryce Logan rauschte herein. Kieran hatte ihn seit Jahren nicht mehr gesehen. Auch Logan hatte graue Haare bekommen und etliche Falten im Gesicht, aber er hatte nichts von seiner Dynamik eingebüßt. Ohne sich mit einer Begrüßung aufzuhalten, legte auch er ein Schriftstück vor McGill hin.

„Das Verhör ist beendet. Sie werden meinen Mandanten augenblicklich freilassen. Er hat ein Alibi." Logan deutete auf das Schriftstück. „Miss Catrìona MacDonald hat unter Eid diese Erklärung abgegeben, dass sie mit Mr MacKinnon am Sonntag von zwei Uhr dreißig nachmittags bis zum nächsten Morgen ununterbrochen zusammen war. Er kann den Mord an der Touristin also nicht begangen haben." Er nickte Kieran zu. „Miss MacDonald wartet draußen auf Sie."

Kieran starrte Logan einen Moment erschrocken an, ehe er eine ausdruckslose Miene aufsetzte. Catie hatte für ihn gelogen. Nicht nur das, sie hatte einen Meineid geschworen. Oh Gott, wenn das rauskam, steckte sie in ernsten Schwierigkeiten. Meineid war schließlich kein Kavaliersdelikt. Zum Glück hatte er McGill nicht gesagt, wo er tatsächlich gewesen war. Somit hatte der keinen Anhaltspunkt, wo er nach möglichen Zeugen suchen sollte, anhand deren Aussagen man zurückrechnen könnte, dass Kieran ganz sicher nicht vor sieben Uhr abends bei Catie hätte gewesen sein können.

Leider war dem Chief Inspector sein Moment des Erschreckens nicht entgangen. „Haben Sie mir was zu sagen, MacKinnon?"

„Das hat er nicht, Chief Inspector", stellte Logan klar, bevor Kieran antworten konnte. „Aber ich hätte da noch etwas Wichtiges. An der Leiche von Allison MacLeod wurden damals Haare sichergestellt, die vielleicht, vielleicht aber auch nicht von ihr stammen. Aufgrund fehlender Haarwurzeln konnte damals keine DNA-Analyse durchgeführt werden. Inzwischen ist die Technik dazu in der Lage. Deshalb verlange ich – und habe auch schon einen offiziellen Antrag eingereicht –, dass diese Haare jetzt analysiert werden. Da es sich um helle Haare handelt, stammen sie ganz sicher nicht von meinem Mandanten."

McGill gab ein gereiztes Knurren von sich. „Und was hoffen Sie damit zu beweisen?"

„Dass Mr MacKinnon auch den damaligen Mord nicht begangen hat."

„Ha!" McGill lachte sarkastisch. „Träumen Sie weiter."

„Ja, und zwar von einer Wiederaufnahme des Verfahrens wegen erwiesener Unschuld. Deshalb wird auch ein von uns bestellter unabhängiger Forensiker bei der Analyse anwesend sein und das Ergebnis überprüfen. Außerdem hat Mr MacKinnon sich bereiterklärt, sich einer Hypnose zu unterziehen, die vielleicht Licht in das Dunkel der damaligen Tat bringen kann."

McGill blickte Kieran an. „Das wird nur Ihre Schuld beweisen, MacKinnon. Zumindest die von damals."

Kieran erwiderte seinen Blick. „Das mag sein, Chief Inspector. Da ich Anja Schulte nicht umgebracht habe, aber jemand den", er schluckte, „den Mord an Allison bei ihr bis ins Detail kopiert und sogar Spuren gelegt hat, die mich belasten", er deutete auf den Brief auf dem Tisch, „liegt der Verdacht nahe, dass ich mich deshalb nicht an die damalige Tat erinnern kann, weil ich die ebenfalls nicht begangen habe. So oder so, ich will die Wahrheit wissen. Entweder um meinen Namen und den meines Clans damit reinzuwaschen – oder um die Gewissheit zu bekommen, dass ich völlig zu recht mehr als die Hälfte meines Lebens im Gefängnis gesessen habe. Davon abgesehen dürfte die Wahrheit auch in Ihrem Interesse sein. Oder nicht?"

McGill verengte die Augen und blickte Kieran mit einem Ausdruck an, den er nicht deuten konnte. Schließlich machte er eine Kopfbewegung zur Tür hin. „Sie können gehen. Vorerst."

Logan nickte ihm zu. „Sie brauchen mich im Moment nicht mehr. Deshalb verabschiede ich mich. Ich habe noch einen dringenden Termin. Wir bleiben in Verbindung."

Er eilte ebenso schwunghaft hinaus, wie er gekommen war. Kieran folgte ihm, bevor McGill auf den Gedanken kam, ihn aufzuhalten. Bedauerlicherweise musste er dessen Gegenwart noch eine Zeit lang ertragen, da McGill seine Unterschrift unter das Entlassungsformular setzen musste.

McGill war anzusehen, dass es ihm nicht passte, dass er Kieran laufen lassen musste. „Sie sind schuldig, MacKinnon, und ich werde es beweisen. Ist nur eine Frage der Zeit."

Kieran würdigte ihn keiner Antwort. Er nahm wenig später seine Sachen in Empfang und unterschrieb die Quittung, dass er sein Eigentum vollständig zurückerhalten hatte. McGill verzog genau wie vor zwanzig Jahren geringschätzig das Gesicht. Damals hatte Kieran das nicht verstanden. Jetzt begriff er, dass sich McGills Missbilligung darauf bezog, dass Kieran mit links unterschrieb. Offenbar gehörte auch er zu den Leuten, die der idiotischen und unbewiesenen Theorie anhingen, dass Linkshänder überdurchschnittlich häufig zu Verbrechen neigten.

Kieran fädelte die Schnürsenkel in die Schuhe und zog den Gürtel durch die Hosenschlaufen. Danach steckte er die restlichen Sachen – ein paar Münzen, Schlüsselbund, Uhr und Ausweis – ein.

McGill ließ ihn während der ganzen Zeit nicht aus den Augen und verstellte ihm den Weg, als er das Gebäude verlassen wollte. „Ihre Freundin hat gelogen, MacKinnon. Wenn Sie wirklich mit ihr zusammen gewesen wären, warum haben Sie das nicht gleich gesagt?"

„Ich wollte sie nicht kompromittieren. Sie ist die Tochter des Baronet of Sleat."

McGill schnaubte verächtlich. „Erzählen Sie mir doch keinen Scheiß. Ein Typ wie Sie hätte sofort sein Alibi genannt – wenn Sie tatsächlich eins hätten. Halten Sie mich für so blöd, dass ich Ihnen glaube, dass Sie lieber ins Gefängnis zurückgegangen wären, nur um Ihre Freundin nicht zu kompromittieren?"

„Ich erwarte nicht, dass Sie das verstehen, Sir. Sie sind kein Skyeman. Bei uns schweigt ein Gentleman über seine Beziehung zu einer Frau wie Catie."

McGill lachte sarkastisch. „Ein Mann, der achtzehn Jahre in Saughton gesessen hat, ist so ziemlich das Gegenteil von einem Gentleman. Sie sind ein Verbrecher, MacKinnon, und werden immer einer bleiben. Und ich werde nicht eher ruhen, bis ich Sie wieder im Knast habe, wo Sie hingehören. Bevor Sie noch eine Frau umbringen. Ist Ihre Freundin die Nächste?" Er machte einen Schritt auf Kieran zu.

Kieran straffte sich und sah McGill gerade in die Augen. „Ich bin unschuldig, McGill. Egal was Sie sagen, egal was Sie versuchen, um mich zu verunsichern oder einzuschüchtern, ich weiß, dass ich die Frau nicht umgebracht habe."

„Ja natürlich. Ihre Fingerabdrücke haben sich von selbst auf die Talisker-Flasche begeben. Und die Art des Mordes entspricht auch nur ganz zufällig genau dem, den Sie damals begangen haben."

„Ganz sicher nicht. Aber selbst ein so halsstarriger Mann wie Sie sollte erkennen können, dass sich da offensichtlich jemand über den damaligen Mord schlau gemacht und ihn imitiert hat."

„Um Ihnen was anzuhängen."

„Genau. Und hätte ich kein Alibi, hätte das auch ganz vorzüglich geklappt, weil Sie sich nur allzu bereitwillig auf mich als einzig möglichen Verdächtigen gestürzt haben. Sie wollen wissen, wie meine Fingerabdrücke auf die Flasche gekommen sind? Ich habe eine Woche in der Destillerie im Lager gearbeitet und dabei Dutzende von Talisker-Flaschen angefasst. Die lieben Kollegen haben mich aus dem Job rausgemobbt und mir zum Abschied gedroht, dass sie mich fertigmachen und dafür sorgen werden, dass ich wieder zurück in den Knast komme, wo ich nach deren Meinung hingehöre. Und jeder von ihnen hatte Zugang zu Talisker-Flaschen, die ich angefasst habe. Vielleicht sehen Sie sich mal in diesen Kreisen nach dem Täter um, bevor er tatsächlich noch eine Frau umbringt, nur um mir eins auszuwischen." Kieran trat einen Schritt auf McGill zu, ohne den Blickkontakt zu unterbrechen. „In jedem Fall, Detective Chief Inspector McGill, sollten Sie sich fragen, worauf es Ihnen wirklich ankommt: einen Mörder zu fassen oder Ihre Vorurteile gegen mich zu bestätigen. Zum letzten Mal: Ich habe diese Frau nicht umgebracht."

Er wandte sich ab und verließ den Vorraum der Constabulary. Er fühlte, dass McGill ihm nachblickte, aber er drehte sich nicht noch einmal um. Am liebsten wäre er gerannt, um schnellstmöglich rauszukommen. Aber das hätte wie Flucht ausgesehen. Und ein MacKinnon rannte vor gar nichts davon. Vor der Tür atmete er auf und blickte sich um.

Catie stand auf dem Parkplatz an ihren Wagen gelehnt und wippte ungeduldig auf den Zehenspitzen. Als sie ihn sah, lief sie auf ihn zu, umarmte ihn und küsste ihn ungeniert, ohne sich darum zu kümmern, dass sie in Sichtweite der Polizeiwache und der Straße standen und jeder das sah. Solche Zurschaustellung von intimen Gefühlen war ihm immer noch unangenehm. Aber er wollte Catie nicht verletzen, indem er sie abwehrte. Deshalb legte er die Arme um sie und erwiderte ihren Kuss. Zugegeben, sie im Arm zu halten und ihre Wärme zu spüren, tat ihm gut. Doch die Nähe zur Constabulary machte ihn nervös.

„Lass uns gehen."

Er ging um den Wagen herum und stieg ein. Entgegen seiner Befürchtung, dass sie sofort mit ihm reden wollte, schwieg sie. Während der ganzen Fahrt nach Fiskavaig sagte sie kein einziges Wort. Doch wann immer Kieran sie ansah, lächelte sie ihm ermutigend zu.

Als sie dreieinhalb Stunden später bei ihrem Haus ankamen, kochte sie erst Tee und setzte sich danach mit ihm ins Wohnzimmer, ehe sie ihn auffordernd anblickte.

„Danke."

Sie zog die Augenbrauen hoch. „Mehr hast du nicht zu sagen?"

„Genügt das nicht?"

„Auf ein bisschen mehr hatte ich schon gehofft."

„Willst du einen detaillierten Bericht, wie es in der Zelle war? Oder was?" Das klang ungewollt aggressiv.

Sie wechselte vom Sessel zu ihm auf die Couch und legte den Arm um seine Schultern. „Bist du sauer auf mich?"

Er schüttelte zögernd den Kopf. „Du hättest keinen Meineid für mich schwören dürfen, Catie. Und wenn es McGill gelingt, dir das nachzuweisen – und er wird alles daransetzen, weil er von meiner Schuld überzeugt ist –, kommst du in Teufels Küche. Dann können dir auch alle MacDonald-Anwälte nicht helfen."

Sie streichelte seinen Rücken. „Kieran, ich weiß, wie schwer du es erträgst, innerhalb von Mauern zu sein. Ich wollte nicht, dass du noch länger als nötig eingesperrt bleiben musst. Dir ein Alibi zu geben, erschien mir die einzige Möglichkeit, dich noch heute freizubekommen. Und wenn ich für den Meineid ins Fegefeuer komme, dann nehme ich das in Kauf. Ich bin von deiner Unschuld überzeugt, aber du warst zu der Zeit, als die Touristin umgebracht wurde, nicht zu Hause. Und als du erst im Dunkeln zurückkamst, warst du total verschwitzt. Wenn ich das wahrheitsgemäß der Polizei gesagt hätte, wären die noch mehr von deiner Täterschaft überzeugt gewesen."

Er sah ihr in die Augen. „Es passt doch alles. Ganz besonders der Zustand, in dem ich zurückgekommen bin, wäre ein perfektes Indiz."

Sie nahm sein Gesicht in beide Hände. „Aber du bist unschuldig, Kieran."

Er legte die Hände über ihre und drückte sie langsam nach unten. „Das kannst du nicht wissen. Ich meine, ja, ich bin unschuldig, aber du hast keinen Beweis dafür außer meinem Wort und deiner – Liebe zu mir, die dich blind machen könnte. Ich habe schon mal eine Frau getötet und könnte es wieder getan haben."

Sie schüttelte den Kopf. „Nein. Ich habe gestern mit Professor Taylor über die Sache gesprochen. Er ist überzeugt, dass dir offensichtlich heute jemand was anhängen will, und er hält es deshalb und auch wegen des Eindrucks, den er von dir gewonnen hat, für wahrscheinlich – und das tue ich auch –, dass du den damaligen Mord ebenfalls nicht begangen hast." Sie nahm seine Hände und ließ nicht zu, dass er sie ihr entzog. „Du bist kein Mörder, Kieran MacKinnon. Du bist nie einer gewesen. Und darum werde ich dich auch nicht fragen, wo du zur fraglichen Zeit warst."

Ihr unerschütterliches Vertrauen und ihre Loyalität ließen seine Brust eng und seine Augen feucht werden. Er drückte ihre Hände fest, ehe er aufstand. „Schließ die Augen und mach sie erst wieder auf, wenn ich es dir sage. Bitte."

Sie gehorchte. Er ging in sein Zimmer und holte das Geschenk aus dem Schreibtisch, das er ihr zu einer ganz anderen Gelegenheit hatte geben wollen. Während Catie immer noch die Augen geschlossen hielt, legte er ihr die Kette um den Hals.

„Jetzt darfst du die Augen wieder öffnen."

„Oh Kieran!" Catie warf einen Blick auf den Anhänger, ehe sie Kieran innig umarmte und ihm einen Kuss gab. „Danke!" Sie sah ihm ernst in die Augen und musste plötzlich mit Tränen kämpfen. „Bitte verlass mich nicht."

Er schüttelte den Kopf. „Freiwillig ganz bestimmt nicht, mo ghràidh."

Sie drückte ihn für einen Moment fest an sich, ehe sie den Anhänger zwischen Daumen und Zeigefinger nahm und die exquisite Arbeit bewunderte. „Der ist wunderschön." Sie küsste ihn erneut. „Ich werde ihn tragen bis ans Ende meines Lebens."

Er strich ihr mit dem Finger über die Wange. „Er ist nicht annähernd so schön wie du, meine wunderbare Catie." Er räusperte sich. „Nachdem du mir am Samstag gesagt hast, dass du dir eine feste Beziehung mit mir wünschst, da wollte ich etwas haben, das ich dir als eine Art Unterpfand dafür geben kann, sollte es tatsächlich so weit kommen. Und falls es nicht so weit kommen würde oder unsere Beziehung dauerhaft keinen Bestand haben würde – wovon ich überzeugt war –, dann wollte ich es dir an dem Tag zurücklassen, an dem ich aus deinem Leben verschwunden wäre. Nachdem wir uns aber gestern verlobt haben, war das die passende Gelegenheit. Leider platzte der Holzkopf McGill genau in dem Moment rein, als ich dir die Kette geben wollte."

Er strich ihr über die Augenbrauen. „Ich wollte am Sonntag John aus dem Weg gehen und ihm nicht noch mal begegnen.

Da ich nicht wusste, wann genau er abreisen wollte, bin ich mit dem Rad nach Dunvegan gefahren. Der Souvenirladen der Burg ist der einzige, von dem ich weiß, dass er sonntags geöffnet hat und auch Schmuck verkauft."

Caties Augen wurden groß. „Du bist den ganzen Weg mit dem Rad gefahren?"

Er zuckte mit den Schultern. „Sind doch nur fünfundzwanzig Meilen. Jedenfalls befand ich mich zur fraglichen Zeit, als die Touristin ermordet wurde, auf dem Rückweg irgendwo zwischen Bracadale und Satran. Aber dafür habe ich keine Zeugen." Er sah Catie in die Augen. „Also, danke für das Alibi. Und ich stehe zu meinem Wort und werde schnellstmöglich zu John fahren und die Hypnose machen." Er atmete tief durch und räusperte sich. „Ich hoffe, du willst immer noch mit mir zusammen sein, falls sich dadurch herausstellt, dass ich Allison tatsächlich umgebracht habe."

Catie legte ihm den Arm um die Schultern. „Kieran MacKinnon, ich beurteile dich immer noch als den Mann, der du heute bist, nicht als den, der du vielleicht einmal warst. Daran wird sich nichts ändern." Sie drückte seine Hand. „Erzähl mir, woran du dich noch erinnerst. Wenn du magst. Vielleicht finden wir einen Hinweis darauf, wer dir heute etwas anhängen will."

1991

„Komm schon, Paddy!" Kieran gab ihm einen Knuff. „Du wirst noch einsam sterben, wenn du immer zu Hause hockst. Glaubst du, die Mädchen kommen zu dir? Also raff dich auf und komm mit."

„Ich bin aber nicht eingeladen."

„Aber ich. Und wenn ich dich mitbringe, bist du eingeladen. Also komm schon. Wird bestimmt lustig."

„Ja, für dich." Paddy klopfte auf sein steifes Bein. „Wird bestimmt lustig, wenn ich damit zu tanzen versuche. Ich bin mir aber zu schade, um für euch den Clown zu spielen."

„Das ist doch Blödsinn. Erstens tanzt da auch nicht jeder. Zweitens liegen deine Talente auf anderen Gebieten. Du kannst zum Beispiel toll erzählen."

Paddy verzog das Gesicht. „Genau das, worauf die Mädchen stehen: einen Märchen erzählenden Krüppel."

Es tat Kieran jedes Mal in der Seele weh, wenn sein Bruder sich selbst als Krüppel bezeichnete. Nicht nur weil es in ihm Schuldgefühle weckte, sondern weil Paddy in seinen Augen ein großartiger Mensch war, den er bewunderte. Wegen seiner Gelassenheit, mit der er sein Schicksal als Behinderter trug, seiner Loyalität und der Geduld, mit der er Kieran immer beim Lernen geholfen hatte. Er wollte, dass sein großer Bruder glücklich wurde. Vor allem, dass ein Mädchen sich auch mal für ihn interessierte, statt Kieran anzuhimmeln.

In der Beziehung hatte Paddy es nicht nur wegen seiner Behinderung schwer. Schon als Kind war er wegen seiner abstehenden Ohren, seines zu breiten Mundes und der Form seines Gesichts, das frappierend dem einer Krähe glich, gehänselt worden. „Scarecrow-Paddy", „Fischmaul" und „Strohkopf" wegen seines hellblonden Haares waren noch die harmloseren Beschimpfungen gewesen. Die hatten zwar aufgehört, seit Kieran alt genug war, Paddy bei Prügeleien um seine Ehre beizustehen, aber die Spötter von damals hatten gelernt, ihre ungebrochene Verachtung nonverbal auszudrücken. Kein Wunder, dass Paddy sich lieber zu Hause verkroch und Bücher las, als auf eine Party zu gehen, wo er genau diesen Leuten begegnete.

„Joanie kommt auch", versuchte er, Paddy die Sache schmackhaft zu machen. „Sie ist kein Hohlkopf, der auf Äußerlichkeiten steht. Sie steht total auf Gedichte. Und ich kenne keinen, der Gedichte so toll aufsagen kann wie du. In früheren Zeiten wärst du ein geachteter Barde gewesen. Also komm!" Kieran packte Paddy am Arm und zog ihn aus dem Sessel hoch.

Der legte seufzend sein Buch zur Seite. „Also gut, ich komme mit. Aber wenn es mir nicht gefällt, verschwinde ich wieder."

Er humpelte zu seinem Kleiderschrank und war eine Viertelstunde später ordentlich gekleidet und gekämmt. Kieran legte sich Paddys Arm um die Schultern und ging mit ihm zur Tür.

„Tioraidh an-dràsda!", rief er den Eltern zu, die im Wohnzimmer saßen und fernsahen.

„Benehmt euch anständig, Jungs", mahnte der Vater. „Und versucht wenigstens ein einziges Mal, euch nicht mit irgendwem zu prügeln. Ihr seid erwachsen und solltet euch entsprechend benehmen."

„Machen wir!"

Bevor er oder die Mutter noch etwas sagen konnten, waren die Brüder zur Tür hinaus und gingen die Riverbank und Ford Road hinunter über die Hauptstraße zum Haus 26 Liveras Park, wo die MacLeods wohnten. Annie MacLeod feierte ihren achtzehnten Geburtstag, und ihre ein Jahr jüngere Schwester Allison hatte Kieran ausdrücklich dazu eingeladen.

„Verdammt, ich habe kein Geschenk für Annie." Paddy blieb stehen und machte Anstalten umzukehren.

Kieran hielt ihn fest. „Keine Panik. Warte hier." Er lief ein Stück zurück und verschwand hinter einem der Häuser. Als er fünf Minuten später zurückkam, hatte er zwei frisch geschnittene Blumensträuße in der Hand. Er hielt Paddy einen hin.

Der nahm ihn widerstrebend entgegen. „Ich hoffe, Mrs Erskine hat nicht gesehen, wie du mal wieder ihre Blumen klaust. Wenn ja, möchte ich nicht in deiner Haut stecken, wenn Vater dich dafür zur Rechenschaft zieht."

Kieran winkte ab. „Ich bin erwachsen, Paddy."

„Tatsächlich? Kommt mir manchmal gar nicht so vor."

Kieran lachte, legte sich Paddys Arm wieder über die Schulter und ging weiter. Zwar gab sich Paddy große Mühe, nicht auf eine Krücke angewiesen zu sein, aber Kieran hatte es sich zur Gewohnheit gemacht, seinen Bruder zu stützen, in einer Weise, die Paddy entlastete, aber nicht so wirkte, als würde der sich tatsächlich auf ihn stützen. Diese Form der Hilfe war die einzige, die Paddy in der Öffentlichkeit akzeptieren konnte.

Ein paar Minuten später standen sie vor dem Haus der MacLeods und reichten Annie, die ihnen die Tür öffnete, die Blumen. Sie lächelte höflich und bat die Brüder herein. Kieran entging keineswegs der vorwurfsvolle Blick, den sie ihm zuwarf, nachdem sie Paddy gesehen hatte.

„Kieran!" Allison kam ihm entgegen, umarmte ihn und wollte ihn küssen.

Er wehrte sie ab. Es war ihm peinlich, dass sie sich ihm vor Annie und vor allem vor Paddy an den Hals warf, den sie ignorierte, als wäre er Luft. „Hallo Allison. Ist Joanie schon da?" Er spähte an ihr vorbei ins Wohnzimmer.

„Was willst du denn mit Joanie?" Allison klang eifersüchtig.

„Hallo Ally", brachte Paddy sich in Erinnerung.

Allison gönnte ihm kaum einen Blick. „Hallo Paddy. Joanie ist da hinten." Sie deutete auf einen Sessel am Fenster. „Kannst ihr ja Gesellschaft leisten, Paddy." Sie fasste Kierans Hand und zog ihn mit sich.

Er machte sich von ihr los. „Ich komme gleich." Er fasste Paddy am Ärmel und zog ihn zu Joanie hinüber, die in ihre Richtung blickte und erfreut lächelte. „Hallo Joanie." Er schob Paddy nach vorn. „Du magst doch Gedichte, oder?"

„Eh, ja."

„Na dann!" Kieran schlug Paddy auf die Schulter und warf ihm einen verschwörerischen Blick zu.

Der hatte aus dem Blumenstrauß für Annie eine Blume behalten, die er Joanie reichte, ehe er sich zu ihr setzte.

„Bis später", verabschiedete sich Kieran und gesellte sich wieder zu Allison, die unverzüglich die Hände auf seine Hüften legte und ihn an sich zog.

„Musstest du unbedingt den Krüppel mitbringen?" Ihre Stimme klang verächtlich und vorwurfsvoll zugleich.

Kieran machte sich von ihr los. „Er ist mein Bruder, Allison. Hör auf, ihn zu beleidigen."

„Ist ja schon gut." Sie zog ihn in eine Ecke neben einem großen Eichenschrank, wo sie nicht auf dem Präsentierteller standen, schlang die Arme um ihn und gab ihm einen tiefen Kuss, während sie ihren Körper an seinen presste.

Kieran bekam augenblicklich eine Erektion. Er legte die Arme um sie und drückte sie fester an sich.

„Habt ihr überhaupt kein Schamgefühl?"

Kieran ließ Allison los und drehte sich langsam um. Ian Gunn hatte das Gesicht zu einer Grimasse aus Wut und Verachtung verzogen.

„Eigentlich sollte mich das nicht wundern. Die Schlampe treibt es ja mit jedem."

Kieran ballte die Faust. „Noch ein Wort, Ian, und ich stopf dir dein Lästermaul."

„Ja, klar. Prügeln ist ja deine Lieblingsbeschäftigung." Ian trat sicherheitshalber drei Schritte zurück. „Von mir aus mach dich doch wegen der da zum Narren. Was glaubst du denn, wie lange es noch dauert, bis sie dich abserviert und sich mit dem nächsten Mann im Bett wälzt?"

Kieran hob drohend die Faust, aber Allison hielt ihn am Arm fest. „Lass ihn doch, Kieran. Der ist es nicht wert."

Er ließ den Arm sinken und grinste Ian an. „Stimmt, du bist es nicht wert. Wie wäre es denn, wenn du dir ein Mädchen suchst, bei dem du auch Mann genug bist, es zu halten? Wird schon seinen Grund haben, warum Allison mit jedem anderen Mann lieber geht als mit dir."

Ian holte mit geballter Faust aus. Kieran fing seinen Schlag ab, drehte ihm den Arm auf den Rücken und drückte Ian gegen die Wand.

„Sieht so aus, als willst du dich unbedingt prügeln. Aber nicht heute und nicht hier. Also verschwinde und lass uns in Ruhe, Giftzwerg." Er ließ ihn los.

Ian rieb sich das schmerzende Handgelenk und schoss einen hasserfüllten Blick auf Kieran und Allison.

„Das wirst du noch bereuen, Kieran MacKinnon. Ich schwöre, das wirst du bereuen. Und du auch, Schlampe."

Kieran machte einen Schritt auf ihn zu, und Ian trat hastig den Rückzug an. „Wieso ist der Kerl eigentlich hier?" Er legte den Arm um Allison.

Sie zuckte mit den Schultern. „Annie hat ihn eingeladen. So wie du deinen Bruder. Da konnte ich ihn schlecht rauswerfen."

Dass Allison damit andeutete, dass sie am liebsten auch Paddy rausgeworfen hätte, missfiel ihm. Immerhin war sie eine Weile mit Paddy zusammen gewesen. Er hatte seinen Bruder noch nie so glücklich erlebt wie in der Zeit. Dass Allison in Wahrheit gar nicht an Paddy interessiert gewesen war, sondern ihn nur dazu benutzt hatte, um an Kieran heranzukommen, hätte für ihn ein Grund sein sollen, sich gar nicht erst mit ihr einzulassen oder sich von ihr zu trennen, nachdem er das herausgefunden hatte. Aber, verdammt, sie war eine Kanone im Bett, und es war schließlich ihre Entscheidung, mit wem sie zusammen sein wollte. Und Ian hatte vollkommen recht damit, dass sie sich früher oder später auch von Kieran trennen und mit dem nächsten Mann gehen würde.

Egal. Er war nicht in Allison verliebt und wollte nur seinen Spaß mit ihr haben. Wenn es vorbei wäre, würde er sich ohne allzu großes Bedauern genau wie sie anderweitig orientieren.

Sie küsste ihn wieder und fuhr mit der Hand über seine Brust abwärts bis zu der harten Wölbung in seinem Schritt.

„Hm, ich weiß schon, was wir nachher tun werden, sobald es dunkel ist."

Er drückte sie an sich. „Müssen wir wirklich so lang warten?"

Sie nickte. „Bis alle abgelenkt genug sind, dass es nicht auffällt, wenn wir fehlen. Ich habe eine Überraschung für dich."

„Ich kann es kaum erwarten." Er blickte sich um. „Wo sind eigentlich deine Eltern?"

„In Portree bei einer Theateraufführung im Aros Centre. Die Bude ist also völlig sturmfrei bis ungefähr Mitternacht."

Das hätte er sich denken können, denn wären ihre Eltern zu Hause gewesen, hätte Allison das brave Mädchen gespielt und sich nicht so ungeniert aufgeführt. Kieran hatte allerdings nichts dagegen einzuwenden, dass sie ihm zeigte, wie sehr sie ihn begehrte. Das gab ihm ein gutes Gefühl.

Allison zog ihn zu einer Zweiercouch. „Machen wir eine Weile Party. Und sobald die andern uns nicht mehr beachten ..." Sie lächelte verheißungsvoll.

Kieran warf einen Blick in die Runde und stellte fest, dass die anderen tatsächlich mehr oder weniger offen zu ihnen hersahen. Ian Gunn sowieso, an dessen Blicken sie beide längst gestorben wären, wenn die hätten töten können. Sogar Joanie schaute zu ihnen hin. Nur Paddy konzentrierte sich ausschließlich auf sie.

Kieran setzte sich, nahm die Cola, die Allison ihm reichte, und konnte es kaum erwarten, bis der Abend fortgeschritten genug war, dass er sich mit ihr zurückziehen konnte. Bis dahin tat er, was alle taten, unterhielt sich, tanzte und trank Cola und von dem Wein, den jemand mitgebracht hatte.

Gegen zehn Uhr war es endlich so weit. Allison bedeutete ihm, nach draußen zu gehen. Sie verschwand in der Küche und kam mit einer Flasche Talisker zurück, die sie vor ihm schwenkte.

„Die versprochene Überraschung. Ich weiß, dass du ihn magst."

„Was sagst du deinem Vater, wenn er die Flasche vermisst?"

Sie lächelte verschmitzt. „Dass sie uns versehentlich runtergefallen und zerbrochen ist. Du kannst den Rest also nachher mitnehmen. Falls noch ein Rest bleibt. Komm!"

Sie nahm ihn bei der Hand und zog ihn nach draußen.

„Zu Mr Drews Boot?"

Sie nickte. „Wohin sonst? Rausfahren können wir zwar nicht wegen der Ebbe, aber das macht ja nichts. So laufen wir wenigstens nicht Gefahr zu kentern."

Kieran hörte Schritte hinter ihnen, die sich im Laufschritt näherten. Er drehte sich gerade noch rechtzeitig um, um Ian Gunns Fausthieb ausweichen zu können.

„Du sollst deine Finger von ihr lassen, Kieran!"

Kieran blockierte einen zweiten Faustschlag und stieß Ian so heftig zurück, dass er rückwärts zu Boden fiel.

„Verdammt, Ian, muss ich dich erst besinnungslos schlagen, damit du uns in Ruhe lässt? Vielleicht kann ich bei der Gelegenheit auch in deinen Schädel prügeln, dass Allison nichts mehr von dir wissen will."

„Sie ist mein Mädchen, verdammt noch mal!" Ians Stimme klang, als würde er gleich anfangen zu weinen.

„Das bin ich nicht, Ian Gunn. Du bist für mich Geschichte. Also hau ab!"

„Guter Rat. Und überhaupt: Ein Mann merkt, wann er bei einer Frau nicht landen kann. Wenn er denn ein Mann ist. Meinst du, Allison geht wieder mit dir, wenn du jeden verprügelst, mit dem sie zusammen ist, ihr ständig auflauerst und sie belästigst? Also verschwinde, bevor ich die Geduld verliere und dir noch eine reinhaue."

Ian rappelte sich auf und schüttelte die Faust gegen ihn. „Das wirst du bereuen, Kieran MacKinnon. Ich schwöre, das wirst du bereuen! Und du Schlampe auch!"

„Jaja." Kieran winkte ab. „Du wiederholst dich, Giftzwerg. Aber das ist alles, was du kannst: Gift verspritzen."

Ian schoss noch einen wütenden Blick auf ihn ab, ehe er sich umwandte und endlich ging. Da er nicht zum Haus der MacLeods zurückkehrte, wollte er wohl nach Hause.

Kieran legte den Arm um Allisons Schulter. „Ich hoffe, der hat endlich genug."

Sie seufzte und schmiegte sich an ihn. „Nur für heute, fürchte ich. Ganz ehrlich, er macht mir manchmal Angst." Sie blickte ihn an. „Warum können Männer nicht einfach ihrer Wege gehen, wenn Schluss ist?"

„Ich kann das. Und ich verspreche dir, ich werde keine Szene machen, wenn du mich irgendwann nicht mehr willst." Er streichelte ihre Schulter. „Du musst dich von Ian nicht einschüchtern lassen. Außerdem", er lächelte sie an, „bin ich ja auch noch da und beschütze dich."

Sie fuhr mit den Fingern die Knopfleiste seines Hemdes entlang bis zum Gürtel und nestelte an der Schnalle. „Und wer beschützt mich vor dir?"

Er lachte.

Sie entkorkte die Whiskyflasche, trank einen Schluck und reichte sie an Kieran weiter. Er trank ebenfalls und kostete den Talisker auf der Zunge, rollte ihn im Mund und genoss die Entfaltung des Geschmacks, ehe er ihn hinunterschluckte. Zwar trank er Whisky nur zu Feiertagen und auf Familienfesten, aber er mochte ihn. Der Talisker schmeckte so, wie Skye sich für ihn anfühlte: wild und mild zugleich, mit der Spritzigkeit eines Hauchs von Pfeffer. Er nahm noch einen kräftigen Schluck, ehe er Arm in Arm mit Allison weiterging, zuerst über die A87, dann ein Stück entfernt von der Straße am Ufer der Broadford Bay entlang, vorbei am Supermarkt zum Pier der Sraid na h-Atha, wo Mr Drews Boot lag. Zwischendurch blieben sie immer wieder stehen, küssten sich und tranken den Whisky.

Kieran blickte ab und zu zurück, um sich zu vergewissern, dass Ian Gunn nicht auf den Gedanken kam, ihnen zu folgen. Obwohl er zwei, drei Mal das Gefühl hatte, in einiger Entfernung einen sich bewegenden Schatten zu sehen, konnte er niemanden ausmachen und tat den Eindruck als Hirngespinst ab.

Mr Drews Ruderboot lag wie die anderen Boote am Pier auf Grund. Allison lief kichernd hinüber und holte aus dem kleinen Verschlag unter der Bank eine Regenplane. Sie hinderte Kieran daran, in das Boot zu steigen, nahm stattdessen seine Hand und zog ihn zu der Nische, wo der Pier auf das Ufer traf. Sie sprang auf den steinigen Strand hinunter, stolperte und fiel. Kieran sprang hinterher und half ihr wieder auf. Die hastigen Bewegungen machten ihn schwindelig.

„Wa' willse 'enn hia?" Seine Zunge hatte unerwartete Schwierigkeiten, die Worte auszusprechen.

Allison kicherte, breitete die Plane auf dem Boden in der Nische aus und setzte sich darauf. Kieran ließ sich neben sie fallen. Hier roch es nach feuchter Erde und nach Tang, ein bisschen wie der Talisker. Er trank einen weiteren Schluck. Der Geschmack des Whiskys und der nächtlichen Seeluft vermischten sich zu einer betörenden Komposition, die von dem süßen Beigeschmack des Kusses ergänzt wurde, den Allison ihm gab.

„Was. Wollen. Wir. Hier?" Na also. Wenn er langsam sprach, kamen die Worte ganz vernünftig heraus.

Sie lachte leise. „Na, was wohl? Kieran, das war eine sehr dumme Frage." Sie nestelte an den Knöpfen seines Hemdes.

„Isses Boo' daf'r nich' viiiel bessa?" Was war nur los mit ihm? So durcheinander hatte er sich noch nie gefühlt.

Allison schmiegte sich an ihn. „Hier ist's doch spannender. Im Boot haben wir es schon so oft gemacht. Das ist langweilig."

Er rümpfte die Nase. „Hia stink's na' F-Fisch."

Sie hielt ihm die Flasche hin. „Na wenn schon. Trink noch einen Schluck, dann riechst du's nicht mehr."

Sie nahm selbst einen gehörigen Zug, bevor sie ihm die Flasche reichte, die sich erheblich leichter anfühlte als noch vor einer halben Stunde. Sie war sowieso nur noch zu gut einem Drittel voll gewesen, als Allison sie geholt hatte. Jetzt war sie fast leer. Er hatte das Gefühl, dass er besser nicht mehr trinken sollte, aber der Whisky schmeckte so gut. Er trank den Rest und legte die Flasche zur Seite. Der Alkohol wärmte sein Inneres und steigerte sein Verlangen nach Allison. Er beugte sich über sie und drückte sie an sich, gab ihr einen tiefen Kuss und begann, sich völlig berauscht zu fühlen. Die Welt wurde zu einem Karussell, das sich um ihn herum drehte.

Er schob seine Hände unter ihre Bluse und tastete nach dem Verschluss ihres BHs, während er sich auf den Ellenbogen abstützte. Die Steine unter der Plane drückten unangenehm, aber das Gefühl wurde durch die Wirkung des Alkohols gedämpft. Er rutschte mit einem Ellenbogen ab und fiel auf Allison, was ihn wegen der Komik der Situation auflachen ließ.

Sie stieß einen erstickten Laut aus. Kieran, in der Annahme, dass er ihr ungewollt wehgetan hatte, stemmte sich hoch. „Wa..."

Er sah ihr entsetztes Gesicht, ihre weit aufgerissenen Augen, die über seine Schulter ins Leere blickten. Sah, wie sich ihr Mund zu einem Schrei öffnete.

Danach – nichts mehr.

8

Kieran hatte sich die Szene während der letzten zwanzig Jahre so oft ins Gedächtnis gerufen, dass er jedes Detail kannte. Jedes Mal, wenn er sie in Gedanken oder vor einem Zuhörer, wie jetzt vor Catie, wiederholte, hoffte er, dass sich der Nebelschleier vor seiner Erinnerung hob und endlich preisgab, was sich dahinter verbarg. In den ersten Jahren hatte er sich vor dem gefürchtet, was sich ihm offenbaren würde. Als McGill ihm damals die Fotos von Allisons Leiche zeigte, hatte er sich übergeben müssen. Sich zu erinnern, auf welche Weise er sie getötet haben musste, um sie so zuzurichten, war garantiert alles andere als angenehm. Doch er hatte die Angst davor schon lange überwunden.

Jetzt wollte er die Wahrheit wissen. Um jeden Preis. Auch um Caties Willen. Er wollte sich sicher sein, dass nicht doch die Gefahr bestand, dass er ihr etwas antat. Falls aber wirklich ein anderer Allison ermordet hatte, musste derjenige ihn abgrundtief hassen. So sehr, dass er jetzt eine zweite unschuldige Frau umgebracht hatte, nur um Kierans Leben vollständig zu zerstören.

Ian Gunn war der Einzige, dem er das zutraute. Einerseits. Andererseits hielt er ihn für viel zu feige, eigenhändig einen Mord zu begehen. Er konnte aber nicht ausschließen, dass er selbst bei Ian das Fass zum Überlaufen gebracht hatte. Immerhin hatte er ihn bei ihrer letzten Auseinandersetzung um Allison verhöhnt, indem er seine Männlichkeit angezweifelt hatte. Und das auch noch in Anwesenheit von Allison. Es mochte durchaus sein, dass Ian das nicht verwunden und sich grausam an ihnen beiden gerächt hatte. Nachtragend und unversöhnlich, wie er war, hegte er heute noch denselben Groll gegen ihn wie damals. Das bewies der Zeitungsausdruck, den er an Kierans Spind geklebt hatte.

„Sie hat nicht dich angesehen."

Caties Stimme riss ihn aus seinen Gedanken.

„Was?"

„Allison. Du hast gesagt, dass das Letzte, an das du dich erinnerst, ihr entsetztes Gesicht ist, als sie an dir vorbei gesehen hat. Das heißt, das, was sie so entsetzt hat, warst nicht du, denn dann hätte sie dich angesehen."

Er runzelte die Stirn. So oft er sich diesen Moment ins Gedächtnis gerufen hatte, war ihm dieses Detail zwar bewusst geworden, aber er hatte ihm keine Bedeutung beigemessen. Wenn man Schmerzen hatte, war der Blick nicht mehr auf etwas Bestimmtes fokussiert, wie er aus unzähligen Erfahrungen wusste. Und sein Psychologe, Dr. Fraser, hatte seine Schuld, wie er selbst, nicht in Frage gestellt. Aber Catie hatte recht. Allison hatte nicht ihn angesehen, sondern etwas oder jemanden, der hinter ihm gestanden haben musste. Sollte er tatsächlich unschuldig sein?

Catie legte ihm die Hand auf den Arm. „Ich glaube, jemand hat dich in dem Moment von hinten niedergeschlagen und Allison umgebracht und dann alles so hergerichtet, dass es aussah, als wärst du der Täter."

Er sah ihr in die Augen. „Dir ist klar, was du da sagst?"

Sie nickte. „Du bist unschuldig, Kieran. Damals wie heute."

„Das meinte ich nicht. Wenn diese Theorie wirklich stimmt, dann gibt es jemanden, der mich so sehr hasst, dass er sich nicht damit begnügt, mein Leben auszulöschen, also mich umzubringen, sondern dass er wollte – und immer noch will, dass ich leide. Dass ich alles verliere, was ich jemals hatte. Einschließlich einer lebenswerten Zukunft. Denn wenn ich jetzt noch mal wegen Mordes ins Gefängnis muss, bekomme ich lebenslänglich und sitze mindestens fünfunddreißig, vierzig Jahre bis zu meinem Tod in der Hölle. Falls ich mich nicht vorher umbringe oder ein Mithäftling das für mich erledigt." Seine Hand zuckte unwillkürlich zum Bauch, wo die gitterförmigen Narben von so einem Versuch zeugten.

Sie legte ihre Hand gegen seine Wange. In ihren Augen stand unbeugsame Entschlossenheit. „Das lasse ich nicht zu."

Er drückte ihre Hand nach unten. „Lass uns zu John Taylor fahren. Gleich morgen. Und du solltest ein paar Tage in London bleiben, bis das alles hier vorbei ist."

„Keine Chance, Kieran." Sie schüttelte den Kopf. „Ich bleibe bei dir. Ich bin eine MacDonald. Die Frauen meines Clans haben schon immer an der Seite der Männer gestanden, die sie liebten, egal wie groß die Schwierigkeiten und Gefahren waren. Du kennst unsere Geschichte. Meine Ahnin Flora MacDonald ist dafür, dass sie Bonnie Prince Charlie zur Flucht nach Frankreich verholfen hat, sogar ins Gefängnis gegangen."

Ihre Entschlossenheit rührte ihn. Seine Sorge um sie überwog jedoch. „Bitte, Catie. Ich fürchte, dass du die Nächste bist, auf die der Mörder es abgesehen hat. Wegen des falschen Alibis, das du mir gegeben hast, bin ich wieder auf freiem Fuß. Vielleicht beobachtet er mich und weiß deshalb, dass du gelogen hast. Oder er findet auf andere Weise heraus, dass ich nur deinetwegen frei bin. Oder er will einfach das vernichten, was das Wichtigste und Kostbarste in meinem Leben ist." Er streichelte ihre Wange. „Wenn dir etwas zustieße, wäre das die schlimmste Hölle für mich. Nicht einmal Saughton könnte da mithalten."

Ihre Augen füllten sich mit Tränen. Ihr Gesicht drückte eine so heftige Liebe aus, dass er sie beinahe körperlich spürte. Sie nahm ihn in die Arme und küsste ihn so intensiv, als wollte sie ihren Mund für alle Zeiten mit seinem verschmelzen.

„Genau das ist der Grund, warum ich dich so sehr liebe, Kieran. Nicht nur weil du mich auch liebst, sondern weil du dich um mich sorgst. Weil du zuerst an mich denkst, bevor du dir über dich selbst Sorgen machst. Weil du bereit bist, eine Menge zu opfern, damit es mir gut geht oder, in diesem Fall, damit ich in Sicherheit bin. Dabei bist du in viel größerer Gefahr als ich."

„Das bin ich gewohnt. Und glaub mir, Catie, ich kann auf mich aufpassen. In dem Punkt war Saughton eine verdammt gute Schule."

Ihr Gesicht nahm wieder den mitfühlenden Ausdruck an, den er so schwer ertrug. Er stand auf.

„Ich packe ein paar Sachen. Wenn du John anrufen und uns ankündigen würdest?"

Sie nickte. Er ging zu seinem Zimmer. Sein Blick fiel auf die neue Ausgabe des „Scotsman", die auf dem Tisch lag. Sein Magen krampfte sich zusammen, als er die Überschrift auf dem Titelblatt las: „Hat der Broadford-Killer wieder zugeschlagen?"

Der Artikel stammte vom Crime Reporter Alan Cunningham, der auch damals über den Mord an Allison berichtet hatte.

„Am Montag wurde, wie wir berichteten, am Ufer des Loch Harport zwischen Merkadale und Satran die Leiche einer deutschen Touristin gefunden, die mit mehreren Messerstichen getötet wurde. Die Tat weist eine frappierende Ähnlichkeit mit dem Broadford-Mord auf, bei dem vor zwanzig Jahren eine Frau auf dieselbe Weise umkam. Hat der Broadford-Killer wieder zugeschlagen? Wie aus gut unterrichteten Kreisen der Polizei bekannt wurde, ist der damalige Täter seit einigen Wochen wieder auf freiem Fuß. Außerdem wurde genau wie damals eine Whiskyflasche mit seinen Fingerabdrücken neben der Leiche gefunden."

„Oh Gott!" Kieran legte die Zeitung weg und sah Catie an. „Ich muss zu meinen Eltern. Sofort."

Er konnte sich unschwer vorstellen, wie es ihnen ging, nachdem sie diesen Artikel gelesen hatten. Für sie musste das ein neuer Tiefschlag sein, der die alten Wunden von damals endgültig wieder aufriss und sie wahrscheinlich darin bestärkte, dass sie einen Mörder in die Welt gesetzt hatten. Das würde sie vernichten. Er musste ihnen in die Augen sehen, wenn er ihnen schwor, dass er unschuldig war. Vielleicht würden sie ihm nicht zuhören, aber er musste es versuchen.

„Ich fahre dich hin", bot Catie an.

Er schüttelte den Kopf. „Danke, aber ich nehme das Rad."

„Bis Broadford sind es gut fünfundzwanzig Meilen."

Er nickte. „Und nach einer Nacht in der Zelle brauche ich frische Luft und Bewegung. Klär du das mit John. Ich bin wahrscheinlich erst am Abend wieder zurück." Er nahm sie in die Arme und gab ihr einen innigen Kuss. „Ich komme zurück, so schnell ich kann. Pass auf dich auf, Catie."

„Du auf dich auch."

Er nickte, nahm seine Jacke und machte sich auf den Weg.

*

Gordon McGill trommelte mit den Fingern auf die Tischplatte. Die Akte des Falls Allison MacLeod lag geschlossen vor ihm. Er fragte sich, was er eigentlich damit wollte. Er konnte sich doch unmöglich von MacKinnons Geschwätz derart verunsichern lassen, dass er sich mit einem abgeschlossenen Fall beschäftigte. Der Kerl hatte damals den Blackout doch nur vorgetäuscht, um nicht lebenslang hinter Gitter zu müssen. Was ihm dank seines gerissenen Anwalts, diesem leider allzu gewieften Schnösel Logan aus Edinburgh, vorzüglich gelungen war.

Damals.

Heute hatte er einen anderen Kieran MacKinnon kennengelernt. Einen Mann, der sich durch kein Indiz erschüttern ließ, das gegen ihn vorgebracht wurde. Der ihm offen in die Augen sah und darauf bestand, unschuldig zu sein. McGill glaubte keine Sekunde an das Alibi, das Catrìona MacDonald ihm gegeben hatte. War eine Frau in einen Mann verknallt, log sie für ihn das Blaue vom Himmel. McGill hatte schon so manchen Fall von häuslicher Gewalt zu bearbeiten gehabt. Die Frauen nahmen die Kerle, die sie geschlagen, gedemütigt und manchmal sogar vergewaltigt hatten, bis zum bitteren Ende in Schutz. Und die Weiber, die den Kontakt zu Mördern suchten, mit ihnen Brieffreundschaft schlossen und sie sogar im Gefängnis heirateten oder sie nach ihrer Entlassung bei sich aufnahmen, waren in McGills Augen einfach nur krank.

Catrìona MacDonald mochte zu denen gehören oder nicht, es war nicht nur MacKinnons Verhalten, das in ihm leise Zweifel an dessen Täterschaft zumindest für diesen letzten Mord weckte. Der Bericht von Dick Elliot, den Constable Walker ihm gebracht hatte, bevor MacKinnons Anwalt mit dem Alibi aufgetaucht war, betraf die Untersuchung des Messers, das MacKinnon bei seiner Verhaftung bei sich gehabt hatte. Daran befand sich nicht die geringste Spur von Menschenblut. Nur das von Fischen. Auch die Form der Klinge passte nicht zu den Verletzungen.

Das musste zwar nichts heißen, aber es gab noch andere Details, die MacKinnon zumindest für diesen Mord entlasteten. Wie Dick schon gesagt hatte, passte die Anordnung der Fingerabdrücke auf der leeren Whiskyflasche nicht zu dem Szenario. Und, so ungern er das auch zugab, MacKinnon hatte völlig recht damit, dass er kaum so dumm gewesen wäre, auf dem belastenden Brief keine Fingerabdrücke zu hinterlassen, aber die Flasche nicht abzuwischen und sie auch noch neben der Leiche liegen zu lassen.

Dafür passte das hervorragend zu der Hypothese, dass jemand MacKinnon etwas anhängen wollte, sich eine Flasche mit seinen Fingerabdrücken aus der Destillerie beschafft und sie neben der Leiche platziert hatte, um ihn gezielt zu belasten. Bestimmt hatte nicht nur Connor MacDonald Kieran MacKinnon mit Anja Schulte zusammen gesehen, sondern der Mörder ebenfalls und das ausgenutzt. Der hatte dann aber höchstwahrscheinlich auch Allison MacLeod umgebracht; denn die Details des Mordes – achtzehn Stiche und ein Kehlschnitt post mortem – waren nie veröffentlicht worden.

Zugleich hätte das von Seiten des Täters eine bis ins Detail ausgeklügelte Planung erfordert, die auf eine immense kriminelle Energie schließen ließ sowie auf eine absolute Kaltblütigkeit. Und gerade deshalb war diese unwahrscheinliche Theorie nicht vollständig von der Hand zu weisen. Aus diesem Grund hatte er die Haare, die man damals an Allison MacLeods Leiche gefunden hatte, schon zur Analyse gegeben, ohne auf die Anordnung des Richters zu warten. Das Ergebnis würde aber erst morgen Nachmittag vorliegen. Denn, verdammt, jetzt wollte auch er die Wahrheit wissen. Er musste sie wissen. Für seinen eigenen Seelenfrieden.

Es gab ihm auch zu denken, dass MacKinnon sich freiwillig einer Hypnose unterziehen wollte, um den Mord von damals zu klären. Falls er den Blackout wirklich nur vorgetäuscht hatte, würde die Hypnose, falls sie funktionierte, nur seine Schuld zutage fördern. MacKinnon war nicht dumm. Wüsste er, dass er schuldig war, würde er sich darauf niemals einlassen.

McGill schlug die Akte auf und las sich die Vernehmungsprotokolle von damals durch. Als man die Tote und MacKinnon fand, hatte die Flut bereits eingesetzt und beide Körper schon fast bis zum Brustbereich unter Wasser gesetzt. Dadurch war die gesamte Kleidung der beiden so durchnässt, weil mit Wasser vollgesogen gewesen, dass möglicherweise signifikante Spritzmuster des Blutes an der Kleidung von MacKinnon nicht mehr erkennbar waren. Dadurch, dass er mit dem Oberkörper auf der Leiche gelegen hatte, die aus achtzehn tiefen Wunden vor Eintritt des Todes stark geblutet hatte, war sein gesamtes Hemd außerdem mit Blut vollgesogen. Wenn es vorher einzelne Spritzer oder Spritzmuster gegeben hatte, so waren sie zur Unkenntlichkeit verlaufen.

Das Wasser hatte auch fast alle DNA-Spuren des Täters an der Leiche weggewaschen bis auf die, die sich im Gesicht befunden hatten: Speichelreste, die von Küssen stammten. Die wurzellosen Haare hatten der Toten an verschiedenen Stellen auf der feuchten Stirn geklebt. Falls noch weitere existiert haben sollten, waren auch die vom Wasser der Broadford Bay weggespült worden. Da sie bis auf minimale Abweichungen dieselbe Dicke wie die Haare des Opfers besaßen und auch die Farbe bis auf ebenfalls minimale, aber durchaus als natürlich erklärbare Abweichungen die gleiche war, bestand kein Grund daran zu zweifeln, dass sie vom Opfer stammten.

Und natürlich hatte die Flut sämtliche Fußspuren am Tatort weggewaschen, falls außer denen von Allison MacLeod und MacKinnon welche dort gewesen sein sollten. Der Rest der Indizien – MacKinnons Messer mit ausschließlich seinen Fingerabdrücken als Tatwaffe, seine und Allisons Fingerabdrücke auf der leeren Flasche, ihr Blut an seiner Kleidung und nicht der winzigste Hinweis auf einen möglichen anderen Verdächtigen – war absolut eindeutig gewesen und ließ nur den Schluss zu, dass Kieran MacKinnon und niemand sonst der Mörder war.

In dieser Hinsicht offenbarte ihm die Akte nichts Neues. Er nahm sich die Tatortfotos und die Detailbilder der Obduktion von Allison MacLeod vor, ebenso den Bericht des Arztes, der MacKinnon im Krankenhaus behandelt hatte. Als man MacKinnon fand, hatte dessen Körper den Alkohol zwar schon größtenteils abgebaut gehabt, aber vom Rest in seinem Blut ließ sich sein Promillewert zum Zeitpunkt der Tat zurückrechnen. Natürlich hatte MacKinnons Anwalt die Exaktheit dieser Berechnung in Zweifel gezogen und mithilfe der Aussage eines Gutachters zu widerlegen versucht, dass der Junge zum Zeitpunkt der Tat noch bei klarem Verstand gewesen war. Vergeblich. Es schien nach wie vor alles zu passen. Eines der Fotos dokumentierte MacKinnons Kopfverletzung am Hinterkopf, wo Allison MacLeod ihn wahrscheinlich mit einem Stein geschlagen hatte, aber nicht fest genug, um ihn an der Tat zu hindern. Auch nichts Neues.

McGill wollte das Bild schon wieder zur Seite legen, als er stutzte. Irgendetwas störte ihn an dem, was er sah. Er brauchte eine Weile, ehe er erkannte, was das war. Die Verletzung saß am Hinterkopf, zwar ein Stück zur linken Seite hin, aber hinten. Wenn er sich die Situation vorstellte, in der Allison MacLeod sich mit dem Täter befunden hatte ...

Er griff zum Telefon. „Dennison, kommen Sie in mein Büro."

Als Dennison kam, drückte er ihr einen Scone in die Hand, der von seinem Frühstück übrig geblieben war, und nahm einen Kugelschreiber.

„Legen Sie sich bitte auf den Boden, Sergeant. Ich werde Sie jetzt erstechen, und Sie versuchen, mir dabei den Scone gegen den Schädel zu schlagen, und zwar hier." Er drehte sich zu ihr um und deutete auf die Stelle an seinem Hinterkopf.

Sie warf einen Blick auf seinen Schreibtisch. „Ist das der MacLeod-Fall, Sir?"

„Ja. Mir ist ein Detail aufgefallen, das ich überprüfen möchte."

Da er schon öfter mit Grace Dennison einen Tathergang nachgestellt hatte, legte sie sich ohne zu zögern auf den Boden. McGill kniete sich über sie, wie der Täter über Allison MacLeod gekniet haben musste. Er deutete mit dem Kugelschreiber die Stiche an, während Dennison versuchte, ihm den Scone gegen die Stelle zu schlagen, an der MacKinnon verletzt worden war. Es gelang ihr nicht. Sie traf immer wieder nur seine Schläfe. Erst als er sich tiefer über sie beugte, konnte sie die fragliche Stelle erreichen. Doch auch dann stimmte der Winkel, aus dem der Stein MacKinnons Kopf getroffen hatte, nicht hundertprozentig. Und außerdem war McGill ihr dann so nahe, dass er nicht mehr effektiv hätte zustechen können. Jedenfalls an keiner der Stellen, an denen Allisons Körper Stichverletzungen getragen hatte. Zwar war das noch lange kein Beweis für MacKinnons Unschuld – bei Weitem nicht –, denn es gab etliche Gründe, warum er sich vielleicht in einem Moment zwischen zwei Stichen tiefer über das Opfer gebeugt hatte. Aber man konnte die Lage und den Winkel seiner Kopfverletzung durchaus als Indiz werten, dass vielleicht tatsächlich noch jemand anderes damals am Tatort gewesen sein und ihn niedergeschlagen haben könnte, um den Mord zu begehen.

Er stand auf und half Dennison auf die Beine. „Danke, Sergeant."

Sie entsorgte die Krümel des zerquetschten Scones im Abfallkorb. „Glauben Sie, dass MacKinnon tatsächlich unschuldig ist, Sir? Oder es sogar damals war?"

McGill warf ihr einen nachdenklichen Blick zu. „Für den neuen Fall spricht einiges dafür. Für den damaligen ..." Er schüttelte den Kopf. „Ich habe keine Ahnung. Allerdings bin ich mir jetzt nicht mehr so sicher, wie ich es damals war." Er scheuchte Dennison mit einer Handbewegung hinaus.

Das Telefon klingelte. Der Anruf kam von Dr. Campbell, dem Rechtsmediziner.

„Sie wollten meinen Bericht als mündliche Zusammenfassung vorab, Chief Inspector." Campbell klang missbilligend. „Ich mache es kurz. Anja Schulte wurde an der Stirn der Schädel gebrochen. Das hat sie zwar noch eine Weile überlebt, aber sie wäre ein paar Stunden später daran gestorben. So lange hat der Täter nicht gewartet, sondern sie zusätzlich mit achtzehn Messerstichen traktiert. Ein Stich durchtrennte die Baucharterie, was ebenso tödlich war wie der Stich ins Herz, ausgeführt mit großer Kraft von einem Rechtshänder. Den Rest können Sie meinem Bericht entnehmen."

McGill umklammerte den Hörer. „Sagten Sie Rechtshänder, Doktor?"

„Ja, sagte ich. Alles Weitere ..."

„Sie sind sich da absolut sicher, Dr. Campbell?"

Ein ungeduldiges Schnaufen. „Absolut. War's das?"

„Nein. Ich werde Ihnen gleich ein paar Fotos von einer Leiche mailen. Sehen Sie sich die bitte genau an und sagen Sie mir, ob die Stiche auch von einem Rechtshänder ausgeführt wurden."

„Das werde ich morgen tun, Chief Inspector. Jetzt habe ich noch zwei Leichen aus einem Hausbrand zu obduzieren."

„Es muss jetzt sein. Es ist extrem wichtig. Ich zeige mich auch erkenntlich und spendiere Ihnen einen dreißigjährigen Talisker."

„Sagten Sie dreißigjährigen?"

„Ja."

Campbell seufzte ergeben. „Sie wissen, wie Sie einen Mann überzeugen können. In Ordnung, mailen Sie mir Ihre Fotos. Und ich hole mir meinen Talisker nächste Woche ab."

Das würde eine teure Angelegenheit werden, zahlte man doch für einen dreißigjährigen Talisker nicht unter dreihundert Pfund. Aber das war es ihm wert, wenn er die Antwort bekam, die er sich erhoffte und noch mehr fürchtete. Er scannte ein paar aussagekräftige Fotos ein und mailte sie Campbell.

Die Antwort kam eine knappe halbe Stunde später. „Rechtshänder. Eindeutig. Und soweit ich das anhand der Fotos sagen kann – also nicht mit Sicherheit –, handelt es sich möglicherweise um denselben Täter. Was ..."

„Danke, Doktor. Geben Sie mir Zeit bis Montag, dann habe ich Ihren Talisker."

Er legte den Hörer auf und lehnte sich in seinem Sessel zurück. Der Mörder von Anja Schulte und Allison MacLeod war mit großer Wahrscheinlichkeit derselbe. Und er hieß mit noch größerer Wahrscheinlichkeit nicht Kieran MacKinnon. Denn MacKinnon war Linkshänder. Das war ihm schon vor zwanzig Jahren aufgefallen, und heute Vormittag hatte er es wieder gesehen.

McGill ging noch einmal die Protokolle durch, besonders auch den Obduktionsbericht. Campbells Vorgänger, der alte

Dr. Matheson, hatte kein Wort darüber verloren, ob der Täter Links- oder Rechtshänder war. Er wollte dem längst pensionierten Rechtsmediziner weiß Gott keine Befangenheit vorwerfen, aber Matheson hatte natürlich die Zeitungen gelesen, die über den MacLeod-Fall berichtet hatten, bevor er die Leiche des Mädchens obduzierte. Da es in allen Medien hieß, dass der Täter mit der Tatwaffe in der Hand gefunden worden war – die der junge MacKinnon als sein Eigentum identifiziert hatte –, war der Arzt nicht auf den Gedanken gekommen, dass die Händigkeit des Täters eine Rolle spielen könnte, und hatte sie nicht überprüft. Auch McGill hatte sich darüber keine Gedanken gemacht, weil es absolut nichts gab, das MacKinnon entlastet hätte.

McGill fuhr sich mit den Händen über das Gesicht. Gott, der Fall war so klar gewesen. Selbst der Gutachter hatte MacKinnons totalen Blackout für eine Schutzbehauptung gehalten. Die Kopfwunde, die Gehirnerschütterung hatte man als Folge eines Schlags mit einem Stein interpretiert, mit dem das Opfer sich gegen den Mörder gewehrt hatte. Da nirgends am Tatort ein Stein gefunden worden war, der Spuren von MacKinnons Kopfverletzung aufwies, war man davon ausgegangen, dass Blut und Haare von der Flut weggewaschen worden waren. Jetzt ergab dieses Detail ein völlig anderes Bild, besonders in Zusammenhang mit dem Experiment, das er gerade mit Sergeant Dennison durchgeführt hatte. Auch die Genauigkeit, mit der die Stiche ausgeführt worden waren, passte nun ins Bild. Der wahre Täter war mit Sicherheit nicht oder nur wenig betrunken gewesen, weshalb er vollkommen kontrolliert gehandelt hatte.

Egal wie er es drehte und wendete, McGill musste sich eingestehen, einen Fehler begangen zu haben. Einen schwerwiegenden Fehler, der einen Unschuldigen zwanzig Jahre seines Lebens gekostet hatte und ihn wohl für den Rest seines Lebens stigmatisierte. Oh Gott!

McGill fühlte sich mit einem Mal unendlich müde. Er stützte die Ellenbogen auf den Tisch und verbarg das Gesicht in den Händen. Gerechtigkeit war seine berufliche Bibel. Das Bewusstsein, selbst ein Unrecht begangen zu haben, war ihm nahezu unerträglich. Dass es ihm in ehrlicher Überzeugung und aus ehrlichem Irrtum heraus unterlaufen war, machte die Sache nicht besser. Unrecht blieb Unrecht.

Und – noch schlimmer – auf Skye lief immer noch ein Mörder herum, der, da sein Plan nicht geklappt hatte, Kieran MacKinnon wieder hinter Gitter zu bringen, ganz sicher noch einmal zuschlagen würde. Er musste nach Skye, bevor es die nächste Tote gab, und MacKinnon fragen, wer damals wie heute einen solchen Hass auf ihn hatte, dass er dafür bereit war, unschuldige Frauen zu ermorden. Durch MacKinnons Fingerabdrücke auf der Whiskyflasche musste der wahre Täter mit an Sicherheit grenzender Wahrscheinlichkeit in der Talisker Destillerie beschäftigt sein. Das schränkte den Kreis der Verdächtigen ein. Mit etwas Glück konnte er den Mörder in ein paar Stunden verhaften.

Kurz entschlossen nahm McGill seine Jacke, rekrutierte Sergeant Dennison, Constable Walker und einen weiteren Kollegen und machte sich auf den Weg nach Skye.

*

Kieran stellte fest, dass sein Bart tatsächlich eine gute Tarnung war, denn keiner der Leute, die ihm in der Riverbank begegneten, schien ihn zu erkennen; sofern sie ihn überhaupt beachteten. Er stellte sein Fahrrad an der Wand des Hauses seiner Eltern ab und klingelte. Da die Fenster teilweise geöffnet waren, mussten sie zu Hause sein. Außerdem stand Paddys Wagen vor der Tür. Als niemand kam, um ihm zu öffnen, klingelte er Sturm.

Wenig später riss sein Vater die Tür auf. Sein Gesicht wurde hart und zornig, als er Kieran erkannte. Er wollte die Tür zuwerfen, doch Kieran packte die Klinke und hielt sie mühelos auf. Sein Vater war von seiner Kraft überrascht und starrte ihn entsetzt an. Seinem Gesichtsausdruck nach zu urteilen fürchtete er wohl, dass Kieran jeden Moment ihm gegenüber gewalttätig werden würde. Das tat ihm in der Seele weh.

„Ich bin unschuldig, Athair. Ich habe niemanden umgebracht."

Sein Vater glaubte ihm offensichtlich nicht. Wortlos drehte er sich um und stapfte ins Wohnzimmer. Kieran folgte ihm. Seine Mutter und Paddy saßen auf der Couch. Paddy hatte seinen Arm tröstend um ihre Schultern gelegt und reichte ihr gerade ein Papiertaschentuch, von denen sich bereits mehrere benutzte und zusammengeknüllte auf dem Fußboden angesammelt hatten. Während Paddy ihn nur verblüfft anstarrte, schlug seine Mutter die Hand vor den Mund, stieß einen wimmernden Laut aus und begann heftig zu weinen.

„A mhàthair, tha mi neo-chiontach! Ich bin unschuldig!"

Sein Vater hatte das Gewehr aus dem Schrank geholt und begann es zu laden. Kieran riss es ihm aus der Hand und warf es zur Seite. Es krachte gegen den alten Eichenschrank und polterte zu Boden. „Ich schwöre bei Gott, Jesus und Mutter Maria, dass ich niemanden umgebracht habe. Auch Allison nicht. Ich kann mich an die Tat nicht erinnern, weil ich sie gar nicht begangen habe." Er sah seinem Vater in die Augen, dann seiner Mutter und schließlich Paddy. „Ich bin kein Mörder. Ich bin es nie gewesen." Der Kloß, der plötzlich in seinem Hals saß, verhinderte, dass er weitersprach. Er schluckte ein paar Mal, aber die Enge blieb.

Alle drei starrten ihn fassungslos und ungläubig an.

„Ich bin – und war – unschuldig." Er brachte nur ein Flüstern zustande. „Ich. Bin. Unschuldig", wiederholte er langsam und mit einem nachdrücklichen Nicken.

Hoffnung malte sich auf dem Gesicht seiner Mutter. „I-ist das wirklich wahr?" Auch ihre Stimme war kaum mehr als ein Flüstern.

Kieran nickte und räusperte sich heftig. „Ich schwöre es, Mutter. Ich habe ein Alibi. Meine – Verlobte hat beeidet, dass sie bei mir war, als die Touristin ermordet wurde." Nicht gelogen, da er nicht behauptete, dass er tatsächlich bei Catie gewesen wäre, sondern nur wiederholte, was sie ausgesagt hatte. „Ich war es nicht."

„Aber die Beweise", begann Paddy, sein Gesicht immer noch fassungslos. „In der Zeitung stand, dass man eine Whiskyflasche mit deinen Fingerabdrücken neben der Leiche gefunden hat."

Kieran nickte. „Das stimmt. Ganz offensichtlich hat der Mörder die dahin gelegt, um mich zu belasten. Jeder kann sich eine der Flaschen genommen haben, die ich bei Talisker mal in der Hand hatte. Das waren Dutzende. Und das habe ich auch schon der Polizei mitgeteilt. Glaubst du ernsthaft, wenn ich der Täter wäre, hätte ich eine so offensichtliche Spur hinterlassen?" Er schüttelte den Kopf. „Ich bin unschuldig. Und mein Anwalt ist zuversichtlich, dass er jetzt auch beweisen kann, dass ich Allison nicht ermordet habe."

Sein Vater sank in einen Sessel, zu erschüttert, um ein Wort herauszubringen. Seine Mutter dagegen umarmte ihn unter

Tränen und küsste ihn auf beide Wangen und die Stirn, wie sie es früher immer getan hatte.

„A Khierain, a mac agam!"

Kieran, mein Sohn. Wie sehr hatte er sich danach gesehnt, diese Worte zu hören. Nach der letzten Begegnung mit seiner Mutter im Supermarkt hatte er nicht damit gerechnet, dass sie sie jemals wieder aussprechen würde.

„A mhàthair!"

Endlich durfte er sie halten, sie umarmen und wieder ihr Sohn sein. Er schämte sich seiner Tränen nicht. Er drückte seine Mutter an sich und spürte, wie zerbrechlich sie war. Sie hatte kaum die Kraft, sich auf den Beinen zu halten. Er hielt sie, fest und sicher, damit sie nicht fiel.

Sie klammerte sich an ihm fest und weinte eine Weile an seiner Schulter, während er ihr über den Kopf strich und sie auf das Haar küsste. Schließlich blickte sie ihn an und legte die Hand gegen seine Wange, strich über seinen Bart und seine Oberarme. „Wie groß du geworden bist. Und so stark."

Er zuckte mit den Schultern und wischte sich mit dem Handrücken die Tränen aus dem Gesicht. „Hat sich so ergeben." Er warf einen Blick auf seinen Vater, der ihn stumm ansah und wirkte, als wäre gerade seine Welt zusammengebrochen. „Ich habe mir den Bart nicht stehen lassen, um mich dahinter zu verstecken. Er hat mir geholfen zu überleben."

„O Kieran!" Seine Mutter begann wieder zu weinen. Ihre Knie gaben nach.

Er stützte sie und half ihr, sich auf die Couch zu setzen. Er setzte sich neben sie, legte die Arme um ihre Schultern und seine Wange gegen ihren Kopf. Paddy wechselte von der Couch in einen Sessel.

„Es wird alles wieder gut, Mutter. Ich werde nicht eher ruhen, bis ich weiß, wer das getan hat. Aber ihr könnt wieder erhobenen Hauptes durch den Ort gehen, denn euer Sohn und Bruder", er nickte Paddy zu, „ist kein Mörder."

Sein Vater kam mit unsicheren Schritten auf ihn zu. Kieran erhob sich. Erst jetzt fiel ihm auf, dass er auch seinen Vater um mindestens zwei Inches überragte.

Sean MacKinnon war nie ein Mann vieler Worte gewesen. Er sagte auch jetzt nichts. Er packte Kieran bei den Schultern. Seine Augen schwammen in Tränen, die er nicht zu vergießen wagte. Er riss ihn zu sich heran, klopfte ihm stumm auf Schultern und Rücken, packte seinen Kopf und tätschelte seine Wange mit derselben rauen Zärtlichkeit wie früher. Er brachte kein Wort heraus. Schließlich wandte er sich abrupt ab, hob das Gewehr vom Boden auf und schloss es langsam und betont sorgfältig in den Schrank ein. Er drehte sich erst wieder um, als er sich wieder unter Kontrolle hatte.

Kieran nahm wieder neben seiner Mutter Platz und griff nach ihrer Hand. Er hatte das Gefühl, als wäre eine tonnenschwere Last von ihm abgefallen. „Es wird alles wieder gut."

„Ja, mein Junge. Bestimmt." Sie lächelte, obwohl ihr immer noch die Tränen über das Gesicht liefen, und musterte ihn von oben bis unten, um sich jedes Detail seines Aussehens einzuprägen. „Hast du", sie tat einen zitternden Atemzug, „hast du vorhin tatsächlich gesagt, du wärst – verlobt?"

Er nickte. „Sie heißt Catie. Catrìona MacDonald of Sleat. Sie ist die Tochter des Clan Chiefs."

„Mann!", entfuhr es Paddy halb ungläubig, halb ehrfürchtig. „Du alter Schwerenöter hast es immer noch drauf, was? Kaum aus dem Knast raus und schon verlobt. Wie zum Teufel hast du das angestellt?"

„Patrick!" Sein Vater mochte erschüttert sein, aber er war nicht so erschüttert, dass er einen Fluch in seinem Haus geduldet hätte.

„Hat sich so ergeben. Ich kam zufällig dazu, als sie einen Bootsunfall hatte und fast ertrunken wäre. Ihr Vater, Sir Douglas, hat mich zum Dinner empfangen. Catie und ich arbeiten gemeinsam an einem Forschungsprojekt über die einheimische Tierwelt. Ich als Dokumentator; hab schließlich Journalistik studiert. Dabei sind wir uns nähergekommen und", er zuckte mit den Schultern, „haben uns verliebt. Sie ist Biologin und leitet das Projekt."

Seine Eltern strahlten vor Stolz. Kieran konnte es kaum fassen, aber er war übergangslos von einer Persona non grata wieder zu ihrem Lieblingssohn geworden, ein Status, der noch vor weniger als einer halben Stunde unerreichbar schien. Nicht, dass er ihn angestrebt hätte. Gerade deshalb erschütterte ihn diese Kehrtwendung tief. Er fühlte sich unsicher, und das ihm inzwischen vertraute Gefühl von Überforderung wuchs.

„Ich stelle sie euch vor, sobald diese leidige Sache aus der Welt geschafft und mein Name endlich wieder reingewaschen ist. Und damit auch eurer." Er wandte sich an Paddy, der immer noch sichtlich erschüttert war. „Hör mal, Paddy, der Typ, der mir den Mord an der Touristin anhängen wollte, muss ein Mitarbeiter der Destillerie sein."

„Wie kommst du denn darauf?"

„Weil er sich offenbar ganz gezielt eine Flasche mit meinen Fingerabdrücken beschafft hat. Da ich außerhalb der Arbeit keine Flasche angerührt habe, muss die Flasche aus der Destillerie stammen. Das heißt, dass der Mörder genau gewusst haben muss, welche Flaschen ich in der Hand hatte. Er muss mich also beobachtet und die Tat seit damals geplant haben. Hast du zufällig gesehen, dass irgendjemand – Ian Gunn zum Beispiel – eine Flasche aus den Kisten im Lager an sich genommen hat?"

„Du glaubst, dass Ian das war? Der fette, unbewegliche Kerl?"

Kieran wiegte den Kopf. „Ich traue es ihm zu. Und er hätte auch Grund gehabt, damals Allison umzubringen und es mir anzuhängen. Andererseits hast du ja selbst mitbekommen, dass nicht nur Ian mir neulich gedroht hat, mich fertigzumachen. Und glaub mir, Hass gibt sogar Fettsäcken die Kraft zu körperlichen Höchstleistungen."

„Nun warte mal, Kieran. Es ist eine Sache, sich zu prügeln und dabei wüste Drohungen auszustoßen. Aber ich kann mir nicht vorstellen, dass jemand von Talisker hingeht und einen kaltblütigen Mord begeht, nur um dir eins auszuwischen. Nicht mal dieses Arschloch Ian Gunn."

„Patrick!"

Paddy hob entschuldigend die Hände und ignorierte den strafenden Blick des Vaters. „Andererseits ..." Er blickte Kieran nachdenklich an.

„Was?"

„Wie du weißt, sind einige der Kollegen mit Allison verwandt. Ich erinnere mich, dass einer von denen sogar mal behauptet hat, dass er Ally hatte heiraten wollen." Er rieb sich nachdenklich das Kinn. „Verd..., eh, wer war das doch gleich?" Paddy schüttelte den Kopf. „Ich komme nicht drauf. Ist ja auch ewig her."

„Bob MacLeod." Kieran verzog das Gesicht. „Er hat mich nachdrücklich daran erinnert, als er neulich auf mich eingeschlagen hat."

Paddy stand auf. „Ich werde aus unseren Dienstplänen eine Liste derer zusammenstellen, die mit dir zur gleichen Zeit im

Lager gearbeitet haben. Wenn deine Vermutung stimmt, dann muss einer von denen der Mörder sein. Oder zumindest mit ihm unter einer Decke stecken." Er humpelte zur Tür. „Ich fahre nach Carbost."

„Jetzt?"

Paddys Gesicht nahm einen harten und kalten Ausdruck an. „Ja, jetzt. Und ich werde jedem sagen, dass mein Bruder kein Mörder ist. Besonders auch Mr MacKay. Wirst sehen, du bekommst deinen Job bei uns zurück."

„Tausend Dank, Paddy, aber ich brauche ihn nicht mehr. Der Job beim Forschungsprojekt passt sehr viel besser zu mir. Ich bin dadurch immerhin Angestellter der Scottish Natural Heritage."

Paddys Gesicht nahm einen wütenden Ausdruck an. Er ballte die Fäuste. „Und ich finde den, der dir das kaputt machen wollte."

„Tu nichts Unüberlegtes, Paddy. Bitte. Es reicht, wenn einer von uns im Knast war."

Sein Bruder brachte ein schiefes Grinsen zustande. „Keine Sorge, Kleiner. Ich bin nicht der Typ für Unüberlegtheiten. Das ist doch dein Metier, wenn ich mich recht erinnere." Er klopfte Kieran kräftig auf die Schulter. „Aber hier geht es um unseren guten Namen."

Er war zur Tür hinaus gehumpelt, bevor Kieran noch etwas sagen konnte. Unsicher blickte er seine Eltern an und wusste nicht, was er sagen oder tun sollte. Er räusperte sich.

„Catie und ich wollen morgen nach London zu einem forensischen Psychiater. Der will mich hypnotisieren. Er meint, dass ich mich dann vielleicht wieder daran erinnern kann, was damals passiert ist. Das würde beim Wiederaufnahmeverfahren des Falles helfen, meint mein Anwalt."

„Oh Kieran." Seine Mutter umarmte ihn. „Du bist unschuldig."

„Es sieht so aus. In jedem Fall bin ich unschuldig am Tod der Touristin."

Seine Mutter nahm sein Gesicht in beide Hände, sah ihm in die Augen und schüttelte den Kopf. „Du bist kein Mörder, Kieran. In meinem Herzen habe ich das immer gewusst. Aber die Beweise waren so eindeutig. Verzeih mir, dass ich an dir gezweifelt habe. Bitte." Sie begann wieder zu weinen.

Kieran hatte sich in den ersten Jahren seiner Haft danach gesehnt, von seinen Eltern zu hören. Selbst wenn ein Brief von ihnen ihn in den tiefsten Höllenschlund verdammt hätte, wäre das immer noch besser gewesen, als völlig ignoriert zu werden. Später war diese Sehnsucht in Ablehnung umgeschlagen. Er hatte sich entschlossen, jeden Brief ungelesen zurückzuschicken, sollte er je einen bekommen, und sich zu weigern, sie zu sehen, sollten sie ihn jemals besuchen. Nach weiteren Jahren wollte er sich nur noch mit ihnen versöhnen. Endlich war es so weit.

Der Rest seiner Ressentiments verflog und nahm einen großen Teil seiner Verbitterung mit sich. Er straffte sich und stand auf. „Ich muss nach Hause und meine Sachen packen, damit wir morgen nach London fahren können. Ich will so schnell wie möglich die Angelegenheit klären, damit unser guter Name wiederhergestellt wird und ihr allen Leuten ins Gesicht sagen könnt, dass ich kein Mörder bin."

Seine Mutter hielt seine Hand fest. „Wo wohnst du denn überhaupt?"

„In Fiskavaig. Bei Catie." Er nahm den Notizblock und den Stift, die wie früher auf dem Tisch neben der Couch lagen, und schrieb die Adresse und seine beiden Telefonnummern auf.

„Ich bringe dich hin", bot sein Vater an. „Heute fährt kein Bus mehr nach Fiosgabhaig."

„Danke, aber ich bin mit dem Fahrrad gekommen. Und die Bewegung tut mir gut."

„Mit dem Fahrrad?"

„Sicher, Mutter. Sind doch nur fünfundzwanzig Meilen." Er lächelte. „Was glaubst du denn, woher unter anderem meine Muskeln kommen?" Er klopfte sich auf die harten Oberschenkel.

Sie lachte kurz und strich ihm über das Gesicht. „Aber du kommst bald wieder, ja? Wir haben so viel nachzuholen, zu besprechen und überhaupt."

Er warf einen Blick auf seinen Vater. „Nur wenn ich euch wirklich willkommen bin."

Sein Vater schloss die Augen und nickte. „Tha – a mac agam."

Kieran fühlte wieder einen Kloß im Hals und räusperte ihn weg. „Aber vorher werde ich meine Unschuld für alle Welt beweisen."

Er drehte sich um und verließ das Haus, ohne sich noch einmal umzusehen, fest entschlossen, seine Eltern erst wieder zu besuchen, wenn zumindest der Mord an der Touristin aufgeklärt war. Ganz so zuversichtlich, wie er sich ihnen gegenüber gegeben hatte, war er nicht. Chief Inspector McGill würde genau wie vor zwanzig Jahren nichts unversucht lassen, um Kieran den Mord nachzuweisen. Falls er herausfand, dass Catie gelogen hatte, würde er nicht zögern, ihn auf der Stelle wieder zu verhaften. Er konnte nur hoffen, dass Paddy einen Anhaltspunkt auf den Täter fand und Bryce Logan recht mit der Vermutung hatte, dass die hellen Haare an Allisons Leiche nicht von ihr selbst stammten. Und dass damit belegt würde, dass Kieran auch Allison nicht getötet hatte. Denn in diesem Punkt war er sich immer noch nicht sicher und brauchte mehr denn je Gewissheit.

Andernfalls würde er seinen Seelenfrieden niemals zurückgewinnen.

*

Er traute seinen Augen nicht, als er sah, wie Kieran MacKinnon das Haus seiner Eltern betrat. Der Mann war frei, verdammt! Der Teufel musste den gottverfluchten Scheißkerl wirklich lieben. Andernfalls hätte der bis ins Detail durchdachte Plan einfach funktionieren müssen.

Aber es war noch nicht zu spät. Er konnte Kieran immer noch in die Hölle zurückbefördern. Doch er musste schnell handeln, bevor er nach Fiskavaig zurückkehrte. Selbst wenn er sofort wieder zurückfuhr, würde er mit seinem Fahrrad, das an der Hauswand der MacKinnons lehnte, gute zwei Stunden brauchen, vielleicht länger. In jedem Fall war es dann schon dunkel. Und das Haus, in dem er mit der Frau wohnte, stand sowieso weit genug vom nächsten entfernt, sodass niemand etwas bemerken würde. Auch die unmittelbare Nähe zum Strand war perfekt, wie er längst für seinen Plan B ausgekundschaftet hatte.

Sobald er den in die Tat umgesetzt hatte, würde niemand mehr daran zweifeln, dass Kieran MacKinnon ein gemeingefährlicher Killer war, der für immer in den Knast gehörte.

*

Sir Douglas legte den Hörer auf und schüttelte besorgt den Kopf. Draußen dämmerte es bereits. „Nichts. Wieder nur die

Mailbox und beim Festnetz der Anrufbeantworter. Und um diese Zeit arbeitet sie nicht mehr draußen."

„Doch, das tut sie", erinnerte ihn sein jüngerer Sohn Donald, der vor zwei Tagen aus dem Urlaub zurückgekommen war. „Es gibt eine Menge nachtaktiver Tiere auf der Insel, die man nun mal nicht bei Tag beobachten kann. Und das erklärt auch zur Genüge, warum sie ihr Handy ausgeschaltet hat. Stell dir vor, sie hat endlich einen bewohnten Dachsbau gefunden, der scheue Herr des Hauses steckt gerade die Schnauze witternd heraus, um zu sehen, ob die Luft rein ist, bevor er auf die Suche nach seiner Abendmahlzeit geht – und just in dem Moment klingelt Caties Handy. Ihr Wutgebrüll wäre garantiert noch bis Edinburgh zu hören."

„Verdammt, Donnie, machst du dir überhaupt keine Sorgen?" Connor hielt ihm den „Scotsman" hin und schlug mit dem Rücken der flachen Hand auf den Leitartikel. „Der Broadford-Killer wohnt bei ihr im Haus! Er hat schon wieder eine Frau ermordet, und Catie ist nicht erreichbar."

„Nein, ich mache mir keine Sorgen. Aus einem ganz einfachen Grund." Donald nahm seinem Bruder die Zeitung aus der Hand, überflog den Artikel und deutete auf eine Stelle. „Hier steht, dass neben der Toten eine Whiskyflasche mit seinen Fingerabdrücken gefunden wurde und die Polizei ihn deswegen verhaftet hat. Du hast mir erzählt, dass du gestern noch mit Catie telefoniert hast. Also, wie sollte der Typ sie umgebracht haben, wenn er in Polizeigewahrsam ist?"

„Das hat er vielleicht getan, bevor sie ihn einkassiert haben und nachdem ich mit ihr gesprochen habe."

„Egal", unterbrach Sir Douglas. „Ich fahre nach Fiskavaig."

„Und wenn Catie nicht da ist, wo willst du dann nach ihr suchen, Vater? Wir haben keine Ahnung, wo sie stecken könnte."

Sir Douglas nickte. „Und deshalb nehmen wir die Hunde mit."

Donald seufzte und schüttelte den Kopf. „Ich sage euch, das wird sich alles in Wohlgefallen auflösen – wenn Caties Wut darüber, dass wir uns grundlos in ihre Angelegenheiten gemischt haben, in hundert Jahren oder so verraucht ist. Aber meinetwegen, fahren wir."

„Ich versuche weiter, sie telefonisch zu erreichen", entschied seine Mutter. „Vielleicht kommt sie in der Zwischenzeit zurück."

Sir Douglas nickte. „Ruf Charles und Adam an. Sie sollen auch kommen. Je mehr wir sind, desto besser."

„Euch ist klar, wie Catie reagieren wird, wenn alles bei ihr in Ordnung ist."

Sir Douglas verzog grimmig das Gesicht. „Glaub mir, Junge, mit dem Zorn meiner Tochter werde ich schon fertig."

Entschlossen holte er das Jagdgewehr aus dem Waffenschrank.

*

Sie war da, denn im Haus brannte Licht. Ein verstohlener Blick durchs Fenster zeigte ihm, dass sie allein war. Perfekt! Er klopfte gegen die Tür. „Hallo! Jemand zu Hause?"

Sekunden später öffnete die Frau. „Hallo." Sie lächelte freundlich. „Wie kann ich Ihnen helfen?"

„Ist Kieran MacKinnon zu Hause? Ich komme von Talisker und will ihm seine Papiere bringen." Er hielt einen Briefumschlag hoch.

„Vielen Dank. Ich gebe sie ihm. Ich bin seine Verlobte, Catie MacDonald."

„Er müsste noch was unterschreiben, was ich bei Talisker wieder abgeben muss. Kann ich vielleicht auf ihn warten?"

„Gern." Sie trat zur Seite und machte eine einladende Geste ins Haus. „Ich weiß aber nicht, wann er zurückkommt. Es könnte spät werden."

„Eine halbe Stunde kann ich erübrigen. Wenn es Ihnen nichts ausmacht?"

„Nein. Kommen Sie. Mögen Sie einen Tee?"

„Ja, bitte."

Sie führte ihn ins Wohnzimmer. „Nehmen Sie Platz."

Als sie ihm den Rücken zuwandte, um in die Küche zu gehen, schlug er zu. Sie stolperte und fiel auf die Knie. Er packte ihren Kopf und schlug ihn auf die Platte des Beistelltisches, neben dem sie gestürzt war. Sie sackte leblos zusammen.

Nun kam das Schwierigste. Er musste sie zum Strand hinuntertragen. Damit alles wieder perfekt auf Kieran hindeutete, musste man sie tot am Strand neben dem Boot finden wie damals Allison. Dann würde er sich auf die Lauer legen und warten, bis Kieran zurückkam. Sobald der das Haus betreten hatte, würde er anonym die Polizei darüber informieren, dass er gesehen hätte, wie der Broadford-Killer am Strand von Fiskavaig eine Frau ermordet hatte. Für diesen Zweck, seinen Plan B, hatte er sich schon vor einigen Tagen ein nicht registriertes Prepaid-Handy gekauft.

Nur musste er erst einmal die etwa dreihundert Yards vom Haus bis zum Boot schaffen. Sein Körper war für solche Anstrengungen nicht geschaffen. Deshalb brauchte er drei Anläufe, bis er sich die Frau endlich auf die Schulter geladen hatte. Doch schon an der Haustür musste er sie wieder herunterlassen, weil es zu anstrengend war.

Er stützte sich mit der einen Hand an der Hauswand ab und rang keuchend nach Luft, während er mit der anderen den Arm der Frau um seinen Hals gehängt hielt, damit sie nicht zu Boden fiel. Sie immer wieder abzulegen und aufzuheben, würde seine Kräfte noch schneller erlahmen lassen. Er wartete, bis er etwas zu Atem gekommen war, ehe er sie um die Taille fasste und den Weg hinunter zum Strand halb schleifte, halb trug.

Ihr Fuß blieb irgendwo hängen, und sie stürzten beide zu Boden. Er blieb schwer atmend eine Weile liegen, ehe er sich beschwerlich wieder aufrappelte. So ging das nicht. Es war dunkel und Nebel kam auf. Ohne Licht war das zu gefährlich. Mit Licht gab es gewisse Risiken. Doch Kieran MacKinnon zu vernichten, rechtfertigte jedes Risiko. Er nahm die vorsorglich mitgenommene Taschenlampe aus der Jackentasche, schaltete sie ein und klemmte sie sich zwischen die Zähne. Mühsam hob er den Körper der Frau wieder hoch und setzte seinen Weg fort.

Die Pausen, die er einlegen musste, wurden immer länger, die Strecken dazwischen immer kürzer. Sein Körper war in Schweiß gebadet, und jeder Muskel schmerzte mit den überlasteten Gelenken um die Wette. Egal. Er schleppte sich Schritt für Schritt mit eisernem Willen vorwärts.

Als er endlich das Boot erreichte, hatte er das Gefühl, eine Ewigkeit wäre vergangen. Er ließ die Frau zu Boden fallen und setzte sich für ein paar Minuten neben sie, um wieder zu Atem zu kommen. Seine Lungen brannten. Er konnte sich nicht erinnern, sich jemals so erschöpft gefühlt zu haben. Aber das war es wert.

Als er wieder einigermaßen zu Kräften gekommen war, stemmte er sich hoch und drehte die Frau auf den Rücken, damit sie genauso starb wie Allison und die Touristin – mit achtzehn Stichen in Bauch und Oberkörper und einer durchschnittenen Kehle. Das kam ganz zuletzt, wenn sie bereits tot war. Solange das Herz noch schlug, würde zu viel Blut aus der Schlagader spritzen. Er zog sein Messer.

Der Knall eines Schusses ließ ihn zusammenzucken. Ein zweiter folgte. Verdammt, was war da los? Durch den Nebel hörte er Schreie und Hundegebell, Sekunden später dumpfe Schritte, die sich im Laufschritt näherten. Stoppten.

„Catie?"

Kierans Stimme. Offenbar hatte er den Schein der Taschenlampe gesehen, die am Boden lag und den leblosen Körper der Frau anleuchtete.

„Catie!"

Gehetzt sah er sich um. Fliehen konnte er nicht. Dazu war er zu langsam. Und wenn er floh, wäre sein Plan gescheitert. Eine weitere Chance würde er nicht bekommen. Außerdem hatte es einen besonderen Reiz, Kieran dabei zusehen zu lassen, wie die Frau starb, die er liebte.

Da war er schon. Blieb schockstarr stehen, als er ihn und seine Geliebte sah. Doch er kam zu spät, um ihn noch an seiner Rache hindern zu können. Und sein entgeistertes, völlig entsetztes Gesicht, als er begriff, wer ihm vor zwanzig Jahren sein Grab in der Hölle geschaufelt hatte und es heute wieder tun würde, war eine herrliche Genugtuung, die für so manches entschädigte.

Kierans Beine gaben nach. Er fiel auf die Knie. In den Dreck. Genau dort gehörte er hin.

„Du? Doch nicht du!"

„Doch. Ich. Und heute bringe ich es endlich zu Ende."

*

Kieran war ausgepowert und völlig verschwitzt, als er Caties Haus erreichte. Er hatte kräftig in die Pedalen getreten, um so schnell wie möglich zu ihr zu kommen. Davon abgesehen hatte ihm die körperliche Anstrengung gutgetan. Die Begegnung mit seinen Eltern hatte ihn mehr mitgenommen, als ihm zunächst bewusst gewesen war, wenn auch in positivem Sinn. Seine innere Anspannung, die ihn noch fast eine halbe Stunde lang hatte zittern lassen, war verschwunden.

Er lehnte das Fahrrad gegen die Hauswand. Im Haus brannte Licht. Er lächelte voller Vorfreude darauf, dass er Catie gleich im Arm halten und sie küssen würde. Dass sie ihm nicht entgegenkam, wunderte ihn.

„Catie?"

Alles blieb still. Zu still. Seine Nackenhaare richteten sich auf. Vorsichtig betrat er das Wohnzimmer. Auf dem Fußboden lagen Zeitschriften verstreut herum, die augenscheinlich von dem Beistelltisch gefallen waren. Er hob sie auf und stellte fest, dass auf einer Blut klebte.

„Catie!"

Er rannte in ihr Schlafzimmer, in seins, ins Bad, in die Küche, auf die Veranda. Nirgends eine Spur von ihr. Gott, was war hier passiert? Der Gedanke, dass seine Befürchtung wahr geworden war und der Mörder der Touristin sich jetzt auch an Catie vergriffen hatte, jagte ihm einen eisigen Schauer über den Körper.

Draußen ertönte Motorengeräusch. Gleich darauf klappten Autotüren, und die Haustür wurde aufgerissen.

„Catrìona!"

Sir Douglas stürmte herein, gefolgt von Connor, zwei älteren Männern und einem jüngeren Mann, der seiner Ähnlichkeit mit Connor nach zu urteilen Caties Bruder Donald sein musste. Die beiden älteren Männer und auch Sir Douglas hielten Gewehre in den Händen. Kierans Magen verkrampfte sich.

„Guten Abend, Sir Douglas."

Sir Douglas richtete das Gewehr auf ihn. „Wo ist Catrìona? Was haben Sie mit meiner Tochter gemacht?"

Kieran blieb äußerlich ruhig und widerstand dem Impuls zu fliehen. „Ich habe keine Ahnung, wo sie ist. Ich bin gerade erst nach Hause gekommen."

„Nach Hause?" Connor spuckte die Worte beinahe aus. „Das ist Caties Haus."

„Ja. Aber ich wohne auch hier." Er merkte, dass er immer noch die Zeitschriften in der Hand hielt und legte sie auf den Tisch, wobei er darauf achtete, die mit dem Blut zuunterst zu legen. Wenn die MacDonalds das Blut sähen, wären sie erst recht überzeugt, dass Kieran Catie etwas angetan hatte. „Ich habe Catie am frühen Nachmittag zuletzt gesehen."

„Lüge!" Sir Douglas musterte ihn von oben bis unten. „Sehen Sie sich an. Verschwitzt, echauffiert, verdreckt. Was haben Sie Catrìona angetan?"

„Gar nichts!" Kieran ballte die Fäuste. „Ich bin vor fünf Minuten mit dem Fahrrad von Broadford gekommen. Und ich frage mich auch, wo sie ist."

Sir Douglas glaubte ihm offenbar kein Wort. „Zum letzten Mal: Wo ist meine Tochter?"

„Ich weiß es nicht, verdammt!"

„Das bringen wir aus dem Burschen schon raus."

Die beiden älteren Männer traten auf ihn zu. Kieran wich zurück.

„Stehen bleiben, oder ich drücke ab", drohte Sir Douglas.

„Ich mach dich fertig, du Schwein!" Connor stürzte sich auf ihn, bevor sein Bruder ihn daran hindern konnte.

Die beiden anderen Männer griffen nach ihm. Kieran packte den zum Schlag erhobenen Arm und riss Connor als Schutzschild zu sich heran, ehe er ihn mit aller Kraft gegen den Älteren schleuderte, der ihm am nächsten war. Beide prallten gegen den Beistelltisch und rissen ihn im Fallen um. Dem anderen versetzte Kieran einen Faustschlag in den Magen. Der Mann klappte stöhnend zusammen.

„Ich habe nichts getan, verdammt noch mal!"

Natürlich glaubte ihm das niemand. Er drehte sich um, rannte auf die Veranda und sprang über das Geländer. Ein Schuss krachte, und die Kugel fuhr dicht neben ihm in die Brüstung. Er schlug einen Haken nach links. Ein zweiter Schuss verfehlte ihn um mehrere Inches. Dann hatte der Nebel ihn verschluckt.

Er hörte Hunde bellen. Zum Glück kannte Kieran sich inzwischen hier bestens aus und fand seinen Weg auch in Dunkelheit und Nebel. Selbst wenn die MacDonalds ihre Hunde auf ihn losließen, hatte er einen guten Vorsprung, bevor die ihn erwischten, da sie erst seine Spur aufnehmen mussten. Sobald er das Boot erreicht und zu Wasser gebracht hatte, war er in Sicherheit. Aufs Wasser konnten sie ihm nicht folgen und durch Dunkelheit und Nebel auch nicht sehen, in welche Richtung er ruderte. Natürlich war es extrem gefährlich, sich unter diesen Bedingungen aufs Wasser zu wagen, aber er trotzte lieber den Gefahren der See, als sich von Sir Douglas erschießen zu lassen. Außerdem musste er Catie finden.

Ein Stück entfernt sah er das Licht einer Taschenlampe schimmern, die sich ungefähr dort befinden musste, wo das Boot lag. Das musste Catie sein, die aus irgendwelchen Gründen noch mal mit dem Boot rausgerudert und jetzt zurückgekehrt war. Kieran wurden die Knie weich vor Erleichterung. Ihr war nichts geschehen.

„Catie?" Sie antwortete nicht. Er rief lauter. „Catie!"

Er lief auf das Licht zu, erreichte das Boot und sah Catie. Sie lag reglos auf dem Rücken. Blut klebte an ihrer Stirn. Und vor ihr stand Paddy, schmutzig und derangiert. Er hielt ein Messer in der Hand und starrte Kieran mit so bösartiger Genugtuung an, dass der schlagartig die Wahrheit begriff. Die furchtbare Wahrheit, die schlimmer war als die Schuld, die er zwanzig

Jahre mit sich herumgeschleppt hatte. Eine Schuld, die er gar nicht zu verantworten hatte.

Seine Beine trugen ihn nicht mehr. Er sackte zu Boden. „Du? Doch nicht du!" Seine Worte waren ein erstickter Schrei.

„Doch. Ich. Und heute bringe ich es endlich zu Ende."

Die Angst um Catie gab ihm neue Kraft. Kieran sprang auf.

Paddy holte mit dem Messer aus. „Bleib, wo du bist! Du wirst mich nicht aufhalten."

Kieran schüttelte den Kopf. Er hörte die Stimmen der MacDonalds, die sich näherten. Gegen ihre Gewehre konnte und würde Paddy nichts ausrichten können. Doch da ihnen der Weg unbekannt war und sie in dem dichten Nebel – der auch die Geräusche seiner Stimme und der von Paddy dämpf-te – Schwierigkeiten hatten, sich zu orientieren, würde es wohl noch eine Weile dauern, bis sie hier wären. Bis dahin musste er Paddy aufhalten.

„Warum tust du das, Paddy? Du bist doch mein Bruder." Er ballte die Fäuste. „Gott im Himmel, Paddy, warum?"

„Das fragst du noch?", brüllte Paddy. Sein Gesicht verzerrte sich zu einer Fratze puren Hasses. Durch das fahle Licht der Taschenlampe und die Nebelschwaden wirkte sie diabolisch. Er schlug sich mehrfach mit der Hand auf das steife Bein. „Dei-netwegen bin ich ein Krüppel! Deinetwegen haben die Eltern mich verachtet. Du warst immer ihr Liebling!"

„Aber dafür konnte ich doch nichts!" Davon abgesehen stimmte das so nicht ganz.

„Ach, konntest du nicht?" Paddys Stimme wurde zu einem giftigen Zischen. „Aber du hast es genossen und mich benutzt, um vor ihnen besser dazustehen."

Zumindest dieser Vorwurf war berechtigt. Kieran war weiß Gott kein Engel gewesen und hatte seinen Teil an Schabernack und Streichen getrieben. Doch jedes Mal, wenn es darum ging, vor den Eltern die Schuldfrage zu klären und Verantwortung zu übernehmen, hatte er geleugnet, der Täter zu sein, wohl wissend, dass sie ihm glauben und Paddy für den Schuldigen halten würden. In diesem Punkt hatte er tatsächlich seinen Status als Liebling der Eltern schamlos ausgenutzt.

Bis zu dem Tag, an dem sein Vater eine seiner Lügen entlarvt hatte, mit der er Paddy mal wieder die Schuld in die Schuhe hatte schieben wollen. Kieran hatte die damalige Standpauke bis heute nicht vergessen, als sein Vater ihm nachhaltig klar gemacht hatte, dass ein MacKinnon immer für seine Taten die Verantwortung übernahm und dafür geradestand. Wenn er das nicht wollte, dürfte er die entsprechende Tat gar nicht erst begehen. Er hatte auch nicht die Ausrede gelten lassen, dass die Tat nur ein scherzhafter Streich gewesen war.

Besonders übel nahm er Kieran, dass der seinen Bruder zwar nicht direkt der betreffenden Taten beschuldigt hatte, aber billigend in Kauf genommen und sogar geplant hatte, dass man Paddys Unschuldsbeteuerungen nicht glauben würde. So ein Verhalten war die Tat eines Feiglings. Kieran war damals erst acht gewesen, aber er hatte seine Lektion gelernt und danach nie wieder Ausreden gebraucht.

„Damals waren wir Kinder. Du kannst doch unmöglich Allison umgebracht haben, weil ich als Kind gemein zu dir war!"

Paddy fletschte die Zähne und knurrte wie ein Tier. Kieran drängte sich der Verdacht auf, dass sein Bruder den Verstand verloren hatte. Er musste irgendwie zwischen ihn und Catie gelangen, um zu verhindern, dass Paddy auch noch sie umbrachte.

„Ally war meine Freundin! Meine erste und einzige Freundin, weil dank dir ja kein Mädchen mit mir ausgehen wollte – mit einem Krüppel. Und was hast du getan? Du hast sie mir weggenommen! Und ihr habt auch noch über mich gelacht. Habt euch lustig gemacht über Krüppel-Paddy. Vielleicht erinnerst du dich noch, was sie mir ins Gesicht gesagt hat?"

Kieran erinnerte sich. Weil er sich Allisons Brutalität in dem Moment zutiefst geschämt hatte. Und auch, weil ihm erst in dem Moment bewusst geworden war, welches perfide Spiel sie mit ihnen beiden getrieben hatte. ‚Du hast doch nicht ernsthaft geglaubt, dass ich an dir interessiert wäre, Krüppel-Paddy MacKinnon? Ich brauchte dich nur, um an deinen süßen Bruder ranzukommen.'

Und Kieran hatte das schmutzige Spiel mitgespielt, weil er sich in jugendlicher Unbekümmertheit keine Gedanken darüber gemacht hatte, was es für Paddy bedeutete, dass das Mädchen, in das er sich verliebt hatte und das so tat, als erwidere es seine Liebe, erst hinter seinem Rücken mit Kieran schlief und ihm dann zu dessen Gunsten den Laufpass gab. So wie sein Bruder sich damals verhalten hatte – nach einem kurzen Schock schien er gleichmütig, unberührt –, war er davon ausgegangen, dass der froh gewesen wäre, Allison los zu sein.

„Oh Gott, Paddy, es tut mir so leid."

„Ja." Sein Bruder nickte heftig. „Ich habe dafür gesorgt, dass es dir leid tut. Zwanzig Jahre lang. Zwanzig Jahre lang war endlich ich der Liebling, war der gute Sohn, habe alles für die Eltern getan, sie unterstützt, und endlich, endlich haben sie mich geliebt! Und was passiert dann? Du kommst zurück, beschwörst deine Unschuld – und ich bin wieder abgemeldet! Du bist der Mittelpunkt, als wärst du nie weg gewesen. Wirst wieder angehimmelt und bewundert, weil du trotz Knast studiert hast und dir die Tochter vom MacDonald-Chief angeln konntest. Warum zum Teufel musstest du zurückkommen und mir wieder alles kaputt machen?"

Kieran machte einen vorsichtigen Schritt vorwärts. „Und weil dir zwanzig Jahre Rache nicht gereicht haben, hast du die Touristin umgebracht?" Er schüttelte den Kopf. „Du bist ja wahnsinnig!"

Paddy packte das Messer fester. „Nicht ich. Du bist der Wahnsinnige. Das wird jeder glauben, wenn deine – Verlobte tot ist."

Kieran ballte die Fäuste und suchte verzweifelt nach einer Möglichkeit, Paddy zurückzuhalten. Er trat noch einen Schritt vor. Paddy hob drohend das Messer.

„Hör zu, Paddy, ich verschwinde von Skye und komme niemals wieder, mein Wort drauf. Aber bitte lass Catie am Leben. Sie hat dir doch gar nichts getan."

„Oh nein!" Wieder wurde Paddys Stimme zu einem hasserfüllten Zischen. „Sie hat dir ein Alibi gegeben und damit verhindert, dass du wegen des Mordes an der Touristin für immer in den Knast gehst. Jetzt wird eben ihr Tod dafür sorgen, dass man dich auf ewig wegsperrt und du nie mehr zurückkommen kannst, um mein Leben noch mal zu verpfuschen."

Paddy hatte tatsächlich den Verstand verloren, denn was er sich da ausgedacht hatte, konnte so nicht funktionieren. Schließlich würde seine Kleidung mit Caties Blut besudelt sein, wenn er sie tötete, nicht Kierans. Schon deshalb würde jeder wissen, wer der wahre Täter war. Außerdem war es nur noch eine Frage weniger Augenblicke, bis die MacDonalds hier waren. Er konnte nur hoffen, dass sie im Dunkeln und durch den Nebel nicht die Richtung verloren hatten.

Kieran überkam schlagartig eine kalte Ruhe. Er machte einen weiteren Schritt auf seinen Bruder und Catie zu. „Das werde ich nicht zulassen, Paddy."

Paddy verzog das Gesicht zu einem abstoßenden, bösartigen Grinsen. „Da hast du gar keine andere Wahl."

Er hob das Messer und stach zu.

*

Gordon McGill stoppte den Wagen auf der Straße vor dem Wendehammer an deren Ende, denn der war von zwei Wagen zugeparkt. Im Haus von Catie MacDonald brannte Licht, und die Haustür stand offen.

„Ist hier eine Party im Gange?", überlegte Sergeant Dennison.

McGill schüttelte den Kopf. „Ich höre keine Musik." Er stieg aus und lauschte. Außer dem Gebell zweier Hunde, die in einem der Wagen saßen und lautstark ihr Missfallen kundtaten, dass man sie zurückgelassen hatte, war alles ruhig.

Der Wagen mit Constable Walker und seinem Kollegen hielt hinter McGills. Die beiden Beamten stiegen aus. McGill nickte ihnen zu und ging ins Haus.

„Hallo, jemand da?"

Niemand antwortete ihm. McGill öffnete die Tür gegenüber der Flurgarderobe. Das dahinter liegende Badezimmer war leer. Das Wohnzimmer, in das der Flur mündete, ebenfalls. Auch im Arbeitszimmer und den beiden Schlafzimmern befand sich niemand. Dafür stand in dem, das wohl Catie MacDonald gehörte, eine halb gepackte Reisetasche auf dem Bett. Im Wohnzimmer war ein Beistelltisch umgeworfen worden. Zeitschriften lagen verstreut auf dem Boden. McGill bückte sich und hob eine auf. Auf deren zerknittertem Deckblatt klebte frisches Blut. Offensichtlich hatte hier ein Kampf stattgefunden.

„Sir, sehen Sie mal." Sergeant Dennison war auf die Veranda getreten und leuchtete mit ihrer Taschenlampe auf einen

314

Teil der Brüstung, wo das Holz ein frisch gesplittertes Loch aufwies. „Ich müsste mich sehr täuschen, wenn hier nicht kürzlich eine Kugel eingeschlagen ist."

Sie leuchtete den Boden hinter der Veranda ab, aber dort war nichts zu sehen. Allerdings ließ der Nebel keine große Sichtweite zu. McGill sah sich die Verandabrüstung genau an, konnte aber keine Blutspuren entdecken. Im Schein von Dennisons Taschenlampe erkannte er aber, dass in dem Loch noch das Geschoss steckte.

McGill besah sich den Fußboden des Wohnzimmers. Außer ein paar wenigen Blutstropfen in der Nähe des umgekippten Tisches gab es keinen Hinweis darauf, dass jemand ernsthaft verletzt worden wäre. Wenigstens etwas. Aber kein Anlass für übermäßige Zuversicht. Wenn es hier keine weiteren Spuren gab, bedeutete das noch lange nicht, dass sich nicht draußen welche befanden. Schlimme Spuren, die womöglich zu einer Leiche führten.

Er zuckte zusammen, als aus der Richtung des Ufers ein Schuss ertönte. Ohne zu zögern rannte er los, zog im Laufen seine Taschenlampe aus der Jacke und schaltete sie ein. Die anderen folgten ihm. Er hatte noch keine fünfzig Yards zurückgelegt, als ein zweiter Schuss krachte. Er verdoppelte seine Geschwindigkeit, ohne Rücksicht darauf, dass er im Nebel stürzen und sich verletzen könnte.

Als ein dritter Schuss fiel, befürchtete er das Schlimmste.

*

Kieran sprang vorwärts, während er sich gleichzeitig bückte, einen Stein ergriff und ihn auf Paddy schleuderte. Auf die Hand mit dem Messer, denn wenn er seinen Bruder an der

Schläfe erwischte und der bewusstlos mit dem Messer voran auf Catie fiel, konnte sie immer noch tödlich verletzt werden. Durch das jahrelange Wurftraining in Saughtons Basketballmannschaft traf der Stein akkurat sein Ziel. Der Stich wurde zur Seite gelenkt. Die Messerklinge bohrte sich statt in Caties Herz haarscharf neben ihrem Körper in den Boden.

Paddy schrie auf vor Schmerz und Wut. Im nächsten Moment prallte Kieran gegen ihn. Beide stolperten ein paar Yards zurück und stürzten, Kieran auf Paddy. Er drosch mit der Faust auf seinen Bruder ein. Paddy brüllte. Ein Schuss krachte. Kieran fühlte, wie die Kugel an seinem Ohr vorbeisauste. Er warf sich zur Seite.

Sir Douglas stand wie ein Rachegott mit angeschlagenem Gewehr neben Catie, fest entschlossen, Kieran zu töten.

Bevor der etwas sagen konnte, hatte Paddy sich halb aufgerichtet und deutete mit dem Finger auf ihn. „Er wollte die Frau umbringen. Ich hab's gerade noch verhindert, und da wollte er mich erschlagen!"

Kieran starrte Paddy fassungslos an. „Das ist nicht wahr!" Kieran sah Sir Douglas eindringlich in die Augen. „Er wollte Catie umbringen. Er hat auch die Touristin ermordet. Das ist die Wahrheit, Sir Douglas."

„Er lügt! Er ist der Broadford-Killer. Und er wollte auch Ihre Tochter umbringen."

Connor und sein Bruder hatten sich neben Catie gekniet.

„Sie ist verletzt, Vater. Das Schwein hat ihr wer weiß was angetan."

Das reichte Sir Douglas. Er legte an und schoss.

Kieran warf sich zur Seite. Die Kugel riss ein Loch in eine Falte seiner Jacke, ehe sie haarscharf neben ihm im Boden einschlug. „Ich bin unschuldig!"

Sir Douglas legte erneut an. Donald sprang hinzu und schlug den Lauf nach oben. Der Schuss ging in die Luft.

„Bist du verrückt, Vater? Willst du zum Mörder werden? Catie lebt und scheint nicht schlimm verletzt zu sein. Und er könnte die Wahrheit sagen."

„Das glaubst du doch nicht im Ernst, Donald!"

Alle zuckten zusammen, als noch ein Schuss fiel. „Keiner rührt sich! Und Sie, Gentlemen, legen auf der Stelle die Waffen weg!"

Kieran war in seinem ganzen Leben noch nie so erleichtert gewesen, Polizei zu sehen. Selbst wenn McGill wieder einmal gekommen war, um ihn zu verhaften, so machte ihm das im Moment nicht das Geringste aus.

„Ich sagte, Waffen weg!"

Sir Douglas und seine beiden älteren Begleiter gehorchten widerstrebend und händigten ihre Gewehre den beiden Constables aus, die sie entluden und sicherten.

„Er hat versucht, die Frau umzubringen! Ich hab's genau gesehen! Ich hab's verhindert." Paddys Stimme klang drängend und fast wie ein Mantra, mit dem er in erster Linie sich selbst überzeugen wollte. „Ich bin Zeuge, ich hab's gesehen."

Kieran, der immer noch am Boden saß und die Hände gehoben hatte, blickte McGill in die Augen und schüttelte den Kopf. Er dachte zwar keine Sekunde daran, dass der Chief Inspector ihm glauben würde; hatte er doch noch heute Morgen gedroht, Kieran wieder hinter Gitter zu bringen. Aber wenn er Paddys Anschuldigung unwidersprochen ließ, gestand er damit eine Schuld ein, die er nicht trug.

„Bitte, Sir, darf ich nach Catie sehen? Ich bin als Sanitäter ausgebildet. Ich kann ihr helfen."

„Auf keinen Fall rühren Sie meine Tochter an!" Sir Douglas, den Sergeant Dennison gerade nach weiteren Waffen abgetastet hatte, während die Constables dasselbe mit den anderen Männern taten, machte wütend einen Schritt auf ihn zu.

McGill vertrat ihm den Weg. „Mr MacKinnon ist gegenwärtig der Einzige hier mit medizinischen Kenntnissen. Im Interesse Ihrer Tochter sollten Sie ihn gewähren lassen." Er nickte Kieran zu. „Sie dürfen."

Kieran stand auf.

Sir Douglas versuchte, ihm den Weg zu verstellen. McGill drängte ihn zurück.

„Das dürfen Sie nicht zulassen. Der Kerl hat schon zwei Frauen umgebracht!"

„Nein, das hat er nicht." McGill nickte Kieran erneut zu, der ihn ungläubig anstarrte. „Es sind neue Beweise aufgetaucht, die einwandfrei belegen, dass Mr MacKinnon weder die Touristin noch damals das Mädchen getötet hat. Deswegen bin ich gekommen. Und gerade noch rechtzeitig, um zu verhindern, dass Sie einen Unschuldigen erschießen."

Kieran wurde schwindelig. Er war sich nicht sicher, ob er sich nicht verhört hatte. Paddy erholte sich schneller von dem Schock dieser Nachricht. Er kam flinker auf die Beine, als er sich gewöhnlich bewegte, und stürzte sich mit einem Wutschrei auf Kieran, die Hände wie Klauen vorgestreckt. Kieran unterlief den Angriff, packte seinen Arm, drehte ihn auf den Rücken und stieß Paddy von sich. Der stolperte und fiel bäuchlings zu Boden. Bevor er wieder hochkommen konnte, war Constable Walker über ihm und legte ihm Handschellen an.

„Es ist vorbei, Paddy. Endgültig."

Paddy wand sich in Walkers Griff und brüllte unartikuliert.

„Schaffen Sie ihn weg", befahl McGill. „Wer ist der Mann?" Er blickte Paddy nach, der immer noch brüllend von den beiden Constables in Richtung Straße mehr gezerrt als geführt wurde.

„Patrick MacKinnon. Mein Bruder. Bedauerlicherweise. Und", er blickte Sir Douglas an, „er hat mir, bevor Sie kamen, gestanden, dass er die Touristin und damals auch Allison ermordet hat. Sobald Catie wieder zu sich kommt, wird sie Ihnen bestätigen, dass ich ihr nie etwas getan habe."

Er kniete sich neben Catie und prüfte als Erstes ihren Puls. Er schlug regelmäßig und kräftig. Sie leblos am Boden liegen zu sehen mit der Wunde auf der Stirn, tat ihm in der Seele weh. Er nutzte die Gelegenheit, ihr zärtlich über die Wange zu streichen.

„Ich denke, Sie sind Journalist." Sir Douglas' Stimme klang misstrauisch.

„Ja, Sir, aber auch Sanitäter. Mit einer fundierten Ausbildung und anschließender fünfzehnjähriger Berufspraxis in der Notaufnahme des Gefängniskrankenhauses von Saughton. Glauben Sie mir, die Behandlung von gewaltsam zugefügten Verletzungen ist meine Spezialität." Er tastete vorsichtig Caties Kopf rund um die Beule ab und untersuchte sie auf weitere Verletzungen. „Nichts gebrochen. Und außer der Platzwunde am Kopf ist sie in Ordnung. Wahrscheinlich hat sie eine mehr oder weniger schwere Gehirnerschütterung. Der Schädel sollte aber zur Sicherheit geröntgt werden."

„Wir werden sie sofort nach Broadford ins Krankenhaus bringen", entschied Sir Douglas. Er gab seinen Begleitern einen Wink.

„Nicht so eilig, Sir. Sie waren im Begriff, ein Kapitalverbrechen zu begehen. Ich muss Sie alle vorläufig verhaften."

Sir Douglas blickte ihn schockiert an. Dann wandelte sich sein Gesichtsausdruck zu Verlegenheit und Schuldbewusstsein.

„Ich kann allerdings sehr gut nachvollziehen, dass die Sorge um das Leben einer geliebten Tochter vorübergehend den Verstand ausschaltet. Deshalb könnte ich so tun, als wäre nichts

Rechtswidriges vorgefallen. Es sei denn", er blickte Kieran an, „Mr MacKinnon erstattet Anzeige gegen Sie."

Kieran schüttelte den Kopf. „Nein, Sir. Ist ja nichts passiert." Falls Catie ihn immer noch heiraten wollte, wenn sie erfuhr, dass ihr Angreifer Kierans Bruder war, wäre es kein guter Einstand in ihre Familie, wenn er ihren Vater anzeigte. Er deutete auf das Boot. „Im Boot ist eine Plane. Wenn wir die an den Rudern befestigen, könnten wir eine Trage daraus machen, mit der wir Catie zum Wagen bringen können."

Er warf McGill einen fragenden Blick zu und holte die Plane, als der nickte. Mit Donalds Hilfe, der ihm ein freundliches Lächeln schenkte, hatte er Minuten später die Trage fertig und sorgte dafür, dass Catie fachgerecht und ohne allzu sehr bewegt zu werden auf die provisorische Trage gelegt wurde.

„Wenn Sie Catie in die Broadford-Klinik bringen, lassen Sie sie von Dr. Angus MacKinnon behandeln. Er ist der beste Arzt, den es auf der Insel gibt."

Sir Douglas nickte, zögerte und reichte Kieran schließlich die Hand. „Ich muss mich bei Ihnen entschuldigen, Mr MacKinnon. Ich ..." Er suchte nach Worten.

„Schon gut, Sir Douglas." Kieran drückte seine Hand. „Ich weiß nicht, was ich getan hätte, wenn es meine Tochter gewesen wäre."

„Wir sollten uns die Tage mal ausführlich über alles unterhalten. Auch über Sie und Catrìona."

„Ja, Sir. Jederzeit."

Sir Douglas folgte seinen Söhnen und den beiden anderen Männern, die mit Catie bereits auf dem Weg zum Haus waren.

McGill hielt Kieran zurück, als er ihnen ebenfalls folgen wollte. „Trotzdem muss alles seine Richtigkeit haben, Mr MacKinnon. Solange Miss MacDonald Ihre Version der Geschichte nicht bestätigen kann, steht Ihre Aussage gegen die Ihres Bruders. Ich muss Sie auch in Gewahrsam nehmen." Er zog Handschellen aus seiner Tasche und hielt sie hoch. „Sie kennen ja die Prozedur."

Kieran seufzte, drehte sich um, legte die Hände auf den Rücken und ließ sich widerstandslos die Handschellen anlegen. Es würde alles seine Richtigkeit haben. Er war unschuldig, heute wie damals. Und endlich gab es Beweise dafür. Sobald Catie aus der Bewusstlosigkeit erwachte, würde sie bestätigen, dass nicht er, sondern Paddy sie überfallen hatte. Er würde wohl die Nacht wieder in einer Zelle verbringen müssen – ein grauenhafter Gedanke –, aber das würde er überstehen.

McGill schob ihn vorwärts. Kieran betete stumm zu Gott, dass Catie sich schnell wieder erholte und keine inneren Verletzungen davongetragen hatte, die er nicht hatte bemerken können. Als sie das Haus erreichten, hatte man Paddy schon in einen der beiden Streifenwagen gesetzt. Sein Bruder, jetzt völlig apathisch, hielt den Kopf gesenkt und starrte vor sich hin. McGill öffnete die hintere Tür des zweiten Wagens und ließ Kieran einsteigen. Er besprach sich kurz mit seinen Begleitern, ehe er ins Haus ging, das Licht darin löschte und die Tür schloss, während der Wagen mit Paddy bereits losfuhr. Anschließend setzte er sich ans Steuer und fuhr mangels Wendemöglichkeit rückwärts die Straße hinauf bis zur nächsten Ausweichbucht, wendete und wartete an der Seite, bis die beiden Wagen der MacDonalds sie passiert hatten, ehe er ihnen folgte.

Kieran blickte ihnen nach, bis die Rücklichter im Nebel verschwunden waren, und wünschte sich, bei Catie zu sein, sie im Arm zu halten und dafür zu sorgen, dass sie die fünfundzwanzig Meilen lange Fahrt nach Broadford so bequem wie möglich überstand. Er konnte immer noch nicht fassen, was

Paddy getan hatte. Und mit Catie hatte tun wollen. Dass sein Bruder, den er liebte und immer bewundert hatte, ihn so sehr hasste, dass er deswegen mordete. Ein Albtraum, aus dem er so schnell nicht erwachen würde.

McGill hielt plötzlich an. Kieran blickte sich um. Sie befanden sich auf freier Strecke. Was hatte er vor? Der Mann beobachtete ihn im Rückspiegel. Kieran konnte keine Wut oder Aggression in seinem Blick erkennen. Er wirkte eher nachdenklich. Aber das wollte nichts heißen. McGill stieg aus und öffnete die hintere Tür.

„Steigen Sie aus."

In Kieran begannen die Alarmsirenen zu schrillen. Die Situation erinnerte ihn frappierend an ähnliche in Saughton, wenn die Aufseher einen Häftling in einen abgelegenen, nicht überwachten Raum brachten, um ihn zu „disziplinieren". McGill hatte vor zwanzig Jahren alles darangesetzt, Kieran den Mord an Allison nachzuweisen. Möglicherweise empfand er es als persönlichen Affront, dass es jetzt Beweise gab, die bestätigten, dass er sich geirrt hatte. Er wäre nicht der erste Polizist, der das, was er für Gerechtigkeit hielt, in die eigenen Hände nehmen wollte.

Doch was immer er vorhatte, Kieran hatte gelernt, sich zu wehren. Selbst mit auf den Rücken gefesselten Händen hatte er gute Chancen, gegen McGill zu bestehen. Er kletterte aus dem Wagen, ohne den Mann aus den Augen zu lassen. McGill sah ihn eine Weile forschend an.

„Also, Mr MacKinnon, die Sache sieht so aus. Offiziell sind und bleiben Sie verhaftet, bis zweifelsfrei geklärt ist, was mit Miss MacDonald geschehen ist. Vor allem wer der Täter ist. Nach den jetzt vorliegenden Beweisen im Mordfall Anja Schulte und Allison MacLeod bin ich persönlich davon überzeugt,

dass Sie in diesem Fall unschuldig sind. Auch in diesem Fall."
Er räusperte sich. „Es besteht für Sie diesmal also kein Grund, die Justiz zu fürchten oder gar einen Fluchtversuch zu unternehmen." Er sah Kieran eindringlich in die Augen. „Wenn ich mich darauf verlassen kann, dass Sie nicht auf dumme Gedanken kommen und auf die Justiz vertrauen – obwohl Sie dazu nicht unbedingt Grund hätten –, dann kann ich Ihnen die Fahrt nach Fort William und auch die Nacht etwas angenehmer machen. Sobald Miss MacDonald ihre Aussage gemacht hat, sind Sie morgen im Laufe des Tages ein freier Mann. Für immer."

Zum zweiten Mal an diesem Abend traute Kieran seinen Ohren nicht. Vielmehr konnte er nicht glauben, dass McGill es ernst meinte und ihn nicht reinlegen wollte. Aber in den Augen des Chief Inspectors las er nur Aufrichtigkeit und zu seinem Erstaunen so etwas wie Reue.

„Nein, Sir, ich komme ganz sicher nicht auf dumme Gedanken."

„Drehen Sie sich bitte um."

Kieran gehorchte. McGill nahm ihm die Handschellen ab und deutete auf den Beifahrersitz.

„Ist zwar gegen die Vorschrift, dass Sie vorn sitzen, aber das kann ich verantworten."

Kieran stieg ein und war sich immer noch nicht sicher, was er von all dem halten sollte. McGill fuhr weiter.

„Respekt, wie kompetent Sie Miss MacDonald untersucht haben. Sie hätten Arzt werden sollen."

Kieran nickte. „Das wäre ich geworden, wenn ... Mein Onkel hat mir geraten, das Studium jetzt noch zu absolvieren."

„Keine schlechte Idee. Ich denke, Sie gäben einen guten Arzt ab."

„Vielleicht."

„Wollen Sie mir erzählen, was passiert ist? Sie müssen natürlich nicht. Aber Sie müssen das sowieso zu Protokoll geben, und wir haben an die drei Stunden Fahrt vor uns."

Kieran wollte nicht reden. Schon gar nicht mit McGill. Andererseits lenkte ihn das von seiner Sorge um Catie ab. Deshalb gab er McGill einen groben Bericht.

Als er geendet hatte, schwieg McGill eine Weile.

„Üble Sache", sagte er schließlich. „Und der Mann ist wirklich Ihr Bruder?"

Kieran nickte. Er konnte immer noch kaum glauben, dass ausgerechnet Paddy sein Leben mit voller Absicht ruiniert hatte. Dass er eine weitere Frau eiskalt ermordet hatte, nur um Kieran für immer loszuwerden. Er sah sich außerstande zu beurteilen, welcher Albtraum der schlimmere war: die zwanzig Jahre unschuldig im Gefängnis oder die Erkenntnis, wie abgrundtief sein eigener Bruder ihn hasste.

Er wandte den Kopf zur Seite, starrte ins Dunkel hinaus und schwieg während der restlichen Fahrt.

*

Kieran stellte fest, dass ihm der Anblick des Gebäudes der Northern Constabulary Polizeistation, 103 High Street, langsam unangenehm vertraut wurde. Ein Déjà-vu, das er hoffte, nicht mehr allzu oft zu erleben. Am besten nie wieder. Aber ein paar Mal musste es wohl noch sein.

Er folgte McGill ins Gebäude und war froh, Paddy nirgends zu sehen, den man wohl schon in eine Zelle gesteckt hatte.

Er machte seine Aussage, die von McGill und Sergeant Dennison aufgenommen wurde. Anschließend ließ McGill ihn im Wartebereich Platz nehmen und entschuldigte sich für ein paar Minuten. Als er zurückkehrte, trug er seinen Mantel und hatte eine Aktentasche in der Hand. Er machte eine Kopfbewegung zum Ausgang hin.

„Kommen Sie, Mr MacKinnon."

„Wohin?"

„Zu mir nach Hause. Ist zwar gegen die Vorschrift, dass Sie bei mir übernachten, da Sie immer noch offiziell verhaftet sind, aber das ist das Mindeste, was ich für Sie tun kann. Es sei denn, Sie bestehen darauf, die Nacht in einer Zelle zu verbringen."

„Nein, Sir." Kieran folgte McGill nach draußen. „Ich hoffe, das bringt Sie nicht in Schwierigkeiten." Reine Höflichkeit. Wenn es nach ihm ginge, könnte McGill so viele Schwierigkeiten bekommen wie nur möglich. Der Mann mochte sich jetzt für ihn ins Zeug legen, aber Kieran hatte keineswegs vergessen – und wollte es auch nicht vergessen –, dass McGill maßgeblich mit dafür verantwortlich war, dass er die Hälfte seines Lebens in Saughton hatte verbringen müssen.

McGill zuckte mit den Schultern. „Und wenn schon. Das Schlimmste, was mir passieren kann, ist, dass sie mir einen Verweis erteilen oder mich gleich in den Ruhestand schicken. Habe sowieso nur noch zwei Jahre bis zur Pensionierung. Ich werde jedenfalls für alles die Verantwortung übernehmen, was ich zu verantworten habe."

McGill führte ihn zum Parkplatz und ließ ihn in einen klapperigen alten Ford einsteigen. Die Fahrt dauerte nicht lange und endete vor einem kleinen Einfamilienreihenhaus in der Glasdrum Road. Kieran hatte erwartet, dass McGill hier mit seiner Frau wohnte, denn das Haus erschien ihm zu groß für einen Junggesellen. Aber wie es aussah, lebte er allein. McGill hängte seinen Mantel an die Garderobe und führte Kieran ins Wohnzimmer, nachdem der seine Jacke daneben gehängt hatte.

„Haben Sie Hunger?"

„Nein, Sir." Ihm war der Appetit vergangen.

„Vergessen Sie den Sir. Ich mache uns Tee, wenn es recht ist. Nehmen Sie Platz."

„Bitte, Mr McGill, darf ich in der Klinik anrufen? Ich muss wissen, wie es Catie geht."

McGill nickte. „Da steht das Telefon."

Kieran wählte die Nummer der Broadford-Klinik und ließ sich mit Onkel Angus verbinden.

„Hallo Kieran." Sein Onkel wartete seine Frage gar nicht erst ab. „Ich kann dich beruhigen, Miss MacDonald geht es gut. Sie ist wieder bei Bewusstsein und hat als Erstes nach dir gefragt. Wo bist du?"

„Eigentlich verhaftet."

„Was? Ich werde sofort ..."

„Schon gut. Ist nur eine Formalität. Ich ... ich übernachte bei Chief Inspector McGill in Fort William. Ich ... – Oh Gott, Onkel Angus, es war Paddy! Paddy hat Allison umgebracht und die Touristin, und er wollte auch Catie töten." Kieran konnte nur mit Mühe die Tränen zurückhalten.

„Was?" Onkel Angus war fassungslos. „Mein Gott! Das ist ..."

„Ja. Paddy war's. Der Chief Inspector hat mir gesagt, dass es jetzt neue Beweise gibt, die zweifelsfrei belegen, dass ich unschuldig bin, damals wie heute. Und Paddy hat mir gegenüber zugegeben, dass er es war."

Kieran glaubte förmlich zu sehen, wie sein Onkel in der ihm eigenen Art nachdrücklich den Kopf schüttelte. „Wieso hat er das getan?"

„Weil er mich abgrundtief hasst, Onkel Angus. So sehr, dass er mein Leben zerstören wollte. Ist ihm auch ganz gut gelungen." Das klang verbitterter, als Kieran es hatte sagen wollen.

Eine Weile war es still am anderen Ende. Dann platzte Angus heraus: „Junge, es tut mir so leid, dass auch ich an deine Schuld geglaubt habe. Ich ..."

„Schon gut, Onkel Angus. Ich hab ja auch dran geglaubt. Aber jetzt weiß ich endlich, warum ich mich nicht erinnern konnte."

Eine Weile schwiegen sie beide.

„Onkel Angus, kannst du ... würdest du das meinen Eltern schonend beibringen?"

„Schonend – das dürfte unmöglich sein. Aber ich fahre gleich morgen früh vor dem Dienst zu ihnen. Ist sowieso besser, wenn sie die gute und vor allem die schlechte Nachricht von mir erfahren, statt wie damals von der Polizei. – Mein Gott, was für eine Geschichte!"

Kieran nickte. „In der Tat. Aber nun wissen wir endlich die Wahrheit. – Sag ihnen bitte, dass ich so schnell wie möglich nach Hause komme."

„Mach ich, mein Junge. Kommst du zurecht?"

Kieran lächelte traurig. „Nach achtzehn Jahren in Saughton komme ich mit noch ganz anderen Dingen zurecht. Mach dir um mich keine Sorgen. Gute Nacht, Onkel Angus. Und pass bitte auf Catie auf."

„Mein Wort drauf, Kieran. Gute Nacht."

Kieran legte den Hörer auf. Trotz der Erleichterung darüber, dass es Catie gut ging, fühlte er sich ausgelaugt, leer und verloren und alles andere als wohl in seiner Haut. Er empfand es als grotesk, ausgerechnet bei dem Mann zu übernachten, der ihn noch heute Morgen am liebsten persönlich wieder nach

Saughton verfrachtet hätte. Hätte es eine andere Alternative gegeben als eine Nacht in einer Zelle, hätte er sich für die entschieden. Er wollte nichts Persönliches von McGill wissen. Doch allein das Wohnzimmer vermittelte ihm mehr Eindrücke über ihn, als ihm lieb war.

McGill war belesen. Kieran warf einen Blick auf die Buchtitel, die in einem Regal standen, das vom Boden bis zur Decke eine gesamte Zimmerseite ausfüllte. Er entdeckte etliche Werke, die er selbst gelesen hatte und, wie Burns' Gedichte, immer wieder las.

McGill kehrte mit dem Tee zurück. „Sie sollten selbst mal ein Buch schreiben, Mr MacKinnon. Als studierter Journalist dürfte Ihnen das nicht schwerfallen."

Kieran blickte McGill misstrauisch an. Woher wusste der, was er studiert hatte?

„Ich war so frei, Ihre Akte von Saughton einzusehen. Weil ich dachte, dass ich darin die Bestätigung finden würde, dass Sie immer noch ein eiskalter Mörder sind und immer einer bleiben werden." McGill ließ sich in einen Sessel fallen und deutete auf den Sessel ihm gegenüber.

Kieran setzte sich und nahm die Tasse Tee entgegen, die der Chief Inspector ihm reichte.

„Ich habe mich in Bezug auf Sie geirrt. Zwei Mal. Beim ersten Mal, weil ich der ehrlichen Überzeugung war, dass Sie schuldig sind. Beim zweiten Mal aufgrund meiner Vorurteile. Einmal schuldig, immer schuldig. Das hätte mir einfach nicht passieren dürfen." McGill schüttelte den Kopf, nahm einen Schluck Tee und verbrannte sich fast den Mund. Er stellte die Tasse auf den Tisch neben sich.

„Sie sagten, es gäbe neue Beweise, die belegen, dass ich Allison nicht umgebracht habe. Was sind das für Beweise? Und warum sind sie erst heute aufgetaucht?"

„Der Bericht unseres Rechtsmediziners über die Obduktion von Anja Schulte enthielt den Hinweis, dass der Mörder ganz ohne jeden Zweifel Rechtshänder ist. Sie, Mr MacKinnon, sind Linkshänder. Ist mir schon damals aufgefallen. Da Sie demnach den Mord an der Touristin nicht begangen haben konnten, stand fest, dass Ihnen jemand zumindest den anhängen wollte. Zwar war ich deswegen noch lange nicht überzeugt, dass Sie auch den Mord damals nicht begangen hätten, aber", McGill tat einen tiefen Atemzug, „ich wollte um meines Seelenfriedens willen Gewissheit haben. Deshalb habe ich mir die Akte von damals noch mal angesehen. Der damalige Rechtsmediziner hatte nichts darüber erwähnt, mit welcher Hand der Mörder Allison MacLeod umgebracht hat. Deshalb habe ich die Fotos von ihrer Leiche unserem heutigen Doc vorgelegt. Er hat bestätigt, dass auch Allison von einem Rechtshänder getötet wurde. Demnach konnten Sie nicht der Täter sein."

Kieran starrte McGill an und fühlte Wut. Wenn der damals nicht auf ihn als Mörder von Allison fixiert gewesen wäre, hätte er vielleicht auch nach Entlastungsbeweisen gesucht. Stattdessen hatte er nach jedem Detail geschnappt, das Kieran belastete, blind und taub für alles andere. Andererseits – Bryce Logan hatte nach allen nur möglichen Entlastungsbeweisen gesucht und auch keine gefunden.

„Ich kann Ihnen nicht sagen, wie sehr ich bedauere und zutiefst bereue, dass ich das damals nicht überprüfen ließ. Wir haben – ich habe mich auf die offensichtlichen Beweise, vielmehr Indizien verlassen, die keinen Zweifel an Ihrer Schuld zuließen. Sie hatten sowieso den Ruf eines so wilden Burschen, dass es meiner damaligen Meinung nach ein Wunder war, dass Sie nicht schon längst zum Intensivtäter geworden waren und nur eine einzige Verurteilung wegen des Fahrens ohne Führerschein hatten. Es schien alles zu passen. Niemand ist deshalb auf den Gedanken gekommen zu prüfen, ob der Mörder Rechts- oder Linkshänder war – erst recht nicht ich. Das erschien völlig bedeutungslos."

„Weil Ihr Urteil über mich ja schon feststand!" Kieran spuckte die Worte beinahe aus und starrte McGill abweisend an.

McGill nickte schwer. „Und das ist der schlimmste Fehler, der mir je unterlaufen ist. Mit entsetzlichen Folgen für Sie. Es tut mir unendlich leid, Mr MacKinnon. Bedauerlicherweise gibt Ihnen das Ihre zwanzig Jahre nicht zurück. Und die Entschädigung, die Sie dafür bekommen werden, dürfte Sie zwar reich, aber nicht unbedingt glücklich machen. Es steht Ihnen natürlich frei, die Polizei wegen unserer – meiner damaligen Schlamperei zu verklagen."

Ein verlockender Gedanke. Am besten verklagte er dann Bryce Logan ebenfalls. Schließlich war auch der Anwalt nicht auf den Gedanken gekommen, prüfen zu lassen, mit welcher Hand der Mörder die Tat begangen hatte. Auch der war angesichts der Indizien von Kierans Schuld überzeugt gewesen. Aber: „Was sollte das bringen? Es macht die Vergangenheit nicht ungeschehen. Wie Sie schon sagten, bringt mir das meine zwanzig Jahre nicht zurück. Und entschädigt auch meine Eltern nicht für das Leid, das sie dadurch erfahren haben."

Dem nun neues Leid hinzugefügt würde, sobald sie erfuhren, dass nicht Kieran, sondern Paddy der Mörder war. Die Schmach würde bleiben. Besonders für seine Mutter.

„Ist Ihr Bruder Rechtshänder?"

„Ja. Und er hat mir gegenüber vorhin, wie gesagt, zugegeben, dass er nicht nur Allison, sondern auch die Touristin umgebracht hat."

„Und es Ihnen ganz gezielt angehängt hat."

330

Kieran nickte.

„Und als Ihre Freundin Miss MacDonald Ihnen einen Alibi gegeben hat ..."

„Wollte er sich an ihr rächen, weil sie dadurch seine Pläne durchkreuzt hat."

Im Nachhinein begriff er auch Paddys Wut, als er das Haus ihrer Eltern unter dem Vorwand verlassen hatte herauszufinden, wer bei Talisker zusammen mit ihm im Lager gearbeitet und Zugang zu einer Flasche mit seinen Fingerabdrücken gehabt hatte. Paddy musste innerlich geschäumt haben, dass sein sorgfältig inszenierter Plan nicht geklappt hatte.

„Und auch diese Tat wollte er mir anhängen. Er hat sogar versucht, Sir Douglas dazu zu bringen, mich zu erschießen und sich als Caties Retter aufzuspielen." Er warf McGill einen kurzen Blick zu. „Wenn Sie nicht aufgetaucht wären, hätte das sogar geklappt. Und niemand wäre auf den Gedanken gekommen, dass Paddy der Mörder ist und nicht ich. Nicht wahr? Sie hätten in dem Fall doch gar nicht weiter ermittelt."

McGill schüttelte den Kopf. „Wie Sie sich erinnern, wusste ich zu dem Zeitpunkt bereits, dass Sie die beiden Morde nicht begangen haben. Glauben Sie mir, ich hätte sehr gründlich ermittelt. Da Sie als Unschuldiger keinen Grund gehabt hätten, Miss MacDonald etwas anzutun, und Ihr Bruder erst recht nichts vor Ort zu suchen gehabt hätte, wenn er nichts mit der Tat – und auch den beiden anderen Taten – zu tun hätte, bin ich sehr zuversichtlich, dass ich ihn hätte überführen können. So oder so, ich bin verdammt froh, dass ich nicht zu spät gekommen bin."

Andernfalls wäre Kieran tot gewesen und Catie ebenfalls.

„Ich auch." Kieran blickte McGill an. „Sieht so aus, als verdanke ich Ihnen mein Leben, Mr McGill."

McGill zuckte mit den Schultern. „Nicht mal das kann das Unrecht ausgleichen, das Sie durch mich erlitten haben."

Womit er vollkommen recht hatte. Andererseits: „Dank Ihnen habe ich mein Leben aber noch und dadurch die Möglichkeit, die verlorenen Jahre in gewisser Weise nachzuholen. Vor allem aber kann ich meinen Eltern zur Seite stehen. Sie brauchen mich jetzt. Und ich hoffe, dass ich irgendwann auch wieder ein normales Leben führen kann." Mit Catie, die durch die Beziehung mit ihm nicht mehr kompromittiert würde. Er sah McGill in die Augen. „Also, danke."

McGill erwiderte ernst seinen Blick. „Ich weiß, ich habe kein Recht dazu, aber ich hoffe, dass Sie mir mein damaliges Fehlverhalten eines Tages verzeihen können." Er hielt Kieran die Hand hin.

Kieran starrte darauf. Er hatte McGill jahrelang gehasst und ihm die Pest, den Tod und Schlimmeres an den Hals gewünscht. Erst im Laufe der Gespräche mit Pfarrer Stewart und Dr. Fraser hatte er begriffen, dass McGill nur seinen Job gemacht hatte in dem Bestreben, einen Mörder seiner gerechten Strafe zuzuführen. Dass Kieran nicht der Mörder war, hatte weder McGill noch er selbst gewusst.

Und schließlich hatte McGill seinen ehrlichen Irrtum von damals wiedergutgemacht, indem er Kieran nicht nur vor dem MacDonald'schen Lynchmob gerettet, sondern auch die Beweise dafür erbracht hatte, dass er den Mord an Allison nicht begangen haben konnte. Zum ersten Mal sah er den Mann, wie er wirklich war. Hart, aber um Gerechtigkeit bemüht. Und souverän genug, einen Fehler einzugestehen, der ihm gerade wegen seines Gerechtigkeitssinns schwer auf der Seele lasten musste. Seine Ressentiments fielen von ihm ab und machten einem unerwarteten Gefühl von Versöhnlichkeit Platz.

Er ergriff McGills Hand und drückte sie fest. „Nicht eines Tages, Chief Inspector. Jetzt. Ich werde nicht länger zulassen, dass die Vergangenheit mein Leben beeinträchtigt. Dazu gehört auch, dass ich meinen Groll gegen Sie endgültig begrabe."

McGill schloss die Augen und erwiderte Kierans Händedruck mit einer Inbrunst, die mehr als alle Worte ausdrückte. „Danke. Ich werde alles in meiner Macht Stehende tun, damit der Prozess schnellstmöglich neu aufgerollt wird und Sie öffentlich rehabilitiert werden."

Selbst das war Kieran in diesem Moment gleichgültig. Er war unschuldig. Und endlich hatte er den Beweis dafür. Das genügte ihm.

„Mr MacKinnon, nur der Vollständigkeit halber. Und ich verspreche Ihnen, dass Ihre Antwort absolut vertraulich und unter uns bleibt. Waren Sie, als Anja Schulte ermordet wurde, wirklich mit Ihrer Freundin zusammen?"

Kieran blickte ihn mit dem ausdruckslosen Pokerface an, das er in Saughton zur Perfektion entwickelt hatte. „Falls dem nicht so wäre, glauben Sie ernsthaft, ich würde die Tochter von Sir Douglas MacDonald, Baronet of Sleat – meine Verlobte – der Lüge bezichtigen?"

McGill erwiderte seinen Blick und lächelte schließlich. „Scheint so, als wären Sie tatsächlich ein Gentleman. Und ich entschuldige mich in aller Form dafür, dass ich daran gezweifelt habe."

Kieran winkte ab. Selbst das konnte er ihm nicht mehr verdenken.

„Eins wundert mich noch. Ich habe mir heute noch mal die alten Tonbandaufnahmen von unserem Verhör vor zwanzig Jahren angehört – wenn Ihnen Ihr Anwalt damals nicht rechtzeitig über den Mund gefahren wäre, hätten Sie den Mord gestanden. Obwohl Sie sich daran nicht erinnern konnten. Logischerweise nicht, wie wir jetzt wissen. Warum wollten Sie trotzdem gestehen?"

Kieran erinnerte sich an jenen Tag nur allzu gut. „Sie hatten mir die entsetzlichen Fotos von Allisons Leiche gezeigt. Da alle Beweise gegen mich sprachen, dachte ich, dass ich tatsächlich schuldig wäre, auch wenn ich mich nicht erinnern konnte." Er tat einen tiefen Atemzug. „Mein Vater hat uns Jungs beigebracht, dass ein Mann immer zu dem steht, was er getan hat, egal wie schlimm es ist. Ich wollte die Verantwortung übernehmen für das, was ich glauben musste, getan zu haben. Ich dachte, wenn ich zu so einer Grausamkeit fähig bin, dann habe ich jede Strafe verdient, die man mir dafür gibt." Er zuckte mit den Schultern. „Davon abgesehen hatte ich gehofft, dass ich die Bilder wieder aus dem Kopf bekäme, wenn ich zu der Tat stehe." Er sah McGill in die Augen. „Sie sind immer noch da. Und ich sehe sie mindestens einmal die Woche in meinen Albträumen." Die nun vielleicht endlich aufhören würden, nachdem seine Unschuld feststand.

McGill blickte ihn eine Weile nachdenklich an. Schließlich ging er zum Wohnzimmerschrank und holte aus dem Barfach eine Flasche Talisker und zu Kierans Erstaunen einen hölzernen cuach, dem man sein Alter ansah. Das Holz war dunkel, an einigen Stellen verkratzt und wies kleine Dellen auf. An einem der flachen, am oberen Rand angebrachten Henkelarme fehlte ein Stück.

„Altes Erbstück." McGill klopfte dagegen. „Gutes schottisches Eichenholz." Er goss den Whisky in die Schale. „Habe ihn zuletzt als Brautbecher benutzt, als ich geheiratet habe. Hat mir leider kein Glück gebracht. Meine Frau hat mich vor Jahren verlassen – aber das lag definitiv nicht am cuach –, und meine Töchter sind längst erwachsen." Er nahm den cuach mit beiden Händen. „Slàinte mhath!" Er trank einen Schluck und reichte ihn Kieran.

Der zögerte. Auch wenn er bereit war, McGill zu verzeihen, verbrüdern wollte er sich nicht mit ihm. Jedoch war das cuach-Ritual, seit es vor Jahrhunderten zum ersten Mal durchgeführt worden war, eine heilige Handlung, mit der Bündnisse, Verträge, Freundschaften und Ehen besiegelt wurden. Es zu verweigern galt als tödliche Beleidigung. Und die hatte McGill nicht verdient.

Er nahm den cuach. „Slàinte mhór!" Er trank ebenfalls einen Schluck und reichte ihn McGill zurück, der ihn auf den Tisch stellte. Täuschte er sich oder schimmerten tatsächlich Tränen in den Augen des Chief Inspectors?

Das Telefon klingelte. McGill meldete sich und rieb sich verstohlen die Augen. Kieran hörte die laute Stimme von Sergeant Dennison, die McGill aufgeregt mitteilte, dass Kieran verschwunden war.

„Regen Sie sich ab, Dennison. Kieran ist hier bei mir. – Ja, bei mir zu Hause. Er übernachtet hier. – Scheiß auf die Vorschriften. Der Mann ist unschuldig. Ich werde ihm keine weitere Nacht in einer Zelle zumuten für etwas, das er nicht getan hat. Wir kommen morgen früh gemeinsam zur Constabulary. Gute Nacht." McGill wartete Dennisons Antwort nicht ab, sondern legte auf.

„Du hast es gehört, Kieran. Aber keine Sorge. Ich werde morgen als Erstes nach Broadford fahren, mit Miss MacDonald sprechen und ihre Aussage aufnehmen. Bis dahin wirst du auf der Constabulary bleiben müssen. Aber nicht in einer Zelle. Mein Wort drauf."

„Danke, Gordon. Ich weiß das zu schätzen. Auch dass du mich bei dir übernachten lässt."

„Das bin ich dir schuldig. Und noch eine Menge mehr."

Sie tranken den Rest des Taliskers abwechselnd aus dem cuach. Danach zeigte McGill Kieran das Bad und das Gästezimmer, versorgte ihn mit Bettzeug und einer frischen Zahnbürste und ließ ihn allein.

Kieran fühlte eine tiefe Ruhe in sich einkehren. Die Anspannung, die er seit seiner Entlassung gespürt hatte, und auch die Unsicherheit fielen von ihm ab. Was immer noch auf ihn zukam – morgen und vor allem, wenn irgendwann über Paddy zu Gericht gesessen wurde –, er würde es meistern.

Als er sich eine halbe Stunde später nach einem ausgiebigen und inbrünstigen Dankgebet an Gott schlafen legte, hatte er zum ersten Mal seit einer Ewigkeit das Gefühl, mit sich im Reinen zu sein.

9

„Kieran!"

Catie kam auf ihn zu und umarmte ihn heftig, kaum dass er von der Bank im Wartebereich aufgesprungen war, auf der er seit heute Morgen saß und auf McGills Rückkehr wartete. Er drückte sie innig an sich, ehe er sie auf Armeslänge von sich weg hielt und sie aufmerksam ansah. Sie trug ein Pflaster auf der Stirn und war bleicher als sonst.

„Geht es dir gut? Du solltest noch im Bett bleiben."

„Das hat der Arzt auch gemeint", sagte McGill. „Aber sie bestand darauf, mit mir zu kommen und sich persönlich davon zu überzeugen, dass ich dich wirklich gehen lasse. Andernfalls wollte sie mir Hölle und Verdammnis in Form ihrer Armada von gewieften MacDonald-Anwälten auf den Hals hetzen."

„Worauf Sie wetten können, Chief Inspector."

McGill schmunzelte und blickte Kieran an. „Sie liebt dich wirklich."

„Das beruht auf Gegenseitigkeit." Kieran legte die Hand an Caties Wange und streichelte mit dem Daumen ihr Gesicht. „Ich bin so froh, dass dir nichts Schlimmes passiert ist. Und es tut mir so leid, dass dir das alles meinetwegen zugestoßen ist."

Sie schüttelte vorsichtig den Kopf. „Du bist nicht für die Handlungen anderer Leute verantwortlich, Kieran." Sie zögerte. „Und der Mann, der mich überfallen hat, ist wirklich dein Bruder? Er sieht dir überhaupt nicht ähnlich."

Früher hatte Kieran das bedauert. Jetzt empfand er es als Vorteil. Er nickte.

„Egal", entschied sie. „Mein Vater ist zutiefst zerknirscht und wünscht ebenso wie mein dämlicher Bruder Connie, sich anlässlich eines Dinners bei dir zu entschuldigen. Bei der Gelegenheit kannst du Vater ganz offiziell um meine Hand bitten. Ich bin mir sicher, dass er mit keiner Silbe dagegen protestieren wird. Und selbst wenn", sie zuckte mit den Schultern und grinste, „dann pfeif ich auf seinen Segen."

Der war Kieran aber wichtig, weshalb er die Gelegenheit begrüßte.

„Ich unterbreche euer Wiedersehen nur ungern, aber wir müssen Ihre Aussage aufnehmen, Miss MacDonald. Danach könnt ihr beide nach Hause."

Catie gab Kieran einen flüchtigen Kuss und folgte McGill und Sergeant Dennison. Kieran nahm seine Warteposition wieder ein.

Nach nur einer halben Stunde kamen die drei zurück. Catie wirkte noch ein bisschen blasser, aber sie lächelte ihm zu.

McGill räusperte sich. „Kieran, dein Bruder will dich sprechen. Er sagt, dass er nur ein Geständnis ablegt, wenn er vorher mit dir reden kann."

Kieran wollte Paddy nicht sehen. Nicht nach allem, was der ihm und auch Catie angetan hatte. Man sah es ihm wohl an, denn McGill schüttelte den Kopf.

„Wir brauchen sein Geständnis nicht. Die Beweise und eure Aussagen reichen aus, ihn ohne jeden Zweifel zu überführen. Das Messer, mit dem er Miss MacDonald töten wollte, ist inzwischen zweifelsfrei als die Mordwaffe im Fall Anja Schulte identifiziert worden, und darauf befinden sich nur seine Fingerabdrücke. Die Fasern im Kofferraum seines Wagens stimmen mit denen überein, die an der Toten gefunden wurden, und es gibt eine Blutspur von ihr im Wagen. Sogar den Mord an Allison

MacLeod können wir ihm nachweisen. Man hatte auf ihrer Stirn damals blonde Haare ohne Wurzeln gefunden, aus denen man erst heutzutage die DNA entschlüsseln kann. Das Ergebnis der Analyse kam gerade rein. Sie stammen aller Voraussicht nach von deinem Bruder. Natürlich müssen wir sie noch mit seiner DNA vergleichen, aber wir haben sie mit deiner verglichen, von der wir damals eine Probe genommen hatten. Der Mann, von dem sie stammen, ist definitiv eng mit dir verwandt."

Kieran nickte. „Paddy ist der einzige Blonde in der Familie."

„Du musst also nicht mit ihm reden."

„Aber ein Geständnis wäre besser?"

McGill wiegte den Kopf. „Es würde die Beweise zusätzlich untermauern und die Sache noch wasserdichter machen. Vor allem würde es selbst dem gewieftesten Anwalt jeden Wind aus den Segeln nehmen."

Catie drückte seine Hand und lächelte ihm ermutigend zu.

„In Ordnung. Ich rede mit ihm." Er hauchte einen Kuss auf Caties Hand. „Jetzt musst du leider warten."

„Kein Problem."

McGill führte ihn zu dem Verhörzimmer, in dem er gestern Morgen Kieran vernommen hatte. Catie setzte sich auf einen Stuhl an der Wand davor.

„Hast du was dagegen, wenn wir über die Gegensprechanlage mithören? Nur falls dein Bruder wieder rabiat werden sollte."

„Keine Einwände."

McGill öffnete die Tür, und Kieran trat ein.

Paddy saß am Tisch, hatte die gefalteten Hände darauf gelegt und starrte auf die Platte. Er hob den Kopf, als Kieran ihm gegenüber Platz nahm. Sein Kinn war blau angelaufen und dick, ein Auge fast völlig zugeschwollen, wo Kierans Schläge ihn getroffen hatten. Außerdem hatte er von seinem Sturz ein paar Schrammen im Gesicht. Davon abgesehen war es dasselbe vertraute Gesicht, das Kieran seit seiner Kindheit kannte. Nur der kalte Ausdruck des offenen Auges offenbarte ihm den wahren Paddy.

„Du wolltest mich sprechen. Was gibt es?"

Paddy fuhr fort, ihn anzustarren. Kieran stand auf.

„Wenn du mir nichts zu sagen hast, verschwinde ich. Ich habe deinetwegen genug Lebenszeit verloren."

„Warum liebt Gott dich so sehr? Und warum hasst er mich?"

Kieran schnaubte und schüttelte den Kopf. „Das musst du Gott fragen, nicht mich. Zum letzten Mal, Paddy: Was willst du von mir?"

„Ich hätte es beinahe geschafft. Um ein Haar wärst du gestern tot gewesen. Schade, dass die Polizei zu früh aufgetaucht ist. Verdammt schade." Paddy schüttelte den Kopf und knetete seine Hände. „Mein Plan war perfekt."

„Nicht perfekt genug."

Paddy starrte ihn mit einer Mischung aus Abscheu und Selbstmitleid an.

Kieran nahm widerstrebend wieder Platz. „Mein Gott, Paddy, wann bist du so sehr mein Feind geworden, dass du mein Leben zerstören wolltest? Nach dem Unfall damals?"

Paddy schüttelte den Kopf. „Der war nur ein weiterer Punkt zu deinen Ungunsten. Ich habe dich seit deiner Geburt gehasst. Klar, dass dein Vater dich mehr geliebt hat als mich. Ich war ja nur Mutters Bastard von einem Fehltritt mit einem Touristen, wie jeder sehen konnte." Er riss an seinem blonden Haar. „Auch sie hat dich mir vorgezogen. Dabei war ich ihr Erstgeborener. Wenigstens sie hätte zu mir halten müssen. Aber du standest bei beiden immer an erster Stelle. Kieran hier, Kieran da." Paddy ahmte übertrieben die Stimme ihrer Mutter nach:

„Paddy, pass auf deinen kleinen Bruder auf. Und wehe dir, ihm passiert was, weil du nicht aufgepasst hast. Paddy, hilf deinem Bruder bei den Hausaufgaben. Paddy, tu dies für Kieran, Paddy, tu das für Kieran, er ist doch noch so klein." Er schlug mit der Faust auf den Tisch. „Ich war dein Diener. Dein Sklave!"

Kieran schüttelte den Kopf. „Wenn du mich so sehr hasst, wieso hast du dann immer so getan, als wärst du mein bester Freund?"

Paddy schnaubte. „Weil dein Vater mir schon sehr früh buchstäblich eingeprügelt hat, dass ich als älterer Bruder loyal zu sein habe, dass ich kein böses Wort gegen seinen Liebling sagen, geschweige denn die Hand gegen ihn erheben darf. Dass nur ein abgrundtief böser und schlechter Junge eifersüchtig auf seinen kleinen Bruder ist. Dass ich wie Kain bin, wenn ich dich um die Vorzüge beneide, die Gott dir so reichlich geschenkt und mir verweigert hat. Aber ich bin nicht wie Kain. Ich habe dir kein Haar gekrümmt."

Kieran schüttelte fassungslos den Kopf. „Stattdessen hast du Allison umgebracht und die Touristin und wolltest auch noch Catie töten. Und du hast damals auch noch mein Messer benutzt. Aber warum hast du ausgerechnet diesen Abend ausgesucht, um Allison umzubringen? Du hast dich doch so gut mit Joanie unterhalten."

„Joanie!" Paddy spuckte den Namen aus wie ein fauliges Stück Fisch. „Ja, sie hat sich meiner erbarmt. Aber die ganze Zeit hat sie nur dich angehimmelt. Als du mit Ally rausgegangen bist, hat sie dir hinterhergeschmachtet und geseufzt, was für ein unverschämtes Glück Ally doch hat, dass du mit ihr gehst, und sie es kaum abwarten kann, bis Ally dir den Laufpass gibt, damit sie dich trösten kann." Paddys Gesicht nahm einen Ausdruck tiefen Schmerzes an. „Sie hat sich nur mit mir unterhalten, weil du sie dazu aufgefordert hast. Um dir einen Gefallen zu tun und deshalb später was bei dir gut zu haben. Ich habe sie überhaupt nicht interessiert. So wenig wie Ally."

„Deshalb musstest du Allison doch nicht umbringen."

Paddy grunzte verächtlich. „Das habe ich doch nicht deswegen getan, sondern weil ich dich damit zu Fall bringen konnte. Dich endlich aus meinem Leben entfernen konnte und dich vor allem ein für alle Mal aus dem Herzen unserer Mutter reißen konnte. Eigentlich wollte ich euch beide umbringen. Aber dann hättest du nicht mehr leiden müssen, und die Eltern hätten dich wie einen Heiligen auf einen Sockel gestellt. Am Ende hätte ich mir noch öfter als ohnehin schon anhören müssen, dass ich mir ein Beispiel an dir nehmen und dem erfolgreichen Kieran nacheifern soll. Ich wäre ihnen noch weniger gut genug gewesen als zu deinen Lebzeiten, denn gegen einen Heiligen kann niemand bestehen. Nein, ich musste dein Ansehen bei ihnen zerstören. Ich habe schon lange auf so eine Gelegenheit gewartet. Aber bis zu jenem Abend hatte sich bedauerlicherweise keine ergeben. Als ihr rausgegangen seid, bin ich euch zum Pier gefolgt."

Kieran erinnerte sich, dass er auf dem Weg dorthin das Gefühl gehabt hatte, dass jemand ihnen folgte. Er hatte geglaubt, es wäre Ian Gunn gewesen, auch wenn er niemanden gesehen hatte.

„Ich war mir nicht sicher, ob sich an dem Abend die Gelegenheit ergeben würde. Ich hatte es natürlich gehofft. Falls es sich nicht ergeben hätte, hätte ich auf eine andere Gelegenheit gewartet. Irgendwann musste es ja mal klappen. Aber dann hast du mir die sozusagen auf dem Silbertablett präsentiert. Wolltest wohl vor Ally den starken Mann markieren und ihr zeigen, wie viel Alkohol du verträgst. Jedenfalls hast du den Talisker förmlich in dich reingeschüttet."

Nichts hatte Kieran ferner gelegen als das. Er hatte getrunken, weil ihm der Whisky schmeckte. Zu Hause hatte der Vater ihm seinen ersten Talisker feierlich zum sechzehnten Geburtstag erlaubt. Seitdem hatte Kieran nur an Feiertagen und zu Familienfesten Whisky getrunken, aber nie mehr als einen Dram. Deshalb fehlte ihm jede Erfahrung, wo die Grenze lag, ab der er bis zum Kontrollverlust über seinen Körper betrunken wurde. Er hatte den Whisky genascht wie Plumpudding als Kind und seine Wirkung unterschätzt.

„Als ich gehört habe, dass du so blau bist, dass du nur noch lallen konntest, war der Rest ein Kinderspiel. Ich musste dir das Ruder von Mr Drews Boot nur noch ganz leicht über den Schädel ziehen, und du bist umgefallen wie ein Baum. Ally hat zuerst gar nicht kapiert, was die Stunde geschlagen hat, und hat mich beschimpft. Erst als ich dein Messer aus deiner Hosentasche genommen habe, hat sie begriffen. Aber da war es für sie zu spät. Achtzehn Stiche habe ich ihr verpasst. Einen für jedes gottverdammte Jahr deines Lebens, das ich deinetwegen habe leiden müssen."

„Und wie bist du nach Hause gekommen, ohne dass jemand dich mit Allisons Blut an der Kleidung gesehen hat?"

„Das war ganz einfach. Es war ja schon spät. Und Mrs Drew ließ immer die Wäsche über Nacht draußen hängen. Ich habe ein Hemd und eine Hose ihres Mannes von der Leine geklaut und meine Sachen in den Müllcontainer am Supermarkt geworfen, nachdem ich sie in eine leere Futtertüte gestopft hatte, die darin lag. Da der Container am nächsten Morgen geleert wurde, war alles perfekt. Besonders meine Stellung bei den Eltern, nachdem du endlich weg warst. Bis du zurückgekommen bist." Paddy ballte die Fäuste. „Ich hatte gedacht, dass sie dich im Knast genug gebrochen hätten, dass du vor Scham nie wieder einen Fuß auf die Insel setzt." Er schnaufte und schüttelte den Kopf. „Ich hätt's besser wissen müssen. An Dreistigkeit warst du ja noch nie zu überbieten."

„Und um mich endgültig loszuwerden, hast du die Touristin ermordet."

Paddy nickte. „Nachdem du bei den Eltern aufgetaucht warst, habe ich mir sorgfältig überlegt, wie ich dich am besten ausschalten kann. Ein Mord, der genau dem an Ally entspricht, erschien mir das Beste. Dazu brauchte ich aber deine Fingerabdrücke auf einer Whiskyflasche. Wenn ich dich einfach nur zum Trinken eingeladen, dir eine Flasche in die Hand gedrückt und sie hinterher wieder mitgenommen hätte, wärst du sehr schnell drauf gekommen, dass ich der Einzige bin, der es gewesen sein kann. Und dein Anwalt hätte womöglich noch einen Weg gefunden, das zu beweisen. Also habe ich wie immer den guten Bruder gespielt, dir den Job bei Talisker besorgt – war ein verdammt hartes Stück Arbeit, MacKay zu überzeugen, dass er dir eine Chance gibt – und mir eine Flasche genommen, von der ich gesehen hatte, dass du sie in der Hand gehabt hast. Alles andere ..." Er zuckte mit den Schultern.

Paddys ständiges Auftauchen im Lager, um angeblich zu sehen, wie Kieran zurechtkam, war nicht die übertriebene Fürsorge gewesen, für die er es gehalten hatte, sondern Teil seines perfiden Plans. Kieran konnte es immer noch nicht fassen. Doch was Paddy ihm erzählte und vor allem, wie er es ihm erzählte – kalt, gefühllos und mit einem Unterton von Stolz –, bestätigte seinen Verdacht, dass sein Bruder krank war im Kopf. Und das wohl schon seit sehr langer Zeit. Langsam ergab alles ein klares Bild. Das entsetzliche Bild eines Bruders, der so von Hass zerfressen war, dass er darüber den Verstand verloren hatte.

„Ich bin dir gefolgt, so oft ich konnte, und habe dich beobachtet. Mit dem Fernglas. Tagelang. Und als ich dich mit der Touristin gesehen habe, war das die Gelegenheit."

Also hatten ihm seine Sinne keinen Streich gespielt, als er das Gefühl gehabt hatte, beobachtet zu werden. Einmal sogar bei Caties Haus. Oh Gott, wenn Paddy damals schon Catie angegriffen hätte ... Kieran schüttelte den Kopf.

„Verdammt, Paddy, es gab doch andere Möglichkeiten, aus meinem Schatten zu treten. Weißt du, warum ich mich im Knast entschieden habe, Journalistik und Literatur zu studieren? Um dir nachzueifern. Du warst immer mein Vorbild. Du konntest dich so toll ausdrücken. Ich musste mir mühsam erarbeiten, was dir zugeflogen ist. Daraus hättest du was machen können. Hättest Schriftsteller werden können. Mutter war immer begeistert von den Gedichten, die du geschrieben hast. Aber statt was aus deinen Talenten zu machen, hast du Allison eiskalt ermordet und mein Leben zerstört, nur damit du meinen Platz bei den Eltern einnehmen kannst, statt dir deinen eigenen zu erobern. Und dann hast du auch noch eine unschuldige Touristin umgebracht."

Sein Bruder schlug die Fäuste auf den Tisch. „Und das hätte wunderbar geklappt, wenn deine Schlampe dir nicht ein Alibi gegeben hätte."

Kieran verzog geringschätzig den Mund. „Irrtum, Paddy. Durch diesen zweiten Mord hast du dir selbst ein Bein gestellt. Erst dadurch wurde nämlich bewiesen, dass ich nicht nur die Touristin nicht umgebracht habe, sondern auch, dass ich Allison nicht ermordet haben konnte."

Paddy kniff misstrauisch die Augen zusammen.

Kieran nickte. „Man hat zweifelsfrei festgestellt, dass die Touristin von einem Rechtshänder umgebracht wurde. Und weil du die Spuren so schön auf mich gemünzt hast, der Chief

Inspector aber bemerkte, dass ich Linkshänder bin, hat er sich daraufhin auch noch mal Allisons Fall angesehen. Dadurch kam raus, dass auch sie von einem Rechtshänder getötet wurde. Damit war ich in beiden Fällen aus dem Schneider. Wie du siehst, Paddy, hast du dir in dem Bestreben, mich in die Pfanne zu hauen, dein eigenes Grab geschaufelt. Ich hoffe, du schmorst auf ewig in der Hölle."

Kieran erhob sich und wandte sich zur Tür. Paddy stürzte sich mit einem Wutschrei auf ihn. Aber Kieran hatte damit gerechnet und rammte ihm rückwärts den Ellenbogen ins Gesicht. Das Geräusch, als Paddys Nase brach, klang wie Musik in seinen Ohren, ebenso der wimmernde Schmerzenslaut, mit dem sein Bruder zu Boden ging. Die Tür wurde aufgerissen, und McGill stürmte herein, wahrscheinlich um zu verhindern, dass Kieran Paddy zusammenschlug. Doch er war mit ihm fertig. In jeder Beziehung.

Abwehrend hob er die Hände und nickte McGill zu. „Er gehört dir." Über die Schulter warf er einen Blick auf Paddy, der sich stöhnend die Nase hielt, aus der das Blut lief. „Du hast dem Chief Inspector dein Wort gegeben, dass du ein Geständnis ablegst, wenn ich mit dir rede. Solltest du das nicht halten, komme ich wieder. Und dann, das schwöre ich dir, breche ich dir jeden Knochen im Leib."

„Am besten morgen in der Mittagspause", schlug McGill mit einem Unterton grimmiger Befriedigung vor. „Ich werde die besonders pflichtbewussten Kollegen, die daran Anstoß nehmen könnten, zur Feier der Aufklärung zweier Morde zum Essen einladen und die anderen anweisen, um diesen Raum für eine halbe Stunde einen großen Bogen zu machen. Reicht dir die Zeit?"

„Mehr als genug." Kieran machte einen Schritt zur Tür, drehte sich aber noch einmal um. „Du hast übrigens recht,

Paddy. Du bist nicht wie Kain. Der hat Abel in einem Moment heißer Wut erschlagen. Was du getan hast, macht dich zu einem sehr viel schlimmeren Menschen, als Kain es jemals war."

Er verließ den Raum und wehrte Catie ab, die ihn in die Arme nehmen wollte. Er trat ans nächstbeste Fenster, riss es auf und sog die frische Luft in seine Lungen. Das Gespräch mit Paddy hatte ihn nicht nur zutiefst aufgewühlt und verstört, er hatte auch das Gefühl, vom Hass seines Bruders beschmutzt zu sein und daran zu ersticken. Die kühle Luft vertrieb das Gefühl. Den Rest davon würde eine heiße Dusche tilgen.

Catie lehnte sich neben ihn gegen den Fensterrahmen. McGill stellte sich an die andere Seite.

„Danke für deine Hilfe, Kieran."

„Keine Ursache, Gordon. War gut, dass ich mit ihm reden konnte. Jetzt kenne ich endlich die ganze Wahrheit und kann meinen Frieden finden. Und ohne Scham Allisons Grab besuchen." Er sah McGill an. „Kann ich jetzt gehen?"

„Natürlich. Ich stelle einen Wagen ab, der euch nach Hause fährt."

„Danke." Kieran ergriff Caties Hand und drückte sie an seine Brust. Ihr warmes Lächeln zeigte ihm, dass er nichts sagen musste. Ihm fehlten ohnehin die Worte. Er nahm sie in die Arme und drückte sie so fest an sich, als wollte er sie nie wieder loslassen. Sie hob das Gesicht und küsste ihn in einer Weise, die ihm mehr als alle Worte sagte, was sie für ihn empfand.

Er legte den Arm um ihre Schultern. „Lass uns nach Hause gehen, mo ghràidh. Heim."

Over the sea to Skye.

Nachbemerkung

Ich hoffe, liebe Leserin, lieber Leser, dass Ihnen der Roman gefallen und Ihnen außer ein paar kurzweiligen Stunden auch einen kleinen Einblick in das Leben auf Skye und Schottland und seinen Bewohnern im Allgemeinen vermittelt hat. Wahrscheinlich sind Ihnen dabei einige Dinge aufgefallen, bei denen sich die schottischen Gegebenheiten nicht nur gravierend von denen in Deutschland unterscheiden, sondern auch von denen im Rest des United Kingdom.

Zum Beispiel ist man in Schottland bereits mit sechzehn Jahren erwachsen und voll geschäftsfähig, und die Strafmündigkeit liegt bei acht Jahren. Mit sechzehn ist unter bestimmten Voraussetzungen – besonders auf den Inseln – der Erwerb des Führerscheins möglich, regulär ab siebzehn. Die Sonntagsruhe wird sehr ernst genommen, und Religion spielt eine wichtige Rolle.

Da man in Schottland drei Sprachen spricht – Englisch, Gälisch und Scots –, habe ich dem in diesem Roman Rechnung getragen an Stellen, wo man es auch versteht, ohne die jeweilige Sprache zu kennen. Scots ist hauptsächlich im Osten Schottlands vertreten (woher die Figur Jock Reid ursprünglich stammt), aber einige Begriffe daraus wie „bonnie", „lass"/„lad" und andere sind schottlandweit (manche auch noch in Nordengland) in den allgemeinen Sprachgebrauch übernommen worden.

Der Vollständigkeit halber sei erwähnt, dass die Oberhäupter des realen Clan MacDonald of Sleat seit dem 14. Jahrhundert die „Lords of the Isles" stellten. Heute ist das ein schottischer Adelstitel, der dem jeweiligen britischen Thronfolger vorbehalten ist. Früher jedoch waren die Lords of the Isles tatsächlich unabhängige Herrscher, die über die gesamten Hebriden geboten.

Derzeitiger Clan Chief ist Sir Ian Godfrey Bosville MacDonald of Sleat, 25. Chief of Sleat und 17. Baronet, der jedoch nicht auf Skye lebt.

Amtierender Clan Chief der MacKinnons ist Madam Anne Gunhild MacKinnon of MacKinnon, 38. Chief of the Name and Arms of MacKinnon.

Clan MacLeod wird angeführt von Hugh MacLeod of MacLeod, Chief of the Name and Arms of MacLeod mit Hauptsitz in Dunvegan Castle.

Alle drei sind Mitglieder im Standing Council of Scottish Chiefs.

„Wilton's Bed & Breakfast" hat als reales Vorbild das wundervolle Wilmar Bed & Breakfast in Carbost. Dessen Inhaber, Ian und Marcella Grant, sind jedoch freundliche und aufgeschlossene Menschen, die niemals einen Gast aus dem Haus treiben würden wie die fiktiven Wiltons. Im Gegenteil wird Gastfreundschaft bei ihnen sehr groß geschrieben. Sollten Sie Skye besuchen und in Carbost Station machen, übernachten Sie bei Ian und Marcella. Ein herzliches Willkommen ist Ihnen ebenso gewiss wie ein kulinarisches Verwöhnprogramm mit Marcellas selbstgebackenem Brot und anderen hausgemachten Köstlichkeiten, auch für Vegetarier. Und die Lunch-Pakete für Wanderer lassen keine Wünsche offen.

Natürlich darf auch die Talisker Destillerie nicht unerwähnt bleiben, deren Namen und den ihres Whiskys ich mit freundlicher Genehmigung in diesem Roman verwenden durfte. Die Destillerie ist die einzige Whiskybrennerei auf Skye und gehört seit 2002 zum Spirituosenkonzern Diageo. Gegründet wurde sie im Jahr 1831 von den Brüdern Kenneth und Hugh

MacAskill und hat sich trotz einer wechselhaften Geschichte, zu der auch ihre Zerstörung durch einen Brand im Jahr 1960 gehört, nach dem Wiederaufbau bis heute erhalten. Sie gehört zu den Hauptattraktionen der Insel und bietet regelmäßig Führungen an.

Der Talisker Single Malt Whisky hat einen Alkoholgehalt von 45,8 Prozent und einen ganz besonderen Geschmack, der zwar innerhalb der einzelnen Brände variiert, aber dennoch immer unverwechselbar Talisker bleibt. Das zur Herstellung verwendete Wasser stammt aus vierzehn verschiedenen Quellen, die unter anderem eine starke Torfnote mitbringen, die dem Talisker einen ganz eigenen Geschmack verleiht, der nicht jedermanns Sache ist. Entweder liebt man ihn oder man trinkt ihn nie wieder. Im Besucherzentrum der Destillerie haben Sie die Gelegenheit, den Whisky „made by the sea" zu probieren und die Wahl zwischen 10-, 18- und 30-jährigem Talisker, in Amoroso-Fässern gereiftem „Talisker Amoroso" sowie dem 10-jährigen „Talisker 57° North"[1] mit 57 Prozent Alkoholgehalt.

Der Konzern Diageo, obwohl der größte Spirituosenhersteller weltweit, setzt sich (u. a. in seinem Internetforum „Drink-IQ") gemäß dem Firmencredo dafür ein, Alkoholmissbrauch zu bekämpfen und verantwortungsbewussten Genuss von Alkohol zu einem geschätzten und angenehmen Teil des Lebens zu machen. Sein Motto lautet deshalb: „Drink responsibly" – Trinken Sie verantwortungsbewusst.

Für den Genuss Ihres Lieblingsgetränks – welches immer das ist – wünsche ich Ihnen allezeit:

Slàinte mhath! – Gute Gesundheit!

---

[1]   Die Destillerie befindet sich auf dem 57. nördlichen Breitengrad; daher der Name und die Prozentzahl.

Glossar der Namen und Begriffe auf Gälisch und Scots

In Schottland kennt man heute drei Sprachen: die beiden Amtssprachen Englisch und schottisches Gälisch (offiziell anerkannt seit 2005) sowie Scots. Letzteres wird von den Schotten als eigenständige Sprache betrachtet, für die Engländer ist es dagegen ein Dialekt des Englischen. Jedoch verhält es sich zu diesem wie Plattdeutsch zu Hochdeutsch.

Die Existenz dieser drei Sprachen nebeneinander liegt in der leidvollen Geschichte Schottlands begründet. Ursprünglich wurde in Schottland ausschließlich Gälisch gesprochen. Da diese Sprache für die Schotten ein starkes Identifikationsmerkmal war und ist, wurde sie im Zuge der Besatzung des Landes und der dadurch folgenden Unterdrückung des schottischen Volkes (ab 1746 nach der verlorenen Schlacht von Culloden) verboten und ihr Gebrauch unter Strafe gestellt. Die Schotten wurden gezwungen, Englisch zu sprechen. Viele hielten jedoch an ihrer Muttersprache fest und gebrauchten sie heimlich, wodurch sie erhalten blieb. Dennoch wurden bis in die Siebzigerjahre des 20. Jahrhunderts Schulkinder bestraft, wenn sie Gälisch sprachen. Andere sprachen das Englische hartnäckig auf schottische Weise aus, wodurch Scots entstand.

Erst in den Neunzigerjahren wurde gezielt damit begonnen, das schottische Erbe auch hinsichtlich der Sprache zu erhalten und zu fördern. Zu diesem Zeitpunkt betrug der Anteil der noch Gälisch sprechenden Bevölkerung 1,5 Prozent (ca. 60.000 Menschen). Seit Gälisch wieder – teilweise als Pflichtfach – an den Schulen gelehrt wird, steigt der Prozentsatz stetig an. Traditionsbewusste Schotten sprechen untereinander Gälisch, besonders auf den Inseln und im Hochland, wo der Anteil der Gälisch Sprechenden bis zu 47 Prozent beträgt. Manche der Älteren unter den dortigen Bewohnern empfinden Englisch als Fremdsprache und beherrschen es nur ungenügend. Auf dem Festland, besonders in den Lowlands, Mittelschottland und im Osten, ist das Scots verbreiteter.

Schotten haben übrigens kein Problem damit, Laute wie ä, ö oder ü auszusprechen, da sie im schottischen Gälisch ebenfalls vorkommen.

In Klammern hinter dem jeweiligen Begriff steht die Lautschrift. Alle Wörter werden auf der ersten Silbe betont. Das r wird im Gälischen wie auch im Scots gerollt. Wo nichts anderes angegeben ist, handelt es sich um gälische Begriffe.

an duine agam (an dünje akam) – mein (Ehe-)Mann

a' bhean agam (a wän akam) – meine (Ehe-)Frau

a mac agam (a machk akam) – mein Sohn

An Rathad Ard (an ra'ad arschd) – „(Die) Hohe Straße" (Straßenname in Broadford)

Angus (angas; englisch: *änges*) – schottischer Männername

athair (aheth[2]) – (mein) Vater

Bealach nan Cas (bealach nan kass) – „Schlucht des Fußes" (Bergschlucht auf Skye)

beannachd leibh (beannachk läiw) – wörtlich: Segenswünsche seien mit Euch (Verabschiedung)

Beinn na Caillich (bäin na kalech) – „Berg der alten Frau" (Berg knapp 1 km von Broadford entfernt)

---

[2]   Das th wird wie im Englischen als gelispeltes s gesprochen.

Blackcoat (black koot) – Scots; wörtlich: Schwarzkittel; Pfarrer

bonnie lasses (bonni lasses) – Scots; schöne Mädchen (Plural)

Bruach na h-Aibhne (bruach na äiwne) – Flussufer (englisch: *Riverbank*; Straßenname in Broadford)

cac (kachk) – Scheiße

Catrìona (katriina) – Katharina

Ciamar a ruigeas mi don ... (kimmer a rukes mi don) – Wie komme ich zu(m) ...

cuach (kuach) – traditionelle Trinkschale für Whisky; eine flache Schale, ca. 10 bis 17 cm Durchmesser, mit zwei stabförmigen, ca. 3 bis 5 cm langen geraden Griffen zu beiden Seiten am oberen Rand, wahlweise aus Holz, Zinn oder Silber; englische Schreibweise: *quaich* (das Gälische kennt kein q)

dè (dschee) – was, wie

Dè an t-ainm a th' oirbh? (dschee an tännem a othiw) – Wie heißen Sie? (wörtlich: Wie heißt Ihr?)

Drochaid a' Mhulinn (drochitsch a wulinn) – „Mühlenbrücke" (Ort auf Skye)

Eilean Gairbh (ällan garw) – „Mageninsel" (Insel im Loch Dunvegan)

Feasgar math! (fäsker ma) – Guten Abend (Gruß ab 17/18 Uhr)

Fiona (fiona) – englische Form des gälischen Namens *Fionnghal* (fiunaghal)

Fiosgabhaig (fisgawaig) – „Fischbucht" (Dorf an der Süwestküste von Skye; englisch: *Fiskavaig*)

Floraidh (floraai) – renommiertes Bekleidungsgeschäft in Isleornsay

Gabhaibh mo leisgeul (gawiw mo leschkeal) – wörtlich: Nehmt meine Entschuldigung; Entschuldigung

haar (haar) – Scots; ein hartnäckiger Küstennebel, der hauptsächlich an der Ostküste Schottlands auftritt

Halò! (haloo) – Hallo

Kieran (kjären) – englische Schreibweise des gälischen Namens *Ciarán*

laddie (laddi) – Scots; Junge

Loch nan Dùbhrachan (loch nan duuracha) – „Wasserkresse-See", ein See auf Skye

mac (machk) – Sohn

Mar sin leibh! (mar schinn läiw) – wörtlich: So auch Euch; Erwiderung auf die Verabschiedung *Slàn leibh* oder *Beannachd leibh*, wenn man sich siezt (im Schottischen Gälisch sagt man „Euch" statt „Sie")

Mar sin leat! (mar schinn lät) – wörtlich: So auch dir; Erwiderung auf die Verabschiedung *Slàn leat* oder *Beannachd leat*, wenn man sich duzt (der Bleibende verabschiedet sich in Schottland zuerst)

màthair (maaheth) – Mutter; Anrede: *a mhàthair* (a waaheth) – meine Mutter

mo ghràidh (mo graai) – mein Liebling

Mòrag (moorak) – Marion

Mòran taing! (mooran taing) – Vielen Dank!

mortair (morschtär) – Mörder

naw (naa) – Scots; nein

òg (oog) – jung, „der Junge" als Namenszusatz entsprechend dem deutschen „junior"

Peadar (Petter) – gälische Form von Peter

Rathad na h-Atha (ra'ad na a'a) – „Straße der Furt", englisch: *Ford Road* (Straßenname in Broadford)

'S e (Name) *an t-ainm a th' orm agus tha mi às a' Ghearmailt* (schä ... an tännem a horrem ages ha mi ass a Jerremaltsch) – ich heiße ... und bin aus Deutschland

'S e do bheatha (schä do wäha) – bitte sehr (beim Überreichen, wenn man sich duzt)

Seamus (scheemas) – gälische Form von James

Sean (schaan) – gälische Form von Johannes (englisch: *John*)

seo (scho) – hier ist ... (wenn man sich am Telefon meldet)

sgian dubh (skian du) – schwarzes Messer, „verborgenes Messer"; Messer mit schwarzem Griff, das zum Kilt getragen wird

Siol Ghoraidh (schial gaari) – „Abstammung von Ghoraidh" (Song der Gruppe Runrig)

sporran (s'paren) – Scots; Geldbeutel; Leder- oder Felltasche, die zum Kilt gehört und unterhalb der Gürtelschnalle hängt

Slàn leat (slaan lät) – wörtlich: Bleib gesund (Verabschiedung; sagt der Bleibende, wenn man sich duzt)

Slàinte mhath! (slaantsche waa) – wörtlich: Gute Gesundheit; Prost (sagt der, der zuerst zuprostet)

Slàinte mhór! (slaantsche woor) – wörtlich: Groß(artig)e Gesundheit; Prost (sagt der, der zurückprostet)

Sraid na h-Atha (sradsch na a'a) – wörtlich: Gehweg-Straße (Straßenname in Broadford)

tha (ha) – ja (im Präsens); wörtlich: (es) ist

tha mi neo-chiontach (ha mi no chiuntach) – ich bin unschuldig

Theirig! (herig) – Geh!

Tioraidh an-dràsda (tschiiri an draasda) – tschüss (dann)

tryst (traist) – Scots; Stelldichein, Date, Treffen eines Liebespaares

Danksagung

Bei der Arbeit an diesem Roman haben mich verschiedene Menschen in unterschiedlicher Form unterstützt. Bei ihnen allen bedanke ich mich ganz herzlich: Mòran taing! (Vielen Dank!)

Herr Michael Klevenhaus, Gründer des Deutschen Zentrums für gälische Sprache und Kultur, half mir mit der Übersetzung und Aussprache der gälischen Begriffe.

Mr Daniel P. Hatton, Global Marketing Manager der Talisker-Destillerie, genehmigte freundlicherweise die Verwendung des Markennamens „Talisker" für den Buchtitel.

Robert Louis Balfour Stevensons (1850–1894) Gedicht „The Scotsman's Return From Abroad", in dem er den Talisker Whisky (wie auch den Isla und den Glenlivet) als „the king o' drinks" („König der Getränke") lobt, machte mich neugierig darauf, die drei so Gelobten zu probieren. Der Talisker schmeckte mir am besten. Er wurde mein Lieblingsgetränk für besondere Anlässe, um mit nie mehr als einem Dram[3] dieses göttlichen Tropfens wichtige Gelegenheiten zu feiern (Geburtstag, Weihnachten und Buchpremieren), und gab mir schließlich die Inspiration für diesen Roman. Ohne Mr Stevensons Gedicht wäre „Talisker Blues" wahrscheinlich nie entstanden.

---

[3] 1 Dram entspricht zwar real 3,55 ml, aber umgangssprachlich auf Whisky bezogen ist ein Dram das Synonym für einen großen Schluck, der ungefähr dem Inhalt eines Schnapsglases (2 cl) entspricht.